JN034669

ジョイスの挑戦

『ユリシーズ』に嵌る方法

金井　嘉彦・吉川　信・横内　一雄　編著

言叢社

本扉写真：A. H. Poole Studio Photographer, “Chamber of Commerce, Ceiling.”
National Library of Ireland on the Commons.

まえがき

吉川　信

本書は、一九二二年二月二日に出版されたジェイムズ・ジョイス（James Joyce, 1882-1941）の『ユリシーズ』（*Ulysses*）を扱った研究論文集である。論文の執筆者は掲載順に、小林広直、田多良俊樹、桃尾美佳、南谷奉良、平繁佳織、横内一雄、金井嘉彦の七名である。

小林広直は『ユリシーズ』に登場する「手紙」と、それを読むブルームに焦点を絞る。『ユリシーズ』の読者は、この小説の中で、複数の手紙を読む主人公の姿を読むことになる。読む行為の入れ子構造自体が、読者の積極的な参入を促している。かくしてブルームの実像が浮かびあがってくる。

田多良俊樹は歴史を重要なモチーフとする第二挿話を論じる。プロテスタントでありユニオニストであるディージーの学校で、ローマ史を教えるスティーヴンは、植民地アイルランドにおける社会階級を意識せざるをえない。ここにはジョイス自身の「アングロ＝アイリッシュ」観も伺うことができる。

桃尾美佳はブルームがその食の嗜好と同時に紹介される点に着目する。羊の腎臓の「ほのかな尿の匂い」を好むブルームのありようは、身体性とともに彼の性的嗜好をも露わにするものである。一見不毛な排泄と非生殖性のモチーフは、循環と再生を描くジョイス世界の特質を大胆に浮かびあがらせる。

南谷奉良はブルームの見せる「動物に対する優しさ」を論じる。第四挿話の猫、第六挿話の鳥、複数の挿話に登場する荷車を曳く馬など、『ユリシーズ』には多くの動物が登場する。とりわけ鞭打たれ最後は食に供される牛馬に対するブルームの哀れみは、「他者の痛み」を浮き彫りにするものとなっている。

平繁佳織は第十一挿話における即興の音楽会、オーモンド・ホテルのバーにおけるそれを、十九世紀末に流行した「スモーキング・コンサート」との関連で論じる。音楽が主題となるこの挿話において、ブルームはしかし、音楽の高揚させるナショナリズムという誘惑を、みごとに回避していることがわかる。

横内一雄は『ユリシーズ』が第一次世界大戦という戦時下に執筆された点に注目する。泥や汚水だめの匂い、主人公の脳裏をかすめる死体を喰らう鼠など、ジョイスの用いる言語はときとして塹壕戦を描く戦争詩の語彙と重なりあう。その技法は、地図という俯瞰的視線に還元されえない肉体性を備えている。

金井嘉彦は第九挿話におけるスティーヴンのシェイクスピア論を精査する。スティーヴンの論説は、実は『ヴィルヘルム・マイスター』においてゲーテの示した「作者の精神に立ちいる」解釈の実践である。「パラドクシスト」という姿勢が、ジョイス作品に通底する批判の要諦であることが明らかとなる。

これらの専門的な論文のほか、執筆者たちにはそれぞれフォトエッセイを添えてもらった。ジョイスとのつきあいが長い筆者たちであるから、それぞれの観点からジョイスと『ユリシーズ』を、あるいはダブリンを、さらにはアイルランドを、照射している。

本書を構成しているもう一つの柱は、『ユリシーズ』の理解を深めるための二十七項のコラムである。これには論文の執筆者以外のジョイス研究者たちにも協力を仰いだ。執筆開始から七年（構想開始から数えればその倍の十四年）をかけて完成された『ユリシーズ』には、当然その背景に美学論・創作論があり、綿密な計画表もある。伝記的な事項もいくつかはおさえておかねばならないし、作家の生きた十九世紀末から二十世紀前半という時代も理解しておかねばならない。専門的な論文では省略せざるをえないその種の基礎的な予備知識を、読者にはこれら複数のコラムによって補っていただこう、という構成である。

毎年六月十六日は「ブルームズデイ」と呼ばれ、英語ではBloomsdayと書く（doomsday［審判の日］との連想から切りはなして綴ることはない）。この日ダブリンには主人公レオポルド・ブルームの足どりをたどる観光客、作品朗読のイベントに参加する観光客、登場人物に扮するコスプレイヤーたちがあふれ賑わいを見せる。かつての「大英帝国第二の都市」（とジョイス自身が誇らしげに呼んでいた）ダブリンの変貌ぶりは凄まじい。だが、ジョイス本人はこの作品の出版を二月二日とすることを望んだ。『フィネガンズ・ウェイク』も同様である。自身の誕生日にこだわったからである。したがって本書も、ジョイス百四十回目の誕生日に出版することを目指した。そのため、編者金井嘉彦、横内一雄の両氏には、人類が百年ぶりに逢着したパンデミックのさなかで、想像を絶する多大な尽力を強いることとなった。

本論集を読んでおわかりいただけるとおり、『ユリシーズ』理解にはアイルランドの歴史・文化への理解が必須となる。同時に、新大陸で失踪するカフカの主人公（『アメリカ』もしくは『失踪者』）とは異なり、旧大陸に留まりつづけ、かたくななまでにアイルランドのみを描いた作家を理解するには、彼が生涯にわたって漂流した西ヨーロッパ世界――トリエステやチューリッヒにとどまらず、パリ在住中にはドイツやデンマークなどの十都市以上をめぐっている――への文化的愛着も捉えなおす必要があろう。

奇しくも『ユリシーズ』の出版年は、アイルランド自由国の誕生年となった。そしてやがては訪れる『フィネガンズ・ウェイク』出版百周年は、第二次世界大戦勃発百年と重なる。そのとき世界は、何度目の分断を経ているのだろう。予測は不可能であっても、英語を基礎としたジョイスのテクストが、今以上に読者を増やしていることだけは疑えまい。本書がそうした読者コミュニティ（あるいは「読書コミュニティ」かもしれない）形成の一助となれば幸いである。

二〇二二年二月二日

序にかえて――『ユリシーズ』とアイルランド自由国の誕生

横内一雄

本書はジェイムズ・ジョイスの小説『ユリシーズ』の刊行百周年を記念する論集である。同作は一九二二年にパリのシェイクスピア書店より刊行された。

一九二二年は、一方でジョイスの祖国にして『ユリシーズ』の舞台となったアイルランドにアイルランド自由国が成立した年でもある。端的に言えば、中世以来しだいにイングランドの植民地状態に置かれていき、一八〇一年以降には正式にグレート・ブリテン連合王国に組みこまれていたアイルランドが、一九二二年、まがりなりにも〈独立〉を達成したのである。まがりなりにもと言ったのは、この〈独立〉が北部六州を残した二十六州による分離独立だったからであり、また正確には自治の獲得であって、正式な独立は一九四九年のアイルランド共和国成立を待たねばならなかったからである。それでも一九二二年の自由国成立は、長年英国の支配下にあったアイルランドが自立した国民国家として出発した節目として、国民の心に強く刻みこまれている。

『ユリシーズ』と新生アイルランドが同じ年に誕生したことは、単なる偶然かもしれない。しかし、両者の百周年を記念するこの機会に、この偶然を必然と読みかえてみることも許されよう。すなわち、『ユリシーズ』は独立過程のテクストであり、次作『フィネガンズ・ウェイク』は独立後のテクストであると（この点、後者はインド・パキスタンの〈分離独立〉を主題にしたサルマン・ラシュディの『真夜中の子供たち』（Salman Rushdie, *Midnight's Children*, 1980）にも比されよう）。実際、『ユリシーズ』に描かれた一九〇四年当時のダブリンは、十九世紀を通じて展開された独立運動の記憶に満ちており、英雄チャールズ・スチュアート・パーネル（Charles Stewart Parnell）の失脚後に一時下火になったとはいえ、独立を目指す動きがくすぶりながら暗躍する世界であった。その一端は本書所収の論文やコラムにもうかがえよう。しかし、それだけではない。『ユリシーズ』は新生アイルランドにとってある種の建国叙事詩の性格さえ備えたのではないか。

建国叙事詩とは、文字どおり国家建設の過程を英雄的に描き、その正当性を保証する詩的言説である。叙事詩は元来民族の集団的創造であったから、その民族の自覚・自立を謳ったものであるとも言える。異民族との抗争を通じて民族的結束を得る場合や、ある王朝の確立を伝えことほぐ場合があり、この伝でいけばウィリアム・シェイクスピア（William Shakespeare）の一連の英国史劇（一五八九—九九）は、演劇という形でチューダー王朝成立過程を描いた建国叙事詩、D・W・グリフィスの『國民の創生』（D. W. Griffith, *The Birth of a Nation*, 1914）やジョン・フォード（John Ford）の騎兵隊三部作（一九四八—五〇）などは、映画でアメリカ合衆国の結束と拡張を描いた建国叙事詩と見ることもできる。そしてジョイスの『ユリシーズ』も、まさに同年に誕生したアイルランド自由国をことほぐ作品になることを運命づけられたかのようである。

無論、この発想自体は新しいものではない。そもそも『ユリシーズ』はホメロスの叙事詩『オデュッセイア』を下敷きにしている。また『ユリシーズ』第九挿話では、シガーソン博士なる人物の「われわれの国民叙事詩はこれから書かれねばならない」（*U* 9.309）という発言が話題になり、いわばメタ言説的に『ユリシーズ』自体がその要請に応えたものであることを暗示している。こうした事情を踏まえ、アンドラス・アンガー（Andras Ungar）は主にウェルギリウスの『アエネイス』を参照項に『ユリシーズ』を国民叙事詩として読む視点を提案し、ランダル・J・ポゴーゼルスキ（Randall J. Pogorzelski）は逆に『ユリシーズ』から逆照射して『アエネイス』の読みなおしを行なった。いずれもホメロスよりもウェルギリウスをモデルに持ちだしたのは、後者の政治色の強さと正統性の思想のゆえである。この点、筆者なりに咀嚼して以下に再説してみよう。

ホメロスの叙事詩が数百年にわたってギリシャ民族が継承してきた集団制作の所産であったとすれば、ウェルギリウスの『アエネイス』は詩人が独力でギリシャ民族に対抗しようとした個人創作である。その企ての背後にあるのは、帝国建設によっていよいよ先達のギリシャ文明を凌駕したいと願うアウグストゥス帝の野望であった。詩人は皇帝の帝国建設事業を権威づけるために、由緒あるトロイアの血と神々の血を継いだ英雄の血統という虚構を作りあげる。作中でアエネアスが最も心を砕くのは、父アンキセスの追悼と子アスカニウスの教育、すなわち血の紐帯を介した過去から未来への正統性の継承である（その延長線上にユリウス・カエサルの出現も予告される）。ローマ民族の誇りと団結、すなわち新しく建設された帝国の命運は、こうして高貴な血を引く血統の一貫性によって保証されるのである。

『ユリシーズ』においても、親から子への継承、血の紐帯が重要な主題となっている。ただし、それは決定的に脅かされたものとして。スティーヴン・デダラスは亡き母との感情的紐帯を意識するも、その宗教は拒否している。彼はまた折に触れ父の遺伝を意識しては、反撥して思い悩む。レオポルド・ブルームもまた折に触れ父を想起するが、彼はすでに父の宗教を捨てた人間である。一方、彼には娘がいるものの、男子継承者はいない。息子は生まれたのだが、生後すぐに亡くなり、以来夫婦の間にわだかまりを残している。その結果、夫婦は新たな男子継承者が誕生する可能性を育むことができない。それどころか、妻が寝室に別の男性を招じいれることで、夫の血統に拠らない新たな男子継承者を生じさせる可能性さえ作りだしているのである。ブルームはこれを阻止するどころか、容認するよう心を整える。そして代わりに求めるのが、スティーヴンという血のつながらない仮構の息子である。小説『ユリシーズ』のプロットは、この他人同士の間に疑似親子関係が芽生えるという展開に依存している。つまり同書は、血の紐帯へのこだわりを乗りこえ、血のつながりのないところに連帯を求めることができるか、という問いを投げかけているのである。

これを『アエネイス』流の建国叙事詩のプロットとみなすと、どのようなことが言えるか。近代の国民国家は民族意識、すなわち血の紐帯を礎とした連帯意識の上に建設・維持されてきた。実際、十九世紀を通じて展開されたアイルランド独立運動も、そしてそれを文化的方向に転じた文芸復興運動も、民族アイデンティティに訴え、過去との連続性を強調してきた。ジョイスがひとりそれに違和感を訴え、そっぽを向いたのは、民族独立・国家建設への動きにわざわざ水を差す大人げない態度に見えたかもしれない。しかし彼は、近代化と雑種化の進んだ現実の都市の住民として、これからいっそう国家間移動が進むであろう未来を見すえ、かりに血統の純粋な継承を維持できなくなっても、そしてもっと言えば、異国人の到来による血の不純化（adulteration）が進行したあかつきにも、祖国を祖国として維持する覚悟を、新生国家誕生を前にみずから試したのではないか。ユダヤ系の血を引く人物を主人公に据え、彼が妻の姦通（adultery）に耐え、血のつながらない親子関係に未来への希望を託す姿を見せることで、その覚悟を問うたのだろう。作中、国民（nation）の意味を問われてブルームは「国民とは、同じ場所に住む同じ人々」（*U* 12.1422-23）と答え、国粋主義者に笑われる。続けて自分の国民帰属を問われ、きっぱりと「アイルランド……僕はここで生まれた」（*U* 12.1431、省略は筆者）と答えるとき、彼は来たるべき独立アイルランド国家のあるべき姿を示したのだ。

今年、その『ユリシーズ』が書かれて百年たつ。アイルランド自由国も、エールまたはアイルランド（共和国）と名を変えて、独立国家としての繁栄を享受している。とはいえ、北部六州とはいまだ分裂したままであり、この話題はデリケートに扱われ、時おり紛争に発展して物議をかもす。アイルランドはブルームのような人物が生きやすい寛容な国家になっただろうか。何もこれは机上の空論でなく、今の日本を生きるわれわれにも突きつけられた問いである。われわれは異なる容姿、異なる宗教、異なる信条を持つ隣人を「同胞」として受け入れ、血の紐帯に拠らない子孫に将来を託す覚悟をすでに持っているだろうか。『ユリシーズ』刊行、そして新生アイルランド誕生から百年たち、ジョイスの問いかけはなお切実さを増しているのである。以下、その『ユリシーズ』をめぐる今の日本の研究者の思索の跡を堪能されたい。

参考文献

Joyce, James. *Ulysses*. Edited by Hans Walter Gabler et al. Vintage, 1986.

Pogorzelski, Randall J. *Virgil and Joyce: Nationalism and Imperialism in the* Aeneid *and* Ulysses. U of Wisconsin P, 2016.

Ungar, Andras. *Joyce's* Ulysses *as National Epic: Epic Mimesis and the Political History of the Nation State*. U of Florida P, 2002.

目　次

フォト・エッセイ ＊本編各章論文の末尾に置かれている

凡例

一、『ユリシーズ』（*Ulysses*）のテクストはGabler版あるいはそれに準拠した版を用い、引用・参照個所は、括弧内に、作品名を示す略号 *U* の後に挿話番号、各章を通しての行数を入れて示した。（例 *U*2.135 は『ユリシーズ』第二挿話一三五行目であることを示す。）

二、『ユリシーズ』以外の作品からのからの引用・参照個所は、以下の形式で示してある。

『ダブリナーズ』（*Dubliners*）のテクストはGabler版に準拠した決定版を用い、引用・参照個所は、作品名を示す略号 *D* の後に作品略号、各作品の行数で示している。そのさいに用いた略号は以下のとおりである。

S　「姉妹たち」（"The Sisters"）
En　「遭遇」（"An Encounter"）
A　「アラビー」（"Araby"）
Ev　「エヴリン」（"Eveline"）
AR　「レースの後」（"After the Race"）
TG　「二人の伊達男」（"Two Gallants"）
BH　「下宿屋」（"The Boarding House"）
LC　「小さな雲」（"A Little Cloud"）

Cp　「複写」（“Counterparts”）
Cl　「土」（“Clay”）
PC　「痛ましい事件」（“A Painful Case”）
ID　「蔦の日の委員会室」（“Ivy Day in the Committee Room”）
M　「母親」（“A Mother”）
G　「恩寵」（“Grace”）
D　「死者たち」（“The Dead”）

『若き日の芸術家の肖像』（*A Portrait of the Artist as a Young Man*）のテクストは Gabler 版に準拠した決定版を用い、引用・参照個所は、作品名を示す *P* の後に章数、各章を通しての行数の形式で引用箇所を示した。

『フィネガンズ・ウェイク』（*Finnegans Wake*）の場合には、作品名を示す略号 *FW* に続けて、ページ数、行数の形式で示した。

三、本書内で用いているそのほかの略号が示す著作名は以下のとおりである。

SH　『スティーヴン・ヒアロー』（*Stephen Hero*, 1944［死後出版］）
L I　*Letters of James Joyce*, vol. I.
L II　*Letters of James Joyce*, vol. II.
L III　*Letters of James Joyce*, vol. III.
SL　*Selected Letters of James Joyce*.
CW　*The Critical Writings of James Joyce*.

四、註は章末にまとめてある。註が煩雑とならないように、出典箇所を示すものについては本文中に（著者名 ページ数）の形式で書き入れた。同一著者に複数の著書がある場合は、著者名後に著作名を加え、（著者名、著作名 ページ数）で記してある。なお、ページ数が漢数字になっている場合は、和書を参照していることを示す。参考文献については各章末にまとめてある。

五、よく知られた人物（例 シェイクスピア、プラトン、ゲーテなど）の原語表記は巻末の索引にまわし、本書内では省いている。

六、論文以外ではジョイス作品の登場人物名の原語表記は省いている。

七、省略については、筆者によるものにのみ断り書きを入れてある。それ以外はすべて原著者によるものである。引用文内での傍点（英文では斜字体）による強調箇所についても同様である。

八、本書内で使用している写真は、基本的に著作権が設定されていないもの、本書執筆者によるもので、それ以外の場合は、著作権者の許可を得ている。

ジョイス『ユリシーズ』
——各挿話のあらすじと解釈のポイント

国立図書館入り口——Portals of Discovery」（小林宏直、2006）

『ユリシーズ』各挿話のあらすじと解釈のポイント

『ユリシーズ』のあらすじをこのあと紹介するが、『ユリシーズ』についてあらすじはどの程度意味があるのだろうか。というのも、フローベールとジョイスを比較研究した『フローベールとジョイス――小説という儀礼』（*Flaubert and Joyce: The Rite of Fiction*. Princeton UP, 1971）においてリチャード・K・クロス（Richard K. Cross）が言うように、ジョイスはフローベールが行なったプロット（筋）からの解放を『ユリシーズ』においてさらに推し進めているからである（95）。つまりは、『ユリシーズ』は物語――起こった出来事――中心の小説ではなく、描出――その場でたとえば登場人物が考えたこと、思いだしたこと、想起したイメージ等々の描出――を中心とした作品ということである。

したがって、『ユリシーズ』はあらすじをまとめようとしても非常な困難を伴うこととなる。それは

Blamires, Harry. *The Bloomsday Book: A Guide through Joyce's* Ulysses. 3rd ed., Routledge, 1996.
Killeen, Terence. Ulysses *Unbound: A Reader's Companion to James Joyce's* Ulysses. UP of Florida, 2014.
Mood, John. *Joyce's* Ulysses *for Everyone: Plotting the Narrative*. Maunsel, 2013.
Nicholson, Robert. *The* Ulysses *Guide: Tours through Joyce's Dublin*. Revised ed. New Island Bks, 2019.

等々の『ユリシーズ』の内容をまとめた研究書やガイドブックがいくつも出ていることを見てもわかる。

しかしここで考えてみなくてはならないことは、プロットからの解放を推し進めた『ユリシーズ』についてあらすじをまとめることの矛盾である。あらすじに抵抗する本質を持つ『ユリシーズ』に、気の

利いたあらすじをつけることは、本書のような本という媒体の性質上必要であるにしても、根源的な問題を抱えこむことになる。『ユリシーズ』のいわゆる「あらすじ」は、各挿話の内容をなんとなくわかった気持ちにさせるという意味においては有意義でも、『ユリシーズ』の本質を見えにくくしてしまう。本書はそのような反省に基づき、従来の「あらすじ」とは異なる「あらすじ」をつけることとした。あえて各挿話で起こっていることだけをまとめることにより、ジョイスが各挿話で描いていることがいかに通常の小説からすれば些細なところにあるかを示した。それは逆に起こっていることに加えらえている「余分なもの」の比重の大きさを実感させることになるだろう。起こっていることと「余分なもの」との間をつなぐものとして、各挿話の「あらすじ」のあとには各挿話の解釈上のポイント、問題点を書き加えてある。それらはジョイスが「あらすじ」という骨格にどのような肉をつけ、どのように膨らませていったかを見る手助けをしてくれるであろう。

『ユリシーズ』はダブリンの細かい地理情報に基づく小説である。その意味においてはこの小説を細かく読んでいくときには、ダブリンの地図をにらみながら読む必要があるが、ここではおおまかなイメージを持ってもらうという意味で三枚の地図を載せておく。地図1は、ドーキーからホウス岬までのもので、関連する挿話は一、二、三、六、十三、十八となる。地図上の○で囲んだ数字は挿話番号を表わす。この地図を作製するのにあたり用いたのは Samuel Lewis, *Lewis's Atlas Comprising the Counties of Ireland and a General Map of the Kingdom* (S. Lewis and Co., 1837), n.p. の地図である。第三挿話と第十三挿話の舞台となっているサンディマウントの浜辺は、埋めたてにより海岸線が東へと大きく移動した現在の地図上の浜辺とは位置が異なるので注意が必要となる。

地図2はダブリン市内を舞台とする挿話のおおよその場所を示す。○で囲んだ数字で挿話を示している。地図3は第十挿話の各セクションのおおよその場所を示す。□で囲った数字でセクションを示す。中には場所の特定のできないセクションがある。第十挿話の第四セクションは、自宅にいるスティーヴンの妹たちを描くが、正確な場所は記されていない。ほかの挿話の記述（*U* 15.4884; 17.146-47）からカブラであることが辛うじてわかり、それならば当時ジョイス家が住んでいた場所（7 St. Peter's-terrace, Phibsborough）であろうと推測されており、4でそのおおよその位置をしるしたが、あくまでも推定上の位置となる。二枚目と三枚目の地図は、M. J. B. Baddeley. *Ireland (Part I) Northern Counties including Dublin and Neighbourhood.* Edited by W. Baxter, 6th ed. (Thomas Nelson and Sons, 1909), n.p. 掲載のものをもとに作成した。

また地図作成にあたっては、Don Gifford with Robert J. Seidman, Ulysses *Annotated: Notes for James Joyce's* Ulysses. 2nd ed. (U. of California P, 1898) および、結城英雄『「ユリシーズ」の謎を歩く』（集英社、一九九九）を参考にした。

（金井嘉彦）

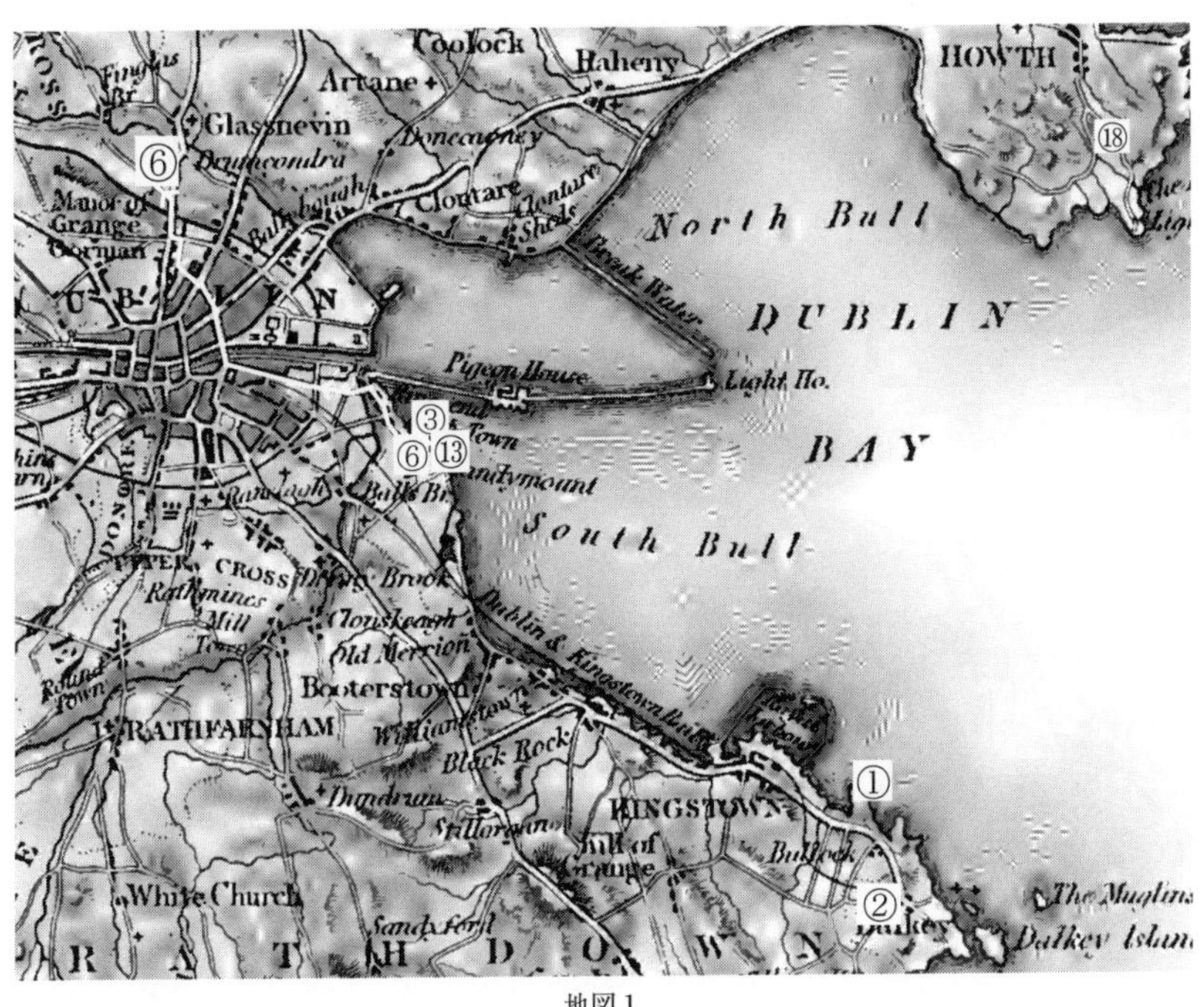

Coolock
Raheny
HOWTH
Artane
Glassnevin
Drumcondra
Donecarney
Clontarf
Clontarf Sheds
Manor of Grange Gorman
North Bull
DUBLIN
Break Water
Pigeon House
Light Ho.
BAY
Sandymount
South Bull
Ranelagh
Rathmines
Clonskeagh
Old Merrion
Booterstown
Dublin & Kingstown Railway
RATHFARNHAM
Williamstown
Black Rock
Dundrum
Stillorgan
KINGSTOWN
Hill of Grange
Bullock
White Church
Dalkey
The Muglins
Dalkey Island
①
②
③
⑥
⑬
⑱

地図 1

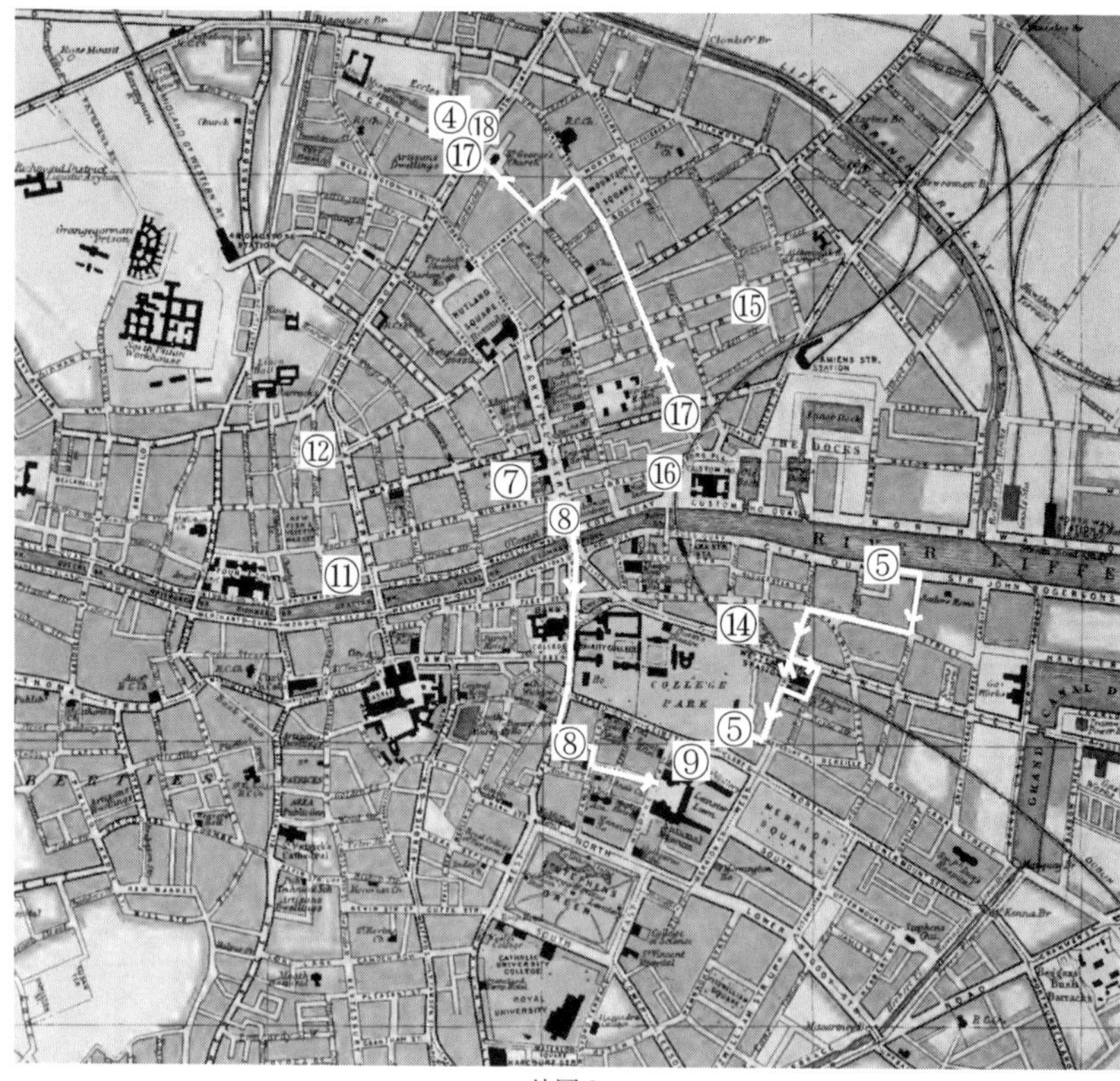
④⑱
⑰
⑮
⑰
⑫
⑦
⑯
⑧
⑤
⑪
⑭
⑤
⑧
⑨
RIVER LIFFEY
COLLEGE PARK
MERRION SQUARE

地図2

4
1
3
1
2
19
8
11
14
9
10
13
7
9
6
15
16
18
15
5
12
17
19
New Cattle Market
COLLEGE PARK

地図3

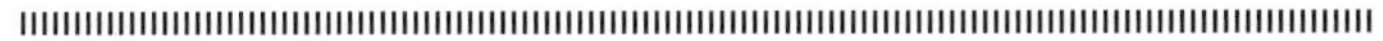

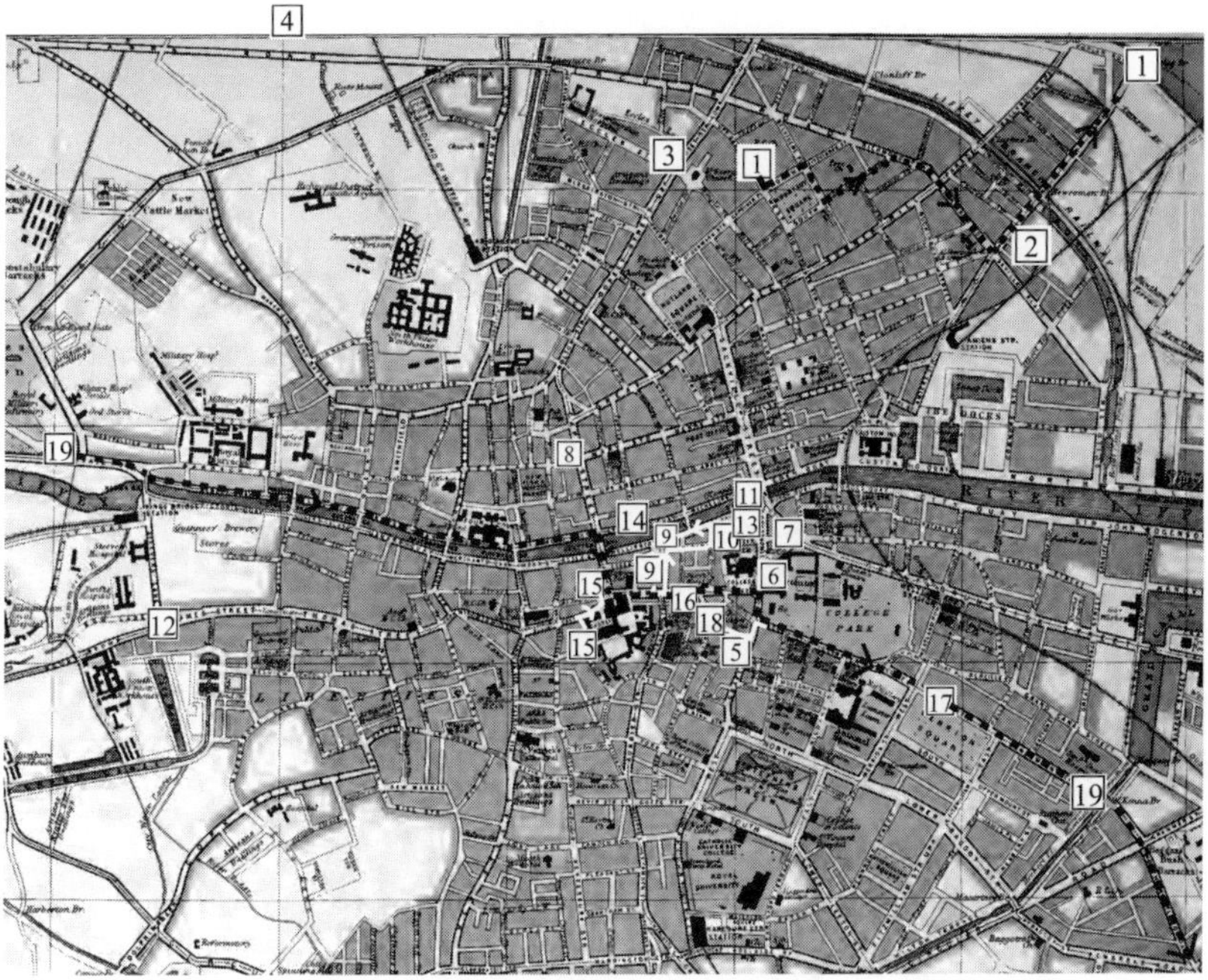

《第一挿話》

時間は午前八時。場所はダブリン南郊サンディコーヴに建つマーテロ塔。最初に、塔頂でひげを剃る快活なマリガンと、寝不足で不機嫌なスティーヴンの会話。スティーヴンは、死んだ母親への罪悪感を抱えながら喪に服しており、かつてマリガンが亡母について言いはなった言葉に傷つけられたことを根に持っている。また、マリガンは、オックスフォード大学の級友であるヘインズを塔に連れてきたのだが、そのヘインズが昨夜夢にうなされて銃を撃つと騒いだことも、スティーヴンの気分を害している。次に、三人が塔内で朝食をとる場面が続く。そこに、ミルク売りの老婆が現われる。アイルランド文芸復興に関心のあるヘインズは、老婆にアイルランド語で話しかけるが、老婆はそれを理解しない。スティーヴンは、ヘインズとマリガンと老婆のやり取りを見ながら、彼らの関係を「支配者」と「謀反人」と「姦婦」になぞらえる。さらに、ヘインズはスティーヴンの機知にも興味を示す。朝食後、三人は塔の外に出る。ヘインズがスティーヴンのシェイクスピア論に関心を示す。マリガンは水浴する。それを眺めつつ、スティーヴンとヘインズは会話する。スティーヴンが、自分は大英帝国とローマ・カトリック教会という「二人の主人の召使だ」と述べる。これに対しヘインズは、イギリスのアイルランドに対する不当な仕打ちを認めながらも、「悪いのは歴史らしい」という発言や、ユダヤ人問題をイギリスにとっての当面の国家的問題と見なすことによって、逆にアイルランド問題への無理解を露呈する。塔の鍵を渡し、ドーキーへと向かうスティーヴンの「簒奪者たち」という内的独白で第一挿話は幕を下ろす。

【解釈のポイント】①『肖像』と『ユリシーズ』におけるスティーヴンの登場人物としての地位の違い。②スティーヴンの亡母への思い。③オスカー・ワイルドからの引用。④スティーヴンとヘインズの会話に見られるアイルランドとイングランドの政治的関係。⑤マリガンは信頼できる友人か。⑥ミルク売り

の老婆とW・B・イェイツの演劇との関係性。⑦マーテロ塔の所有権は誰にあるのか。（田多良俊樹）

《第二挿話》

時間は午前九時過ぎ。スティーヴンはドーキーの小学校で歴史を教えている。やがて科目は英語に移り、ミルトンの「リシダス」を暗唱させる。十時近くになり、生徒たちは次の時間のホッケーのために教室を出ていくが、スティーヴンは校長ディージーに居残りを命じられた生徒サージェントに数学を教える。このあと彼は校長の部屋で給料を受けとる。ディージーは口蹄疫に関する記事を新聞に掲載してもらうよう、スティーヴンに編集者との仲介を依頼し、手紙を託す。

前半の教室の場面では、スティーヴンの内的独白から、彼が自己に沈潜しながら授業を消化していることが窺われる。たとえばサージェントという虚弱な生徒の姿は、自身の少年時代を想起させ、スティーヴンはやはり亡き母を思わざるをえない。いっぽう後半の校長室では、ディージーとの対話が主となる。英国に支配されるアイルランドの歴史が話題となり、「歴史は……ぼくが目覚めようとしている悪夢です」（"History . . . is a nightmare from which I am trying to awake"）（*U* 2. 377、省略は筆者）という有名なセリフもここで発せられている。

【解釈のポイント】①冒頭は歴史の授業から始まっており、宗主国とアイルランドの現在という大きな歴史的主題が今後展開されるであろうことを暗示している。②スティーヴンが国語（＝英語）の授業で生徒に暗唱させているミルトンの「リシダス」は、溺死した友人を悼む詩であり、エーゲ海に墜落したイカロスという連想を呼ぶ。③授業の最後で、生徒にせがまれてスティーヴンが語る「なぞなぞ」は、のちの第十五挿話で、形を変えて繰りかえされることになる。④ディージーから託された手紙は、第三挿話で詩を書くために余白が切りとられ、第七挿話でイヴニング・テレグラフ紙の編集長クロフォードに手渡され、第十六挿話で新聞に掲載されている。⑤ディージーの語る歴史観には「反ユダヤ主義」が内在しており、やがて登場するレオポルド・ブルームという存在の予告ともなる。

（吉川　信）

《第三挿話》

午前十一時。スティーヴンはサンディマウントの浜辺にいる。この挿話はスティーヴンの知覚と、それが思考、連想、想像、回想へととりとめもなく変化していくさまを描く。たとえば、二人の女性を目にしたスティーヴンの思考は、その職業を産婆と想像したことからへその緒、人類のへその緒をつないでいった先にいるへそを持たぬイヴへと移ろう。結局は通りすぎて立ち寄ることのなかった叔母の家は、そこに行っていたとしたら繰りひろげられていたであろう会話や、没落の家、パリで会ったイーガンの記憶を呼びおこす。遠浅の浜辺の海の淵まで来たスティーヴンは岩の上に腰かける。目にした犬の死体は、貝を拾いに来ている男女が連れた犬が駆けまわるのを（心配げに）見ることにつながる。通りすぎる二人から性的な行為を想像したスティーヴンは、昨晩見た売春街で男に招き入れられる夢を思いだす。浮かんできた詩をディージー校長の手紙の端を切りとって書きしるした彼は、波の言葉を聞きながら、海の中の様子や、第一挿話で耳にした水死体がぽっかりと海に浮かんでくる様子、水死について考える。潮が満ちてきたことから陸へと戻ろうとしたスティーヴンが、誰かに見られている気がして振りむくと、三本マストの船が目に入る。

【解釈のポイント】①レッシングの概念、「ネーベナイナンダー」（事物が隣りあって存在する性質）と「ナッハアイナンダー」（事物が順次起こる性質）と第三挿話（および『ユリシーズ』全体）の関連。②スティーヴンの視覚との関係。③アリストテレスを用いて事物があることを確認しようとしているスティーヴン。④この挿話の主題「変化」の文体上の表現。⑤第一挿話で提起されたハムレットのテーマの継承。⑥第三挿話と第十三挿話の対称性。⑦第三挿話の底流をなす性の確認（スティーヴンが岩の上でした「手仕事」はどのようなものか）。⑧犬の死体を眺めるスティーヴンはそこに何を見るか。

（金井嘉彦）

《第四挿話》

時間は午前八時。場所はエクルズ通りのブルーム宅およびその近所。レオポルド・ブルームはキッチンで飼い猫の相手をしながら、妻モリーの朝食を準備している。食材を買い足すために、モリーに一声かけて外に出る。みちみち、朝の陽ざしから東方の国に想いをはせ、また新聞社説にあった「自治の太陽」という句を思いだす。途中オローク酒場の主人に挨拶してから、ドルゴッシュ食肉店に向かう。店で好物の腎臓を取って新聞紙にくるみ、先客の女性の尻を好色な眼で眺め、支払いをして外に出る。腎臓をくるんだ新聞紙にあった、トルコの開拓農場への出資を募る広告について想いをめぐらす。帰宅後、届いていた手紙二通と葉書一枚を持ち、そのうちモリー宛てのものを寝室の彼女に届ける。ブルームはキッチンに戻ってお茶と朝食セットを仕あげ、モリーの寝室に運びこむ。彼女に届いた手紙を話題に出すが、それは彼女の出演する演奏旅行を企画・後援するヒュー・ボイランからの手紙である。彼はモリーの読む好色小説に出てくる「輪廻転生（メテムサイコシス）」という言葉について問われ、説明を試みる。キッチンに戻り、焼いていた腎臓を食べながらミリーの手紙を読む。娘の成長と独立に思いをめぐらし、一抹の寂しさを感じる。便意を催し、古い新聞を取って裏庭の便所に向かう。用を足しながら、持ってきた新聞の懸賞小説を読み、自分も妻を題材に小説を書くことを夢想する。新聞紙を割いて尻を拭き、このあと出かける友人の葬式を思いだしたところで、近所の教会の鐘の音を聞く。

【解釈のポイント】 ①ユダヤ系であるブルームが臓物料理を好むという設定は何を暗示するか。②ブルームの意識に去来する東方のイメージ。③ブルームとモリーの会話や娘ミリーにまつわる思い出から推察される、ブルーム夫妻の現在と過去。④モリーの浮気相手となるボイランの主題はどのように導入されているか。⑤「輪廻転生」や懸賞小説の内容など、断片的に提示されるモチーフはこのあとどのように展開されるか。⑥叙述やブルームの意識には時おり省略もしくは欠落があるが、どこにあるか。 （横内一雄）

《第五挿話》

時間は午前十時。リフィー川南岸を歩くブルームは、周囲の目を気にしながら、ウェストランド通りにある郵便局に入り、局留めの手紙を受けとる。彼は「ヘンリー・フラワー」の偽名で、ひそかにある女性と文通をしている。周囲への警戒から脇ポケットの中で封筒を破るものの、知人のマッコイと出くわしてしまう。適当に話を合わせながら、ブルームの視線は、二輪馬車に乗りこもうとする女性のスカートの中身や、フリーマンズ・ジャーナル紙に掲載されていた「プラムツリーの瓶詰肉」の広告に向かう。マッコイと別れたあと、再び周囲に「誰もいない」ことを確認してから、新聞で隠したまま手紙を開く。文通相手は「マーサ」という名の女性で、彼女のサディスティックな言葉にブルームはマゾヒスティックな性的興奮を覚える。ウェストランド通り駅近くの線路のガード下で封筒を破り捨て、今度は偽名が記されたカードを帽子のバンドの内側に隠すために、オール・ハロウズ教会に入る。ミサの様子を眺めながら、聖餐や告解、懺悔などの宗教儀式が人々の精神を〈麻痺〉させるものであることを考える。教会を出たブルームはスウィーニー薬局に立ち寄り、モリーのための化粧水を注文し、レモン石鹸を購入する。店を出た直後、新聞の競馬情報を知りたがるバンタム・ライアンズに呼び止められるが、葬式の前に風呂に入るべく先を急ぎたいブルームは「[新聞は]捨てるつもりなんだ（スロウ・イット・アウェイ）」と言い、ライアンズはその言葉に何かを感じとる。

【解釈のポイント】①挿話名が示唆する「安逸に耽る人々（ロータス・イーターズ）」はブルームだけでなく、さまざまなダブリナーズに当てはまること。②『ハムレット』のオフィーリアから連想される、父の「自殺」。③ブルームとフラワー（どちらも「花」を意味する）の「名前」の問題と、このあとの挿話で繰りかえし想起されるマーサの手紙の文言。④挿話の最後でブルームが想像する入浴の場面における「生の流れ」（the stream of life）と、「あたたかな子宮」に擬（なぞら）えられた浴槽の中で漂う「だらっとした一輪の花」が持つ意味（*U* 5.563-72）。（小林広直）

《第六挿話》

時間は午前十一時。場所はダブリン南東のサンディマウントにあるディグナム家から、馬車で移動してダブリン北のグラスネヴィンのプロスペクト墓地に至る。三日前に急死したパトリック・ディグナムの葬儀に参列した一行が、墓地へ向かうため四台の馬車に分乗し、その一台にブルームはサイモン・デダラス、マーティン・カニンガム、ジャック・パワーとともに乗りこむ。一行は道中によもやま話をするが、ブルームは会話からとり残されがちで、窓外を見ながらさまざまな夢想にふける。午後にモリーと逢引きを予定しているボイランを思いだした瞬間、ボイランとモリーの演奏旅行について訊かれてたじろぐ。また、ブルームが父を自殺で失ったことを知らないパワーが自殺を貶める発言をし、あとでカニンガムにたしなめられることになる。墓地に近づくと、チャイルズ殺人事件が話題にのぼる。墓地に着き、ディグナムの遺体を収めた棺が礼拝堂に運びこまれ、コフィ神父により埋葬の儀式が執りおこなわれる。ブルームは死や死をめぐるカトリックの教義などについて想いをめぐらす。儀式が終わると、墓掘人たちが棺を墓穴に運びこみ、参列者一同で土をかける。ブルームは死や腐肉についてさらなる夢想をめぐらす。会葬者が名簿に名前を記入するさい、一行は雨外套（マッキントッシュ）を着た見知らぬ参列者の存在に気づく。ブルームはジョン・ヘンリー・メントンのくぼんだ帽子を直してやり、爽快な気分になる。

【解釈のポイント】①本挿話では、全巻中でもっとも大胆な空間移動が描写され、都市小説としての側面が前景化している。②ブルームと他の参列者の関係を見ると、彼がダブリンの人間関係ネットワークにどう組みこまれている（いない）かが見えてくる。③墓地に眠る、あるいは墓地にまつわるさまざまな死者が想起されることで、ダブリンの政治的・社会的・宗教的側面が重層的に浮かびあがってくる。④ブルームがめぐらす死の想念、とりわけ腐肉やカトリックの教義をめぐる思索は本作全体のテーマとどう関わってくるか。⑤雨外套を着た謎の男の正体、もしくはその機能はどう説明できるか。

（横内一雄）

《第七挿話》

時間は正午。ブルームはキーズ社の広告について相談するためにフリーマンズ・ジャーナル紙のオフィスを訪れている。印刷機の立てる大きな音が響くなか、パディ・ディグナムの葬式の報告記事について話していた主任のジョゼフ・ナネッティは、三ヶ月間の広告契約更新を取りつけるという条件のもとに、ブルームの新しい広告図案を承認する。アレグザンダー・キーズに電話をかけようと、ブルームが同じ建物内にあるイヴニング・テレグラフ紙のオフィスに入ると、ネッド・ランバートがその日の朝刊に掲載された愛国的な演説を揶揄するのをマッキュー教授とサイモン・デダラスが聞いている。J・J・オモロイと、次いで編集長のマイルズ・クロフォードがやって来て、入れ替わりにデダラスとランバートは近場のパブに向かう。途中からT・レネハンも会話に加わり、謎かけを披露しようとするも相手にされない。ブルームは電話ではつかまらなかったキーズに会うために建物を出る。まもなくオマデン・バークに連れられてディージー校長に頼まれていた手紙をクロフォードに手渡しに来たスティーヴンが入室する。クロフォードはディージーの文章を掲載することを口約束する。話題はフィーニックス公園殺人事件の犯人の移動経路を紙面上の広告を利用してニューヨークに伝えたイグネイシャス・ギャラハーの武勇伝や、ジョン・F・テイラーのアイルランド語復興についての演説に移る。キーズと二か月の契約を取りつけたブルームが急いで戻ってくるが、今度はクロフォードに足蹴にされる。酒場へと向かうスティーヴンは、クロフォードらを相手にプラムのたとえ話をする。

【解釈のポイント】①本文を分断する、新聞の見出しのごとき部分をどう解釈するか。②人と物が自由に往来するなか、行く手を妨げられるブルーム。③アイルランドの自治問題とジャーナリズムの役割。④演説、なぞなぞ、たとえ話などの話術の技巧。⑤あと少しのところで出会わないブルームとスティーヴン。⑥ともに鍵を持たないブルームとスティーヴン。

（平繁佳織）

《第八挿話》

時間は午後一時。場所はオコンネル橋─トリニティ・カレッジ前─グラフトン通り─デューク通り─ドースン通り─国立図書館までのブルームの足取りをたどる。本挿話でブルームは、かつての恋人であったミセス・ブリーン、「エンディミオン」とあだ名されていたダブリンの変わり者、パーネルの弟、ジョージ・ラッセル（A・E）、ノージー・フリン、ヒュー・ボイラン、目の見えない青年など、さまざまなダブリン市民たちとすれ違う。オコンネル橋の欄干でYMCAの青年からもらった「エリヤ来たらん」というチラシを丸めてリフィー川に投げ、鴎にバンベリー・ケーキをあげたあと、かつて自分が勤めていたヒーリー文具店の広告をするサンドイッチマンを横目に、ウェストモアランド通りを下っていく。グラフトン通りを抜け、デューク通りのバートン食堂に入るが、客連中の獣じみた食べ方に嫌悪感を催し、同じ通りを少し戻ったところにあるデイヴィ・バーン食堂へと向かう。ゴルゴンゾーラのチーズ・サンドイッチとバーガンディ・ワインを昼食にとるうちに、いつしか過去の回想にふけっていき、石楠花(しゃくなげ)の咲くホウスの丘でモリーとしたキスのことや、彼女と食べたケーキのことを思いだす。キーズの広告掲載のための調べ物をしに向かった国立図書館の正門近くで偶然ボイランを見かけ、あわてて姿を隠すために、図書館のとなりに立つ博物館に立ち寄る。

【解釈のポイント】①食べる行為や食べ方、食べ物の嗜好について、また動物の屠殺、解体、調理の問題。②リフィー川から着想される「常に流れている水、絶えざる変移、それをわれわれは生の流れのなかでたどる。人生は一つの流れだ」というブルームの人生哲学。③ブルームのモリーをめぐる回想癖とボイランをめぐる回避癖。④日常生活のなかで生じる「偶然の一致」の現象。⑤その他、口蹄疫、広告の方法、菜食主義、心霊主義、デニス・ブリーンが受けとったU・Pと書かれた謎の手紙、ピュアフォイ夫人の妊娠、ゴールドカップ杯、マーサの手紙等に関するトピック。

（南谷奉良）

《第九挿話》

時間は午後二時。場所は国立図書館の一室。スティーヴンは、館長のリスター、図書館員でもあり一九〇四年五月創刊の雑誌『ダーナ』の編集主幹のエグリントン、図書館員のベスト、神秘主義詩人A・Eことジョージ・ラッセルを前にシェイクスピア論を展開する。通常シェイクスピアとハムレットを重ねて読むのに対し、スティーヴンは、シェイクスピアが先王ハムレット役を演じていたことを根拠に、ハムレットの父の亡霊にシェイクスピアの姿を見る。これにより、彼が亡霊として呼びかける相手ハムレットはシェイクスピアの死んだ息子ハムネットに対応することとなり、先王を裏切り、死へと結果的に至らしめた王妃ガートルードは、シェイクスピアの妻アン・シェイクスピア、旧姓ハサウェイへと対応していく。スティーヴンはさらに、若いときに年上の女性アンに征服され性的な自信を失ったシェイクスピアが、彼の弟と不義の関係を持った妻の裏切りによりさらなるトラウマを受けたことが作品に現われているとする。こうしてスティーヴンは、シェイクスピアの作品には彼の実人生が反映されていることを説く。彼は、シェイクスピアの評伝からの引用をまじえながら、説得力を持たせようとする一方で、自説を信じているかを問われると即座に否定する。マリガンとともに国立図書館を出ようとしたスティーヴンは、同時刻に広告の図案を探しに図書館に来ていたブルームとすれ違う。

【解釈のポイント】 ①スティーヴンはシェイクスピア論を誰に聞かせようとしたのか。②シェイクスピア論が第一挿話から始まっている点。③ジョージ・ムアの夜会に招待されないスティーヴン。④スティーヴンの言うことに関心を示していたはずなのに、彼のシェイクスピア論を聞かないヘインズ。⑤シェイクスピア、オデュッセウス、ブルームに共通に見つかるイグザイル的特性。⑥植民地アイルランドにおいて宗主国の文学を代表するシェイクスピアが持つ政治的意味。⑦自説を信じているかを聞かれると即座に否定するスティーヴンの不可思議さ。

（金井嘉彦）

《第十挿話》

時間は午後三時。場所はダブリン市街の各地。本挿話は十九にわたる断章から成っており、そのそれそれが異なる人物に焦点を当て、同じ時間帯に彼らが経験している状況を多角的に記述している。友人と談笑する者もいれば買い物にいそしむ者もいるなど、多岐にわたる地点で複数の人物の経験や意識が同時進行的に描かれる。この時間帯にはアイルランド総督の騎馬行列がダブリンを横断しており、登場人物の多くがそれぞれの属する地点でこの行列を目撃する。最後の断章では総督の行列そのものが記述の中心となり、各断章の登場人物の反応が行列の側の視点から描写される。公邸を出発した総督の一行が目的地の慈善市に到着して、本挿話は終了する。各断章は原則的にはそれぞれ特定の人物をめぐる描写に終始するが、時おりそこに、同時点の別の場所における別の人物についての記述が挿入される。たとえば、ディグナムの葬儀をとりしきる葬儀屋ケラハーが巡回中の警官と言葉を交わす場面では、唐突にエクルズ通りの窓辺から白い腕が現れてコインを投げるさまが記述されるが、これは次の断章に現れる一本足の水兵の物乞いに対する施しであり、第四挿話以降を読んできた読者にはモリーの腕だと判別できる。

【解釈のポイント】 ①共時性の強調による偏在的視点が示唆される。同じ時点に発生している異なる地点の描写の唐突な挿入は読者の混乱を招く一方、緻密な構成によって徐々にこの仕かけに気づくよう仕組まれている。②登場人物が経験している状況のみならず、意識している内容も語りに反映されるため、過去と現在の混在によるアナクロニズムが発生。③映画技法、モンタージュとの関連性。④第八挿話でブルームがリフィー川に投げ捨てた「エリア来たらん」のチラシが河口へ流れゆくさまが、擬人的描写によって随時挿入されるのはなぜか。⑤ダブリンを横断するアイルランド総督の騎馬行列によって示唆される植民地の政治的状況。

（桃尾美佳）

《第十一挿話》

時間は午後四時前。場所はリフィー川北岸オーモンド・ホテル内のレストラン・バー。女給のミス・ケネディとミス・ドゥースは、第十挿話に出てきたアイルランド総督騎馬行列を窓から眺め、馬車から二人の方を見やる男に気づき嘲笑する。ホテルにはサイモン・デダラスを筆頭に男たちが集まり、レネハンは女給たちの気を引こうと戯れる。ブルームは、文通相手のマーサ・クリフォードに送る便箋を購入するさい、妻モリーの密通相手のヒュー・ボイランを偶然に目撃し、あとをつける。ボイランは約束の四時までの時間をつぶすためホテルに寄り、ブルームは男たちからは姿が見えない席に座り、リッチー・グールディングと食事をとる。約束の時間になり、ボイランは馬車に乗ってエクルズ通り七番地に向かう。残された男たちはコンサートのために調律されたばかりのピアノを触りながら、まずサイモンが歌劇『マルタ』より「我に現れ」を披露する。ブルームは、グールディングに見られないように、歌劇と同じ名前を持つ文通相手に手紙をしたためる。続いてベン・ドラードが「クロッピー・ボーイ」を歌うと、男たちも女給もその歌声と内容に感極まるが、ブルームは急ぐように席を立ち、歌が終わる前にホテルの廊下へ出る。郵便局に向かう道中、ブルームは通りかかった店のウィンドウにかけられた絵に書かれたロバート・エメットの最後の言葉を見やり、ホテルで飲んだサイダーのせいかガスが溜まっているのを感じ、エメットの言葉と路面電車の音にかぶせて勢いよく放屁する。

【解釈のポイント】①冒頭部の六十三行をどう解釈するか。読者はこの部分をどう使うよう促されているのか。②妻が寝取られようとしているブルームの孤独と、陽気な男たちの対比。他方、別室で歌われる歌の内容との重なり。③音を波動として物理的に捉える視点。ピアノの音や歌声以外に書きこまれるさまざまなノイズについて。④音楽になぞらえられる文体を一つの演奏とすると、挿話内で男たちが披露する歌と本挿話自体の二つのレベルで演奏が行なわれている点。⑤音楽と記憶の関係。（平繁佳織）

《第十二挿話》

時間は午後五時。場所はバーニー・キアナンの酒場。物語は取りたて屋をしている「俺」が会合を終えて出てきたジョー・ハインズと会うところから始まる。ジョーは「市民」の耳に入れておきたいことがあるといって「俺」をバーニー・キアナンに誘う。「俺」も「市民」もいつもと違い金を持っているジョーのおごりにありつく。パブで酔っぱらっているため、話は自然と誇張されて語られる。この挿話は「俺」に加えてもう一人の語り手がいる。その語り手が挿入するパロディはパブで行なわれるすべてが誇張される原理をさらに拡大してみせる。「市民」はナショナリストの立場からなんに対してであれ難癖をつける。そこにブルームがマーティン・カニンガムと待ちあわせをしているといって入ってくる。みなが酒を飲む席で、勧められても酒を飲まないことで、ホモソーシャルな場で共有されている了解（酒を飲むことは男らしいことであり、男らしさは力を頼りにすること）から逸脱してしまうブルームは、意に反して自身をアウトサイダーの位置に置いてしまう。何でも知っている顔で口をはさむことも反撥を買う。ブルームをよそ者として見る意識は反ユダヤ人感情と相まって次第に強くなっていく。その中でブルームもついには力を振るうことの無益さ、愛の重要性を説き、反撥を示す。ブルームがカニンガムを探しに席を外している間に、ブルームが今日の競馬で勝ったという誤った情報が広められ、金があっても奢らない彼に対する反撥が強まり、ちょうどカニンガムたちがやってきたときに爆発する。カニンガムが慌ててブルームを連れて馬車で去っていくところに、「市民」はビスケットの缶を投げつける。

【解釈のポイント】 ①この挿話が“I”で始まることの意味。②語り手「俺」が無名であることの意味。③「市民」に対する他の登場人物の評価。④なぜ「市民」なのか。⑤加えられているパロディの効果。

⑥第十三挿話との対称性。

（金井嘉彦）

《第十三挿話》

時間は午後八時。ブルームはサンディマウントの海岸に座り一休みしている。文体は「ノヴェレット」（novelette）——当時女性誌を賑わせた「安っぽい感傷的な短篇小説」——のパロディ、とくにマリア・S・カミンズの小説『点灯夫』（*The Lamplighter*）のそれと言われている。浜辺では、ガーティ・マクダウェル、イーディ・ボードマン、シシー・キャフリーの三人の娘が岩の上に座し、そばにはトミー・キャフリー、ジャッキー・キャフリーの双子の幼児が戯れている。乳母車にはイーディの弟であるらしい赤子がいる。イーディとシシーは赤子をあやし、ガーティはひとり物思いにふけっている。前半の文体には、ガーティの独白と思しき文が多く見受けられ、一見彼女が語り手であるかのようにも読める。近くの岩場に腰を下ろしたブルームは、「彼が見ているのを見」ているガーティ（*U* 13. 726）を見ながら、そしてわずかばかり露出された彼女の脚と下着を見つめながら自慰にふけり、花火の打ち上げと同時に射精する。これを機に挿話は二分され、後半部はほとんどブルームの独白からなっている。

【解釈のポイント】①二つの計画表に共通するとおり、「学芸」の項目は「絵画」とされているが、ジョイスの友人の画家フランク・バジェンも、この挿話が絵画的であると語る。風景描写から始まる数少ない挿話である。②前半であえてノヴェレットのパロディを行なったのはなぜか。③前半の語り手は女性の声のように聞こえるが、ガーティという娘が小説を書いたらこうなる、という文体かもしれない。④ブルームのマスタベーションという、当時としてはスキャンダラスな内容を含んでおり、当時掲載された雑誌『リトル・レヴュー』は、これゆえに発禁処分となった。⑤近くにある海の星教会では聖体降福式が行なわれており、教会内部での儀式の様子が同時進行で描かれているが、それを目にできる人物はガーティでもブルームでもない。やはり第三者の視点が持ちこまれている。⑥花火打ち上げ後の後半は、ブルームの独白を中心とする文体に切り替わっており、挿話全体はここで二分される構造を持っている。

（吉川　信）

《第十四挿話》

時間は午後十時。三日間の難産に苦しむミセス・ピュアフォイを見舞うべく、ブルームはホレス通りにある産院を訪れる。その一室では、レネハンやスティーヴンに加え、医学生たち――リンチ、マデン、コステロ、クロザーズ――が酒盛りをしていた。母体に危険があるとき、母と子のどちらを優先すべきかという議論で、大方の者が母だとするのに対し、スティーヴンは子の命を優先すべきだと訴える。ブルームはその意見に賛同しつつも、ルーディを失ったときの哀しみとモリーの嘆きを思いだし、亡き息子の姿をスティーヴンに見いだす。そののちも、議論は神学（肉と言（ロゴス））、性体験（処女性）、口蹄疫（動物の殺戮）に及ぶが、そんななか、にわか雨が降りだして雷鳴が轟くと、それにひどくおののくスティーヴンに対し、ブルームは「自然現象」にすぎないと言って落ちつかせようとする。やがてジョージ・ムアの夜会から戻ったマリガンが、道すがら出会ったバノンを伴って、一座に加わり、人口減少対策として「国立受精センター」の設立を訴える。やがて男児が無事生まれたという知らせが届くが、なおも酒盛りは続き、ブルームは疎外感を抱きつつも、いまだに母の死を嘆くスティーヴンに同情し、彼と初めて会ったときのことを想起する。その直後、スティーヴンの「バーク［酒場］へ！」という掛け声によって、一同はパブへ向かい、さらに酒を飲む。閉店時間の十一時になり、スティーヴンがリンチを娼婦街に誘うと、それを耳にしていたブルームは彼らのあとを追うことにする。

【解釈のポイント】　本挿話では、出産にまつわる諸問題（神学との関連、避妊や堕胎、さらにはダーウィンの進化論から派生した優生学）が酩酊した医学生たちによって議論されるが、何においても特徴的なのはその〈文体〉である。古い祈禱文を模した冒頭の六行に始まり、およそ九百年に及ぶ英語の散文が次々とパロディ的に模倣され、その歴史はおよそ九か月の人の妊娠期間に擬えられている。文体によって誇張、あるいは歪曲された内容から、読者は実際に何が起こっているのかを見きわめることを求められる。（小林広直）

《第十五挿話》

時間は深夜十二時。場所は当時のダブリンの赤線地帯であったタルボット通りから、マボット通り、ティローン通りのベラ・コーエンの経営する娼家、ビーヴァー通りに広がる「夜の街（ナイトタウン）」。戯曲形式で進行するが、その形式は夢や映画の展開にも擬えられる。自在に人を変身させる力をもつ魔女キルケにちなみ、この挿話では、人物や動物がめまぐるしく変容し、確固たるアイデンティティは崩壊し、溶解する。悪夢めいたヴィジョンが渦巻き、事物までも生命を与えられて話しだす。夢幻と酩酊、無意識と罪悪感、人物の過去の記憶および「テクストの記憶」を通じて、現実と幻想が入りまじる夢幻劇のなかに読者は誘われていく。以下、現実と幻想の区別を特に明記せず、テクストに書かれた主要な出来事をたどる。

バーク酒場から電車で移動してきてエイミアンズ通りで降りたスティーヴンとリンチは娼家へ向かう。あとを追って来たブルームが現われる。彼はオルハウセン豚肉店で豚の腿肉と羊の脚肉を夜食として買ったあと、マボット通りをさまよい、二人を探す。彼の前に父親ルドルフや母親エレン、妻モリー、ガーティ・マクダウェルやミセス・ブリーンが現われ、つぎつぎと彼を責めたてる。彼が過去の思い出をミセス・ブリーンと話しながら歩いていると、肉の匂いを嗅ぎつけたのか後ろから犬がついてくる。彼が持っていた肉をその犬にやると、その様子を見咎めた二人の巡査から動物虐待を疑われ、職務質問を受ける。ブルームの人物性が疑われるなかで、裁判が開廷され、さまざまな証人たちにより彼の過去の悪事や性的嗜好が暴かれていく。彼は無実を抗弁し、それを弁護する声が続くも、女性たちから非難の声が高まる。彼が過去に犯した猥褻な行為への糾弾のみならず、連続殺人、ダイナマイト爆破、文書偽造、重婚、売春宿経営、寝取られ亭主、公的迷惑行為等で彼は告発され、ついには死刑を求刑される。ブルームが葬式に出ていたことをアリバイにすると、パディ・ディグナムが証人として現われる。

悲しげなピアノの曲が聞こえてくる娼家にスティーヴンがいるかもしれないと考えてブルームが踏みこむと、そのベラ・コーエンの売春宿で働く娼婦ゾーイ・ヒギンズに出迎えられる。ブルームはポケットに入れてあった母譲りのお守りのジャガイモをゾーイに奪われる。ゾーイにけしかけられて、彼は演説を始める。次々と支持者と観衆が現われ、祭りあげられた彼はレオポルド一世として戴冠し、新国家「ブルームサレム」の樹立を宣言する。次々と新体制を打ちだすブルームであったが、その横暴に次第に批判の声が高まり、医師マリガンから両性具有の異常体質、虚言症や露出症を指摘され、ディクソン医師からは「新しい女性的男性」と診断される。批判の声は収まらず、彼は縛り首にされて、火炙りに処される。

ブルームが再び現われたゾーイといちゃつきながら娼家のなかへ入っていくと、自動ピアノの前に立つスティーヴンがリンチを相手に理屈っぽい自説を展開している。ブルームの前に、リポティ・ヴィラーグが現われ、性に関する助言を与える。ベラ・コーエンが現われ、女王(ドミナトリックス)となってブルームのマゾヒズムの欲望を開放する。彼は「ベロ」の前で四つん這いになり、他の娼婦たちにもいたずらものにされる。女性化したブルームの前に「過去の罪たち」が迫り、木々やニンフたちとの会話を通じて、彼はみずからの性癖を語る。彼がゾーイからジャガイモを返してもらったあと、「持つか持たぬか、それが問題」だと述べたスティーヴンが娼家で楽しんだ分の代金を支払う。彼が払いすぎた分をブルームが取り戻す。馬車に乗って現われたボイランはモリーとの情事を覗き見ることをブルームに許可する。スティーヴンの過去も蘇りはじめ、革帯鞭（パンディバット）を持ったドーラン神父が自動ピアノから飛びだす。ゾーイが自動ピアノのハンドルを回し、一同が入りまじるように踊るなか、床下から腐敗したスティーヴンの母親が現われる。彼は恐怖に囚われ、「ノートゥング！」という絶叫とともにトネリコのステッキでシャンデリアを打ち砕き、娼家の外へ飛びだす。

ベラが壊されたランプについて十シリングをその場にいたブルームに請求すると、法外な請求だとして一シリングのみをおいて彼はその場を去る。一方スティーヴンは兵隊のカーとコンプトンと言い争いをしている。「司祭と国王を殺さないといけない」という彼を、国王を侮辱されたと思ったカーが殴りつけ、彼は失神する。ダブリンが火に包まれる。倒れている彼のもとに巡査がやってきて、事情聴取を行う。ブルームが仲介に入り巡査たちは去っていく。息子のようにスティーヴンを心配して介抱するブルームの前に十一歳を迎えた息子ルーディの幻覚が現われる。

【解釈のポイント】 ①めまぐるしい登場人物や場面の変化をどのように説明するか。②登場人物たちがまとう衣服に応じて変化する性格の問題。③隠されていたブルームの性的嗜好や過去の悪事、その他の登場人物が抱える敵意や無意識の表出。④ブルームとスティーヴンの擬似的な父子関係。⑤第一挿話から第十四挿話のページに登場した言葉やトピックがどのように再登場し、変形しているかの照合作業。

（南谷奉良）

《第十六挿話》

時間は午前一時。場所は、バット橋にある「山羊皮」ことジェイムズ・フィッツハリスが経営する御者だまりの店。第十五挿話の喧騒のあと、ブルームはスティーヴンを助け起こし、御者だまりへ向かう。その途中、ブルームはスティーヴンの無謀な行動を諭す。ジョン・コーリーが声をかけてきて、スティーヴンは半クラウン硬貨を一枚渡してしまう。ブルームはこれに当惑し、マリガンには注意せよと警告する。二人が御者だまりに入ると、店内の人々が好奇の目を向ける。そこに、W・B・マーフィーという自称水夫が声をかけてきて、サイモン・デダラスのことを話題にする。ブルームは、マーフィーの話には半信半疑である。御者だまりの外を娼婦が行き来するのを見て、ブルームはスティーヴンとの会話を再開する。二人の議論はかみ合わない。ブルームがコーヒーとパンを勧めるも、スティーヴンは固辞する。多少は打ちとけてきたところで、ブルームがバーニー・キアナンのパブで「市民」をやり込めた話をすると、スティーヴンは暴力にもアイルランド・ナショナリズムにも嫌悪感を示す。ブルームはイブニング・テレグラフ紙に掲載されたディグナムの葬儀の記事を読み、自分の名前が「L・ブーム」と誤記されていることや、参列者が不正確であることを知る。同じ新聞をスティーヴンも読み、口蹄疫に関するディージーの投書が掲載されていることを知る。御者だまりでチャールズ・スチュアート・パーネルのことが話題になり、ブルームは帽子を拾ってパーネルに感謝されたことを想起する。ブルームは、モリーの写真をスティーヴンに見せて、彼女の美しさを問う。ブルームはスティーヴンに、一緒に自宅へ行くことを提案。二人は音楽について話をしながら、ブルームの家へと向かう。

【解釈のポイント】①本挿話の語り手はどのようなタイプの語り手か。②マーフィーとは誰か。③対英テロ活動としてのアイルランド・ナショナリズム。④パーネルとオシェイ夫人の不倫スキャンダルに対する社会的反応。⑤新聞というメディアと誤記の意味。⑥ブルーム、スティーヴン、モリーの三者関係には何が投影されているのか。

（田多良俊樹）

《第十七挿話》

午前二時。場所はダブリン中心部のベレスフォード・プレイスからエクルズ通りのブルーム宅に向かう路上、およびブルーム宅の屋外と屋内。ベレスフォード・プレイスの御者だまりを出たあと、ブルームはスティーヴンを自宅に誘い、みちみち雑多な話題について話しあう。ブルームは鍵を持っていないことに気づき、半地下から屋内に入ったあと、玄関に回ってスティーヴンを招きいれる。暖炉に火をつけ、湯を沸かしてココア粉を入れたカップに注ぎ、スティーヴンに提供する。談話にふけりながら互いの過去における接点や相違を探りあい、詩の断片を朗誦しあい、歌を一編ずつ歌いあう。ブルームは一夜の宿をスティーヴンに申し出るが辞退される。また、スティーヴンがモリーにイタリア語を教える代わりに声楽を習い、さらに知的会話で交流する提案を思いつくが、実現不能であることに思いいたる。退去するスティーヴンを見送るため、二人は表に出て、星空を眺めながらともに放尿する。鐘の音を聞きながら別れ、ブルームは屋内に戻る。家具の配置変更や書棚の配列などを知覚し、衣類を脱ぎ、財を成して理想の家を築くという将来の野心について空想をめぐらす。マーサ・クリフォードからの手紙を隠し、資産運用について想起し、寝室に入り、モリーの下着を見やり、寝巻に着替え、嫉妬に狂いながらベッドに入り、一日の出来事を省略を交えてモリーに報告し、夫婦は枕を違（たが）えて就寝する。

【解釈のポイント】 ①本挿話では、もはや物語内現実の叙述という物語の目的は放棄されている。虚実混在する記述から何を物語として読みとりうるか。②物語内現実の叙述を超えて提示される膨大な情報やモチーフのそれぞれは何を暗示し、どのように作品全体の意味作用に貢献しているか。③ブルームとスティーヴンの関係、またスティーヴンとモリーを交流させようというブルームの思惑は、どのようにまたなぜ完遂をはぐらかされるのか。④ブルームがひそかに育む将来の野心はどのように彼を支えているか。⑤モリーとボイランの情事はどのような痕跡に暗示されているか。

（横内一雄）

《第十八挿話》

時間は午前二時半ごろから三時十五分すぎあたりまでか。場所はダブリン市内エクルズ通り七番地、ブルームの家の寝室。本挿話は数個のピリオドを除き、ほとんど切れ目なく続くモリー・ブルームのモノローグによってのみ構成される。モリーはベッドの中で、先刻ブルームと交わした会話の内容を思いおこしている。ブルームは足先をモリーの頭のかたわらに伸ばし、頭をモリーの足元に置く姿勢で寝入っている。翌朝の食事には卵を二つつけてベッドの中で食べたいという、これまでにない夫の注文に驚きを覚えて、モリーはブルームとのこれまでの生活のあれこれを思いめぐらす。夫婦の来し方についての追憶は、次第にジブラルタルで過ごした自身の少女時代の経験や、かつての恋人たちとの思い出、今日のボイランとの情事の記憶など、現在と過去の多層へと展開してゆく。連想のさなか、モリーは生理が始まったことに気づいて起きだし、室内便器に排尿し、音を気にしながらまたベッドに戻る。追想はとめどなく続き、ブルームが連れてきたスティーヴンと自分が仲を深める想像や、翌朝のブルームとのセックスの目論みなど、未来についての期待と夢想へも広がる。やがて徐々に眠りに落ちるらしい彼女の意識は、ブルームがホウスの丘で求婚したときの記憶へと収斂する。求婚に承諾を与えた瞬間の想起に至って、物語は終幕を迎える。

【解釈のポイント】 ①内的独白という語りの手法の時代性と独自性。②夢と無意識の領域への参入。意識の世界から無意識の世界へと移行する道中にあるモリーの声は、『フィネガンズ・ウェイク』の夢の世界に通じるか。③末尾の yes の包含する多義性。yes は本挿話全編を通じて頻出し、本文の末尾を締めくくる。単純な応諾の意図を超える解釈の可能性。④男女の身体機構に対するモリーの関心と、赤裸々に暴露される性的欲望。⑤スティーヴンとの関係性には発展の可能性があるのか。⑥ブルーム夫妻の関係性は回復に至るのか。

（桃尾美佳）

本編

「北アール通りからオコンネル通りを眺めるジェイムズ・ジョイス」（小林宏直、2018）

第一章　手紙を読む／読まないブルームを読む
――『ユリシーズ』の手引きとしての手紙

ジェイムズ・ジョイス・センターに展示されている
エクルズ通り七番の玄関ドア

第一章　手紙を読む／読まないブルームを読む

――『ユリシーズ』の手引きとしての手紙

小林広直

はじめに

「『ユリシーズ』を読むことはできない。できるのは再読することだけだ」（234-35）――ジョゼフ・フランク（Joseph Frank）が一九四五年に書いた有名なこの言葉は、今日なおいっそう予言的に響く。事実、多くの『ユリシーズ』論は、私たちがテクストを読むという日常的行為の意義をさまざまな角度から繰りかえし検討してきた。読者反応理論とナラティヴ理論が隆盛を極めた一九七〇年代から八〇年代、例えばマリリン・フレンチ（Marilyn French）は『世界としての書物』（*The Book as World*）において、作品の中で反復される「視差」や「輪廻転生」「回顧的整理」などのモチーフを採りあげ、「この小説には自己反映的な（self-reflective）コメントがあまりに多いため、どの一つが［テクストの］細部を説明する最も顕著なものか決定するのは難しい」と述べている（23）。フレンチが『ユリシーズ』全体を横断的に理解しうる一種の理想的読者を想定したのに対し、ブルック・トマス（Brook Thomas）は「より限定的な読者」、すなわち「必然的に全体を理解することに失敗する」読者を提示した（162-63、強調は筆者）。冒頭で引用したフランクの金言は、このトマスの指摘に接続されうるだろうが、『ユリシーズ』を読むこと自体を問いなおす批評は、九〇年代以降今日まで続くポストコロニアリズム批評と新歴史主義批評が主流の中でも継続されている。例えばマーゴ・ノリス（Margot Norris）が二〇一一年に上梓した『初読者（ヴァージン）とヴェテラン読者の「ユリシーズ」読解』（*Virgin and Veteran Readings of* Ulysses）は、「仮定上の初読者」（"hypothetical virgin reader"）を「発見を助ける装置」（"a heuristic device"）（2）として措定すること、つまり再読者であっても初読者の視点を借りることによって、読者がどのように『ユリシーズ』の世界に出会っているのか、ひいてはジョイスがどのようにさまざまな邂逅を用意しているのかを論じている。ノリスが依拠するライプニッツに端を発する「可能世界論」を応用したナラトロジー理論は、言うなれば、フレンチの理想的読者とトマスの限定的読者、この二つの読者像の間をすり抜け、私たちひとりひとりが「世界」――実世界であれ、フィクションの世界であれ――とどのように出会うのかという、ある意味ではきわめて素朴な問いに今一度立ちもどったかのように見える。

二〇一〇年代以降、文学批評ではさかんに「理論以後」（after theory）という主題が問われているが、デクラン・カイバード（Declan Kiberd）はこの傾向を先取りするかのように『「ユリシーズ」と私たち――ジョイスの傑作における日常生活の芸術／技芸（アート）』（Ulysses *and Us: The Art of Everyday Living*, 2009）において、難解で知られる『ユリシーズ』が一部の専門家によって独占されている今日の状況に疑義を呈し、「今こそ『ユリシーズ』を現実の人々の日常生活に改めて接続しなければならない」と主張した（11）。これを受けて、本章では先に挙げた先行研究の成果も取りこみつつ、改めて非常にシンプルな問いを『ユリシーズ』というテクストにぶつけてみたい。すなわち、作中でさまざまな手紙を読む主人公レオポルド・ブルーム（Leopold Bloom）を〈再読〉することで何か見えてくるのか。たしかにこれは「手紙／文字／文学（letters）」の送り手であるところの作者の意図を、受け手である読者がいかに解釈するかという文学理論〈以前〉の、印象批評的な論法に立ちもどることかもしれない。しかし、『ユリシーズ』の出版百周年を迎えいれつつ、それ〈以後〉を見通すためには、登場人物に寄りそいながら丹念にテクストを読み、私たちの「日常生活」を異化するような素朴な問いを、繰りかえし発することが必要となるだろうし、加えて、ジョイスが傲岸にも言いはなったとされる以下の言葉に対して可能なかぎり応答することは、研究者の責務だと言えよう――「大変多くの謎（エニグマ）やパズルをわたしは埋めこみましたので、大学の先生方は何世紀もの間わたしが何を意図したかをめぐって忙しく議論を続けることでしょう。そうすることによってのみ、不朽の名声は確保されるのですから」（Ellmann 521）。

『ユリシーズ』の設定日である一九〇四年六月十六日、ブルームは第四挿話で、親元を離れて働きはじめた娘のミリー（Millicent Bloom）から届いた、誕生日プレゼントへの感謝と近況報告が書かれた手紙を読み、続く第五挿話では、ヘンリー・フラワー（Henry Flower）という偽名を使って文通している空想の浮気相手、マーサ・クリフォード（Martha Clifford）からの手紙を読む。本章はまずこれらの手紙に対するブルームの読み方が、テクストの自己反映的性格（self-reflexivity）を持つということ、すなわち『ユリシーズ』自体の読み方への指南になっていることを指摘する。さらに、『ユリシーズ』における最大の出来事（でありながら、その場面は直接的に描かれることはない）とも言える、ブルームの妻モリー（Marion Bloom）の不義を予告する、興行師ヒュー・ボイラン（Hugh Boylan）からの手紙を分析する。第四挿話のブルームは、ミリーの手紙とともに届いたこの封書の宛名を一瞬見るだけだが、彼は中身を読まずともその手紙の意図を知っている、という一種の逆説性が明らかになるだろう。これら三通の手紙をブルームが読む、あるいは読まないことの意義を考察することで、ジョイスが主人公の意識することのない――テクスト上の〈効果〉とでも言うべき――読者に宛てた隠れメッセージを差しだしていることを以下で論じていきたい。

味読するブルーム――ミリーの手紙を読むブルーム

まずはミリーの手紙から検討してみよう。この日の朝のブルーム家には、ボイランからモリーへの封書と、娘ミリーからブルームへの封書とモリーへの葉書が届く。ブルームは朝食の準備の途中で娘の手紙の封を開け、一度ざっと流し読みをするのだが、ここで興味深いことにテクストはブルームの視界に入った手紙の文句を断片的に拾いあげる――「ありがと、新しいタム帽、コクランさん、オーウェル湖ピクニック、若い学生、ブレイゼズ・ボイランの海辺の少女たち」（"Thanks: new tam: Mr Coghlan: lough Owel picnic: young student: Blazes Boylan's seaside girls"）（*U* 4.281-82）。「意識の流れ」（stream of consciousness）という技法を採用している『ユリシーズ』にあって、これはむしろ〈視線の流れ〉とでも呼ぶべきものだろう。『ユリシーズ』のいわゆる「初期の文体」（initial style）は、リアリズム小説に見られるような全知の三人称の語りではなく、「意識の流れ」を用いた限定的な三人称の語りを採用するわけだが、読者の視線はこの拾い読みの箇所で否応なく、ブルームの視線に同化するように要請される。事実、寝室にいるモリーにトーストと紅茶を運んだのち、ブルームがようやく腰を落ちつけて朝食を食べながら読みはじめると、ミリーの手紙の全文がテクスト上に開示される（*U* 4.397-414）。そして、読者はブルームが最初に拾いあげた文言がすべてミリーの手紙に含みこまれていることを知るのだ。

ここで注目したいのは、ブルームの拾い読みのときに提示された"Blazes Boylan's seaside girls"の部分だ。これは、一見すると手紙からの正確な〈引用〉のように思われるものの、実際のミリーの手紙の本文には、「あの海辺の少女たちについてのボイランの（思わず、ブレイゼズ・ボイランの、って書きそうになっちゃった）歌」（"Boylan's (I was on the pop of writing Blazes Boylan's) song about those seaside girls"）（*U*

4.408-09）と書かれており（*1）、"Blazes Boylan's" と "seaside girls" の二つがブルームの視界にたまたま入ったことで融合した言葉だということがわかる。ここで明敏な読者は、"Blazes Boylan's" の所有格に、ボイランがプレイボーイ、あるいは女たらしであることへの当てこすりを見てとることだろう（*2）。だが、ブルームがその〈偶然の一致（コインシデンス）〉に気がついているかどうかは憶測の域を出ない。同時に、ミリーが思春期の娘らしく、父親には明らかにしていないが、すでに恋仲にあるアレック・バノン（Alec Bannon）を指し示す「若い学生」という単語をブルームが抜け目なく拾いあげていたことは、親元を離れマリンガーの写真店で働きはじめた娘を心配する親心と言える。だが、むしろそれ以上に重要なのは、手紙を読んだあとの彼が、娘もまた他の男に「キス」をされるのだと考えるように、この場面がのちに起こる、妻モリーの不義の暗示的伏線となっているということだ（ただし、後述するようにミリーはすでにキスを体験ずみかもしれない）。

物語内部で起こっているこの出来事を、テクストと読者のメタレベル、言うなればテクストの自己反映的構造において解釈するならば、以下のようになろう――ミリーの手紙はまず断片、すなわち部分として提示されるが、それはまだ読まれていない他の部分、あるいはその総体との関係においてどのような意味を持つのかは、読者にとって一種の〈謎〉になるということだ。事実、テクストがミリーの手紙の全文を明らかにする直前に、ブルームは賽の目に切ったパンを口に含みながら「若い学生とか、ピクニックとか言ってたよな」と最初に拾い読みした断片を想起し、「咀嚼しながら、ゆっくりと手紙を読む」（"reading it slowly as he chewed"）（*U* 4.393-95）のである。動詞 chew には、「咀嚼」という日本語と同様に、「噛む」だけでなく「じっくり考える」という意味があるが、ブルームはまるで〈味読〉という日本語を知っているかのように手紙を味わう。これは言うなれば、『ユリシーズ』の〈味読のススメ〉と言えるだろう。

同時に、拾い読みから味読（精読）へ至る過程は、単なる部分と全体の二項対立を形成しているわけではないことに注意を払いたい。右で見たミリーの手紙の断片は、彼女の近況の要点のみならず、モリーの不義をも暗示的に予告している。事実、この手紙を読んだあと、ブルームは「そう、まもなく起こること。防ぐ。無駄なこと、何もできない」（*U* 4.447-48）と考えるが、これはミリーの「キス」だけなく、妻の不義を阻止できないという諦念とも読める。すなわち、拾い読みをした時点で、彼は同時にある種の精読も行なっているのだ。

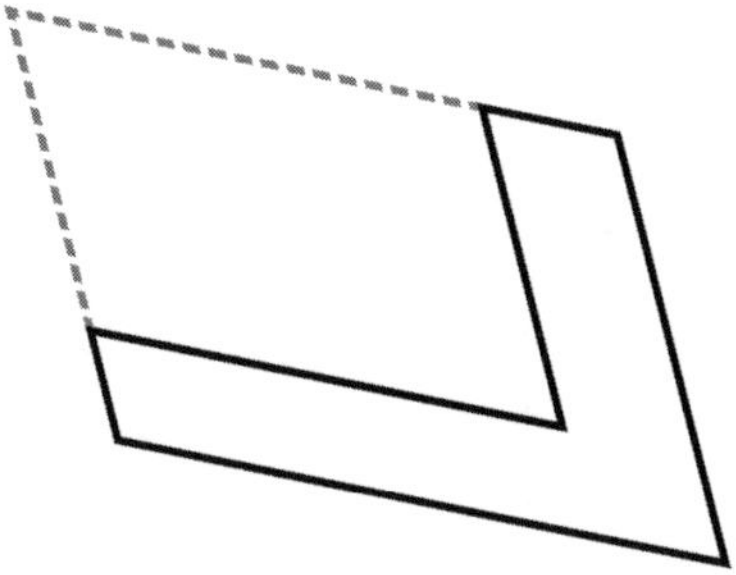

ジョイス読者であれば、このような部分と全体の関係から、『ダブリナーズ』の最初に置かれた「姉妹たち」の冒頭で、ジョイス作品全体のキーワードとしばしば解釈される「麻痺」（"*paralysis*"）、「聖職売買」（"*simony*"）とともに言及された「ノーモン」（"*gnomon*"）（*D* S.10-12）を想起するだろう。平行四辺形の角から縮小した相似形をくりぬいた残りの部分を指し示す「ノーモン」（上図）は、ジョイスの芸術技法を示唆するものとして従来解釈されてきた。例えば、シャリ・ベンストック（Shari Benstock）は、以下のように述べている——「批評の責務は、作者がその外形の影だけしか与えていない平行四辺形を再構成することを含む。……『ダブリナーズ』の散文スタイルを特徴づける『細心の注意を払った卑俗さ』がわたしたちに要求するのは、『そこ』にないものによって『そこ』にあるものを決定せよということなのだ」（398、省略は筆者）。不在によって存在を認識せよと説く彼女は、実に興味深い第九挿話論を展開する。たしかに、さまざまなテクストの引

用を隠している『ユリシーズ』にあって、ドン・ギフォード（Don Gifford）の電話帳のごとき註釈書をはじめとした種々の先行研究を参照することで、ジョイスの含意（書かれていない点線で囲まれた部分）が明らかになり、テクスト上の書かれている部分の意味が「決定」されることは多い。

しかし、ここで改めて立ち止まって考えてみたいのは、以下の点だ――ノーモンという比喩的形象は、ベンストックが述べるような不在から存在へと向かうベクトルだけではなく、部分の存在それ自体が不在（右図の点線部分）を含んだ平行四辺形全体を示唆する場合もあるのではないか。つまり、先に見たようにミリーの手紙の断片が、手紙全体の要点をはからずも暴露していたように、テクストの一部分は（まだ）語られていない全体を指し示す可能性にも開かれているのだ。すなわちこれは、部分が瞬間的にその全体の本質を顕わにするという点で、ジョイスが創作上重視してきた「突然の精神的啓示」（"a sudden spiritual manifestation"）、つまり「エピファニー」（"epiphany"）（*SH* 211）の原理にも通じている（*3）。

誤読するブルーム――マーサの手紙を読むブルーム

前節で見たように、ミリーの手紙を読むブルームの姿は、拾い読み（部分）で生じた〈謎〉を解き明かしたいという欲望に駆られて精読／味読（全体）へと進むという点、さらには部分から全体の本質を（ときに、あるいは偶然に）読みとるという点において、私たち読者の姿を自己反映的に指し示す。しかし、私たちは読むという日々の行為においてしばしば気づかされるように、全体を読んだからといってそのすべてを理解しているというわけではもちろんない。その意味においても、また、全体と部分の関係においても興味深いのが、第五挿話でブルームが読むマーサの手紙だ。

偽名を使った文通上の〈不義〉であるがゆえに、ブルームは終始周囲の目を気にしながら、郵便局の局留めで手紙を受けとり、ウェストランド・ロウ駅近くの高架下でその手紙を読む。ミリーの手紙のときの拾い読みとは異なり、ブルームは最初からこの手紙を「新聞紙の中で手紙を開いて」（*U* 5.237-38）読むため、ただちに手紙の全文がテクスト上に提示される（*U* 5.241-59）。「あなたを懲らしめてあげる」という彼女の言葉は、彼のマゾヒスティックな欲望を刺激し（もっとも、のちに第十三挿話では、自慰行為によって性欲が解消されたこともその一因であろうが、「彼女の馬鹿げた、あなたを懲らしめてあげるの手紙」と回想される［*U* 13.787］）、この第五挿話「蓮連人たち」の主題である〈現実逃避〉についてブルームもまた無縁ではないことがわかる。一方で多くの先行研究が論じているように、マーサの手紙にはタイプミスや文法ミスがいくつも見られ、中でも興味深いのは、「あの別の言葉」（that other word）と書くべき箇所を「あの別の世界」（"that other world"）（*U* 5.245）と書いていることだ。これについてフィリップ・F・ヘリング（Phillip F. Herring）は、「マーサの手紙はまったく象徴的ではない。だが、ブルームの世界からテーマ論的な対応関係を読みこむとき、奇妙にも符合し、反響する意味を手紙の中に見つけだすことになる」（77）と指摘し、ホメロスとの照合関係（ホメリック・パラレル）から古代ギリシャと現代アイルランドの二つの世界、あるいは続く第六挿話の冥界ハデスとの関わりを読みとり、さらには第十五挿話のスティーヴン・デダラス（Stephen Dedalus）の母の台詞——「あの世であなたのために祈るわ」（"I pray for you in my other world"）（*U* 15.4202）——から、此岸と彼岸の「対応関係」を読みとっている。つまり、マーサの書き間違いは、精神分析が着目するような失策行為が露呈する無意識的な抑圧とは異なる次元で、読者に新たな意味を産出しているのだ。

　ここでもう一つ素朴に問うべきは、ブルームはこの書き間違いに気がついていないのではないか、ということだ。マーサの手紙を読み終えた直後、彼は「本当に彼女は自分で書いただったのか？」（"Wonder did she *wrote* it herself."）（*U* 5.268-69、強調は筆者）と自問するが、ここで write とするべき箇所を wrote のままにしているのは、彼女の手紙にある文法ミス、あるいはタイプミス——"if you do not *wrote*"（強調は筆者）——に彼が抜け目なく気づいているためである。だが、墓地を舞台とする次の第六挿話において、葬儀の陰鬱な雰囲気に意気消沈した彼は、「地獄という名の死後の世界があるという。あの別の世界は好きじゃないと彼女は書いていたな（I do not like that other world she wrote）。俺もごめんだよ。見たり、聞いたり、感じたいものがまだたくさんあるんだ」（*U* 6.1001-03）と考え、さらに第八挿話でもマーサの手紙のこの文言、"that other world"を一語違わず想起している（*U* 8.328）。これらを考慮すると、彼は少なくともこのような書き間違いによって生ずる新しい意味の産出を楽しんでいると言えそうだ。

　さらにミリーの手紙との比較で、反復しつつも興味深い差異が生じているのは、再読のさいの記述である。第四挿話において、ブルームが手紙の全文に目を通し、しばし物思いにふけりつつ朝食を食べ終えると、再読する部分は「それから彼は再び手紙を読んだ、二回目」（"Then he read the letter again: twice"）（*U* 4.427）と実に素っ気ない客観的な語りになっている。それとは好対照に、第五挿話では便箋に留められていた黄色い花を胸ポケットにしまうやいなや、即座に手紙を読みかえそうとするブルームが描かれている。

> それからゆっくり前方へ歩きつつ、あちらこちら言葉を呟きながら彼は再び手紙を読んだ（Then walking slowly forward he read the letter again, murmuring here and there a word）。愛しのあなたに、チューリップ怒って、マンフラワー、もしなさらなかったらあなたのサボテンをいじめて、どうかかわいそうな勿忘草、どんなに待ち焦がれ菫、愛しい薔薇、すぐに私たちがアネモネ会うとき、すべて、いけない夜の茎、奥さん、マーサの香水。（*U* 5.262-66、強調は筆者）

「それから……彼は再び手紙を読んだ」（Then . . . he read the letter again）という同一の文構造が使われていることからも、ジョイスがこの二つの挿話で主人公に手紙を読ませる場面に注意を払っていたことは確実だ。さらに言えば、右の引用の第二文に関して拙訳では便宜上読点を打ったが、原文では全てが一続きになっており――“Angry *tulips* with you *darling manflower* punish your *cactus* if you don't please poor *forgetmenot* how I long *violets* to dear *roses* when we soon *anemone* meet all naughty *nightstalk* wife Martha's perfume.”（強調は筆者）――第四挿話のミリーの手紙の走り読みのさいはコロンが打たれ、語と語の切れ目が明らかだったものが、ここでは第十八挿話のモリーのピリオドなしで流転しつづける「意識の流れ」をも想起させる斬新な語りになっている。また、右の引用で傍点と斜字によって強調した部分は、ブルームが手紙を小声で読みながら付け加えていった言葉であるが、チューリップ（tulips）と二つの唇（two lips）、ひまわり（sunflower）と「マンフラワー」といった駄洒落だけでなく、「サボテン」とともに男根的なイメージを喚起する「夜の茎」などの語が挿入されている。まさにブルームは、私たちがさまざまな調味料を加えて料理を自分好みの味にするように、マーサの手紙に他の言葉を追加することで、よりいっそう〈味読〉していることがわかる。

しかし、ここでマーサの手紙を読むブルームをわれわれが読む、という入れ子構造に着目したとき、過剰に意味を読みこむことができるのは、ある種の読者の〈特権〉であるということも指摘しなければならないだろう。右の引用の直前に、ブルームが「花言葉」（*U* 5.261）と考えていることから、この箇所のみならず第五挿話全体で言及されるおのおのの花言葉の意味を調べることで、私たちの読解の愉しさは倍増する。同時に、ギフォードの註の指摘にあるように（90）、「サボテン」は男根的な含意を持ちつつも、その形体が象徴的に意味するのは「わたしに触れるな」(touch-me-not)であるから、続く「勿忘草」(forget-me-not)と地口になっているだけでなく、「日曜、ロザリオのお祈りの後にでも会えませんか?」(*U* 5.270, 375)というマーサの誘いをかたくなに断るブルームを暗示する。だが、再度注意が必要だ。つまり、ブルームは tulips/two lips の例で見たように音で遊んでいる部分もある以上、必ずしも花言葉の意味を知らなくてもいい、さらに言えば、ジョイスですら花言葉の意味をすべて調べたうえでこの箇所を書いているかどうかがわからないということだ。ジョイスはたしかに一九二一年にハリエット・ショー・ウィーヴァー(Harriet Shaw Weaver)に宛てた手紙で、「印刷所の間違いが見つかるたびに非常にいらいらしています」と書いている(*L* I 176)。しかし、第九挿話でスティーヴンが述べる「天才の過ちは意図的なものであり、発見の入口なのです」(*U* 9.228-29)という台詞に、『ユリシーズ』というテクスト全体の自己反映性を見てとるとき、読者がブルームと同様に過剰に意味を読みこむことが許されているのもまた真である。

誤読は、辞書的に言えば、読み違える(read wrongly)ことである。だが、正しく読むことは厳密に考えてどの程度可能なのだろうか。ジャック・デリダ(Jacques Derrida)による脱構築的な議論を持ちだすまでもなく、日常生活を振りかえってみれば明らかなように、誤読は読み過ぎる、あるいは読み足りないということからも生じる。前者の例として、私たちが話し相手の言葉に言外の意味、すなわち他意や悪意を読みとり、ときに誤解をしてしまうように、言葉はつねにすでに話し手(書き手)の意図を超えて、聞き手(読み手)に伝達される。先のノーモンの幾何学的な象徴性で見たように、ジョイスの意図したすべてが外枠の平行四辺形であり、彼が書いたのが線分で括られたノーモンの部分だったとするならば、読者は外枠を超えて多くを読みとることもありうるのだ。そして言うまでもなくその逆も然りである(実際、ジョイスについて言えばこちらの場合が圧倒的に多いのは言うまでもない)。ブルームがここでいくつかの言葉を挟みこんで読むこともまた、過剰に読みとっているという点で〈誤読のススメ〉が起こっていることが指摘できるだろう。

前節で検討した〈謎〉についても検討しておこう。金井嘉彦は、第六挿話でブルームが葬儀参列者の中で目撃する雨外套（マッキントッシュ）を着た男は誰かという、これまで多くの批評家が取り組んできた「謎は、実は解かれる必要のない謎で」あり、「ブルームが持つ、謎であることを当然とするパラダイムと、語り手、もしくはテクストが持つ謎ではなく余剰であることを当然とするパラダイムの対立および前者から後者への移行によって生みだされている」と指摘する。金井がここで述べている「余剰」とは、「作品の筋・テーマ等とは関係を持たない、必要以上と思われる細部のこと」で、『ユリシーズ』の前半と後半の語りの変化によって（ここでは前半九挿話のあとにその境界線が便宜的に引かれている）、問いと答え、あるいは伏線とその回収のように解かれるべき謎から、明らかにされなくてもよい余剰へと切り替わること、つまりこの謎は「『ユリシーズ』の詩学を代弁する象徴的存在」なのだと主張している（六二―七七）。解けない謎という点では、マーサの正体もまた答えのない謎であるが(*4)、この指摘を受けて本章がここで検討したいのは、ブルームにとっては謎であるが、『ユリシーズ』の読者にとっては謎でない〈死角〉の問題である。

マーサは追伸で「どんな種類の香水をあなたの奥さんが使っているか教えてくださいね」（*U* 5.258）と書くが、再読を終えて少し経ったあと、ブルームは「どんな香水をあなたの奥さんは使っているのか。どうしてそんなことを知りたがるんだろう?」と考える（*U* 5.286-87）。こののち、この彼の疑問は若干語句を変えつつも五度登場する（*U* 5.500, 7.230, 8.329, 11.688-89, 11.730-31, 13.1281）。興味深いのは、第十三挿話において、ガーティ・マクダウェル（Gerty MacDowell）が立ち去ったあとの残り香――「待てよ。

ふむふむ。そうか。これは彼女の香水（perfume）だな」――から、彼はモリーが好きな香水の「オポパナックス」を想起することだ（*U* 13.1007-10）。つまり、読者にとってはまさに絶好のタイミングで、なぜかブルームはマーサの手紙を想起しないのである。実際、彼は第五挿話と第六挿話の語られざるテクストの空白部で、風呂に入り、浴槽の中で手紙を読みかえしている（*U* 6.168-70）。ここから考えれば、香水の謎は『ユリシーズ』の読者から隠れた場所で解かれていたのかもしれない。しかし、マッキントッシュの男が言うなれば誰にも解けない謎であるならば、ブルームだけが解けない謎というものが存在していてもいいはずだ。先に見たようにマーサはブルームが既婚者であると知りながら、あるいはそうであるがゆえに会うことを望んでいる。つまり、彼女は実際に二人が会って体を合わせたときに、その不義がモリーに露見しないようにという配慮から彼の妻と同じ香水を付けようとするのだが、マーサと直接会う気がまったくないブルームには、この香水の謎がわからない。より正確に言えば、この日に起こってしまう――さりとて彼自身積極的に阻止しようとしない――モリーとボイランの不義についてまさに強い抑圧が働いているために、読者には解けるはずの謎が彼には解けないのだ。

思えば、第一挿話でバック・マリガン（Buck Mulligan）と彼の知人が語るバノンの恋人、「フォト・ガール」（*U* 1.685）がブルームの愛娘ミリーであることを知っているのも、読者のみである（いわゆる、「ドラマティック・アイロニー」が起こっている）。第十四挿話の産院にマリガンと連れだってやって来たバノンは、スコットランド出身の医学生クロザーズ（Crothers）に、ミリーの写真が入ったロケットを見せ（*U* 14.754-55）、彼女への愛情のために――と語り手は述べるが、実際には単なる性欲のためでは、という疑念を読者に残す――「フランス式外套」（"a cloak of the French fashion"）（*U* 14.777）、すなわちコンドームを買おうとしていることを語る（彼がダブリンにやって来た目的はおそらくここにある）。そして彼は、この挿話の最後でブルームが当のミリーの父親であることに気づき、驚嘆の声を上げる（U 14.1535-36）。しかし、ブルームがこれら一連のことを理解した形跡はない（＊5）。十世紀から始まるおよそ九百年にわたる英語散文史上に出来した文体を通時的に模倣し、最後はさまざまな国のスラングを駆使するこの挿話にあっては、もはや何が起こったかではなく、どのように語るかが優先される（この点は第十一挿話以降の全ての挿話に総じて当てはまる）。いずれにせよ、ここで確認すべきは、ブルームの視点に寄りそった初期の文体の挿話（第四から第八挿話）であれ、革新的な語りの後半の挿話であれ、読者はブルームの知りえないことを多くの場面で知ることができるということだ。そして第四挿話のミリーの手紙が第一挿話の伏線を回収することに気づいた読者は、この第十四挿話でも推測に基づきながら、第四挿話のミリーとバノンの関係がどの程度深いのものであるか、という謎を解き明かすことができるだろう。かくして、本章冒頭で紹介したジョイスの予言どおり、「大変多くの謎やパズル」に満ちたこのテクストにおいて、謎を解きたいという読者の欲望は絶えず喚起されるのだ。

ボイランの手紙――手紙を読む／読まないブルーム

本章はこれまで六月十六日の朝にブルームが実際に読んだ二通の手紙について分析を進めてきた。ミリーとマーサの手紙を〈味読〉、あるいは〈誤読〉するブルームの姿は、『ユリシーズ』の読者を自己反映的に指し示す。そして、その手紙の全体と部分の関係は、彼の視線や欲望に従って読者に提示されていること、あるいは語られることのない不在（テクストの空白）によって引きおこされる謎が、解かれえるか否かは別として、読書の推進力になっていることを確認した。

最後に、ブルームが読んでいないが、その内容を正しく理解している手紙について考えてみたい。再び場面は第四挿話に戻る。近所の肉屋で朝食用の豚の腎臓を購入して戻ったブルームは、彼が不在のあいだに、何ものかが彼の家にやって来ていたことを知る。

ここでは『ユリシーズ』から二箇所を引用し、前者を引用A、後者を引用Bとする。

【引用A】

二通の［封書の］手紙と一通の葉書が玄関の床に置かれていた。彼は屈んでそれらを拾った。ミセス・マリオン・ブルーム。彼の早まっていた心臓は突如として静まった。ボールド・ハンド。ミセス・マリオン。

――ポールディ！

寝室に入った彼は半分目を閉じて、暖かい黄色の薄明かりに沿って歩いてゆく。彼女の乱れ髪があった。

――手紙は誰から？

彼は手紙を見た。マリンガー。ミリー。

――ミリーから僕宛てに手紙が一通、と彼は注意深く言った。それから君には葉書。そして、君宛ての手紙も一通。（U 4.243-52）

【引用B】

破れた封筒の切れ端がくぼんだ枕の下から覗いていた。寝室を出る途中で彼は一度立ち止まり、ベッドカバーを伸ばした。

——手紙は誰からだったの？　と彼は尋ねる。

ボールド・ハンド。マリオン。

——ああ、ボイランよ、と彼女は言った。プログラムを持ってきてくれるんだって。（*U* 4.308-12）

右の引用であえて訳出しなかった「ボールド・ハンド」（“Bold hand”）は、実にジョイス的な多義性を帯びている。ヒュー・ケナー（Hugh Kenner）の慧眼はこのことをみごとに見抜いているが（47-51）、彼の筆致はジョイス同様に非常に暗示的であるためここでは詳しく解説してみたい。今日「ボールド」は、フォントの「太字」を意味するものとして日本語に組みこまれているように、筆跡においては「力強い」「肉太の」という意味を持つ。同時にこの“bold”には一義的な「大胆（勇敢）な」という意味に加え、その否定的なニュアンスを含む「ずうずうしい」「不遜な」という意味が込められている。「ミセス・マリオン・ブルーム」という宛名は、当時の儀礼に従えば「ミセス・レオポルド・ブルーム」とすべきであり、つまりボイランはモリーがブルームの妻であることを象徴的に否認している。その意味でも“Bold hand”は、コロケーションの観点から「力強い筆跡」を一義的には指示しつつも、「大胆不敵なやり方（手腕／技量）」という意も含みこむ。そして、最も重要なこととして、“hand”は字義どおりの「手」、すなわち体の一部であるということを忘れてはならない。つまり、色男ボイランがモリーへと伸ばす「力強い手」であり、このあと午後「四時に」ブルームの妻の体に触れる「大胆な手」であるとすれば、まさにこの“Bold hand”という言葉は、ボイランとモリーの不義密通を予告する言葉なのだ（＊6）。

それゆえボイランの「ボールド・ハンド」な手紙は、第四挿話でブルームが肉屋での買い物のため外出しているあいだ、すなわち彼が家にいないときに届くのである。ブルームは家に帰ってきたときに、

〈侵入者〉の存在を知る（事実、第十七挿話でブルームはスティーヴンとともに帰宅し、ボイランがやって来たいくつもの形跡を認める）。こうして、トロイア戦争後のオデュッセウスの十年間の不在（放浪）は、第五挿話から第十七挿話のブルームの一日の不在（外出）に縮小されてパロディ的に反復されるだけでなく、第四挿話で豚肉を買いに行くあいだの〈小さな〉不在においても反復されているのである。

同時に、第四挿話のテクストを丁寧に追いかけていた読者は、右の引用Aで一つの違和感を覚えるはずだ。挿話冒頭からブルームはさまざまなことを思いうかべるが、とりわけ肉屋への往来における彼の想念を、テクストは詳細に写しとっている。しかし、それとは対照的に、玄関で郵便物を拾ったブルームは、モリーの「ポールディ！」という声に呼ばれるやいなや、次の行ではもう「寝室に入っ」ている。つまりわれわれ読者は、ブルームが妻の密通を予告的に暗示する手紙を見て、"Bold hand. Mrs Marion" とだけしか考えなかったのか、という疑問を抱かざるをえない。つまり、ここにはテクストの〈死角〉、あるいは〈空白〉がけだし存在するのだ。挿話の最後で、ブルームが庭にある便所に向かう場面は先の引用Bから百行ほど進んだ箇所であるが、ここで彼は「ところで、帽子はどうしたんだっけ？……おかしいな、思いだせないぞ」（*U* 4.485-86、省略は筆者）と自問する。ジョイスはここで読者に合図を送っている。つまり、ブルームは引用Aで三通の手紙を拾ったあとの自らの行動を記憶していない。これは彼がボイランの「ボールド・ハンド」な宛名を見て受けた衝撃の重さを物語るだけでなく、私たちが日常的によく知っているように帰宅後の行動——この場合は、帽子を壁の釘に掛けておくこと——というものはすっかり習慣化してしまい、意識に上らないということを表わしている。そのことを踏まえて、ブルームが外出するさいの記述を読みなおすならば、読者はジョイスの手法の細やかさに驚かずにはいられないだろう——「彼の手は掛け釘から帽子を取った」（"*His hand* took his hat from the peg"）（*U* 4.66、強調は筆者)。帽子の着脱という日常生活において習慣化した行為は、外出時には「彼の手」によってなされ、帰宅時には「ボールド・ハンド」に動揺した彼の意識に上らぬまま(よって、テクストの空白/死角となって)、再び「彼の手」によってなされるのだ(*7)。

事実『ユリシーズ』においてブルームは新聞や広告や本などさまざまなものを読んでいるわけだが、ここで、彼が作中で読んでいる第三の手紙の存在を指摘したい。第十七挿話でマーサの手紙を「第一の引き出し」に入れた彼が「第二の引き出し」を開けたときに目にする封筒、つまり自殺した父ルドルフ(Rudolf Virag)の遺書である。「我が愛する息子、レオポルドへ」(“*To My Dear Son Leopold*”)の五つの単語が、彼にその最後の手紙の「言葉の断片」(“fractions of phrases”)を想起させるのだが、ここで興味深いのは、ミリーやモリーの手紙のときとは異なり、ルドルフの遺言の全文はテクストに一度も現われないということだ(*U* 17.1774-886)。言うなれば、記憶の中でルドルフの手紙を読んでいるブルームは、いくつかの文言を(一時的にであれ)忘れているために、その部分が空白となっているのである。ここで明敏な読者は、第六挿話でブルームが父の自殺を想起するさいに、「アトスに良くしてやってくれ」(“Be good to Athos”)(*U* 6.125)となっていた文言が、第十七挿話では「アトスに親切にしてやってくれ」(“be kind to Athos”)(*U* 17.1885)となっていることに注目するだろう。このようにジョイスは、ブルームの読む父の手紙は、あくまでも彼の記憶に基づくものであることを強調している。同時にここで思いだすべきは、封筒に書かれた宛名が手紙の中身を読まずとも内容を想起させるという、ボイランの「ボールド・ハンド」な手紙との共通性である。本論でこれまで見てきたように、ときに部分は全体を指し示し、ときに外観(封書)は内実(中の手紙)を顕示するのだ。

このことは『ユリシーズ』全体におけるボイランの表象にも当てはまる。ジョイス研究における生成批評（genetic studies）の旗手であるルカ・クリスピ（Luca Crispi）は、ボイランについて次のように言う――「［彼］は、基本的には小説に頻繁に描かれるカリカチュア的人物にすぎない。実際、ジョイスは彼を女たらしの人物として創りあげるさいに、彼の外見や服装に基づく特定の換喩的、あるいは提喩的なモチーフをさまざまな方法で反復させることによって、ボイランを何の深みも実在も持たないありふれた人物に仕立てあげたのだ」（28、強調は筆者）。内面ではなくあくまでもその外見のみが表象されるという点は、上で検討した「ボールド・ハンド」の宛名に重ねあわせることができるだろう。換言すれば、ボイランの手紙はその中身ではなく、その外側こそが重要なのである。第四挿話の一見何気ない夫婦の会話のやり取りに隠されたいくつもの謎は、まさにブルームとともに読者である私たちがボイランの手紙を読む／読まないことによって引きおこされている。つまり、手紙の存在それ自体が、その中身の文言とは無関係に、ブルームに影響を与えているのだ。ジャック・ラカン（Jacques Lacan）の伝説的な「セミネール」を、クリスティーン・ヴァン・ボヒーメン＝サーフ（Christine van Boheemen-Saaf）は、次のように的確に要約する――「『盗まれた手紙』とは内容によって定義されるのではなく、その手紙自体の存在、そしてそれを受けとったあるいはそれを持つ者に与える効果によって定義される。それゆえ、その手紙はそのメッセージゆえに重要なのではない。それは『行為遂行的』なものとして見なされるのだ」（31）。

考えてみれば、ブルームはモリーにその手紙を自分にも読ませるよう頼むこともできたはずだし、それ以前に、届いた手紙を破り捨てることも、あるいは「四時」に合わせて帰宅をすることもできたはずだ。つまり、『ユリシーズ』の主要な問いの一つ、なぜブルームは妻の不倫を阻止しないのか――この問いに対する回答は複数提示できようが、本論が結論的に示すべき回答は次のとおりだ。ブルームはその手紙を読むことなく、その封筒（外面）から文面（内面）をすべて読みとったからであり、「ボールド・ハンド」な手紙／文字（letter）の存在自体が「効果」として、彼の行動を圧倒的に打ちのめしたから、である。「ボールド・ハンド」はその表現自体が多義的であることに加え、ブルームがこの日読む他の三通の手紙――はからずもこれらの書き手（ミリー、マーサ、ルドルフ）は、ブルームの三つの男性的属性（父、夫、息子）に照応する――に見られる部分と全体、あるいは外見と内面という相互補完的な二項対立に関連する。そして、このボイランの手紙自体が生みだす複数のテクストの空白部分、ケナーの言葉を借りれば、「語りの沈黙」（"narrative silences"）(48) に着目することこそが、『ユリシーズ』全体を読むうえでの〈手引き〉の役割を果たしているのである。

おわりに

読まれることはないものの、その存在自体がテクストにおいてきわめて重要な象徴的意味を持つ手紙／文字はもう一つある。海岸に落ちていた棒を手に、「彼女［ガーティ］にメッセージを書こう」と考え、"I" "AM. A." と砂浜に書いた時点で、ブルームは書くスペースがないことに気づき、「ゆっくりとブーツを履いた片足でそれらの文字（letters）を消」すのであるが、"I" "AM. A." の間には「あの別の世界（that other world）の意味は。あなたをいけない坊やって呼んだのは、私が嫌いだからなの」というマーサの手紙の断片が反響している（*U* 13.1256-66）。この流れからすれば、ブルームが不定冠詞に続いて書くはずだった言葉は「いけない坊や」ということになるが、彼はそれらの文字を消し、しばしの仮眠を取る。意識が遠のく彼が夢うつつに想像するのは、ガーティが海の星教会の鳩時計が九時を伝える音、「クックー」（"Cuckoo"）を聞き（*U* 13.1289-306）、彼を「寝取られ夫」（"cuckold"）と一目で見抜く様子である。これによって寝取られ夫（コキュ）としてのブルームがテクストに明示されるわけだが、ジョン・

Z・ベネット（John Z. Bennett）は、論文「投函されない手紙／文字」（"Unposted Letter"）において、砂浜に書いた文字に関する場面で「別の言葉」がいっさい付け加えられないことの理由を、夫妻の「トラウマ」（trauma）であるルーディ（Rudy Bloom）の死と「膣外射精／中絶性交」（coitus interruptus）の関係から考察している（89-95）。ここから一歩進んで、私はブルームとモリーのありえたはずの人生を、「別の世界」（"other world"）として捉えなおしてみたい。ルーディが死んでからの十一年間、もし息子が生きていたら、という別の人生の可能性をブルームが想起しない日はなかったのではないか。第八挿話のブルームと第十八挿話のモリーを接続するのは、ホウスの丘でブルームが求婚し、初めて二人が結ばれた日のあまりに官能的なキスの思い出であった。しかし息子を亡くしたというその痛みの記憶もまたブルームとモリーをつなぐものだ。私たちは〈楽園〉に戻ることはできない。だが、ありえたはずの別の人生、今よりも「もっと幸せ」なもう一つ別の現在を夢想することは可能である。

先述のベネットは、論の最後でブルームが翌朝の朝食をモリーに頼んだことを「実に長い間召使であった男にとっては、非常に大胆な行動（bold move）」であると指摘するが（98）、これは「ボールド・ハンド」について分析してきた本章にとって単なる〈偶然の一致〉であろうか。砂浜に書いた文字を自ら消したあとにブルームが投げた小枝が突き刺さるのを見て、彼は思う――「偶然。僕らは二度と会うことはないだろうな。でもすばらしかったよ。じゃあね、お嬢さん。感謝。おかげでずいぶん若返ったような気持ち」（*U* 13.1271-73）。ガーティに向けたこの別離と感謝の言葉は、象徴的にマーサにも向けられるだろうし、彼が消した文字にはボイランの「ボールド・ハンド」な手紙も含まれることだろう（事実、"Bold hand"の語が最後に登場するのはこの挿話である［*U* 13.843］）。浜辺に屹立するペンのファロス的象徴性が、彼の若返ったことの証であるとするならば、この場面は新たな夫婦生活、何度でも再び会うことになるであろう「あの別の世界」の始まりを予感させるものだ。

『ユリシーズ』を最後まで読みとおした読者は、ボイランの「ボールド・ハンド」の手紙を実際に読んだモリーの独白――「今度はもっと長い手紙を書いてくれないかしら」（*U* 18.731）――から、その手紙があくまで事務連絡的なものであったことを知る。「モリーが真に欲しているのは、ボイラン自身というよりも、自分に宛てられたラヴレターではないかとさえ思われてくる」と指摘する吉川信は、本章とは正反対に『ユリシーズ』における手紙を書くことについて論じた文章を次のように締めくくる。

> モリーは、ブルームがときには日に二回も手紙を寄越したことを思いだし、その「言い寄り方」＝「愛し方」が好きだったと言う――“writing every morning a letter sometimes twice a day I liked the way he made love”（18.327-28）当然のことながら、この思いを覗き見ることができるのはブルームではない。（七）

本章が多弁を弄して論じた手紙をめぐる謎と読者の特権の問題を、実に端的に指摘する吉川の文章にも、“Homer sometimes nods”と言うべきか、文字どおりの欠点ならぬ空白がある。なぜならモリーの内的独白、“the way he made love”に続く、「あの頃」（“then”）まで引用して初めて、第八挿話でブルームが心の中で二度呟く、「あの頃は（then）もっと幸せだった」（*U* 8.170, 8.608）との連続性が明らかになるからだ。「あの別の世界」ならぬ、かつての幸福を取り戻すためにブルームが真に取るべき「大胆な行動」とは、他ならぬ最愛の妻へと、再び“Bold hand”な恋文を書き送ることなのだろう。

付記

本稿は、二〇一五年十月二十四日に開催された日本英文学会中国四国支部第六十八回大会（於広島修道大学）での研究発表「手紙を読むブルーム――『ユリシーズ』を読む手引きとしての手紙――」、および二〇一九年三月二十一日に開催されたInternational Symposium: Irish Literature in the British Context—Voices from Kyoto（於京都大学）での研究発表 "The Symbolic Meaning of the Letter Written by Blazes Boylan's "Bold hand": How the Readers of James Joyce's *Ulysses* See Through the Hidden Meanings and Feelings behind the Text" の内容に、大幅な修正と加筆を行なって改稿したものである。

註

（1）ここでミリーがうっかり「ブレイゼズ・ボイランの」と書き間違えそうになるのは、ボイランのモデルの一人と目される、当時の流行歌手オーガスタス・ボイラン（Augustus Boylan）が "Seaside Girls" を持ち歌としていたからである（Igoe 35-36）。この点は研究会において山田久美子氏からご教示いただいた。

（2）この点は、前述した広島での学会発表のさいに、横内一雄氏からご指摘を受けた部分である。ここに記して謝意を表したい。

（3）ノーモンとエピファニーの関係については、筆者の博士論文の口頭試問のさいに、金井嘉彦氏からご教示いただいた。部分と全体の、言うなれば亡霊的な相互補完性については、稿を改める必要があろうが、ここでは本章が多くを負っている「エピファニー」に関する氏の二つの論文を記しておく（「もう一つのリズム：ファーガソン、マリーとジョイス」『言語文化』第四九号、二〇一二、十七―三四、「沈黙の美学へ：ジョイスの『この人を見よ（エッケ・ホモ）』論に見る〈劇〉とエピファニーの埋葬」『言語文化』第五三号、二〇一七、十七―三四）。

（4）多くの批評家が指摘するように、作中でタイプライターを使う唯一の女性という点で、第十挿話に登場するボイランの秘書、ミス・ダン（Miss Dunne）が最も有力な説ではあろう。

（5）ノリスは前掲書において、ブルームはバノンの正体に気づいておらず、ミリーはまだヴァージンであると断言するケナーに対し、これらのことが必ずしも確かではないことを分析している（144-48）。

（6）ジョイスの草稿やゲラへの加筆を時系列に沿って網羅的に探求するテクスト生成研究の成果から、この「四時に」という台詞は『ユリシーズ』執筆の後半で付け加えられたものだということが明らかになった（Crispi 28-60）。

（7）第十五挿話「キルケ」の幻想（妄想）において、ボイランが娼館の客としてモリーに会いに来たさいには以下のような描写がある――「トナカイの角が生えたブルームの頭を掛け釘にして、彼はスマートに帽子を掛ける」（“*he hangs his hat smartly on a peg of Bloom's antlered head*”）（*U* 15.3763-64）。不貞の妻の夫が生やすという嫉妬の角（horns）を持つブルームは（ただし、第十一挿話との関連で言えば“horn”は「勃起」［*U* 11.432］を指し示す）、ここで女衒の役を演じ、「マダム・トウィーディは入浴中です、旦那」（*U* 15.3767）と言う。ジョイスは、帽子掛けとの関連で読者に第四挿話の「ボールド・ハンド」の手紙の場面を想起させ、さらに宛名にあった「ミセス・マリオン・ブルーム」が旧姓の「マダム・トウィーディ」となることで、結婚の事実自体がこの幻想においては打ち消されていることを示唆している。

参考文献

Bennett, John Z. “Unposted Letter: Joyce's Leopold Bloom.” *Critical Essays on James Joyce's Ulysses*, edited by Bernard Benstock, G. K. Hall & Co., 1989, pp. 89-99.

Benstock, Shari. “*Ulysses* as Ghoststory.” *James Joyce Quarterly*, vol.12, no.4, summer 1975, pp. 396-413.

Boheemen-Saaf, Christine van. *Joyce, Derrida, Lacan, and the Trauma of History*. Cambridge UP, 1999.

Crispi, Luca. *Joyce's Creative Process and the Construction of Characters in* Ulysses: *Becoming the Blooms*, Oxford UP, 2015.

Ellmann, Richard. *James Joyce*. New and rev. ed., Oxford UP, 1982.

Frank, Joseph. "Spatial Form in Modern Literature: An Essay in Two Parts." *Sewanee Review*, vol. 53, no. 2, spring 1945, pp. 221-40.

French, Marilyn. *The Book as World: James Joyce's* Ulysses. Abacus, 1982.

Gifford, Don, with Robert J. Seidman. Ulysses *Annotated: Notes for James Joyce's* Ulysses. 2nd ed., U of California P, 1988.

Herring, Phillip F. "Lotuseaters." *James Joyce's* Ulysses: *Critical Essays*, edited by Clive Hart and David Hayman, U of California P, 1974, pp. 71-89.

Igoe, Vivien. *The Real People of Joyce's* Ulysses: *A Biographical Guide*. University College Dublin P, 2016.

Joyce, James. *Dubliners: Authoritative Text, Context, Criticism*. Edited by Margot Norris, Norton, 2006.

---. *Letters of James Joyce*. Edited by Stuart Gilbert, vol. 1, Faber, 1957.

---. *Stephen Hero*. New Directions, 1963.

---. *Ulysses*. Edited by Hans Walter Gabler with Wolfhard Steppe and Claus Melchior, Random House, 1986.

Kenner, Hugh. *Ulysses*. Revised Edition, Johns Hopkins UP, 1987.

Kiberd, Declan. Ulysses *and Us: The Art of Everyday Living*. Faber, 2009.

Norris, Margot. *Virgin and Veteran Readings of* Ulysses. Palgrave Macmillan, 2011.

Thomas, Brook. *James Joyce's* Ulysses: *A Book of Many Happy Returns*. Louisiana State UP, 1982.

金井嘉彦『「ユリシーズ」の詩学』、東信堂、二〇一一。

吉川信「ブルームと女性たち――モリーたち(へ)の love letter――」『英語青年』第一五〇号、二〇〇四、四〇一―〇三。

ふるさとは遠きにありて

リフィー川

初めてダブリンを訪れたとき、海が街からとても近いことに驚いた。改めて地図を広げてみればすぐにわかることだが、「暗い・黒い」(dubh=dark/black)「水たまり」(lind=pool)というアイルランド語に語源を持つこの都市は、ジョイスにとって永遠の想像力の源であった「リフィー川」の河口に広がる。ダブリンの街並みを考えるとき、上の写真にあるようなリフィー川の姿を最初に想起するのは私だけではあるまい。『フィネガンズ・ウェイク』の有名な書き出し――「川走、イブとアダム礼盃亭を過ぎ、く寝る岸辺から輪ん曲する湾へ」(柳瀬尚紀訳)――は、まさに川(riverrun)から始まり、岸(shore)、そして湾(bay)へと流れこんでゆく。一九〇四年十月八日、二十二歳のジェイムズ・ジョイスは、出会ってまだ四か月にすぎなかった、後に妻となるノーラ・バーナクルと共にアイルランドを去った。そして、彼はその後三度しか故郷の地を踏むことはなかった。にもかかわらず、あるいはそれゆえにと言うべきであろうか、ジョイスの作品はすべてダブリンを舞台としている。その街と人々の精神的停滞・堕落・荒廃(彼はそれを「麻痺」(paralysis)と呼んだ)を心底憎み一度は捨てたはずの故郷――ジョイスは遠いヨーロッパの地から幾度となくこの街を思いだし、生涯にわたって細部に至るまで克明に描きつづけた。ジョイスについて私が最初に強く惹きつけられたのは、この狂気とも言うべき愛憎相半ばする祖国への強烈な想いである。彼にとってもまた、記憶の中のダブリンは川から始まっていたのだろう。

(小林広直)

第二章　階級の授業

——『ユリシーズ』第二挿話における植民地教育と社会的分断

A. H. Poole Studio Photographer, "Class Room, Mount Sion: C/o Brother Watson," National Library of Ireland on the Commons.

第二章　階級の授業

――『ユリシーズ』第二挿話における植民地教育と社会的分断(*1)

田多良俊樹

はじめに

『ユリシーズ』(*Ulysses*)の第二挿話では、ダブリン南郊のドーキーにある私立男子校で臨時教師として働くスティーヴン・デダラス(Stephen Dedalus)の姿が描かれている。彼は、生徒たちにローマ史と英文学を教え、その後教室にひとり残ったシリル・サージャント(Cyril Sargent)に算術の補習をし、校長ギャレット・ディージー(Garret Deasy)から給料を受けとる。ここからディージーは、金の扱い方に始まり、アイルランドの歴史や経済、口蹄疫、そしてユダヤ人問題に至るさまざまな話題についての持論をスティーヴンに開陳する。「老いたとはいえども、君と一戦交えるのは望むところだ」(*U* 2.424-25)と考える年長者ディージーは、これらの話題を通して若輩のスティーヴンに教訓を説くのである。

このような物語の進行に合わせて、スティーヴンの立場は教師から生徒へと変化する。以下の会話からは、当のスティーヴンが自分の立場の逆転を自覚していることがわかるだろう。

――わたしには分かっている、とディージー校長は言った。きみがここでこの仕事を長く続けることはないだろう。きみは教師になるべく生まれたのではないと思うんだ。間違っているかもしれないが。

――むしろ、学ぶ者（A learner）でしょうか、とスティーヴンは言った。

ならばここでさらに何を学ぶのか。（*U* 2.401-04）

してみると、学校を舞台とし、前半にはスティーヴンによる授業を、そして後半にはスティーヴンに対するディージーの個人授業を配置する第二挿話を読むとき、われわれ読者はいわば授業参観者の立場に置かれることになる。それでは、本挿話が読者に公開する授業とは、いかなるものなのか。

ここで確認しておくべきは、ジョイスが、ディージーをアイルランド北部の「アルスター出身のプロテスタントでイギリスとの連合の支持者」（結城 四七）と（しか思えないように）設定している点だ。なるほどディージーは、顕著にイングランド的な教育カリキュラムを採用し、エドワード七世の皇太子時代の肖像画やイングランドの貴族が所有する名競走馬の絵画を書斎に飾り（*U* 2.266-67; 301-03）、「イングランド人の誇り」（*U* 2.243）を重視し、「イングランドはユダヤ人の手中にある」（*U* 2.346-47）と憂慮している。このようなディージーの態度には、「とりわけアルスターのプロテスタントと結びついていた……そして広くアイルランドのプロテスタントに典型的であったイングランドへの傾倒」（Potts 157、省略は筆者）が表れていると言えよう。また、あとで見るように、ディージーは、スティーヴンをカトリックのナショナリストと規定したうえで、アイルランドの反植民地主義運動におけるプロテスタント側の貢献を擁護する。これに対して、スティーヴンはディージーの持論では無視されたカトリック側の悲劇を想起する。いきおい、ディージーとスティーヴンの議論は、親英的なプロテスタントのアングロ＝アイリッシュ（Anglo-Irish）と、反英的なカトリックのアイルランド人の対立という様相を呈することになる（＊2）。

ならば、本稿の言う「アングロ＝アイリッシュ」という用語について、ここでその定義と歴史的背景を示す必要があるだろう。本稿では、アイルランド文学史家ノーマン・ヴァンス（Norman Vance）による次のような定義に準拠している。

おおまかに言えば、アイルランド人のさまざまな存在形態として、次のものがある。ケルト人で、通常はカトリック教徒のアイルランド人（チューダー朝の植民地言説で言う「純粋なアイルランド人」）。そして、（時には「アングロ＝アイリッシュ」と呼ばれ、植民地の支配階級もしくは「プロテスタント・アセンダンシー」に不正確にも吸収された）イングランド人の子孫で、通常はプロテスタントのアイルランド人。さらに、大部分はアルスターに限定され、ときどき「スコッツ・アイリッシュ」と呼ばれる、スコットランド人の末裔で長老派信徒のアイルランド人である。これらの異なる血統は、完全に融合することはなかったが、文化的同化、異人種間結婚、政治的同盟、あるいは敵意の共有を通して、たえず交じりあったり、再編成されたりしてきた。(9)

ヴァンスによれば、家系的にはイングランド系で、宗教的にはプロテスタントであるアングロ＝アイリッシュを植民地アイルランドの支配階級と画一的に見なすことは、必ずしも正確ではない。しかし、歴史的見地から言えば、アングロ＝アイリッシュが、イングランドのさまざまな植民地政策によって、社会的に保護され優遇されてきたこともまた事実である。アングロ＝アイリッシュの家系は、十六世紀から十七世紀にかけてアイルランドを征服した英国国教徒の「新しいイングランド人」（the New English）にまで遡ることができる。その後、カトリックの参政権を剥奪し、彼らを軍隊・行政機関・法曹界から排除する「刑罰法」(Penal Laws)によって、「新しいイングランド人」の子孫たちの社会的特権は十八世紀を通して保証されつづけた。結果として、アイルランドでは、少数派プロテスタントが多数派カトリックを支配するプロテスタント・アセンダンシーと呼ばれる社会体制が確立する。十九世紀後半になると、アイルランド教会の廃止、「土地法」の制定、自治権獲得運動の興隆によって、カトリックの地位が徐々に向上し、アングロ＝アイリッシュの特権的地位や政治的優位は危機に瀕したが、それでもなおアイルランド植民地社会の階級的序列として、カトリックがプロテスタントの上位になることはなく、対等になることもなかった(＊3)。したがって、アングロ＝アイリッシュは、アイルランド現地社会における支配者層とほぼ同義であったと見なしてよい。そこで本稿では、多数派のカトリックのアイルランド人を歴史的に支配してきたプロテスタントのイングランド系アイルランド人を指す用語として、「アングロ＝アイリッシュ」を使用する。

以上のような歴史的経緯を踏まえると、スティーヴンとディージーとの対立は、宗主国イングランドによって植民地アイルランドの現地社会に歴史的に構造化されてきた階級的差異に裏づけられていると考えられる。また、この階級的差異は、スティーヴンが授業中に繰りひろげる、生徒たちに関する内的独白のなかにも読みとることができる。したがって、第二挿話を構成する二つの授業はいずれも、植民地アイルランドにおける階級(class)についての授業(class)である。

かかる観点から本稿では、スティーヴンの授業とディージーの個人授業を参観し、前者では暗示的に、そして後者では明示的に扱われているアイルランド植民地社会における階級的差異を分析し、アングロ＝アイリッシュに対するジョイスの態度について考察する。ジョイスがアングロ＝アイリッシュの両面性について深い理解を有しながらも、『ユリシーズ』第二挿話においては、大英帝国への従属／帰属をめぐるアイルランド人とアングロ＝アイリッシュの対立を解消不可能なものとして提示していること——以下、本稿では、この点を検証していく。

一　ディージーと植民地教育

それでは、スティーヴンの授業から参観してみよう。この日、彼は、古代ギリシャはエペイロスの王ピュロス（Pyrrhus, 319-272 B.C.）によるアスクルムの戦いに関する史実の暗記と、ジョン・ミルトン（John Milton, 1608-74）の哀悼詩「リシダス」（"Lycidas," 1637）の暗唱を指導している。生徒たちの多くは、それほど授業に集中してはいない。たとえば、ピュロスの最期について質問されたアームストロング（Armstrong）は、授業中こっそりとイチジク・ロールを食べつづけており、「ピュロスですか、先生？ピュロスは、桟橋（ピア）です」（"Pyrrhus, sir? Pyrrhus, a pier."）（*U* 2.26）と苦しまぎれに答えて教室に笑いを巻きおこす。また、「リシダス」の暗唱を命じられたトールボット（Talbot）は机の下に教科書を広げているし、他の生徒たちもこぞって幽霊話の余談を求める。スティーヴンは、アームストロングの盗み食いにもトールボットの盗み見にも気づいていないながら制止せず、また彼自身も授業中にとめどなく連想をめぐらすので、生徒ばかりが責められるものでもない。

ここで重要なのは、散漫な態度の生徒たちとそれを抑えきれない教師という、この一見個人的な関係性に、両者を隔てるアイルランド社会の階級的差異が暗示されている点だ。シャリ・ベンストック（Shari Benstock）とバーナード・ベンストック（Barned Benstock）が指摘するように、アームストロング、トールボット、コクラン（Cochrane）、コミン（Comyn）、ハリデイ（Halliday）、サージャントといった生徒たちの姓は、イングランド系あるいはスコットランド系の出自を含意し、「その土地における社会階級を支配している『上流の』家庭」(10) にふさわしいものとなっている。また、盗み食いするアームストロングを見て、「パンくずが唇の薄皮にくっついている。甘くなった男の子の息。裕福な人々。一番上の息子が海軍にいるのを誇りにして」(U 2.23-25) と考えるとき、スティーヴンは、生徒たちの家庭の経済的優位と、彼らがイギリス帝国主義から得ている恩恵とを意識している。このように示唆される大英帝国との家系的・経済的な結びつきを考慮すれば、スティーヴンの生徒たちを、支配者階級アングロ＝アイリッシュの子息たちと見なすことは可能だろう。スティーヴンが生徒たちを眺めながら感じる「嫉妬」(U 2.36) とは、階級的下位者としてのアイルランド人が、アングロ＝アイリッシュに対して持ちえる経済的格差意識の表出にほかならない。

してみると、ディージーは「アングロ＝アイリッシュの学校における連合主義者の校長」(Platt 53) ということになる。ヴィンセント・J・チェン (Vincent J. Cheng) は、このようなきわめて階級色の濃いディージーの学校と、イングランド帝国主義との関連性について重要な分析を行なっている。彼によれば、ギリシャ・ローマ史は「イングランドの立場から見た西洋の歴史」であり、ミルトンの「リシダス」は「イングランドの詩人のなかでもっとも権威があり、英国系プロテスタント的な (そしてひどく辛辣に反カトリックな) 詩人による偉大なるウェルギリウス風の英詩」(165) である。このように、ディージーの学校が顕著にイングランド的な教育プログラムを提供していることを確認したうえで、さらにチェンは、それが植民地アイルランドにおける帝国文化の優位性の指標であり、ディージーの学校が植民地主体における帝国意識の再生産を担っていると主張する。すなわち、第二挿話は、イタリアのマルクス主義思想家アントニオ・グラムシ (Antonio Gramsci, 1891-1937) が、

「文化的ヘゲモニー」と呼んだものに関する詳細な検討であると理解できる――というのも、スティーヴンが働いている学校のような文化的制度においてこそ、植民地におけるヘゲモニーの実際のプロセスは作動するからだ。それは文化的編成のレベルで作動し、マシュー・アーノルド的な言説が、イングランドをまねるアイルランド人という野心的な階級に属する子どもたちに吸収されていく。その結果……征服者たちの価値観と階層制度は、強制力を必要とすることなく、自発的に合意のうえで採用されるのだ。(Cheng 162、省略は筆者)

ヨーロッパの帝国主義列強が植民地を統制するさいに教育機関が果たした役割については、ポストコロニアル文学批評の鼻祖エドワード・W・サイード (Edward W. Said, 1935-2003) が以下のように述べている。

たとえば、主要な植民地の学校は、数世代にわたる土着のブルジョワジーに、歴史、科学、文化に関する重要な真理を教えた。そのような学習の過程から、何百万の人々が現代生活の原理を理解したが、それでもなお彼らは、彼らの生活の場とは別のところにいる権威者に仕える下級の召使のままであった。植民地教育の目的の一つは、フランスやイギリスの歴史を普及させることであったので、その同じ教育が原住民の歴史の地位を下げたのだ。(Said 223)

サイードの重要な指摘を考慮すると、われわれは今や、ディージーの学校の政治的機能を正しく理解することができるだろう。すなわち、大英帝国的価値観の媒体たるローマ史と英文学を主な科目として採用しているディージーは、「イギリスの歴史を普及させ」「原住民の歴史の地位を下げる」「植民地教育」

に従事しているのだ。別の言い方をするなら、ディージーの学校は、アングロ＝アイリッシュである生徒たちに、アイルランド人としてのアイデンティティではなく、イングランド人としてのアイデンティティの方を保持させる教育機関なのだ。そうであるならば、ディージーの「植民地教育」によって支配者の視点を内在化した生徒たちは、イングランド人／アングロ＝アイリッシュ／アイルランド人という植民地主義的階層性を再生産する主体ともなりうる。この意味で、ディージーの学校は大英帝国の国家イデオロギー装置にほかならない。

先に述べたとおり、「ピュロスは桟橋（ピア）」というアームストロングの答えはクラスメートの笑いを誘うが、その直後にスティーヴンは、「陰気な甲高い意地の悪い笑い声……すぐにやつらはもっと大声で笑うだろう、ぼくの統率力のなさと、パパたちが授業料を払っていることを知っているからな」（*U* 2.27-29、省略は筆者）と予測している。スティーヴンはここで再び、彼と生徒たちのあいだにある経済格差を意識するとともに、生徒たちの方もそれを意識しているからこそ御しがたく、結果的に授業における自らの「統率力のなさ」が生じていると自覚している。しかし、ここで注目すべきは、生徒たちの笑いが大きくなるだろうというスティーヴンの予測である。ここに書きこまれているのは、ディージーの植民地教育プログラムにより生徒たちが現地社会を支配するエリート層へと成長するであろうこと、つまり、アイルランド植民地社会における階級的序列が再生産されることへの下位階級の不安である。してみると、スティーヴンが意識していた「統率力のなさ」（"lack of rule"）とは、自分には欠けている教師としての資質を文字どおりに意味するだけではない。それは、支配階級としてのアングロ＝アイリッシュを再生産する学校に勤めるスティーヴンの、被支配階級としてのアイルランド人による「統治の欠如」（"lack of rule"）に対する潜在意識の表われなのだ。教室におけるスティーヴンは、アングロ＝アイリッシュを植民地教育の受益者と見なしているのである。

ここで浮上してくるのは、スティーヴン自身が、大英帝国の国家イデオロギー装置としてのディィージーの学校で働くことによって――臨時教師という立場上、部分的で暫定的であるにせよ――アングロ＝アイリッシュと同様に植民地支配の経済的恩恵に浴しているのではないかという問題だ。この点について、チェンは、「スティーヴン自身が、ヘゲモニー的な観点とイングランド版の西洋史を少年たちが受け入れるように訓練することに従事している」(165)と述べ、帝国意識の再生産へのスティーヴンの加担を明確に指摘している。換言すれば、スティーヴンは、アングロ＝アイリッシュの生徒たちにイングリッシュネスを刷りこむ実行役というわけだ。

しかしながら、このようにスティーヴンをいわば「植民地教育者」と見なすチェンの解釈は不適切であると言わざるをえない。というのも、スティーヴンは、帝国が承認する歴史を講じながら、その妥当性を疑っているからである。たとえば、ピュロスのアスクルムの戦いについて質問を出した直後、スティーヴンは、「記憶の娘たちが書いた寓話。それでも存在していたんだ。記憶がうそをついたとしても」(*U* 2.7-8)と考え、歴史の虚構性を意識している。また、以下に見られるように、スティーヴンは、歴史上実現しなかった可能性について考えをめぐらせることで、歴史の蓋然性を疑問視している。

もしピュロスがアルゴスで老婆の手によって倒されていなかったら。もしユリウス・カエサルが刺殺されていなかったら。彼らは忘れ去られたのではない。時が彼らに刻印を押したんだ。足枷をかけられて、かつて彼らが奪いとった無限の可能性という部屋に留めおかれる。でも、決して存在しなかったということは、そういうのはありえたんだろうか。あるいは、起きたことだけが可能だっ

たものなのか。織れ、風を織る人よ。（*U* 2.48-53）

ここで重要なのは、イングランドが承認するローマ史から「排除された無限の可能性」を思いえがいているという点で、スティーヴンの思考が「もう一つの論理を切りひらく意志――イングランドに対するアイルランドの論争に新説を提唱したり、その論争を維持したり、あるいはその論争を急進的に深めたりする意志」（Gibson 32）を備えているということだ。「排除された無限の可能性」の実現性については混乱したままであるとしても、非体制的な歴史を想像するスティーヴンの政治的態度は、植民地教育者のそれというよりも、むしろ体制転覆的なナショナリストのそれに近い。イーマ・ノーラン（Emer Nolan）は、『ユリシーズ』第二挿話において、「アイルランド・ナショナリズムは、権威ある制度化された正史よりも、非公式で大衆的な口承による歴史と多くを共有している」（70）と看破している。ありえた歴史について思考することは、帝国への反抗の身振りなのである。

二　主人／支配者の宮廷の道化師――アングロ＝アイリッシュへの共感

前節で見たように、スティーヴンの内的独白が浮き彫りにするのは、経済的上位者としての、帝国の受益者としての、そして植民地教育によって再生産されるエリート支配者層としてのアングロ＝アイリッシュ像である。そのような上位階級に対峙しようとするスティーヴンの態度は、下位階級のアイルランド人としてのルサンチマンに満ちていると考えてもよさそうだ。しかしながら、授業中のスティーヴンの意識には、アングロ＝アイリッシュに対する両面的な態度も含まれている。それは、第二挿話が有する間テクスト的な領域に見いだせる。

授業中、スティーヴンはアームストロングに対し、「それじゃあ、教えてくれ……桟橋とは何だい？」（*U* 2.30-31、省略は筆者）と質問を続ける。この問いにアームストロングが「桟橋は……海に突き出たものです。一種の橋で。キングズタウン・ピアのような」（*U* 2.32-33、省略は筆者）と答えると、スティーヴンは、「キングズタウン・ピアか……そう、幻滅した橋だね」（*U* 2.39、省略は筆者）と言って生徒たちの関心を惹く。さらにスティーヴンは、自らの機知に富む警句について、以下のような連想を繰りひろげる。

> ヘインズの呼び売り本に。ここには聞く者はいない。今夜、騒々しく酒を飲み話しているあいだに手際よく、あいつの磨きあげた経帷子を貫いてやろうか。**支配者の宮廷の道化師**、甘やかされ、軽んじられ、温厚な主人の賞賛を得て。なぜ彼らはあの役を選んだのかな。そっとなでられるためというわけでもあるまい。彼らにとっても、歴史は頻繁に聞かされすぎた物語、彼らの国土は質屋。（*U* 2.42-47、強調は筆者）

ここで、スティーヴンは、「幻滅した橋」についてヘインズ（Haines）に話したところで、自分は「支配者の宮廷の道化師」に成りはてるだけだと考えている。したがって、スティーヴンはここで、ヘインズを支配者イングランド人として、そして自らを被支配者アイルランド人として寓意的にとらえていると言えるだろう。しかし、もっと重要なことは、「支配者の宮廷の道化師」という文言が、ジョイスの新聞記事「オスカー・ワイルド――『サロメ』の詩人」（"Oscar Wilde: A Poet of 'Salomé,'" 1909）からの自己引用であるという点だ。

この新聞記事の特徴としては、第一に、ジョイスが、プロテスタントのアングロ＝アイリッシュの家庭に生まれたオスカー・ワイルド（Oscar Fingal O'Flahertie Wilde, 1854-1900）のアイルランド的要素を強調していることである。ジョイスは、ワイルドのファースト・ネームと二つのミドル・ネームがアイルランドの伝説に由来することや、彼の母親がナショナリストの詩人であったことについて、最初の数段落を割いている（*CW* 201-02）。また第二に、ジョイスは、ワイルドのキャリアを説明するとき、「シェリダンやゴールドスミスの時代から、バーナード・ショーにまで至るアイルランドの喜劇作家の伝統のなかで、ワイルドは、彼らと同じく、イングランド人の宮廷の道化師となった」（*CW* 202）と指摘し、ワイルドを右に引用したスティーヴンの内的独白に見られる問題の「宮廷道化師」と見なしている。記事における「イングランド人」（"the English"）が第二挿話の対応語句においては「彼の主人／支配者」（"his master"）に置きかえられているが、このわずかな改変にこそ、イングランド人を「主人／支配者」と明確に規定するジョイスの視線が顕著に表われている。さらに、第三の特徴として、最終的には裁判にまで至るワイルドの有名な同性愛スキャンダルに言及するさいに、ジョイスが、ワイルドは偽善的なイングランド社会の「スケープゴート」（*CW* 204）にされたと主張している点である。ジョイスは、オックスフォード大学というイングランドの教育機関こそが性的倒錯者ワイルドを産んだと考えた。

以上の点を踏まえて、新聞記事「オスカー・ワイルド」と間テクスト性を保持するスティーヴンの内的独白を見てみれば、そこに表わされたアングロ＝アイリッシュに対するジョイスの態度が両価的であることが理解されるだろう。第二挿話においては、アングロ＝アイリッシュの階級的優位性をスティーヴンに認識させる一方で、ジョイスは、「オスカー・ワイルド」においては、同じくアングロ＝アイリッシュであるワイルドを共感的に擁護している。加えて、スティーヴンは全体的にアングロ＝アイリッシュを支配者階級として見ているが、ワイルドのアイルランド性を強調するジョイスの筆致は、アイルランド人とアングロ＝アイリッシュとを同一のカテゴリーに括ろうとするものだ。ここに潜在する脱階級的な共感と連帯の感情は、「なぜ彼らは皆あんな役回りを選んだのか」（*U* 2.45）というスティーヴンの自問に表出しているだろう。この代名詞「彼ら」は、第二挿話のテクスト上に明白な指示対象を持たず、新聞記事「オスカー・ワイルド」を読んで初めて、それがワイルド、R・B・シェリダン（Richard Brinsley Sheridan, 1751-1816）、オリヴァー・ゴールドスミス（Oliver Goldsmith, 1728?-74）、G・B・ショー（George Bernard Shaw, 1856-1950）といったイギリス文壇で活躍したアングロ＝アイリッシュの劇作家たちを指していることが分かる。そして、ディージーの学校で植民地教育を受けるスティーヴンの生徒たちと、イングランド的な教育の産物とジョイスが見なすワイルドとの間に類似点があるからこそ、歴史は、「彼らに*と*っても」（*U* 2.46、強調は筆者）既視感のある物語なのだとスティーヴンは考える。アイルランドが「質屋」であると想像するスティーヴンは、植民地状況下でアングロ＝アイリッシュもまた「支配者／イングランドの宮廷の道化師」として、支配者の愛顧に頼らざるをえなかった存在であると見なすのだ。このように引用を通じて、「オスカー・ワイルド」におけるジョイスと第二挿話のスティーヴンの態度が二重写しになるために、アングロ＝アイリッシュに対する彼らの態度は、一概にルサンチマンに染めあげられているとは言えないのである。

教室のスティーヴンを描くさいに、階級差を超えた共感と連帯の可能性を間テクスト的に孕みつつ、第二挿話のテクスト自体においては階級的差異を暗示するという、ジョイスの重層的な方法は、アングロ＝アイリッシュを描くものとしては曖昧にすぎるかもしれない。しかし、その曖昧さこそ、植民地アイルランドにおける現地支配者層としてのアングロ＝アイリッシュに特有の表徴であったとも言える。

ヴィヴィアン・マーシア（Vivian Mercier）によれば、アングロ＝アイリッシュは、以下のようなアイデンティティの危機を歴史的に常に抱いていた。

典型的なアングロ＝アイリッシュの少年は……話ができるようになるかならないかの時期に、自分が完全にアイルランド人であるというわけではないと知る。その後、彼は、自分が到底イングランド人でもないということを知る。完全なイングランド人か完全なアイルランド人かどちらかになれという圧力は、永久にアイデンティティの一部を拭い去る。「私は誰なのか」という問題は、実際に［W・B・］イェイツにとってそうであったように、たとえ一生かかろうとも、あらゆるアングロ＝アイリッシュが答えを出すべきものである。(26)

逆に言えば、アングロ＝アイリッシュとは、イングランド人からはアイルランド人と見なされ、アイルランド人からはイングランド人と見なされる、きわめて不安定なアイデンティティを持たざるをえない植民地主体、植民地の権力構造における中間者であった。これは、アングロ＝アイリッシュが、視点の置き方によって、支配者側（イングランド人）にも被支配者側（アイルランド人）にも組みこまれうることを意味する。(＊4) スティーヴンの授業において、アングロ＝アイリッシュを、支配者階級としても「イングランドの宮廷の道化師」としても提示するジョイスは、アングロ＝アイリッシュの中間者的様態を正確に捉えていると言うべきであろう。

三　脱階級的な連帯の不可能性

しかし、スティーヴンのアングロ＝アイリッシュに対する潜在的な共感は、同じくアングロ＝アイリッシュであるディージーと対峙するときには全面的な反感へと転化する。これは、ジョイスが、植民地教育を受ける生徒たちよりも植民地教育を施す校長の方を問題視していることの証左であると言えるかもしれない。ここからは、スティーヴンに対するディージーの個人授業を参観し、アングロ＝アイリッシュに対するジョイスの反感について考察する。

ディージーが登場するのは、スティーヴンが算術の補習を終えたあと、ホッケーの授業が始まろうとしているときである。生徒たちはチーム分けに不服で騒いでいるのだが、ディージーはそれに気づかず苛立っている。


――今度は何だ、と彼［ディージー氏］は耳を傾けることなく続けて叫んだ。

――コクランとハリデイが同じチームにいるんです、とスティーヴンが答えた。

――わたしの書斎で少し待っていてくれないか、とディージー氏は言った、わたしがここに秩序を回復するまで。

そして、彼がやきもきしながら運動場を横切って戻ると、彼の年老いた男の声がいかめしく叫んだ。

――何が問題なんだ、今度は何だ。（*U* 2.189-95）

運動場に「秩序を回復」しようとするディージーは、教室における統率力の欠如を自覚していたスティーヴンときわめて対照的である。支配者階級のアングロ＝アイリッシュである校長は、植民地教育を施す学校においても「支配者」(master) なのだ。ここでジョイスは、アングロ＝アイリッシュとアイルランド人のあいだにある、社会的支配力の有無という階級的差異を、学校という限定された小社会におけるディージーとスティーヴンの統率力の有無に投影している。

登場場面に垣間見られるディージーの支配者的性格は、彼がスティーヴンの給料を支払う場面にも書きこまれている。スティーヴンが「恥ずかしそうに急いで金をかき集め、全部ズボンのポケットに入れる」(*U* 2.223-24) と、ディージーは見とがめて次のように述べる――「きみは金が何なのかをまだ分かっていないね。金は力だよ。……シェイクスピアは何と言っているかね。『財布に金を入れておけ』さ」(*U* 2.236-39、省略は筆者)。さらにディージーは、シェイクスピアにことよせ、借金だらけのスティーヴンに向かって以下のように訓戒を続ける。

> ――彼は金が何なのかを理解していた、とディージー氏は言った。彼は金を稼いだ。もちろん詩人だ。しかし、イングランド人でもある。イングランド人の誇りとは何か、知っているかい。イングランド人が口にするもっとも誇り高き言葉が何か、知っているかい。
>
> 海の支配者。彼の海のように冷たい瞳が行きかう船のない湾を見ていた。責められるべきは歴史だろうね。ぼくとぼくの言葉に、憎むこともなく。
>
> ――その帝国に、とスティーヴンは言った、太陽が沈むことなしっていうあの。
>
> ――へっ、とディージー氏は叫んだ。それはイングランド人ではない。フランスのケルト人がそう言ったんだ。
>
> 彼は貯金箱を親指の爪でたたいた。

——教えてあげよう、と彼はおごそかに言った、もっとも誇り高き自慢は、『わたしは借金せずに自活してきた』だ。

いいやつだ、いいやつだ。

——『わたしは借金せずに自活してきた。人生で一シリングの借りもない』これはこたえるかな。

『なんの借りもない』どうだい。（*U* 2.241-54）

ディージーがイングランド的価値観を重んじていることは、ここでも明らかだ。彼にとってのシェイクスピアは、「借金をしていない」という経済的美徳——あるいはディージーの言う「イングランド人の誇り」——の体現者である。また、注目すべきは、このイングランド的美徳を問われたスティーヴンが、第一挿話でヘインズと会話をしていたさいに思いうかべていた「海の支配者」（*U*. 1.574）というフレーズをここで再び想起しており、ディージーの問いへの答えとして「日の沈まぬ帝国」という大英帝国のスローガンを選んでいることである。つまり、スティーヴンの思考においては、イングランド人ヘインズと、アングロ＝アイリッシュであるディージーが、アイルランドを支配する大英帝国と明確に結びつけられているのだ。したがって、「金は力」（"Money is power."）というディージーの持論が持つ政治的含意も読まれなければならない。アイルランドの植民地社会で帝国の恩恵にあずかるアングロ＝アイリッシュであるディージーの言う「金」とは、「権力」（"power"）のことなのだ。

　このような観点からすれば、なぜスティーヴンが「恥ずかしそうに急いで」給料をしまうのかという疑問も解決するだろう。それは、芸術家になる夢をまだ実現できずに、臨時教師として糊口をしのぐスティーヴンの忸怩たる思いの表われだけではない。スティーヴンは、植民地支配者たるアングロ＝アイリッシュに経済的に依存していることをも恥じているのだ。給料をポケットに入れた直後、「美と権力の象徴でもある。ぼくのポケットのなかのかたまり。貪欲と貧困に汚された象徴」（*U* 2.226-28）と考えるスティーヴンは、「金が何なのか」を理解していないというディージーの諫言とは裏腹に、金が「権力」であることを知っている。また、スティーヴンが権力たる金を「貪欲と貧困に汚された象徴」と見なしている点には、支配者たちの植民地主義的搾取を批判する視点が内在している。既述のとおり、教室におけるスティーヴンが裕福な生徒たちに階級的下位者としての「嫉妬」を感じていたとすれば、書斎におけるスティーヴンもまた、ディージーという上位階級への経済的服従を感じているのである。このように、スティーヴンとディージーとの関係にも、アイルランドの植民地社会において経済格差として表出する階級的差異が書きこまれている。

ディージーのスティーヴンに対する個人授業は、以上のように、両者の社会的および経済的な階級格差を暗示して始まる。金の何たるかを知らないという（誤解含みの）訓戒が功を奏さないと知ると、ディージーは「でもある日きみは悟るにちがいない。われわれは寛大な民族だが、公正でもあるべきだ」と続け、スティーヴンは「そういう大きな言葉は怖いです……。それがぼくたちを不幸にする」と応酬する（*U* 2.262-64、省略は筆者）。後者の言葉は前者の逆鱗に触れたようで、ここから、アイルランドの政治と歴史に関する両者の対立が明確に表面化していく。まず、ディージーが以下のように口火を切る。

――きみはわたしのことを時代遅れの年寄りで保守主義者だと考えているね、と思慮深い声が言った。わたしはオコンネルの時代から三世代を見てきた。四六年の飢饉も覚えている。オコンネルより二〇年も前にオレンジ党が連合撤廃のために運動したのを知っているかい。きみの宗派のお偉いさんたちが彼を扇動政治家と非難するより前のことだよ。きみたちフィニアンはいくつかの事実を忘れていますよ。(*U* 2.268-72)

ディージーの主張の特徴は、第一に、彼がスティーヴンをナショナリストとして明確に規定していることだ。従来から指摘されているように、ここでディージーは、スティーヴンが実際にフィニアンを数多く出したユニヴァーシティ・カレッジ・ダブリンの卒業生であることを根拠に発言していると思われる。しかし、この規定にもディージーの誤解は含まれている。ドン・ギフォード(Don Gifford)によれば、フィニアンという言葉は、「イングランドによる支配をすぐに終わらせ、市民と宗教の自由を伴う独立国家アイルランドを創設することに賛同する急進的な共和主義者を意味するスラング」である(36)。たしかにスティーヴンはイングランドの支配に反対し、また脱階級的な連帯の可能性をも意識はしているが、それを暴力的方法によって即時実現しようとする急進的共和主義者ではない。

また、ディージーの主張の第二の特徴として――それは、スティーヴンはフィニアンであるという彼の(誤)認識と表裏一体なのだが――プロテスタントのアングロ=アイリッシュが反植民地主義運動に貢献したことを擁護していることを挙げることができる。ディージーが強調しているのは、プロテスタントのオレンジ党(Orange Lodge)が、カトリックの政治指導者ダニエル・オコンネル(Daniel O'Connell, 1775-1847)よりも前に、イングランドとアイルランドの合同の撤廃を推進した先駆性である。しかし、ここでもギフォードを参照すれば、ディージーの主張が誤っていることは明らかだ。オレンジ党は、そもそも一七九〇年代に「反カトリックの暴力的プロテスタントの拠点」として誕生し、一八〇〇年の英愛合同成立後はそれを支持した。また、アルスター地方に多かったオレンジ党員(Orangeman)は、自らを「アイルランドにおけるイギリスの支配権の維持のための組織」と定義し、それゆえ一八八六年にアイルランド自治の機運が高まるとそれに強硬に反対したのである（Gifford 35）。したがって、合同撤廃というナショナリズム運動におけるプロテスタント側の貢献を強調するディージーの発言は、不正確と言わざるをえない。「きみたちフィニアンはいくつかの事実を忘れている」とスティーヴンに詰め寄るディージーの方が、実ははるかに多くのことを忘れているのである。

ディージーの主張から読みとれる政治的態度は、プロテスタントを擁護するという意味で、「オレンジ党員」（Cheng 165）あるいは「アルスター・ユニオニスト」（Gibson 33）のそれに近いと見なすことができる。しかし、これらのグループを構成したのはアングロ＝アイリッシュであったのだから、ディージーの政治態度を表わすレッテルをどちらか一方に特定することはさほど重要ではないだろう。むしろ、ここで確認すべきは、ディージーの主張の行為遂行的（パフォーマティヴ）な側面である。ディージーは、アイルランド人スティーヴンをカトリックのナショナリストという「他者」として規定することで、逆にアングロ＝アイリッシュである「自己」をプロテスタントのユニオニストとして鮮明に定義する結果になっている。

重要なことに、スティーヴン自身も、このディージーによる「自己」と「他者」の定義に適合するような反応を見せている。ディージーの訓戒の直後、スティーヴンは肩をすくめて、以下のように内的独白をする――「栄光に輝き、敬虔にして、不滅の思い出に。輝かしきアーマー州のダイアモンド集会所に、法王の手先どもの死骸をつるし。声をからし、顔を隠し、武器を手に、植民者の契約。黒い北、ゆるがぬ青の聖書。クロッピーども、ひれ伏せ」（*U* 2.273-76）。

ここでスティーヴンが最初に想起しているのは、ウィリアム三世を祝福するオレンジ党員の乾杯の言葉である。ウィリアム三世は、名誉革命後、アイルランドを拠点に復位を狙ったカトリックのジェイムズ二世を倒し、イングランドによるアイルランド征服を完成した。この意味で、ウィリアム三世は、「急進的プロテスタントのアイルランド人の守護聖人である」(Gifford 36)。次にスティーヴンが想像しているのは、ギブソンが「一七九〇年代のプロテスタントによる大虐殺」(Gibson 36) と呼ぶ歴史的悲劇、すなわち当時カトリックの迫害が広がっていたアルスター地方のアーマー州で、一七九五年にカトリックの自衛集団 (the Defenders) のメンバーが、反乱の嫌疑をかけられ虐殺された事件の現場である (Gifford 36)。さらに、スティーヴンは、カトリックから没収した土地をイングランド人とアングロ＝アイリッシュに分配することで進められた、エリザベス一世時代のアルスター植民を連想している。そして、最後にスティーヴンが引用しているのは、一七九八年のウェクスフォードの反乱に参加し、「いがぐり頭」(croppy) と呼ばれた叛徒の制圧を祝うバラッドのリフレインである (Gifford 36)。したがって、スティーヴンは、カトリックを迫害し搾取することによってアイルランドの植民地支配を固定化してきたプロテスタントという、ディージーが完全に無視したアングロ＝アイリッシュの側面を強調しているのだ。このようなスティーヴンの内的独白は、「寛大」と「公正」を説きながら自らの宗派と階級を擁護するディージーに対する、カトリックの立場からの無声の抗議なのである。

以上のように、ディージーのプロテスタント擁護を歴史誤認として描き、彼の謬見をスティーヴンの内的独白によって露呈させている点で、ジョイスは、アングロ＝アイリッシュを植民地支配者として辛辣に批判していると言える。カトリックのアイルランド人の社会的・経済的・軍事的抑圧のうえに確立されてきた特権的立場に無自覚なディージーと対話をするなかで、「これが老齢の知恵なのか」(*U* 2.376) と風刺し、「ならばここでさらに何を学ぶのか」(*U* 2.404) と自問するスティーヴンには、授業をしていたときには残っていたアングロ＝アイリッシュとの脱階級的な連帯への志向はもはやない。スティーヴンに対するディージーの個人授業では、政治的には親英対反英、宗教的にはプロテスタント対カトリック、そして民族的にはアングロ＝アイリッシュ対アイリッシュという複合的な対立構図が前景化されている。

しかしながら、このような敵対関係に留保を付ける先行研究もある。たとえばウィラード・ポッツ（Willard Potts）は、スティーヴンのカトリック的見解とディージーのプロテスタント的見解との衝突を認める一方で、彼は、「ディージーのなかにも葛藤がある。ときにイングランド人に同一化し、またあるときはアイルランド人に同一化する彼は、アイルランドにおけるプロテスタントの曖昧な地位を反映している」（157）と指摘する。同様に、トマス・ホフハインツ（Thomas Hofheinz）も、「ダブリンに取り残された誇り高きアルスター人である」ディージーが、「彼個人のアイデンティティにおいてごたまぜになっているユニオニスト的帰属と民族主義的帰属という矛盾する要素を和解させようとする」欲望をひそかに抱えていると主張する（43）。さらに、アン・マリー・ダーシー（Anne Marie D'Arcy）は、そもそも地名説話集「ディンシェンハス」（the dindsenchas）で取りあげられるディーシー一族（the Déisi）に由来する姓を持つディージーは、アルスター出身者である必然性はなく、ダブリン由来のユニオニストであり、それゆえカトリックとプロテスタントのはざまにあると主張している（309-10）。

ポッツがアイルランド人との同一化という「ディージーの内的葛藤」の例として注目しているのは、ディージーのアイルランド大飢饉への言及（*U* 2.269）である。一八四五年、胴枯れ病によるじゃがいもの不作に陥ったアイルランドでは、それを主食としていた多数の貧農たちが飢饉に苦しみ、餓死・疫病・移民などによって急激な人口減を招いた。ギフォードは「イングランドの政策がアイルランドの産業を抑圧していたため、農業の崩壊は致命的打撃であった」（35）と注釈しているが、実際のところ、イングランド当局は飢饉中にも有効な救済策を打つことができなかったようだ（Foster 318-44）。それゆえ、大飢饉は、後世のアイルランド人の多くにとって――また、ナショナリスト史観においては揺るぎなく――イングランドの植民地支配がもたらしたアイルランドの受難と見なされるようになる。それゆえポッツは、ディージーの大飢饉に関する「発言それ自体が……大飢饉にもっとも苦しんだためにそれを覚えていると通常は考えられているカトリックとの同一化を確かに示唆することをねらっている」（159、省略は筆者）と解釈するのである。

　大飢饉への言及が、ディージーのプロテスタント的な歴史誤認の中で唯一顕在化した、カトリックのアイルランド人との同一化志向を示すなら、それは、「わたしも反逆者の血を引いている……。母方からね。しかし、わたしは合同に賛成の票を投じたサー・ジョン・ブラックウッドの子孫です。わたしたちはみなアイルランド人。みな、王たちの息子たちですよ」（*U* 2.278-80、省略は筆者）というディージーの発言にも読みとることができるだろう。ここで、スティーヴンに向かって、自らの「反逆者」としての血筋を強調し、「全てのアイルランド人は（古代アイルランドの）王たちの息子」（"All Irishmen are kings' son"）という諺（Gifford 37）を引くディージーは、なるほど、アイルランド人とアングロ＝アイリッシュを統合しているように見える。この意味では、ディージー自身も、先述したように、視点の置き方次第で支配者にも被支配者にも分類されうるという中間者としてのアングロ＝アイリッシュの存在様態を表象しているとさえ言えるだろう。

　しかし他方では、ディージーのカトリックとの同一化願望は、ある種の心理的防衛機制と見なすことも可能だ。ディージーは、実際にはイングランドとの合同に反対の票を投じようとしたブラックウッドを、合同に賛成した先祖として言及している（Gifford 36-37）。これもまた、ディージーの数多い歴史誤認の一例なのか、それとも彼の故意の改変なのかは実は問題ではない。(*5) 重要なのは、合同賛成派の血統を明示したうえで、全てのアイルランド人が「王たちの息子」と発言している点である。つまり、合同賛成というイングランド支持を表明するディージーの言う「王たち」とは、もともとの諺の指す古代アイルランドの王ではなく、アイルランドを侵略し統治してきた歴代のイングランド王のことではあるまいか。もしそうであれば、ディージーは、アングロ゠アイリッシュとアイルランド人を「大英帝国臣民」という非常に親英的なカテゴリーに一括していることになる。換言すれば、ディージーのカトリックとの同一化志向は、アイルランド人としてではなく、むしろイングランド系としての自己定義に立脚しているのだ。ちょうど第一挿話で、イングランド人ヘインズが「イングランドでは、きみたちをかなり不当に扱ってきたと感じているんだ。責められるべきは歴史だろうね」（*U* 1.648-49）と述べて、アイルランド問題に関するわずかな当事者意識もないことを露呈していたように、第二挿話におけるディージーもまた、「王たちの息子」という標語のもとに、アングロ゠アイリッシュとアイルランド人とのあいだに歴史的に維持されてきた支配・被支配構造を隠蔽するのである。

しかし、なおもポッツは、ディージーのカトリックとの同一化志向を描くことが、アングロ゠アイリッシュが置かれた状況についてジョイスが正しく理解していたことの証拠であると主張する。

> ディージー自身のアイデンティティの意識はかなり不明確だ。彼の視点はあるときはアイルランド人もしくはアルスター人のプロテスタントのそれであり、またあるときはイングランド人のそれであり、さらにカトリックのナショナリストのそれであるときもある。ディージーの意見の相反する混合を取り入れることによって、ジョイスはアイルランドのプロテスタントのより正確な像を提供するのだ。(Potts 160)

アングロ＝アイリッシュに対するジョイスの態度が批判一辺倒でないことは、本稿においても、新聞記事「オスカー・ワイルド」との間テクスト性を分析することによって確認した。しかしながら、ディージーとスティーヴンとの対話を見ていくと、前者のカトリックとの同一化志向が敵対関係を解消するものではないことが明瞭になる。それは、カトリックに共感的と解釈できるディージーの発言を聞いたスティーヴンの答えが、「ああ」（"Alas"）（*U* 2.281）というほとんど無感情な一言のみである点に集約されている。スティーヴンとディージーのやり取りは、実質的に「会話や対話というよりも、二つの独白」（Williams 146）であって、それゆえ両者の見解には折りあうところが微塵もない。このこと自体が、アイルランド人とアングロ＝アイリッシュとの対立の根深さをテクスト上で行為遂行的に提示しているだろう。

第二挿話の終盤、ユダヤ人嫌悪と女性嫌悪に駆られたディージーが、「わたしは人生の終わりにさしかかった今も戦っている。だが、最後まで正義のために戦うつもりだ」（*U* 2.395-96）と発言すると、スティーヴンは、「アルスターは戦うぞ／アルスターは正しいぞ」（*U* 2.397-98）という皮肉をこめた内的独白をする。これは、英国保守党の政治家ランドルフ・チャーチル（Randolph Churchill, 1849-95）が、首相ウィリアム・グラッドストン（William Gladstone, 1809-98）が率いる自由党に対抗するため、十九世紀末のアルスター地方で暴力的に高まったアイルランド自治法案への反対感情を政治的に利用しようとして使った語句である。ギフォードによれば、この語句は「反カトリック的で、自治権に反対する勢力の鬨の声」（40）であった。したがって、この語句を引用するスティーヴンは、あくまでもディージーを英愛合同の支持者と見なしていることになる。スティーヴンの認識が正しいことを示すかのように、ディージーの個人授業が終わり学校をあとにするスティーヴンを待ちかまえているのは、英国王室の象徴としての「柱の上でうずくまって頭をもたげたライオン」(U 2.428-29)であった。ジョイスは、第二挿話の最後まで、アイルランドにおける階級対立の構図を保っているのである。

おわりに

ここまで見てきたように、『ユリシーズ』第二挿話では、アイルランド植民地社会における階級対立が描かれていた。スティーヴンと生徒たちの、そしてスティーヴンとディージーの関係性には、アイルランド人とアングロ=アイリッシュとのあいだに歴史的に形成され、そして一九〇四年にも厳然と存在していた経済的かつ社会的な権力構造が見受けられる。たしかに、このような階級間の対立構図を扱うジョイスの筆致には、脱階級的な共感と連帯の可能性がわずかながらも混在してはいた。しかしながら、第二挿話において、ジョイスは、アングロ=アイリッシュのディージーをイングランド人と同様の植民地支配者として批判的に描いている。それゆえ、階級の授業としての本挿話が最終的に読者に提示するのは、アイルランド人とアングロ=アイリッシュとのあいだの解消しえない社会的分断である。

ヘインズやディージーに対して反論することはあっても、彼らの考えを変えるまでにはいたらず、主に内的独白というかたちで声にならない反抗をするスティーヴンは、反植民地運動の英雄にはなれないかもしれない。しかしジョイスは、スティーヴンをとおして植民地問題を解決するというよりも、それを提起することに専念しているのだ。ジョイスの植民地問題の解決策を読者が垣間見るには、アイルランドの植民地社会における諸勢力のいずれにも厳密な意味では帰属していないダブリン市民、レオポルド・ブルームの登場を待たねばならない。

註

（1）本研究はJSPS科研費19K00408の助成を受けたものである。

（2）しかしながら、いま一度留意が必要なのは、少なくともテクストを読むかぎりではアイルランド北部の出身であるとしか思えないディージーのその姓が、実はアイルランドの南部（特にコーク州）に多いという事実である。本稿の論旨に沿えば、ディージーの北アイルランド的な政治的態度と南アイルランド的な姓という不整合そのものが、まさにアングロ＝アイリッシュの両面性を表わしているのだと解釈することはできるだろう。ただし、この点についてはさらなる精査が必要と思われるため、稿を改めたい。なお、ディージー姓がアイルランド南部に多いことについては、金井嘉彦氏から貴重な示唆を得た。記して感謝する。

（3）ここまでの議論には、Foster 167-94, 373-428 および Lyons 141-201 を参照している。

（4）そうであれば、だからこそディージーは、アングロ＝アイリッシュのイングリッシュネスの方を植民地教育で補強しようとしたのだと、それこそ「共感的に」解釈してもよいのかもしれない。

（5）ただし、作者ジョイスがこの部分を書き換えたことは紛れもない事実であって、そこには何らかの意図があろう。たとえば吉川信は、これを「ジョイスが故意にデイジーの間違いを助長している」（六八）例だと見なしている。「こう書き換えられたことで、むしろスティーヴンの方が歴史に詳しそうだと思えてくる。二八一行目の“Alas” というスティーヴンのことばは、この書き換えによってたちまち呆れ顔の呟きに変わる」（吉川　六八―六九）。

参考文献

Benstock, Shari and Bernard Benstock. *Who's He When He's at Home: A James Joyce Dictionary*. U of Illinois P, 1980.

Cheng, Vincent J. *Joyce, Race, and Empire*. Cambridge UP, 1995.

D'Arcy, Anne Marie. "*Dindsenchas*, Mr Deasy, and the Nightmare of Partition in *Ulysses*." *Proceedings of the Royal Irish Academy*, vol. 114C, 2014, pp. 295-325.

Foster, R. F. *Modern Ireland 1600-1792*. Penguin Books, 1988.

Gibson, Andrew. *Joyce's Revenge: History, Politics, and Aesthetics in* Ulysses. Oxford UP, 2002.

Gifford, Don, with Robert J. Seidman. Ulysses *Annotated: Notes for James Joyce's* Ulysses. 2nd ed., U of California P, 1988.

Hofheinz, Thomas. "Joyce's Northern Ireland." *Re.Joyce: Text, Culture, Politics*, edited by John Brannigan, Geoff Ward and Julian Wolfreys, Macmillan Press, 1998, pp. 35-44.

Joyce, James. *The Critical Writings of James Joyce*. Edited by Ellsworth Mason and Richard Ellmann. Faber and Faber, 1959.

---. *Ulyssses*. Edited by Hans Walter Gable et al. Vintage Books, 1986.

Lyons, F. S. L. *Ireland since the Famine*. Fontana Press, 1985.

Mercier, Vivian. *Beckett/Beckett*. Oxford UP, 1977.

Nolan, Emer. *James Joyce and Nationalism*. Routledge, 1995.

Platt, Len. *Joyce and the Anglo-Irish: A Study of Joyce and the Literary Revival*. Rodopi, 1998.

Potts, Willard. *Joyce and the Two Irelands*. U of Texas P, 2000.

Said, Edward W. *Culture and Imperialism*. Vintage Books, 1994.

Vance, Norman. *Irish Literature: A Social History*. Four Courts Press, 1999.

Williams, Trevor L. *Reading Joyce Politically*. UP of Florida, 1997.

吉川信「'Nestor'／歴史／悪夢——スティーヴン史観」*Joycean Japan*、第三号、一九九二、六五—七八。

下を向いて歩こう——消えゆく『ユリシーズ』のダブリン？

1. Middle Abbey Street（Eason 書店付近）

『ユリシーズ』読者のダブリン訪問時の楽しみと言えば、マーテロ塔や国立図書館といった各挿話の舞台に詣でたり、登場人物と同じ道順で散策したりすることだろう。逆に言えば、そのような読書後のオフ会的享楽を可能にするほど、『ユリシーズ』に描かれた一九〇四年のダブリンの街並みが今も残存している……はずだったのだが、近年ジョイスゆかりの建築物も消えゆく運命にある。二〇一九年には、第十一挿話の舞台であるオーモンド・ホテルを取り壊し、別のホテルとして新築することが最高裁判決で確定した。二〇二一年には、「死者たち」の舞台である建物が、多くの反対署名にもかかわらず、ホステルに改築されることが決定している。

このようなダブリン再開発の象徴的存在と言って良いのが、ルアス（LUAS）である。奇しくもブルームズデイ百周年にあたる二〇〇四年六月に運行を開始したこの路面電車は、その後路線を拡大し、現在はダブリンを東西と南北に貫いて走っている。さらに奇遇なのが、市内中心部におけるルアスの路線が、第八挿話におけるブルームの動線に近接もしくは交錯しているという点だ。

写真は、このブルームの歩みに沿って、街路に埋めこまれた十四枚の銅板である（二〇〇五年八月撮影）。読者がブルームと同じ道順をたどればコンプリートできるこの銅板が、もしやルアス関係の工事で逸失してはいないか。ダブリン発展の裏で消えゆく『ユリシーズ』の世界という見立てが強迫観念に過ぎないことを、コロナ禍終息後のダブリンでまっさきに確かめねばなるまい。

（田多良俊樹）

3. O'Connell Bridge の北西角付近

2. O'Connell Street Lower（マクドナルド付近）

5. Westmoreland Street（Cassidy's 付近）

4. Westmoreland Street（O'Connell 橋南西端付近）

8. Grafton Street
（Lost Lane 付近）

7. Grafton Street と Nassau Street の交差点

6. Westmoreland Street と College Street の三叉路

11. Davy Byrne's

10. Duke Street

9. Grafton Street
（Brown Thomas 付近）

14. Kildare Street
（National Museum 入口付近）

13. Molesworth Street

12. Dawson Street

第三章　第四挿話と腎臓を食らう男

夕映のリフィー川

第三章　第四挿話と腎臓を食らう男

桃尾美佳

一　はじめに（＊1）

ジェイムズ・ジョイスの『ユリシーズ』はモダニズム文学の代表格と位置づけられてきた。この文学思潮をどのように定義すべきかについては議論の余地があろうが、主要作品の多くに共通するのは、古典文学の主題や構成に回帰しつつ、混沌とした現代世界を生きる人間の心理の実相を描きだそうとする試みといえる。絶え間なく流転する「意識の流れ」を表出しようという挑戦は言語自体への強い関心を呼び、多くの文学者が前衛的な文体実験に取り組んだ。ジョイスはおそらくその中でも最も先鋭的な作家である。『ユリシーズ』では十八挿話おのおのに独自の斬新な文体が採用され、粋を凝らした多様な語りが展開される。新聞や教義問答のパロディもあれば、過去の文学者の文体模写や、戯曲の形式の援用も見られる。主人公の妻が夢うつつに巡らす思考が独白形式のみによって綴られる最終挿話は、モダニズム文学における「意識の流れ」の極北とされているが、思考の発生状況についての客観的説明が付されないこうした内的独白（interior monologue）は、テクスト全編で採用されている。

この高度な実験性のために、『ユリシーズ』は発表当初から難解な作品として喧伝され、不用意な読者が単身門をくぐればたちまち踏み迷う迷宮のごとく扱われてきた。読み方を解く指南書があれこれと編まれ、『オデュッセイア』の対応関係や各挿話の象徴体系を分類した照応表などが、旅人の必携資料とされた(＊2)。とりわけ旅路の難所とされたのが、ジョイスをモデルとする青年スティーヴン・デダラス（Stephen Dedalus）にまつわる第一挿話から第三挿話である。前作『若き日の芸術家の肖像』（*A Portrait of the Artist as a Young Man*）の末尾で作家を目指しパリへ赴いたスティーヴンは、母の死をきっかけにダブリンに戻り、鬱屈の日々を送っている。冒頭三挿話は間借り中のマーテロ塔を出奔した彼が徒歩で市内へ向かう足跡をたどるものだが、三人称の語りは徐々に内的独白に侵食され、第三挿話ともなるとスティーヴンの「意識の流れ」が語りの大半を占めるに至る。彼の思考は現在の知覚と過去の記憶を取りこんで展開するため、初読でその全容を把握することはほとんど不可能な難行となる。

この難所での脱落を避けるため、初心者は第四挿話から読みはじめることを推奨されてきた。第四挿話では改めて三人称の語り手が今一人の主人公レオポルド・ブルーム（Leopold Bloom）を紹介する。古典文学に通暁する青年スティーヴンは思索にしばしば高度に専門的な美学議論を交えて読者を辟易させるが、実際的な中年男ブルームの内的独白は内容も形式も世俗的であり、入門者にも解りやすかろうという配慮である（Attridge 44）。だがはたして第四挿話は、本当にそれほど読みやすいのだろうか？

二　第四挿話という戸口

入門者用のガイドは近年新たなメディアに進出しているようだ。ボストン大学の研究チームが『ジョイススティック』(Joycestick) なる仮想現実ゲームソフトを開発している(＊3)。飛行機の操縦桿やＴＶゲームの操作レバーを意味するジョイスティックは、その形状や位置、語感から、「悦びの肉棒」を指す隠語ともなるが、こちらは怪しげな代物ではなく、『ユリシーズ』の世界をＶＲゲーム化して視覚的に再現し、若い読者が難解な文体に臆することなく物語世界に参入する契機を提供しようという、教育的配慮に基づくソフトである。専用のヘッドセットを装着するや、目前に調理台やらテーブルやらが出現する。卓上の皿には何やら茶色い塊が載っている。そう、あなたが今いるのはレオポルド・ブルームの台所だ。仮想現実の『ユリシーズ』世界においても、やはり第四挿話は格好の入り口となる。皿の上の塊は彼が朝食に焼く豚の腎臓というわけだ。

ジョイス産業という揶揄的な呼称が流通するほどジョイス研究の裾野は広く、『ユリシーズ』も新旧批評理論の華々しい実験場の様相を呈してきたことを思えば、最新のテクノロジーをジョイス作品と融合させようという試み自体は、さほど新奇なものでもない。作家自身が二十世紀初頭の最新メディアであった映画に強い関心を持ち、ダブリンに映画館ヴォルタ座（the Volta Cinema）を設立したくらいだから、ジョイス文学とテクノロジーの親和性は十分に保証されているだろう。とはいえ実際にVRを体感してみると、独特の強烈な違和感を覚える。言語を介さずに『ユリシーズ』を体験する、という点が問題だ。VRが再現する世界は語りの声の一語たりとも響くことのない無音の空間である。『ユリシーズ』に充満する無数の語りの声とその饒舌性に引き比べて、この無音はいささか不気味なのだ。第四挿話を彩る数々のオブジェはたしかに立体的な質量感を伴って現前しており、プレイヤーが動かせるものさえある。だが、それらがある形状をもってたしかにそこに在る、という事態そのものが、違和感の理由になる。VRの「再現」する空間は、ある一つの言葉が間違いなくある一つの意味を持つという前提によって結ばれたさまざまのヴィジョンによって構成される、解釈の揺らぎや躊躇とは無縁の場所であり、いわばシニフィアンとシニフィエの幸福な結婚によって築かれた世界である。だが幸福な結婚という概念自体、全てのジョイス作品において最もシニカルに扱われてきたモチーフではなかったか。

第四挿話は次のように始まる。「ミスタ・レオポルド・ブルームは喜んで獣や鳥の内臓を食べる」（U 4.1）。この一文はスティーヴンの衒学的な内的独白と比べ、たしかに読みやすい三人称の記述に見える。だが「喜んで」（"with relish"）という表現が曲者だ。"relish"は喜びを意味する抽象名詞であるとともに、風味を増すためのソースやピクルスをも指すからだ。"with relish"を「喜んで」と読むか「ソースを添えて」と読むか、それは読者自身に委ねられる（＊4）。『ユリシーズ』は単語のレベルで揺らぎながら、テクストの際限ない解釈可能性に耐えること、むしろそこにこそ"relish"を味わうことを、読者に要請してくる小説なのだ。となると、入門者向きの戸口といえども、くぐるさいには用心が必要であろう。

簡単にレオポルド・ブルームがどのような人物か確認しておこう。彼は三八歳の広告取りで、現在はダブリン市内エクルズ通りに妻のモリー（Molly Bloom）と二人暮らし、娘のミリー（Milly）は家を離れて写真館の仕事に就いている。声楽家の妻は近く演奏旅行に出る予定だが、今日は興行の切り盛りをするヒュー・ボイラン（Hugh "Blazes" Boylan）との浮気を目論んでいる。スティーヴンがマーテロ塔を出立した六月十六日の朝、ブルームも朝食後に自宅を出発し、妻の不貞に対する懸念に苛まれつつ終日ダブリン市内を歩きまわる。両者の足跡は物語半ばで交わって、ブルームは深更この若者を帯同して自宅へ戻り、情事のあとの妻の寝床に潜りこんで長い一日を終える。ブルームの造型を説明するさいにはしばしば「エヴリマン」（"everyman"）という表現が用いられる。芸術家としての特殊な役割を担うスティーヴンと異なり、ブルームは「環境、種族、時代による制約性」を超え、「人間の本性の一つの普遍妥当的な体現者」として描かれており、ゆえに個人としてではなく、タイプとして本編の主人公を務めているとされてきたためである（クルチウス 一一〇）。コキュの悲哀に悩まされつつも何ら劇的な行動は起こさずにひたすら街を歩くブルームの長い一日は、英雄ではなく平凡な一個人の魂の彷徨を意味し、人間性の普遍的本質を示すと考えられてきた。

こうしたブルーム評は初期批評の段階から流通するものだが、第四挿話を無心に紐解いた初心者は、むしろのっけから異様な描写によって彼の人となりを紹介されることに面食らうのではないか。第四挿話の冒頭一段落を改めて眺めてみよう。丸谷才一らによる翻訳では、次のように訳出されている。

> ミスタ・レオポルド・ブルームは好んで獣や鳥の内臓を食べる。好物はこってりしたもつのスープ、こくのある砂嚢、詰めものをして焼いた心臓、パン粉をまぶしていためた薄切りの肝臓、生鱈子のソテー。なかでも大好物は羊の腎臓のグリルで、ほのかの尿の匂いが彼の味覚を微妙に刺激してくれる。(*U* 4.1-4; 丸谷・永川・高松 一三九)

臓物に対するブルームの嗜好に関するこの冒頭のくだりは、「エヴリマン」の普遍性を読者に肯(うべな)わせる内容とは言いがたい。第四挿話にちりばめられたブルームに関する情報は、彼の普遍性や一般性よりはむしろ個性的な性質や習慣を伝えるものだ。なぜジョイスは彼の主人公の人となりを紹介するにあたって、まっさきにその特異な食の嗜好を描写することを選んだのだろうか。

三　臓物食とユダヤ性

ブルームの物語はもともと、『ダブリナーズ』(*Dubliners*)の一編として構想されたのだという(クルチウス 一〇四)。では第四挿話冒頭が伝える彼の食の好みは、ダブリンの一般市民の味覚に近いだろうか。ニール・R・デイヴィソン(Neil R. Davison)は十九世紀末から二十世紀初頭のダブリンの生活状況をつぶさに検証した『大好き泥んこダブリン』(*"Dear Dirty Dublin": A City in Distress, 1899-1916*) を引きながら、一九〇四年のダブリンにおける下層中流階級と労働者階級の市民にとって、ブルームの好む臓物料理は馴染みの薄い食物であったことを指摘している (200-01)。ブルームの好みは臓物料理を日常的に食べる東欧圏のユダヤ人社会の習慣を反映したもので、彼のハンガリー系ユダヤ人という出自に由来する嗜好であるという。この指摘を信じるなら、ブルームの朝食は彼の周囲のアイルランド人からすると、きわめて異質なメニューであったということになる。

ブルームがユダヤ系であることは第四挿話の時点では明示的でないが、腎臓を買いに肉屋に赴くくだりは、婉曲ながら初めて彼のユダヤ性が暗示される重要な場面である。ブルームは肉屋の商品の包装に使われている新聞にユダヤ人解放活動に尽力した慈善家モーゼス・モンテフィオーリ (Moses Montefiore) の名を見いだし、「やっぱりか、あいつはそうだと思っていた」("I thought he was") と心中で独白する (*U* 4.156)。さらに腎臓を購入したさいに肉屋が礼を言いながら自分を見つめる眼差しに「微かな熱意の炎」を感じ、「いや、やめておこう、また今度だ」("No: better not: another time") と考える (*U* 4.186-87)。これらの内的独白の意味は、のちの挿話でブルームがユダヤ人であることが友人たちの会話で示されてようやく推測可能となる。「やっぱりか」とは、熱烈なシオニストのモンテフィオーリが記事になる新聞を購読する肉屋は、かねて推測していたとおりユダヤ人であろうと確信を持ったがための述懐であり、「やめておこう」とは、自身も同様の出自であると明かすことに対する躊躇と回避を意味すると考えられる。肉屋の場面を除けば、第四挿話でユダヤ性に関する言及といえるのは、帰宅後に豚の血がしみた新聞紙を猫にやりながら「コーシャだ」と考える箇所程度である (*U* 4.277)。

第四挿話においては、ブルームのユダヤ性の自認は、いずれも消極的で欺瞞的な、あるいは自嘲的な文脈においてなされることに注意しておきたい。実際、臓物食というブルームの嗜好がいかにユダヤ的であったにしても、彼の行動はユダヤ系らしさをおおいに逸脱するものだ。朝食を買いに肉屋へ赴いたブルームが購入するのは、「コーシャ」に認められていない豚の腎臓なのである。彼のユダヤ的嗜好は、ユダヤ性を保証する戒律を踏みはずすという行為を通じて、逆説的に強調されることになる。

ユダヤ性とその逸脱は、相反する要素を併せ持つという、矛盾を抱えこんだブルームの両義的性格を示唆する。両義性は、ユダヤ性が論じられる以前から、彼の人物造型を特徴づける要素だと指摘されてきた。第四挿話で展開される彼の内的独白は、些細な天候の変化をきっかけに、一つの想念からその対極へと絶え間なく移行する。肉屋への道すがら、朝日を浴びたブルームは「幸せなあたたかさ」に浸りつつ、異国情緒に満ちた東方の景色の中を早朝から歩きつづける夢想に耽る。だが想像の中で日没が訪れると、唐突に現実に立ちもどり、自らの幸福な夢想を否定しにかかる。「現実にはこんなもんじゃないんだろうな。こんなのは本で読むような作り話だ」(*U* 4.81-99)。自分の想像力に対するシニカルな断罪は、肉屋からの帰途に再び繰りかえされる。彼は腎臓を包んだ新聞紙の記事から、異国の土地を買ってオレンジやオリーブ、シトロンなどを植林する計画に思いを馳せ、シトロン (Citron) という名の友人の連想をきっかけに、過去の幸福な結婚生活を回想する。「あのころは毎晩楽しかったな。モリーがシトロン家の籐椅子に腰掛けて。手触りのいい、ひやりとなめらかなシトロンを手に持って。鼻さきにあげて香りを嗅ぐ。あれみたいに重みのある、甘い、野性の香り」(*U* 4.206-08; 丸谷・永川・高松 一五二)。

シトロンをめぐる甘い夢想は、しかし、日が陰った途端またしても現実認識によって破られる。

雲がしだいに太陽を覆いはじめ、すっかり隠しきった。灰いろ。遠い。いや、そうは行かないよ。不毛の土地、裸の荒野。火口湖、死の湖。魚もいない、水草もない、地中深く陥没して。風が波を立てることもなく、灰いろの金属のような、毒気と靄に包まれた湖。降り注ぐものを彼らは硫黄と名づけた。平野の町々、ソドム、ゴモラ、エドム。すべて死に絶えた名。死んだ土地の死んだ海、灰いろで、古くて。（*U* 4.218-23; 丸谷・永川・高松 一五三）

生の感触に満ちあふれた東方の果樹園と懐かしい記憶をめぐる夢想は、不毛の大地にはびこる老衰と死のイメージに取って代わられる。ブルームの連想は、朝と夜、陽光と陰影、夢想と現実、生と死、肥沃と不毛といった、相反するイメージの間を絶え間なく行き来し、いずれか一方に耽溺するということがない。ジェイムズ・H・マドックス・ジュニア（James H. Maddox Jr.）は、危うい均衡を保ちながら両極の間で揺らぎつづけるブルームの思考形式を第三挿話におけるスティーヴンの内的独白と対比し、理性を感覚に優先させるスティーヴンの想念が真理という解を求めて直線的に突き進もうとするのに対し、相反する概念の間を往還するブルームの思考は円環的であると指摘している。ブルームはこの両義的性質によって、矛盾を孕んだ人間存在を代表する人物になりえているといわれる（Maddox Jr. 42-49）。第四挿話の冒頭は、臓物食が暗示するユダヤ性とその逸脱という特殊な要素を通じて、こうしたブルームの両義的性格を裏書きする。

『ユリシーズ』におけるユダヤ性の問題に焦点を当てた研究は一九八〇年代後半から増えはじめ、当時のダブリンのユダヤ人社会の実相についても緻密な検証が行なわれてきた。第二挿話でステレオタイプ的なユダヤ人忌避論を展開するディージー氏の、アイルランドはユダヤ人を「一人も入国させなかった」（*U* 2.442）という断言の誤謬は、ブルームの登場によりあからさまに否定されるが、当時のダブリンには実際に、小規模ながらユダヤ人コミュニティが存在した。アイルランド人が経営する二軒の肉屋が、ユダヤ教の戒律に則ったコーシャを販売していたことも確認されている（Nadel, *Joyce and the Jews* 195-96）。

だが第四挿話の肉屋のモデルは、それら実在した二軒のどちらでもなく、トリエステでジョイスに英語を教わっていたモーゼス・ドルゴッシュ（Moses Dlugacz）だと考えられている（Nadel, *Joyce and the Jews* 70-71）。ドルゴッシュはウクライナ人のラビを祖父とし、自らもラビに任ぜられていたが、一九一二年当時はトリエステの海運会社に務めており、第一次大戦の勃発までジョイスから英語のレッスンを受けた。大戦中は食料品小売店を商いながら、オーストリア軍にチーズや肉などの卸売も行なっていた（Hyman 184）。「鼬（いたち）のような目」に「熱意の炎」（*U* 4.196）を宿す第四挿話の肉屋には、ラビとしての資格を持ちながら、信徒の不足のために世俗の職につかざるをえず、非ユダヤ人相手の食料品店を営んでいた実在のドルゴッシュの姿が重ねられている。ドルゴッシュの名は肉屋の名前としても採用されている。

彼は熱心なシオニストであり、活動家の側面も肉屋の造型に反映された。朝食を終えて便所へ向かったブルームは、肉屋でのやりとりを想起しつつ彼を「熱狂者」（"Enthusiast"）と断定する（*U* 4.492-3）。否定的言辞は付随していないが、ブルームが出自の告白を躊躇したことを考えれば、この一語にかすかな反感を読みとれよう。この反感はジョイス自身が熱狂的活動家に対してしばしば表明したものでもある。詩人・劇作家ポードリック・コルム（Padraic Colum）との議論の中で、アイルランド文芸復興運動に関して、「私はあらゆる熱狂（"enthusiasms"）というものが嫌いだ」と侮蔑を込めて語ったとおり（Hyman 184）、ジョイスはW・B・イェイツ（W. B. Yeats）をはじめとする当時のアイルランドの文学者たちが文芸復興運動に対して示す情熱に、一貫して批判的態度をとっている（＊5）。ナショナリズムに対するジョイスの反感を念頭におくと、便所へ向かうブルームが唐突に肉屋のことを思いだす理由が見えてくる。肉屋に関する回想に先立つのは以下のような内的独白なのだ。「今朝は風呂屋に行く時間があるかな。タラ通りのあそこの帳場の奴は、ジェイムズ・スティーヴンズを逃してやったことがあるって話だ。」（*U* 4.491-92）

ジェイムズ・スティーヴンズ（James Stephens）とは十九世紀アイルランド独立運動の大立者であり、過激な武装闘争も辞さないフィニアン主義者（Fenian）の代表である。対英武力闘争の活動家のエピソードを想起した途端、ブルームは肉屋を連想し、彼を「熱狂者」と名指す。アイルランドにおける対英独立闘争と、トリエステのドルゴッシュが熱中したシオニズム（Zionism）は、ブルームの意識の奥底で連動している。熱狂的ナショナリズムに対するブルームの批判的態度は、のちに第十二挿話において暴力的愛国主義を体現する「市民」と対峙するさいにも鮮明に描かれる。アイルランドとパレスチナの解放運動における相似は、十九世紀末から二十世紀初頭のアイルランドのメディアにおいて頻繁に言及され、ジョイスの敬愛した自治運動の雄チャールズ・スチュアート・パーネル（Charles Stewart Parnell）は、しばしばモーゼ（Moses）になぞらえられたという。この相似性がジョイスのユダヤ人問題に対する強い関心を導いたことは容易に推察できる（Nadel, *Joyce and the Jews* 238）。

だがこの関心の背景には、ジョイス自身の個人的な事情も大きく影響していたはずである。故国を捨てたあと、トリエステやローマ、チューリッヒ、パリで多くのユダヤ人と親しく交わる中で、ジョイスは自身のエグザイル（exile）としての生き方に彼らとの相似を見いだしている（Nadel, *Joyce and the Jews* 238）。家に戻れず終日ダブリンをさまようブルームの旅路は、ユダヤ人にとってのエクソダスを暗示する一方、ジョイス自身の放浪を彷彿させる（Nadel, *Joyce and the Jews* 16）。両義性の人ブルームの造型には、ジョイスの抱えた数々のジレンマも透けて見える。豚の腎臓を食べるブルームは、ユダヤ教徒としては背信者に類する生き方を選択しているにもかかわらず、肉屋に出自を明かすべきかどうか逡巡する程度には、ユダヤ系としての自意識を保っている。彼はまた、数時間後に「市民」に「じゃあおたずねするが、あんたの国籍はどこなんだね」と難詰されると、躊躇なく「アイルランドです。私はここで生まれた。アイルランドです」と返答し、おおいに反感を買う（*U* 12.1430-33）。ユダヤ性を逸脱しながらユダヤ系の自意識を維持し、周囲のアイルランド人に否定されながらアイルランド人であるとも自認するブルームの態度には、ローマ・カトリック教会を拒絶しつつもアイリッシュ・カトリックとしてのアイデンティティを保ち、大英帝国の政治的文化的支配を呪いながらも英語による執筆に固執し、アイルランドに二度と戻らないままに故国のことだけを書きつづけた、ジョイスのアンビヴァレンスが凝縮している。

四　味覚と性愛

これまで、臓物食がユダヤ的嗜好を暗示するという前提に基づいて、豚の腎臓を食べるという行為がブルームのユダヤ性とその逸脱を示唆し、ブルームとジョイスに通底する両義性を表象する可能性をたどってきた。腎臓とユダヤ性の問題を紐づける以上のような解釈は、既存研究が検証してきたブルーム像を保証するものといえる。

しかしながらこうした解釈は、羊でなく豚の腎臓を食べるという行為の豊かな解釈可能性をひらく一方で、ブルームはなぜまず腎臓を好む男として提示されるのかという問いの解答とはならない。デイヴィソンを信ずるならブルームの嗜好の所以はユダヤ人という出自にあるはずだが、臓物食が当時のダブリンの人々の食生活から乖離したユダヤ的食習慣であったという彼の指摘には、いささかの疑義も生じるのだ。デイヴィソンが当時のダブリンの一般的食生活の根拠として挙げる『大好き泥んこダブリン』の記述は、主に貧困層の食生活に関するものである。同書で参照されている一九〇四年の公衆衛生報告書には、貧困層の朝食はほぼおしなべて紅茶とパンのみであり、肉料理といえば時たま昼食や夕食でキャベツとベーコンの煮込みを口にする程度だと報告されているが（O'Brien 164-65）、ブルームの属する中流階級の食生活がその限りでないことは、肉屋の品揃えからもうかがえる。ジョイス作品の料理レシピを紹介する『料理の愉しみ』（*Joyce of Cooking: Food & Drink from James Joyce's Dublin*）に至っては、雑多な臓物料理が「一九〇四年ごろの料理人が用いたであろうレシピ」に基づいて紹介されている（Armstrong XIV）（＊6）。さらにまた、臓物食はユダヤ料理よりもむしろ地中海料理の特徴であり、ブルームの食生活にはジョイスがトリエステ滞在によって吸収した大陸の異文化混淆性が投影されているという指摘さえある（Nadel, "Molly's Mediterranean Meals" 10-22）。何より、腎臓への偏愛をユダヤ性の表象にのみ還元する記号的解釈は、あまりに無味乾燥で"relish"に欠ける。フライパンで熱したバターが立てる音や（*U* 4.278）、寝室にまで漂う肉の焦げるにおい（*U* 4. 380）、言うことなしの焼き加減で味わうしなやかな肉片を噛みしめたときのたまらない旨味（*U* 4. 391-92）など、ブルームの知覚を通じて生々しく描写される五感の喜びには、また別の味わい方があるのではないか。

　味わいということについておもしろい指摘がある。飲食描写の過剰なほどの豊かさは『ユリシーズ』の特徴の一つだが、『オデュッセイア』も同様だという。ただし決定的な違いがあって、『オデュッセイア』では「味」（"taste"）に該当する語の出現がきわめて少なく、具体的な味覚や個人の好みを示す描写が皆無に近いが、『ユリシーズ』には"taste"の語が頻出し、味覚を示すとともにしばしばキャラクターの個人的嗜好を強調するために用いられているというのである（Devlin 2-5）。

第四挿話のみを見てもその傾向は顕著である。いそいそと朝食の支度をするブルームの姿から始まり、裏庭の便所で排泄する彼の姿で終わる第四挿話は、食べることとその帰結についての物語ともいえようが、ブルームは実際の飲食のみならず、想像の中においてさえ食物をめぐって味覚と嗅覚を起動させる。東方への憧憬に満ちた夢想では彼の旅路を道売りの「ウイキョウの香りがついた水」や「氷菓」が彩り(*U* 4.90-91)、オリーブやオレンジ、シトロンを思いうかべれば、「甘い野性の香り」が妻との親密な思い出を喚起する(*U* 4.202-08)。彼の幸福感はあたかも常に食物のイメージを通じて醸成されるかのようである。快楽への欲望が想像の中で味覚と最も接近する瞬間は、肉屋の店先で隣家の女中の身体を眺めまわす場面で訪れる。

女中のあかぎれの手元に注がれたブルームの視線は、ソーセージを注文する彼女の声を聞きながらそのいかにも精力的に張りだした尻へと下降する。彼女が虫干し中の絨毯を猛烈な勢いで叩くたび、ブルームはそのスカートがよじれるさまを想起する。彼の想念において、ソーセージをちぎり取る肉屋の指はソーセージ自体に比せられ、次いで女中の尻も食肉として鑑賞される——「なんとも溌剌たる肉。牛舎で肥やした牝牛(“heifer”)みたいな」。包装用の新聞紙を読むふりをしつつ盗み見を続けるうちに、彼の意識は農園の記事を介して「牝牛」から家畜の朝市へ移ろい、主人に鞭打たれる家畜の「肉置きゆたかな後半身」のイメージを経由して、再び女中の尻へと戻る。朝市の妄想の中で尻は打つ主体から打たれる客体へとすり替えられ、虫干しの打擲の音は彼女の尻に対してリズミカルに加えられる性交の感触と重ねられる(“whack by whack”)。隣家へ戻る女中の「揺れ動くハム」(“moving ham”)のごとき尻をもっと眺めたいブルームは急いで買い物を済ませるが、彼の思惑に無頓著な女中はさっさと姿を消しており彼を落胆させる(*U* 4.145-75)。女中の尻を背後から眺めようとするブルームの窃視願望は、憧れの少女が登校のために家を出るのを毎朝待ち伏せては後をつける「アラビー」の少年を彷彿させるが（*D* A.21）、少年の純な恋心に変わって中年男の脳内で繰りひろげられるのは、自分には目もくれない女中が他の男に身を任せているという性的妄想であり、彼の想像力はみたび食物に回帰する――「あいつらはでかいほうが好きだからな。特上のソーセージが（"Prime sausage"）」（*U* 4.176-79）。女中の尻をめぐる性的想像力は、ブルームの意識の中で、繰りかえし食物のイメージと連動するのである。

第四挿話にかぎらず、彼は女性の身体を想起もしくは欲望するさいに、たびたび具体的な食物を連想する。知り合いの女性の姿は「熟れた果肉をたっぷり詰めたルバーブ・タルト」（*U* 8.273）であり、モリーの尻は「むっちり熟して黄色の甘みたっぷりメロン（*U* 17.2241）」となる。性欲と食欲の不可分の関係を最も巧妙に利用する道具立ては、浮気相手のボイランが手土産に持参する「プラムツリー社の瓶詰め肉」（"Plumtree's Potted Meat"）であろう。ベッドの中で消費されるこの食肉加工品は物理的形状のために性器挿入を想像させ、性交の暗喩として機能する（＊7）。自分は口にすべくもないこの瓶詰め肉の広告を、ブルームは放浪中に目にしている。

もしもおうちに
プラムツリー社の瓶詰め肉がなかったら？
完全とはいえませぬ
これあってこそ至福の住まい（*U* 5.144-47）

広告を見たブルームの想念は寝室のモリーとボイランの艶書へ飛ぶ（*U* 5.154-55）。実は夫妻間には長年にわたり通常の性交がなく、彼の家庭は広告の揶揄するとおり、「不完全な」（"incomplete"）状況にある（Devlin 24）。のちにブルームはこの広告が死亡記事と並列されていることを批判し、死んだ友人ディグナムの肉が瓶詰めになるイメージを経て、人食い人種の酋長は獲物の男根を食べて精力をつけるのだと想像する（*U* 8.748-77）。エロスとタナトスが交錯するこの想像には彼の個人的な記憶も影を落としている可能性がある。ディグナムの葬儀に向かうさい、ブルームは子供の棺を目にし、幼くして死んだ長男ルーディの姿を重ねており（*U* 6.326-30）、この長男の死こそが長く続いているセックスレスの契機であり要因であったと思われる（Devlin 12）。棺の死体と男根を同時に連想させる瓶詰め肉は単なる性交の暗喩を超えてブルームの複雑な性事情を象徴する。

食物、特にこれら食肉のイメージが『ユリシーズ』の性愛の問題と深く関わっていることを念頭に置き、今一度第四挿話冒頭部の原文を読みなおしてみよう。

> Mr Leopold Bloom ate with relish the inner organs of beasts and fowls. He liked thick giblet soup, nutty gizzards, a stuffed roast heart, liverslices fried with crustcrumbs, fried hencod's roes. Most of all he liked grilled mutton kidneys which gave to his palate a fine tang of faintly scented urine.（*U* 4.1-5）

前項で触れたとおり、この冒頭部は難解な第三挿話の内的独白から一転し、一見平易な三人称の語りを採用しているように見える。だが「獣や鳥の内臓」を食べる、という第一文の記述を詳述する第二文には、「内臓」には数え難い「雌鱈の魚卵」（"hencod's roes"）いわゆる鱈子が挙げられている。鱈子を内臓と誤認しているのは客観性を保つはずの三人称の語り手ではなく、ブルーム自身であろう。この人物紹介は全知の語り手がその無謬性によって内容を保証する記述ではなく、ブルームの認知を反映している可能性が高い(＊8)。となれば腎臓への偏愛を説明する第三文もやはり、ブルーム自身の認識と自覚が混じると考えるのが妥当だろう。「何よりも好きなのは羊の腎臓のグリル」と自認する彼によれば、腎臓は彼の味覚(“his palate”)に対して心地よい刺激(“a fine tang”)をもたらす。刺激の正体はいったい何か。丸谷・永川・高松訳ではこの箇所は以下のように訳出される。「ほのかな尿の匂いが彼の味覚を微妙に刺激してくれる」(一三九)。腎臓にはたしかに特有の臭いがあることを経験的に知る読者には、その匂いが味覚を刺激するという記述は、理解しやすい説明である。だが原文を厳密に読むならば、刺激の正体は「ほのかな尿の匂い」ではなく、「ほのかな匂いのする尿」(faintly scented urine)そのものだ(＊9)。palate が本来「口蓋」を表わす語であることを考えるなら、ブルームは匂いだけではなく、尿の味わいを口腔内への刺激として甘受していると読む必要があるのではないか。

尿の匂いは誰でもある程度知っている。ブルームは家畜市場で働いたこともあるから(Gifford 73)、家畜の屎尿の臭いに親しんでいるかもしれないが、さすがに羊の尿を味わった経験はなかろう。では腎臓を食うときに彼が想起し、尿の味を判別する判別の根拠とするのはいったい何の、あるいは誰の尿なのか。彼の意識で食肉と性愛が深く結びついていることを思えば、これはやはり、妻モリーの秘所を愛撫したさいに味を知った、彼女の尿と考える余地がありはしないか。

腎臓への偏愛をオーラル・セックスに結びつけるのは荒唐無稽に過ぎるだろうか。前述のとおり夫婦間では長年にわたりセックスレスの状態が続いているらしい。しかし第十七挿話において、妻との「肉体交渉は不完全(“incomplete”)であった」と表明されるさい、その詳細は「女体に備わった器官の中に精液を射精することのない」と説明される(*U* 17.2274-84)。二人の間には膣内への射精を伴わない性交渉が営まれている。モリーの独白もそれを裏付ける。「うんちを拭きとるみたいにあのひとの手抜かり肉感的な女性の尻にフェティッシュな関心を寄せており、尻は射精だけでなく口による愛撫の対象でもある。帰宅した彼が寝台の足元に自分の枕を置いて床に潜りこむとき（*U* 17.2112-13）、その鼻先には妻の甘いメロンのごとき尻があり、ブルームはその両側に、裂け目に、口づける（*U* 17.2241-43）。モリーによれば彼の舌は「あたしの穴に七マイルだって突っこめる」（*U* 18.1522）。

ブルームが妊娠を回避しようとするのは、愛児を再び失う不安に苛まれているためと思われる。アダリーン・グラシーン（Adaline Glasheen）はブルームのこうした態度を、子を成すという夫の義務の放棄であり、婚姻関係に対する裏切りという点でモリーの不貞に匹敵すると位置づける。それは妻への裏切りであるとともに、生殖力を無駄に浪費するという意味において、多産を命ずる神に対する背信ともなる（56）。グラシーンはこの「肥沃性」（"fecundity"）に対する拒絶の態度が、第四挿話においてあらゆるレベルで展開されていると指摘する。不毛な土を開拓する農園経営の計画は何度も否定され、土地を肥やすことを忌避するという想像上の選択は、挿話後半で現実の行為として繰りかえされる。土地の痩せた裏庭で野菜を栽培することを思いつきながら、ブルームは自分の糞尿は肥料にせず屋外便所に排出してしまうのだ（Glasheen 57-58）。この論法にのっとると、豚の腎臓を食べるという行為は肥沃性に対する二重の裏切りとなる。戒律を犯すことによって神の多産の命に背くのみならず、ブルームは実際腎臓を優先して妻を放置し夫婦の寝室を出てゆく（Glasheen 57-58）。帰宅後の尻へのキスは夫婦の融和を予兆すると認めつつも、グラシーンは射精に至らない口淫は結局不完全で不毛な関係性の継続を意味するとして、この和睦の実効性に対して懐疑的である（60）。肥沃性の否定という罪に対するグラシーンの糾弾は冗談めかしつつも痛烈である。

（"omission"）[*10]を拭きとるわ」（*U* 18.1538）。女中に対する窃視症的視線が予告するとおり、ブルームはだが、冒頭で示される腎臓への偏愛が、妻の秘所の味わいに由来するとしたら、そこには彼なりの妻に対する強い欲情が早々と表明されていることになる。子宮への射精に至らない口淫は「不完全」かもしれないが、はたしてこの作品において、性愛は肥沃性の観点からのみ語られるべきものだろうか。

この点で、ブルームが尿の味わいを口に対する刺激として享受していることは注目に値する。『ユリシーズ』全編を通じて、妻との最も幸福かつ甘美な記憶として回想されるのは、ホウスでのピクニックの思い出であり、それはまさに口腔を通じた愛の交歓の様相を呈しているからだ。「そっと彼女はおれの口のなかに暖かく噛みつぶしたシードケーキを入れた。彼女の口で噛まれつばで甘酸っぱく柔らかいむっとする塊。歓喜、おれは食べた、歓喜」(*U* 8.907-08; 丸谷・永川・高松 四三〇)。口腔を介したこの睦みあいは、生殖を目的としていない。だが「歓喜、おれは食べた、歓喜」("Joy: I ate it: Joy") に溢れる恍惚感を読みとるかぎり、この口移しのキスを不完全で不毛な関係性として断罪することが妥当とはとても思われない。たとえこの一文に第四挿話冒頭の "ate with relish" のかすかな反響を聞きとることは牽強付会にすぎるとしても。

『ユリシーズ』においてはこうして、食事も妄想も排便も、排泄物を介した欲情さえも、全てがテクストに包摂される。汚穢も卑猥もひっくるめ、人間に関することの全てが文学になりうることを示した点も、ジョイスのモダニズム文学への大きな貢献である(池澤 五八六)。第四挿話にはジョイス文学のこうした志向が端的に反映されている。

五　おわりに

『ユリシーズ』に横溢する性的要素は当初猥褻に過ぎると手厳しい批判を浴びたが、やがてフェミニズム批評の隆盛と連動し、新たな研究領域として重要視された。リチャード・ブラウン（Richard Brown）は性愛と欲望をめぐる研究の中で、ジョイスがセクシュアリティをめぐって複雑化した同時代の議論に対し、深い関心を寄せていたと指摘する。世紀転換期にはリヒャルト・フォン・クラフト＝エビング（Richard von Krafft-Ebing）やジークムント・フロイト（Sigmund Freud）の研究を経て、生殖に結びつかないいわゆる性倒錯が、性を総合的に理解するための重要な鍵と見なされるようになっていた。ジョイス作品にはこうした性科学研究の急激な発展が大きな影響を及ぼしている（Brown 50-52）。ブラウンは一例として、『若き日の芸術家の肖像』のスティーヴンが女性の美の根拠を生殖性に求める見解を皮肉り、そんなものは優生学であって審美学ではないと一蹴する場面を挙げる（Brown 53-54）。ブルームもまた第十五挿話で苦く吐き捨てている。「男と女、愛、そりゃ何なんだ？　栓と瓶じゃないか。そういうのはもううんざりだ」（*U* 15.1974-75）。生殖器の結合に「うんざり」する一方で口腔の交わりに最上の歓喜を見いだす彼の意識には、多産性や肥沃性ではなく歓びを目的とする性愛への志向が潜在している。尿の味わいを好む男という冒頭の説明はまことに理にかなった人物紹介といえる。尿の味わいへの執着に、彼の妻に対する欲望がひそやかに吐露されている。生殖という観点に立てば、男根の膣への挿入と比べ、口腔の交わりは不毛である。だが愛の歓びという観点に立つとしたらそのかぎりではないだろう。悦び(ジョイスティック)の肉棒を用いない交わりも、愛の交わりにはちがいあるまい。

庭を肥やすことなく便所に流されるブルームの小便も、生殖のサイクルとは異なる円環運動に寄与している。ダブリンの下水を経たそれはいずれ「あおっぱな緑」（*U* 1.78）のダブリン湾へ流出し、雨や雪となってアイルランドの「すべての生者と死者の上に」（*D* D.1614-15）降り注ぐ。あるいはこの奔流はさらに大きな円環運動に読者を誘いこむべく、次のテクストにさえ続いているのかもしれない。『フィネガンズ・ウェイク』冒頭の一語"riverrun"に目を凝らせば、リフィーの流れに"urine"の五文字が混じりこんでいるのが見えるのだから。

註

（1）本論文は『二〇世紀「英国」小説の展開』（高橋和久・丹治愛編、松柏社、二〇二〇）収録の拙稿「ジェイムズ・ジョイス『ユリシーズ』（一九二二）――第四挿話と腎臓を食らう男」の再録に若干の加筆を施したものである。

（2）これらの資料は初期批評において特に重要視された（クルチウス 一一〇―一一）。デレク・アトリッジ（Derek Attridge）は、これらの照応表をジョイス自身は最終的に作品から省いたことに鑑み、過剰に依存する必要はないとも指摘する（42）。

（3）二〇一七年のIASIL（アイルランド文学研究国際学会）年次大会においてJoseph Nugentによるデモ発表が行われた。（https://www.bc.edu/bc-web/bcnews/humanities/literature/joycestick-ulysses-nugent.html）

（4）この手の罠は第一挿話にすでに仕かけられている。冒頭の一語"Stately"は副詞とも形容詞とも決定し難い（*U* 1.1）。

（5）「アイルランド、聖人と賢者の島」ではアイルランドの文化と歴史の複雑な重層性が吟味され、復興運動の主張するような言語や民族の単一的純粋性に対する懐疑的態度が表明されている（ジョイス、二〇一二、二六七）。

（6）とはいえこれらのレシピは引用元の明示もなく現代の料理人の創意を交えて再現されているにすぎず、学術的な信頼性は低い。アイルランド料理のレシピの成立過程にはもともと上層階級の女性たちが関与してきた歴史に鑑みれば（Shanahan 197）、臓物料理が当時のダブリン中流階級家庭でごく一般的であったという推測には議論の余地がある。

（7）俗語の「肉を瓶に入れる」（to pot one's meat）は性交（to copulate）を意味する（Gifford 87）。

（8）登場人物の使用語彙が三人称の語りに滲出する、所謂「チャールズおじさん原理」の変奏ともいえよう（Kenner ch.2）。

（9）必ずしも翻訳の過程で生じる誤差の問題ではない。キンバリー・J・デヴリンもまた当該箇所を「風変わりな嗅覚」についての描写と捉え、「学生読者が大いに困惑し嫌悪を覚える」くだりであると説明している（5）。

（10）丸谷・永川・高松訳の註釈が「省略、脱落」（“omission”）は「射精」（“emission”）の言い間違いと指摘している。

参考文献

Armstrong, Alison. *Joyce of Cooking: Food & Drink from James Joyce's Dublin*. Station Hills Press, 1986.

Attridge, Derek. *How to Read Joyce*. Granta Books, 2007.

Brown, Richard. *James Joyce and Sexuality*. Cambridge UP, 1985.

Davison, Neil R. *James Joyce*, Ulysses, *and the Construction of Jewish Identity: Culture, Biography and "The Jew" in Modernist Europe*. Cambridge UP, 1996.

Devlin, Kimberly J. *Taste and Consumption in* Ulysses. National Library of Ireland, 2004.

Gifford, Don, with Robert J. Seidman. Ulysses *Annotated: Notes for James Joyce's* Ulysses. 2nd ed., U of California P, 2008.

Gilbert, Stuart *James Joyce's* Ulysses. Penguin Books, 1963.

Glasheen, Adaline. "Calypso." *James Joyce's* Ulysses: *Critical Essays*, edited by Clive Hart and David Hayman, U of California P, 2002, pp. 51-70.

Hyman, Louis. *The Jews of Ireland: from Earliest Times to the Year 1910*. Irish UP, 1972.

Joyce, James. *Dublienrs: Authoritative Text, Context, Criticism*. Edited by Margot Norris, W. W. Norton, 2006.

---. *Ulysses*. Edited by H. W. Gabler et al., Vintage Books, 1986.

Kenner, Hugh. *Joyce's Voices.* U of California P, 1978.

Maddox, Jr., James H. *Joyce's* Ulysses *and the Assault upon Characters*. The Harvester Press, 1978.

Nadel, Ira B. *Joyce and the Jews: Culture and Texts.* UP of Florida, 1996.

---. "Molly's Mediterranean Meals and Other Joycean Cuisines: An Essay with Recipes." *Joyce in Trieste: An Album of Risky Readings*, edited by Sebastian D. G. Knowles et al., UP of Florida, 2007, pp. 210-22.

O'Brien, Joseph V. *"Dear Dirty Dublin": A City in Distress, 1899-1916*. U of California P, 1982.

Shanahan, Madeline. "'Whipt with a twig rod': Irish Manuscript Recipe Books as Sources for the Study of Culinary Material Culture, c. 1660 to 1830." *Food and Drink in Ireland*, edited by Elizbeth Fitzpatrick and James Kelly, Royal Irish Academy, 2016, pp. 197-218.

池澤夏樹「人間に関することすべて」『ユリシーズ Ⅳ』ジェイムズ・ジョイス、丸谷才一・永川玲二・高松雄一訳、集英社、二〇一三、五八〇―九一。

クルチウス、E・R「ジェイムズ・ジョイスと彼の『ユリシーズ』」『現代作家論　ジェイムズ・ジョイス』丸谷才一編、早川書房、一九九二、九十九―一三四。

ジョイス、ジェイムズ『ジェイムズ・ジョイス全評論』吉川信訳、筑摩書房、二〇一二。

ジョイス、ジェイムズ『ユリシーズ　Ⅰ』丸谷才一・永川玲二・高松雄一訳、集英社、二〇一三。

ダブリンは狭い街？

Seapoint 駅への入り口

ダブリンは狭いとみなが言う。面積だけの話ではない。「この街は狭すぎて嫌になる。そこらじゅうで知り合いに会うのよ。今日は信号待ちをしていたら隣に並んだ車に〈元彼〉が乗っていた」二十年前に留学したとき、土地の人に真顔でそんな話をされて、これが「死んだ鍋（デッドパン）」というやつかと思ったが、この程度のことは本当に日常茶飯事らしいと段々わかってきた。『ユリシーズ』の人々が街角でやたらと知人に遭遇するのは、虚構的演出というだけでなく、この街に住む人の生活感覚を案外素朴に反映しているのではと思う。

心覚えに自分にとって一番印象的だった「遭遇」のことを書いてみる。留学して数ヶ月、新たに紹介された歴史学研究の日本人留学生と連絡先を交換することになったとき、差しだされた手帳を見て驚愕した。遡ることさらに二十年近く前にひとつ隣の家に住んでいた幼馴染の名前が書いてある。二人とも引っ越して元の家を離れたが、その後少しだけ手紙のやりとりがあって、こどもにはかなり難しい漢字の並ぶ彼女の名前を、何度も封筒に書いた。見間違いようのない文字なのだ。目を剥いている私に、相手はさらに度肝を抜くようなことを言った。「ご存知でしたか。社会学の方ですよね。彼女もちょっと前にダブリンにリサーチに来ていましたよ。確か今あなたがいる家に滞在していたんじゃないかな」。

当時私は、最初の下宿先から一悶着の上に放り出され、留学仲間の一人が間借りしていた家に転がりこんでいた。都心部から電車で二十分ほど南下した、海沿いのひなびた駅 Seapoint の近く、古めかしい調度の残るその家で、客間に居候する身だった。思いがけない成り行きの末に寝起きしている部屋に、小学生時代の幼馴染がつい最近まで住んでいたわけである。なんという途方もない偶然だろうかと興奮気味に同居人のアイルランド人に確認すると、「ああ、来てたよ。知り合いか。日本は狭いね」と特に驚く素振りもなくて、こちらは三度仰天した。

幼馴染とは帰国後に再会できて、今も折々に研究者としての活躍ぶりを目にしている。その度にあの手帳の文字を思いだす。ダブリンは人の距離を縮める街なのかもしれない。この街を目指した人間の縁までも濃くなるのだ。（桃尾美佳）

第四章　『ユリシーズ』と動物の痛み
――レオポルド・ブルームの優しさについて

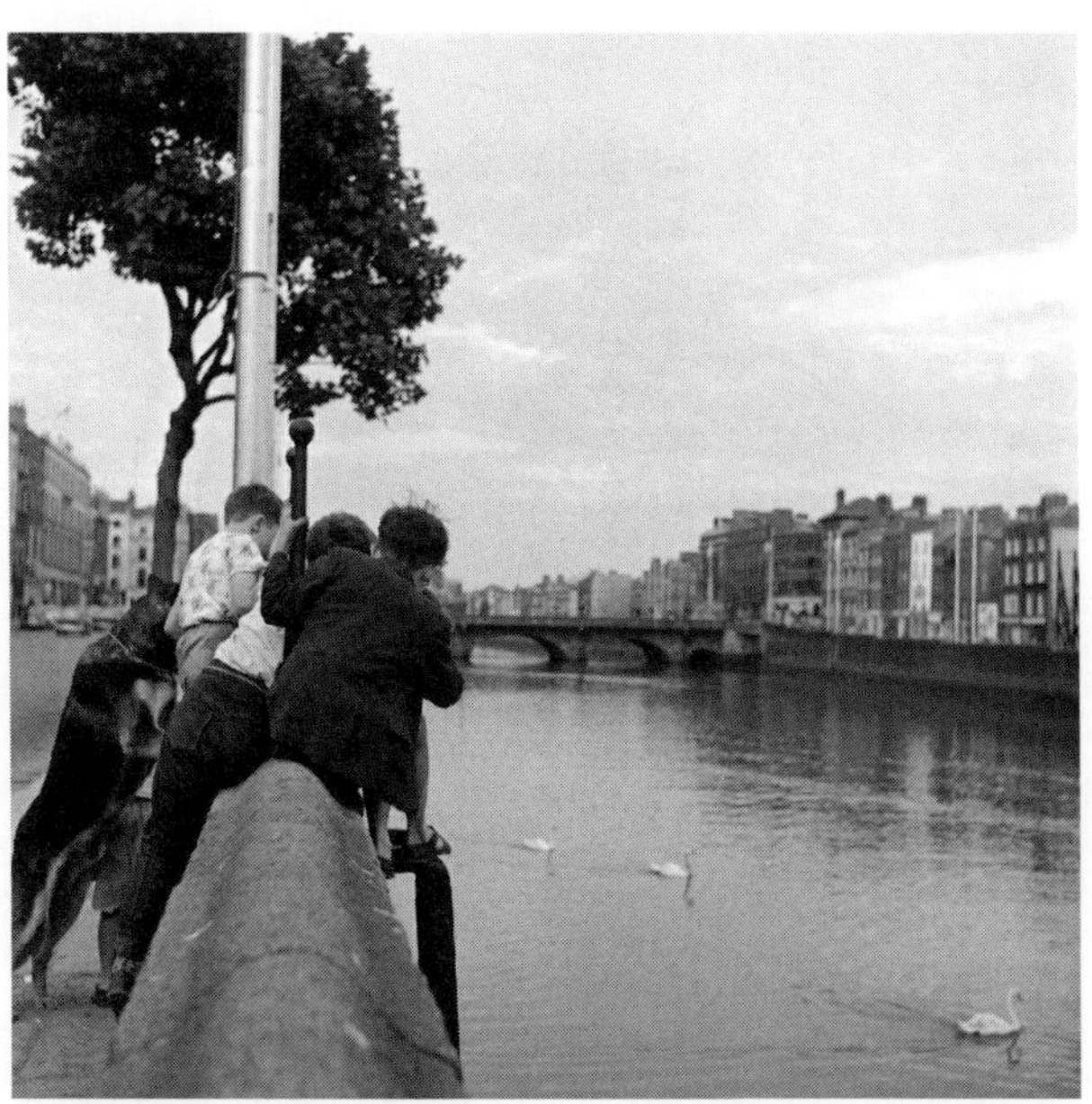

Elinor Wiltshire, “The Curious Alsatian, ” National Library of Ireland on the Commons.

第四章　『ユリシーズ』と動物の痛み
——レオポルド・ブルームの優しさについて

南谷奉良

はじめに

『ユリシーズ』の主人公レオポルド・ブルーム（Leopold Bloom）は多面的なプロフィールをもつ。ハンガリー系ユダヤ人である父ルドルフ・ブルーム（Rudolph Bloom）と、アイルランド人の母親エレン・ヒギンズ（Ellen Higgins）のもとに生まれる。プロテスタントとして洗礼を受けるが、モリー（Molly）との結婚を機にカトリックに改宗する。単一の宗派や人種、アイデンティティに回収できない存在のため、ダブリン市民たちに不思議がられているほどである（*U* 12.1631-32）。家庭人としては、自死で命を断った父ルドルフの息子であり、また娘ミリー（Milly）と生後十一日で亡くなった息子ルーディ（Rudy）の父親でもあり、さらには、妻モリーに浮気をされている寝取られ夫（コキュ）でもある。中産階級に属する広告取りで、効率や合理化の発想を好むセールスマンで、平和主義者としてフィニアニズムや暴力、反ユダヤ主義者に反対する。アマチュア科学者のような旺盛な知識欲と相当の教養をもちながらもその知性は柔軟で、諧謔を楽しみ、ユーモアの精神に富む。覗き趣味やマゾヒズムの性的嗜好をもつ中年男である一方、「女のような男」（*U* 15.1799）とも形容される。

ブルームの性格や属性はこのほかにもいろいろと挙げられようが、そのリストには数多くの批評家が指摘してきたように、「動物に対する優しさ、弱者に対する優しさ」（Nabokov 314）も追加されるべきであろう。彼は「動物であるということはどういうことか」に関して推測をめぐらす思考癖があり、特に動物の痛みに対して「共感する敏感さ」をもつ（Mackey 104-05）。彼は「同情するあらゆるものになり変わる」素質をもち、「同情は彼にとって輪廻転生（metempsychosis）のための一つの手段」（Maud Ellmann 83）となっている。第四挿話の冒頭、ブルームが飼い猫に話しかけるシーンでは、彼がその動物を好奇と優しさの眼差しで捉える場面が描かれているが（"Mr Bloom watched curiously, kindly the lithe black form"）（*U* 4.21）、その kindly という副詞は、この主人公の主要な性格を表わすと同時に、彼をいわゆる「動物好き」として読者に提示している。

動物に対する優しさはたしかにブルームのプロフィール欄に書かれる属性の一つに見えるが、その優しさの内実やそれを形成した経験的基盤については、これまで詳細に論じられることはなかった。フランク・バジェン（Frank Budgen）による著名な逸話――ジョイスがブルームを「いい人」として造型した（Budgen 17）――だけでは説明として不十分であるし、そうした楽屋話は動物や禽獣の臓物を好む嗜好と、菜食主義（ベジタリアニズム）に一定の理解を示す精神を説明することにもならない。その二面性の解明に挑戦したマーガレット・M・リーガン（Malguerite M. Regan）のように、歴史的な思想運動と結びつけることはもちろん可能である。つまり、彼の優しさや同情心は「中産階級の文明化の過程」であり、反生体解剖論争や菜食主義、それらと思想的に隣接していた女性解放運動等、当時のリベラルな思想の一部である、という説明だ。現にブルームは「憎まれ、迫害されている人種に属して」おり、ユダヤ人が「いまこの瞬間にも……簒奪され、略奪され、侮辱され……モロッコでは奴隷や牛のように競売で売られている」（*U* 12.1470-71、省略は筆者）状況に同情的であり、ダブリンの社会のなかで周縁化されているアウトサイダーであるがゆえに、同じく抑圧されてきた動物に寄り添う気持ちがあることは十分に想像できる。とはいえ、こうした説明はブルームを一個の人間というよりは、類型的な人物に還元してしまう副作用がある。ブルームが「食うか食われるか。殺せ！　殺せ！」（"To eat or to be eaten. Kill! Kill!"）という弱肉強食の世界観に対して、菜食主義の利点を検討しながら「動物に与える痛みという問題」（*U* 8.722）を考えている理由は、当時の菜食主義言説の反芻よりも、彼自身の生きた経験から説明されるべきであろう。本稿では、近代社会の都市空間で見られた「動物の痛み」をめぐる諸風景を素描しながら、ブルーム自身が目撃した動物の苦痛や窮境を考察する。そして彼の「優しさ」と曖昧に形容されてきた性格の実体を、動物が管理、調教、屠殺、解体される現実を隠された領域から前景化させる行為と態度によって説明しなおしてみたい。

ブルームと「かわいそうな動物たち」

短篇「複写」（"Counterparts"）には児童虐待が描かれているが、「遭遇」（"An Encounter"）には動物虐待が描かれている、と言ってその場面を即座に思いだせる読者は少ないだろう。この短篇のなかでは、マーニー（Mahony）という少年が鳥を撃ち落とすためにパチコンを改良し（*D* En.11）、それを振りかざしながら襤褸を来た少女や野良猫を追いまわしている。猫が登って逃げた壁に向かって石を投げるその少年を見て、原っぱに現われた奇妙な老人は「がさつな子だ……ああいう子は鞭でたっぷりと打ってやらないといけない」（*D* En.260, 266-67）と言うが、その暴力の循環は明らかである。少年マーニーは、学校で鞭を振りあげる神父や鞭打ちの嗜虐を語る老人、そして酔っぱらった挙げ句に息子をステッキで虐待する「複写」の父親ファリントン（Farrington）といった大人たちの写しであり、いわばその縮小版である。こうした人物たちと対比してみても、自宅では猫にミルクをやり、橋の欄干から鴎にバンベリー・ケーキの欠片を投げ、あとをついてくる犬に豚足を与えるブルームの動物に対する態度は、ジョイス作品の他の登場人物には見られない特性である。

第六挿話、ブルームはプロスペクト墓地で一羽の鳥を見つける。枝に止まって微動だにしない鳥に対してパチンコをもったマーニーがとる行動をかりに想像してみれば、ブルームの眼差しはなお際だつことだろう。彼は娘のミリーが死んで動かなくなった鳥を葬るためにマッチ箱を棺に改良した工夫を思いだし、いわば「優しさ」を召喚する。ミリーの工夫はパチンコの石礫の威力を増す改良を施したマーニーのそれとはいかにも対照的だ。

> 鳥が一羽、ポプラの枝におとなしく止まっている。剥製みたいだな。フーパー参事会員がくれた結婚式のプレゼント。フー！　全然動かない。自分を狙っているパチンコが周囲にないのがわかっている。死んだ動物の悲しさはひとしお。ミリーは死んだ小鳥を台所のマッチ箱に入れて埋めていたな。雛菊と壊れた首飾りをつなぎあわせて墓にかけたりして。（*U* 6.949-53）

この一節は、ブルームが鳥の知性を認めるのに加えて、少年たちがパチンコで鳥を撃つ遊びが日常的に存在していたことを含意している。二十世紀転換期のダブリンにおいて、動物をいじめる行為が日常的に存在していたことは、当時の新聞に寄せられていた市民たちの目撃談からもわかる。「遭遇」の舞台設定年に程近い一八九四年にアイルランドの国家議員J・G・スウィフト・マクニール（J. G. Swift Macneill, 1849-1926）がアイリッシュ・タイムズ紙（*The Irish Times*）に投書した「ダブリンの路上における動物への残酷な行為」には、「もの言わぬ無害な動物に対し、ダブリンの通りで日々行われている恐ろしい虐待行為」がいくつも報告されており、「この都市の大通りを、馬やロバ、羊に対して行われている野蛮な行為を見ることなく三〇分歩きつづけることはほとんど不可能である」と述べられている。例えば市場から食肉処理場へ向かう羊の群れのなかで、脚が折れている一匹を無理やり立たせて棒きれで叩く光景や、ポニーやロバを激しく打つ行為が指摘されているが（＊1）。それはブルームがハロルド・クロス橋で馬具擦れから瘡蓋ができた馬を酷使している御者を目撃していること（*U* 15.699-700）と通底する、同質の社会問題である。

第四挿話で登場するやいなや、ブルームは「残酷さ」という主題を提示する。猫が鼠を弄ぶような「残酷な」性格に触れたかと思うと（*U* 4.27）（＊2）、その性質は人間が弱者にふるう暴力に接続される。彼はモリーの読む『舞台の花、ルービー』（*Ruby, Pride of the Ring*）の挿絵にある鞭を手にしたサーカスの団長に目を留め、徒弟入りした幼い少女や「興奮剤を飲まされた動物」に対する同情を表わし、サーカスの舞台裏にある残酷さ（"Cruelty behind it all"）（*U* 4.349）に思いをめぐらせる。第十五挿話でも（女性になった）ブルームは極楽鳥の羽根をつけた婦人帽に言及し、「ピリオドの点みたいにちっちゃな心臓の小鳥を殺してしまうなんて、あなたも残酷なおいたさんね」（*U* 15.558-60）と言って、鳥の羽根から、生きている鳥を殺し、羽根を毟りとる光景を想起している（＊3）。

サーカスや動物園等、見られることで消費される演芸動物や展示動物、人間の移動や商品・郵便の配達を可能にしている荷役動物、そして皮革や羽毛、角や牙等、その一部を商品として加工される動物。

これらの動物たちの苦痛や窮境がわざわざ取りあげられることは少なく、存在しないものとして透明になるか、隠されたままとなる。とりわけ物語作品にはその傾向が顕著で、例えば登場人物たちを移動させている馬車が登場しても、それを牽引している生きた馬が前景化されることは少ない。いわば馬が不在の馬車が小説のなかには数多く走っているともいえよう。この点でブルームという登場人物は特殊であり、彼は街のなかからマイナー・キャラクターとしての動物を見つけだすのみならず、彼らの苦痛や窮境、残酷な光景に着眼するのである。

第四挿話の終わりに呟かれる「かわいそうなディグナム！」（Poor Dignam!）（*U* 4.551）を代表に、“poor”という形容詞をブルームは頻繁に用いるが、その形容詞は特に動物に向けられている事実が目立つ。例えば葬列馬車がグランド・カナル付近を通り過ぎるとき、近くにある野良犬の収容施設「犬の家」から、ブルームは父が飼っていた老犬「かわいそうなアトス」（*U* 6.125）を思いだす。オコンネル橋からは「かわいそうな鳥」（*U* 8.73）たちにバンベリー・ケーキの欠片を投げ与える。食肉産業を考えるときには、動物に与えられる痛みや屠殺される「かわいそうな震える牛たち」（*U* 8.724）に思いを馳せ、ハロルド・クロス橋近くでは鞭を打たれて酷使される「かわいそうな馬」（*U* 15.700）に同情を示している。「哀れな」あるいは「気の毒な」と訳出すべき例も含まれているだろうし、ブルーム自身がほんとうにかわいそうと思っているかはわからない。しかし彼に“poor”という形容詞を冠されることで、その存在の苦痛や窮境、残酷な現実の風景がそのつど前景化されることが重要である。以下、ブルームの「優しさ」と形容される性格が、動物が管理、調教、屠殺、解体される現実にどのように対処しているかを、三つの観点から考察してみたい。

ブルームと鞭打ち、サーカスの動物たち

「残酷さ」というキーワードが小説に出現する場面に立ちかえってみよう。モリーが読む『舞台の花、ルービー』は、息子ルーディやブルームの偽名ヘンリー・フラワーと結びつきをもつ以外にも、鞭で痛みを与える存在（flagellant）を前景化するうえで重要である。本の挿絵にある「御者鞭をもった獰猛なイタリア人」であるサーカス主にブルームは目を留める。

> 悪漢マッフェイは鞭を打つ手を止め、彼の犠牲者に罵声を投げつけた。裏では残酷なものだ。興奮剤を飲まされた動物たち。ヘングラー・サーカス。目をそむけないといけないくらい。あんぐり口をあける観衆。首の骨を折ったら腹がやぶけるくらい笑ってやるよ。（*U* 4.348-51）

この描写の元になっている一八八九年に出版されたエイミー・リード（Amye Reade）の原作を参照すると、モデルとなっている挿絵近くの一節には、サーカスで日々酷使されたことにより気絶した見習い軽業師ヴィック（Vic）を訓練士のエンリコ氏（Signor Enrico）が無理やり立たせ、彼女が拒むのも無視して衣服を剥ぎとり、血が出るまで鞭打つ場面が描かれている。エンリコ氏については、同小説の第二十四章でその性格を基礎づけた生涯が語られており、「女性と馬にいかなる物質的な区別も認めない」人物で、その残酷な気質は、有名な馬の訓練士であった父親にちょっとした間違いをして激しく鞭を打たれて虐待された経験に由来していると説明される。その父親は相当な嗜虐性をもっていたようで、あるときエンリコ氏が乗っていた馬銜（はみ）や手綱に反応しなかった馬に対し、父親は「喘いで疲れはて、地面に倒れるまで馬を打つ」ことを息子に命じたという（Reade 250-51）。ブルーム自身は小説全体を読んでいるわけ

HENGLER'S GRAND CIRQUE
ROTUNDA GARDENS, DUBLIN

Open at 7.30; commencing at 8 p.m.

Hengler's Incomparable Company of Riders, Athletes, Acrobats, and Clowns. Horse-Training Extraordinary. A Programme embracing the chief elements of Equestrian and Gymnastic Skill, enlivened by the Best and Merriest of Clowns.

NOVEL ENTERTAINMENT FOR THE WHITSUNTIDE HOLIDAYS.
First time in Dublin a Screaming Musical Absurdity,
THE LADIES' ORCHESTRA.
Funnier than a Pantomime. Shrieks of Delight.

Morning Performance on Saturday.
Open at 2; commencing at 2.30.
ADMISSION ... 4s, 3s, 2s, 1s, and 6d.
Box Plan at Cramer, Wood, and Co's, Westmoreland St.
Sole Proprietor and Director, Mr Albert Hengler.

Araby! Araby! Araby!
Grand Oriental Fete
In aid of
JERVIS STREET HOSPITAL.
NOW OPEN.
BALL'S BRIDGE.
ADMISSION ONE SHILLING.
Araby! Araby! Araby!

図1　週刊新聞『アイリッシュ・ソサイエティ』中のヘングラー・サーカスの広告（1989年）。すぐ下には『ダブリナーズ』の短篇「アラビー」（Araby）の舞台となった病院の慈善バザーの広告も見える。（*The Irish Society*, 19 May, 1894. Newspaper image © The British Library Board. All rights reserved.With thanks to *The British Newspaper Archive.*）

ではないが、その挿絵は、鞭を打つ者は鞭を打たれた者であるという負の循環のテーゼを呼びこみながら、後続する挿話に出てくる鞭打つ者たちの存在を予告している。

また、右の引用で言及されている「ヘングラー・サーカス」は一八四七年に設立された実在の団体で、図1にもあるように、ダブリンでも興行を行なっていた（＊4）。少年少女によるパントマイムや道化師の演芸、ジャグリングや空中ブランコを上演するのに加えて、多数の動物（ライオン、熊、豚、猿、ロバ、ポニー、牛）、特に馬上芸などを呼び物として、多種多様な演目を展開していた。動物に興奮剤が使用されていたかはもちろんわからないが、ブルームはその驚異的なパフォーマンスの舞台裏に隠された、調教に関連する動物たちの苦痛を看取し、むしろ演者が怪我でもすればなお観衆を喜ばせる興行産業の隠されたサディズムに触れている。

第四挿話でブルームによって際だたせられたサーカスのサディズムは、第十五挿話の幻想劇で再演される。後をつけてきた犬にブルームが餌をやる場面のあと、二人の巡査がやってきて、「現行犯だ。迷惑行為をするな」と警告する。ブルームが「私は善行を施しているんですよ」と抗弁すると、それを弁護するかのように昼間にバンベリー・ケーキをもらった鴎が現われる。ブルームは、「［動物は］人間の友です。優しさを通じて訓練するんです」と言って、それを例証するかのように、豚肉をくわえ、狂犬病にかかったように涎を垂らしたスパニエル犬にお手をさせようとする泥酔したボブ・ドーランを指差す。二人目の巡査が「動物虐待防止のためだ」と言うと、ブルームはその言葉に敏感な反応を見せ、「ご立派な仕事ですね！　私はハロルド・クロス橋で馬具擦れの瘡蓋ができたかわいそうな馬を虐待している御者を叱り飛ばしておきましたよ」と自慢する。動物虐待防止の話題に触発されたのか、続けてブルームは「サーカス人生の話というのは、どれもひどく非道徳的ですね」と言う（*U* 15.680-702）。すると、そこに御者鞭とリボルバー銃をもった悪漢マッフェイが現われ、彼が「特許を取得した肉食獣向けの逆棘付きサドル」で調教したあらくれ馬や、「結び目付きの革紐で腹の下を打ちつけ」、「滑車装置やロープによる巻きあげ」で跪かせたライオン、「灼熱の赤いバールで焼いた部分に塗り薬を塗って仕こんだ」ハイエナ等、獰猛な動物を手懐(てなず)けてきた残虐な方法を誇示する。

サーカスの鞭はこのあとも「乗馬鞭」や「九尾の鞭」、「狩猟用の鞭」に姿を変え、ブルームを性的に罰する懲罰具となる（*U* 15.1070-72, 1080-1119）。コミカルな話法とセクシュアルなイメージに包まれているものの、馬乗りをされて鞭で叩かれる姿にみるマゾヒズムは、鞭を振るう側のサディズムと無関係ではない。それはすでに先行挿話で言及されていた英国海軍の笞刑（*U* 12.1330-610）やコンゴ自由国での打擲刑（*U* 12.1542-47）の話題を想起させるものであり、「全能の懲罰者たる鞭(ロッド)」（*U* 12.1354）による調教と管理をめぐる暴力と結びついている。

ブルームと馬——動物の目を通して見られる世界

ヴィンセント・J・チェン（Vincent J. Cheng）が『ユリシーズ』と馬を扱った論考で強調しているように、ブルームはスティーヴンと異なり、「馬好き」（hippophilic）と言える人物である。古代ギリシャの哲学者アンティステネスが言った「プラトンよ。私は馬は見るが、馬性なるものは見ない」という普遍的形相に対する拒否をも体現して、ブルームはスティーヴンのようにイデアとしての馬性や（*U* 11.81-82）、権威や権力といった象徴的な価値と結びついた馬を考えるのではなく、「実体として、多様な幅をもつなかの個体として」、生きた馬を認識する（Cheng 106）。例えば第五挿話、ブルームはブランズウィック通りの御者だまりにいる「うなだれた老いぼれ馬」に目を留める。あたりにたちこめる尿の匂いを嗅ぎながら、彼は食料と住処を与えられる代わりに（自分の性的不安を投影しながら）去勢されて輸送機関として利用されつづける馬の生を考える（*U* 5.213-220）。およそ一時間後、同じ御者だまりの近くを葬列馬車で通り過ぎながら老いぼれ馬たちの姿をみとめるときには、ブルームはそのエックス線のような獣医学的な眼差しによって、こっくりこっくりと頭を垂れる馬たちの「頭の重たすぎる骨」を透視する（*U* 6.172）。石切場から墓石用の石材の花崗岩を運んでくる荷馬車を見たときにも、昔取った杵柄を生かして、その「どんよりとした目」を観察し、馬具が首の血管を圧迫していると病理診断を行なっている（*U* 6.507-16）。ドーソン通りで目の見えない青年を助けるときにも、青年の杖がプレスコット染め物工場の荷馬車の脚に当たらないように気をつけ、「くたびれ果てる労働でついうとうと」としている馬の疲労具合を気にかけている（*U* 8.1075-100）。物語の終盤部でも「砂漠の船」（*U* 16.1793）たる駱駝と対比される「街路の船」（*U* 16.1798）として用立てられた馬に目を留めているように、ブルームは「馬車」から「馬」を独立させて観察できる視点を有している。

馬の過剰労働と酷使・虐待は、近代の交通輸送機関としての需要のもとで生じた大きな社会問題および道徳の退廃が危惧される階級問題となっていた。ゴールウェイ出身の国会議員、のちに世界初の動物保護法の制定に寄与したリチャード・マーティン（Richard Martin）が一八二一年に提出した法案で、馬を「明らかに最も虐待されている動物」とした理由も推測できよう。一八二二年以降、英国の動物保護法は対象動物を拡充しながら改正されていったが、例えば十九世紀半ば、英国動物愛護協会（RSPCA）の年次報告中の訴追記録によると、全有罪判決のうち約八四％が馬に対する残酷な仕打ちに関するものであったという(＊5)。労働する馬に対する同情心もさまざまな場所で吐露されるようになり、一八五一年にヘンリー・カーリング（Henry Curling）が発行した小冊子「鞭打つ者への鞭——ロンドンの辻馬車・乗合馬車で行なわれている残虐な行為について」（"A Lashing for the Lashers: Cruelties Practiced upon the Cab and Omnibus Horses of London"）では、数々の虐待行為の目撃談の実例が列挙されている。

ブルームがハロルド・クロス橋で御者をみとがめているのは、馬の体に馬具擦れによって瘡蓋ができていたためだが、馬具の痛みについては、特にアナ・シューエル（Anna Sewell, 1820-1878）の著した『黒馬物語——ある馬の自叙伝』（*Black Beauty: The Autobiography of a Horse*, 1877）が、馬の一人称的記述を通して「止め手綱」（bearing rein）という馬具を告発したことで有名である。ブルームが見かける「頭をうなだれた老いぼれ馬」とは対比的なイメージを成し、止め手綱は馬の頭を高く掲げたままにする馬具で、その気品ある姿勢を好む需要が富裕層に存在した。しかし、その気品あるかに見える姿勢が馬の頚椎部に大きな苦痛を与えているとして、特に一八七〇年代に社会問題として取りあげられた。『黒馬物語』の第八章ではその馬具がいかに苦痛であるかが、まさしく労働する馬の視線と声を通じて読者に知らされるのである（Sewell 49-51）。シューエル自身は、こうした代理的な知覚こそが、人々の優しさや同情、そして馬の理解ある扱いにつながると説明していたという（Dorré 95）。

シューエルの功績は止め手綱の残酷さを告発したことのみならず、残酷な動物の取り扱いを当の犠牲者たる動物の視点から描く形式を創出したことにある。虐待される犬の物語を描いた（マーガレット・）マーシャル・ソーンダース（[Margaret] Marshall Saunders）の『美しきジョー――ある犬の自叙伝』（*Beautiful Joe: A Dog's Own Story*, 1893）は、そのタイトルと一人称の動物視点をシューエルの著作から継承した作品である。彼女の小説がベストセラーとなって成功した秘訣は、まさしく「その物語を通じて動物の世界に入っていき、動物が見ているものを見て、動物が感じていることを感じさせてくれる」視点の採用であった（Saunders v）。動物視点ということでは、『美しきジョー』と同年に刊行されたW・J・ゴードン（W. J. Gordon）の『ロンドンの馬世界』（*Horse-World of London*, 1893）も重要である。労働する馬の文化史を論じるキャサリン・ミエーレ（Kathryn Miele）は、動物の心にも科学的な関心が向けられるようになったヴィクトリア朝において「言葉を無視され、疑われ、跳ねのけられ、あるいは許されない」存在を代弁しようとする想像力の発達を指摘したあとで、ゴードンの著作に触れ、同書の「馬車を引く馬の仕事……馬の視点から想像しようとした」（130、省略は筆者）点を高く評価している。

　第八挿話、ブルームがバートン食堂で汚ならしい食べ方をする客を見たときに、「おれもあんなふうなのかな。他人が見るように自分自身を見よ」（*U* 8.662）と考えているように（＊6）、この主人公には、彼の目が見ている他者の目が見ているところの世界を想像する、という独特の思考癖がある。第四挿話の冒頭を振りかえってみても、彼の目は猫の体とその「きらりと光る緑色の目」（*U* 4.21-32）を観察したあと、姿勢を低くして猫に向かって屈みこみ、モンテーニュ風の懐疑主義を交えて「みんな頭が悪いっていうけどさ。こっちが理解しているよりよっぽど人間のいうことをわかっているよ」（*U* 4.26-27）と考えたあと、「この猫におれはどんな風に見えているのかな。塔くらいの高さかな。いや、おれくらいなら飛びこえられるか」（*U* 4.28-29）として、猫から見た自分を想像している（＊7）。彼が続く挿話で御者だまりの馬たちを見ながら、その「牡鹿のような大きな目」（"Their full buck eyes"）が通り過ぎるブルームを見つめた」(*U* 5.214)ときも、やはり彼は、股の間にぶらさがる馬具をつけ、気性を制御するために去勢された騸馬（せんば）たちにとっての幸せとは何かを考えている。おそらくは去勢された馬の身体に彼自身の性的不安を投影しているのだろうが、彼は動物の目を見るうちに、ほとんど意識することなくその身体に入りこむ癖があるようだ。

ブルームと屠殺・解体される動物たち

ブルームはかつて「スミスフィールド五番地のジョゼフ・カフ商会(Joseph Cuffe)のもとで販売監督事務員として隣接する北環状通りのダブリン家畜市場」で働いていた経験がある(*U* 17.484-85)。当時のことをブルームは頻繁に思いだす。新聞に掲載された牧草地で草を食む牛の群れの写真から、個体識別用の焼印や鳴き声、糞だらけの地面に象徴される「家畜市場の朝」の風景のことを(*U* 4.154-62)、リヴァプールへ出荷されるために移動中の焼印を押された牛の群れからは、家畜市場の前にあった食肉処理場の陰惨な場面のことを思いおこしている(*U* 6.392-93)。シティ・アームズ・ホテルのアイルランド家畜業者持株会合に出席してきた新聞記者ジョー・ハインズ(Joe Hynes)がバーニー・キアナン酒場で、家畜を脅やかしている口蹄疫に関して話すときにも、ブルームは昔取った杵柄をいかしてその病気の治療法に関する獣医学的な知識を披露し、「人道的な方法」や「動物に苦痛を与えない最良の治療法」について語っている(*U* 12.843-44)。第十二挿話の無名の語り手「俺」はそういうブルームを「何でも知ってる屋」と嘲ったうえで、「あいつはあるとき屠畜場(knacker's yard)にいたからな……牧畜業者に生意気こいたもんだからクビになったんだ」(*U* 12.835-38)と語り、ブルームの過去を明かしている。

ここで「俺」が使っている言葉 "knacker's yard" は特に廃馬処理場を意味するが、食肉処理場(abattoir)

を軽蔑的に表現する語でもある。「俺」がどちらの意味で使用しているのかは定かではないが、「市営の食肉処理場」(municipal abattoir)(*U* 14.1294)とは別の語として登場していることは意義深く、特に廃馬処理場の意味での業種が当時のダブリンに存在したことは、ブルームの動物をめぐる経験を推測するうえで重要である。一八九一年の公衆衛生法の定義によると、屠畜業者(knacker)とは「馬、驢馬、騾馬、あるいは食肉用途以外の目的のための家畜を処理する従事者」であり(＊8)、病気や怪我、老齢により「用済み」となった廃馬処理に特化していた。当時の新聞資料から調べがつくかぎりでは、ダブリン市内には、スミスフィールドの北方にあるレッドカウ小路やミル通り、テンプル・バーのマーチャント・アーチなどに廃馬処理場が存在した。図2はアイルランドの画家ウィリアム・オルペン(William Orpen, 1878-1931)の描いたテンプル・バーの廃馬処理場である。河岸越しの聖パトリック教会とアーチ上に見える英国国章の下は暗い陰で覆われており、屠畜の業務がまさしく市内の陰で、人目につかないところで行なわれていたことを示している(図2)。

図2　William Orpen, "The Knacker's Yard." 1909, National Gallery of Ireland, Dublin.

ゴードンはしかし、前掲書のなかでまさしくこの「陰」の部分に光を当て、そのプロフェッショナルな技工とともに、廃馬処理場で一匹の馬がどのように解体されていくかを活写している。

> 最後の場面では、長い時間はかからない。馬は二秒で屠られる。三〇分もあれば、皮は何重

と積み上がり、切りとられた脚の山ができ、骨は獣膠のために煮られ、肉は猫用の肉に調理される。鬣を切りとられた馬が立っている——目隠しがつけられる——斧の一撃がふるわれる——ビクッと痙攣が走ったあと、広大な処理スペースの床にドタンと倒れる。ずらりとならんだ大鍋の容器が二つの壁に向かって湯気をあげている。

ものの数分で馬の脚が梁の上まで引き揚げられ、二人の男が作業にとりかかり、皮剥ぎがはじまる。準備ができたら処理されるまでは一瞬である。さっさっとナイフが走ると、皮がテーブルクロスのようにペロリと剥がれる。残った体はきれいで傷もなく、本の頁や雑貨商にある石膏像でみるような筋肉があらわれる。それから、代々培われてきた知識を使って——この職業は世襲制なのである——肉が剃刀のようなナイフで切り落とされていく。きれいに残った白い骨をこそげば終わりで、頚椎もすばやい手つきで取り除かれていく——切り分け作業のなかでもこれほどに素早い作業はなかなかない。(184-85)

「いかなる馬も屠畜場に入ると生きて出てくることはない、あるいは、出てきたときにはもはや一頭の馬ではなくなっている」(Gordon 184)とあるように、馬は徹頭徹尾、畜産副産物として利用された。肉は犬や猫用の餌に、脂肪は蝋燭や馬具・車輪用に、皮や蹄は膠に、骨はボタンに使われたり、骨粉として肥料に用いられた。尾や鬣はソファや椅子、釣り糸用に、皮は騎兵隊のズボンのすね当て、馬車の屋根や鞭紐の素材になった(Gordon 184-87; Atkins 105)。ゴードンの引用は、ブルームが屠畜場あるいは廃馬処理場に出入りし、そこで目撃していたはずの光景そのものである。リヴァプール行きの家畜の群れを前に、「イングランドのためのローストビーフになる……皮、毛、角。一年でみたら大層な量になる。

死んだ肉の交易。処理の副産物、鞣し革、石鹸、マーガリン」(*U* 6.392-97、省略は筆者)として、その副産物を想像しているのは、知識や教養があるという側面以外に、やはり現実に解体のシーンを目撃していたからだろう。彼は単なる帽子の羽根からそれが採取されたところの生きた鳥を考える一方で、生きた家畜が解体されて副産物になる過程にも思考をめぐらせることができる。また、驢馬について、「生きている間も叩かれ、死んでからも叩かれる」(*U* 11.1231-32)と考えているように、荷役動物として鞭で打たれていた尻がやがて打楽器の皮になる「生まれ変わり」(reincarnation)の過程にも意識的である。それゆえ、ブルームが「肥え太らせたガチョウ」や「生きたまま茹でられるロブスター」(*U* 8.886)のことを考え、皿の上に料理として出てくるものがどのような過程を経てきたのかに意識を働かせることは何の不思議もない。キャロル・アダムズ(Carol Adams)が「不在の指示対象」と呼んだ、動物が加工食品としての肉になる過程のなかで隠されてしまうものをブルームは前景化する。重要なのは、彼がその過程のなかの物理的な解体作業のみならず、動物が震え、恐怖を感じ、痛みを感じる過程と時間を含めていることだ。

> 動物に与える痛みという問題も。羽根を毟って内臓を引きずりだす。家畜市場にいる哀れな動物たちは手斧で頭を真っ二つにかち割られるのを待つ。**モー**。かわいそうな震える子牛。**メー**。生まれたばかりのよろつく赤子牛。血のあぶくと阿鼻叫喚(Bubble and squeak)。肉屋のバケツのなかでぶよぶよ揺れる肺臓。そこの鉤から胸肉をはずせよ。べちゃっ。生首と血だらけの骨。皮を剥がれたガラス眼の羊が腰から鉤にぶら下げられ、血だらけの紙に巻かれた鼻からおがくずの上に鼻水のジャムが垂れる。(*U* 8.722-28、強調は筆者)

ドン・ギフォード（Don Gifford）の註釈では、この一節中で英国の伝統的な料理名が聞きとられているが（179）、ブルームが「バブル・アンド・スクィーク」という料理のレシピに、バケツのなかで泡だつ血や、"shouting like a stuck pig"（*U* 12.1845）と形容されるような高い悲鳴を含意させようとしているのは十分ありうるだろう。それは「モー」や「メー」と合わせて、彼が動物たちの発する苦痛の声に耳を傾ける姿勢とも言える。

第四挿話で最初に登場するや否や「動物や禽獣の臓物を好む」と紹介され、動物を好奇と優しさの眼差しで見つめるブルームは、飼育にはじまり屠殺、解体、出荷、運送、精肉、包装、販売、調理、食事、消化、排泄のプロセスを明示する役割をもつが、彼個人は、そのようなプロセスを知る肉食の実践者として居心地の悪さを感じてもいるようだ。その不安は第十四挿話「太陽神の牛」で、それまでに想像的に聞きとっていた動物たちの声が、口蹄疫の蔓延によって殺処分される牛たちの悲鳴と共鳴することで明らかになる。ケリー牛が殺処分される話題が出たとき、ブルームは「全部殺処分とは。私は今日の朝リヴァプール行きのボートに向かうのを見たんですよ……そんなにひどいとは、信じられないことだ」（*U* 14.565-68）と当惑をあらわにする。ここでは、屠ることにおいて、古代の神話的罪と食肉産業の殺処分が重層している。オデュッセウスの飢えた部下たちは太陽神への捧げものの牛を殺して食べてしまい、オリンポスの神々を激怒させた。そのときオデュッセウスが見たのは、「剥いだ皮が這い出」し、「串に刺した肉が、焼けたものであれ生のものであれ、一様に呻きだして、牛の鳴き声そのままの声が響いて」くる光景であった（＊9）。ブルームが見た、横腹を鞭で打たれながら屠られるべくして港に向かう牛の群れ（*U* 6.390-98）はいま「不吉な復讐の念に満ちた獣の群れ」となって、その怨念の声を漏らすのである（*U*

14.1088-95)。

加工されて単なる羽や骨、単なる皮や肉になったものが、それらを消費するものに向けて生前の怨念を放つ。そうしたヴィジョンは第八挿話でもほのめかされていた。ブルームが菜食主義者ジョージ・ラッセル（George Russel）を見かけるとき、その筆名「A・E」の由来は何かなと考え、あてずっぽうのイニシャルを並べたあと（*U* 8.527-29）、「彼の目はホームスパンに身を包んだ、髭をたくわえて自転車に乗った、その背の高い姿を追」っている。ラッセルがベジタリアン食堂から出てきたと考え、菜食主義者のなかで流通している言説を思いおこすとき、その追う目（"His eyes followed"）は、それを見つめかえしてくる草食動物の目と突然出会う――「ビーフステーキを食べるな。食べたら未来永劫（all eternity）牛の目に追いまわされる」（*U* 8.536-37、強調は筆者）。菜食主義のなかで流布していた言説を思いおこしているのだろうが、ここでブルームは「A・E」の由来（aeon）にそれと知らずに近づき、「動物や禽獣の臓物を好む」者の決して晴れることのない、原罪的な不安を浮き彫りにしている。

おわりに

ブルームはたしかに「優しい」人物である（*U* 10.980）。彼は路上で目の見えない人を助け、遺児ディグナム坊のために援助基金集めに奔走し、「かわいそうな」動物たちに食べ物を施す。しかしだからといって、マリリン・フレンチ（Marilyn French）のように「ブルームの優しさは自然で自発的なものであり、計算によって動機づけられていない」（86）とまで考えてしまえば、多くを見落としてしまうことだろう。現に彼は、「［猫の］ひげをとったら鼠を取れなくなる」（*U* 4.40-41）――「肉をやりすぎると鼠を取らなくなる」（*U* 4.276）などと想像し、猫を飼う実利的な目的を考える人物である。本論ではそのようにして彼の「優しさ」を、見返りを求めない無私の精神、あるいは何か本質的な性格として考える代わりに、彼を「優しく」見せている具体的な行為と態度、彼を「優しく」させたと想定できる経験的基盤を考察してきた。とりわけ動物に対する「優しさ」は、動物が管理、調教、屠殺、解体される現実を彼が実際に目撃したことと関連しており、その諸体験により、彼は日常の生活や風景から排除され、隠されてしまうものを引きだす習慣と態度を育ててきたのである。

重要なのは、そのような主人公の経験と行動を追うことを通じて、いつのまにか読者もまた、いまだ表面には出てきていない、隠された苦痛と窮境を探す眼差しを獲得することである。メアリ・アン・ギリーズ（Mary Anne Gillies）が言うように、「読者は単にブルームがこの日にダブリンをさまよい歩くのを追うだけではない。読者は彼の街歩きと彼の経験に参与する。実際、それらは読者の経験となる」（148）。ブルームの登場人物としての役割はそれゆえ、私たち読者をその「優しさによって訓練する」（*U* 15.688）ところにある、とでも言えるのかもしれない。

付記
本論の研究成果は、JSPS 科研費 20K12965 の助成を受けたものである。

註

（1）J. G. Swift MacNeill, "Cruelty in the Streets of Dublin," *The Irish Times*, 6 Oct, 1894, p. 5.

（2）獲物を弄ぶような残酷な猫のイメージついては、例えば Vechten 31 を参照のこと。

（3）特に極楽鳥の羽はヴィクトリア朝において流行のファッションとなり（Doughty 9-10, 18, 86）、鳥の乱獲や絶滅の危機につながる加熱ぶりであったという。そのため、当時の反生体解剖運動などと連携する形で、一八七〇年代頃から八〇年代にかけて、鳥の殺生や所有、羽毛の販売や輸入に反対する機運が盛んになった（Doughty 14-50）。

（4）ブルーム家の年譜を作成したジョン・ヘンリー・ローリー（John Henry Raleigh）が推測しているように（159）、ブルームは一八九四年に一人でヘングラー・サーカスを観に行ったと考えられる（*U* 17. 975-79）。

（5）Ritvo 137-38 を参照。ヴィクトリア朝からエドワード朝にかけての馬車の加速度的な需要と都市部の混雑ぶりについては、Hugget 7-16 が参考になる。

（6）ブルームの想念にはロバート・バーンズ（Robert Burns, 1759-1796）の詩「虱」（"To a Louse," 1786）の引用が含まれている。

（7）この一節では、モンテーニュの『エセー』（*Les Essais*, 1580）の第二巻第十二章「レーモン・スボンの弁護」の内容をブルームが部分的に参照していることが指摘されている（Hunt and Collins）。

（8）"The Public Health (London) Act," 1891. George Routledge and Sons, 1891, p. 169.

（9）訳出には、ホメロス『オデュッセイア』（上）（下）松平千秋訳（岩波文庫、一九九四年）を使用した。

参考文献

Adams, Carol. *The Sexual Politics of Meat: A Feminist-Vegetarian Critical Theory*. Continuum Intl Pub Group, 1990.（キャロル・アダムズ『肉食という性の政治学――フェミニズム―ベジタリアニズム批評』鶴田静訳、新宿書房、一九九四）

Atkins, Peter, editor. *Animal Cities: Beastly Urban Histories*. Routledge, 2012.

Budgen, Frank. *James Joyce and the Making of Ulysses and Other Writing*. Oxford UP, 1972.

Cheng, Vincent J. "White Horse, Dark Horse: Joyce's Allhorse of Another Color." *Joyce Studies Annual*, vol. 2, 1991, pp. 101-28.

Curling, Henry. "A Lashing for the Lashers: Cruelties Practiced upon the Cab and Omnibus Horses of London." W. N. Wright, 1851.

Dorré, Gina M. *Victorian Fiction: and the Cult of the Horse*. Routledge, 2006.

Doughty, Robin N. *Feather Fashions and Bird Preservation: A Study in Nature Protection*. U of California P, 1975.

Ellmann, Maud. "*Ulysses*: Changing into an Animal." *Field Day Review*, vol. 2, 2006, pp. 74-93.

French, Marilyn. *The Book as World: James Joyce's* Ulysses. Harvard UP, 1976.

Gifford, Don, with Robert J. Seidman. Ulysses *Annotated: Notes for James Joyce's* Ulysses. 2nd ed., U of California P, 1988.

Gillies, Mary Ann. *Henri Bergson and British Modernism*. McGill Queens UP, 1996.

Gordon, W. J. *Horse-World of London*. Religious Tract Society, 1893.

Hugget, Frank E. *Carriages at Eight: Horse-Drawn Society in Victorian and Edwardian Times*. Lutterworth Press, 1979.

Hunt, John and Sean Collins. "They Understand." *The Joyce Project*. http://m.joyceproject.com/notes/040071theyunderstand.html. Accessed 30 Nov. 2021.

Joyce, James. *Dubliners: Authoritative Text, Context, Criticism.* Edited by Margot Norris, W.W. Norton & Company, 2006.

----. *Ulysses.* Edited by Hans Walter Gabler, Random House, 1986.

MacNeill, J. G. Swift. "Cruelty in the Streets of Dublin." *Irish Times*, 6 Oct, 1894, p.5.

Nabokov, Vladimir. *Lectures on Literature.* Edited by Fredson Bowers, Harcourt, 1980.

Mackey, Peter Francis. "Contingency and Bloom's Becoming." Rpt. in *Bloom's Major Literary Characters: Leopold Bloom*, edited by Harold Bloom, Chelsea House, 2004, pp. 97-121.

Miele, Kathryn. "Horse-Sense: Understanding the Working Horse in Victorian London." *Victorian Literature and Culture*, vol. 37, 2009, pp. 129-40.

Raleigh, John Henry. *The Chronicle of Leopold Molly Bloom: Ulysses as Narrative*, U of California P, 1977.

Reade, Amye. *Ruby; or How Girls Are Trained for a Circus Life*. Trischler and Company, 1890.

Regan, Marguerite M. "'Weggebobbles and Fruit': Bloom's Vegetarian Impulses." *Texas Studies in Literature and Language*, vol. 51, no.4, winter 2009, pp. 463-75.

Ritvo, Harriet. *Animal Estate: The English and Other Creatures in the Victorian Age*. Harvard UP, 1987.

Saunders, Marshal. *Beautiful Joe: the Autobiography of a Dog*. 1893. Jarrolds Publishers, 1907.

Vechten, Carl Van. *Tiger in the House*. 1920, Alfred A Knopf, 1968.

かわいそうなトムとジェリー

"Pussy and Her Pray…(Prey)." Mason Photographic Collection, 1890-1910, National Library of Ireland on the Commons.

ダブリン市内の観光名所の一つであるクライスト・チャーチ大聖堂の地下室には、教会にまつわるさまざまな歴史的遺物が収蔵されている。なかでも有名なのが、鼠を追いかけるうちにパイプ・オルガンにはさまり、そのままミイラ化した猫の身体である。悲劇が起こったのは一八五〇年代頃と推定されているが、ジョイスが彼らのことを『フィネガンズ・ウェイク』に書き入れ、一つの比喩に仕立てたことで、（…As stuck as that cat to that mouse in that tube of that Christchurch organ…）（*FW* 82.18）、このかわいそうな「トムとジェリー」は名実ともに死後の生を手に入れ、現在も観光客の同情を引き寄せつづけている。

実際、獲物を前に動けず、ただ飢えていくだけの猫の苦しさを、そしていつ襲いかかってくるかもわからない捕食者を前にしつづける鼠の恐怖を想像すると、何ともいたたまれない気持ちになる。とはいえ、そのような憐れみをもつと同時に、私たちはいつのまにか好奇の目を持って、そのレントゲンで透視されたような猫と鼠の骨格を見つめてはいないだろうか。おそらくそのような異なる種類の眼差しは、本章で扱ったブルームの動物を見る眼差し（"Mr Bloom watched curiously, kindly the lithe black form"）（*U* 4.21）と同質のものであるだろう。

（南谷奉良）

第五章　「セイレン」・喫煙（スモーキング）・誘惑（セダクション）

"Galli Curci," Courtesy of the Library of Congress, LC-B2-5421-4.

第五章　「セイレン」・喫煙（スモーキング）・誘惑（セダクション）

平繁佳織

はじめに

『ユリシーズ』第十一挿話において、妻の情事の時間をやり過ごすために気を紛らわせようと、レオポルド・ブルーム（Leopold Bloom）はオーモンド・ホテルの一室で食事をしながら、別室から聞こえてくる歌に耳をかたむける。読者が目にする文字列は、街中の喧騒で交わされる会話のように、断片的にしか聞こえてこず、全体像をつかむことが難しい。本稿では、第十一挿話がその実験的な文体とは切り離せないことを前提としつつ、文体に注目しているだけでは見逃されがちなオーモンド・ホテルでの午後のエンターテインメントを、十九世紀に急速な広がりを見せた音楽会の一形態、とりわけスモーキング・コンサート（smoking concert）と結びつけることで文化的に位置づけることを目的とする。

第十一挿話批評の系譜

『ユリシーズ』において、第十一挿話が文体の面で大きな転換点となっていることに疑いの余地はなく、第十一挿話論の多くが文体を論じるものであるのは必然である。ジョイス自身がハリエット・ショー・ウィーヴァー（Harriet Shaw Weaver）への手紙で示唆した「カノン形式によるフーガ」（fuga per canonem）という音楽用語は、それ自体がオデュッセウス（Odysseus）を惑わすセイレンの歌声のごとく、あまたの第十一挿話批評を文体の問題に引きとめてきた（*L* I 129）。第十一挿話の文体に関する論考には、大きくわけて二つの潮流がある。一つは、「カノン形式によるフーガ」というきわめて厳密な規則性を持つ作曲法を、上記の手紙で言及された「八つの部分」というヒントを手がかりに、テクストの構造上に浮かびあがらせるものである。この種の読解においては、原稿の加筆・修正の過程を分析する生成批評（genetic criticism）による貢献が大きく、ジョイスがこの挿話を「カノン形式によるフーガ」と名づけた理由には、一定の解釈が提示されている。なかでも重要と思われるのは、スーザン・サトリフ・ブラウン（Susan Sutliff Brown）の、その名も「カノン形式によるフーガの謎解明」（"The Mystery of the *Fuga per Canonem* Solved"）と題された論文である。ブラウンは、ジョイスの手書きのメモをヒントに、この音楽用語の出典元としてラルフ・ヴォーガン・ウィリアムズ（Ralph Vaughn Williams）編集の一九〇六年版『グローヴの音楽・音楽家大全』（*Grove's Dictionary of Music and Musicians*）を特定し、ジョイスのノート・テイキングは「不正確で不注意で不完全で非合理的で印象にたよった」ものだと指摘する。そのうえで、第十一挿話は「カノン形式ではないフーガ」に近いものであるといい、ジョイスは「カノン形式によるフーガ」という用語に枠組（template）ではなくインスピレーションを求めたと結論される（189）。

第十一挿話の文体をめぐる、もう一つの潮流は、広くモダニズムの文脈においてみられた、文学で音楽を再現する試みの一環として本挿話を分析するものである。ジェリー・スミス（Gerry Smyth）は、ジョイスを含めたモダニズムの作家の多くが音楽にインスピレーションを求めた理由を次のようにまとめる。

換言すると、音楽そのものと、それによって呼びおこされる記憶、およびそれに与えられた意味の間には、常に言葉にできない哀愁（a tacit melancholy）が宿っている。それこそが、音楽がモダニズムの作家たちに与える主要な洞察の一つだと思われる。つまり、言語では捉えきれない意識の状態が、どうやら存在するということである。（13）

音楽を聴いている「現在」と、それが想起させる「過去」の記憶は、距離を保ったまま並行して、同時に存在している。言語をもってしてはすくい取ることのできないこの間隙を表現するために、言語で音楽を再現しようとする作家が出てきたのだという。このことの難しさは、スティーヴン・ベンソン（Stephen Benson）によって指摘されている。「音楽とは、つまるところ情動（affect）の卓越した芸術である。経験の唯一無二性（singularity）、きわめて直接的であること（immediacy）、それが文学作品における音楽の根幹にあり、しかしこの実際に体感している感覚こそ、最も文学テクストでとらえることが難しい」（6）。直接的であるとは、個人的であるとも言い換えられるだろう。音楽を聞く経験は、その場にいる者と共有されながら、その実、きわめて個人的な意味を持つ。ブルームの言葉を借りれば、その経験が持ちうる意味は、音楽を享受する側が「どんな気分かによる」のだ（*U* 11.841-42）。

サミュエル・ベケット（Samuel Beckett）は、ジョイスの『進行中の作品』（*Work in Progress*）（のちの『フィネガンズ・ウェイク』）について「彼［ジョイス］の作品は何かについての作品ではない。その何かそのものである」（"His writing is not about something; it is that something itself."）（14）と称した。第十一挿話というテクスト自体が、言語による音楽の再現というモダニズムの命題に対するジョイスの一つの答えであるとすれば、カノン形式によるフーガになぞらえられるテクストはベケットのいう「何かそのもの」にあたるだろう。同時に「何かについて」であるところの、一九〇四年六月十六日の午後四時前後に起きる一連の出来事も見逃すことはできない。要するに、この挿話では二つの演奏が同時並行して行なわれている。ジョイスのテクストという演奏とそれに「耳を傾ける」読者、そしてホテル内のピアノを使って奏でられる歌とそれに耳をすませる客人たちである。二種類のパフォーマンスが同時に存在することが第十一挿話を読むうえでの難しさであり、あまたの批評を惹きつける一因になってきたのだろう。キャサリン・オキャラハン（Katherine O'Callaghan）もまた、音楽をめぐるモダニズムの革新的な運動の中に第十一挿話を位置づけることは不可欠としながら、作曲技法や楽譜といった「書かれた音楽」の系譜にのみ本挿話を配置しようとすることは充分でなく、音楽が実際に演奏され、聴覚を通じて体験される過程も考慮する必要性を指摘している（35）。実際、オーモンド・ホテルの別室（サルーン）で披露される演奏は、文体のレベルで行なわれる「言葉の音楽」にかき消されてきたきらいがある。特に、男たちがピアノを伴奏に歌を披露していくという音楽形式は、そういうものがあるのだと無批判に考えられてきたのではないか。しかし、一九〇四年のある平日の午後の一場面もまた、アイルランドにおける音楽会の変遷をたどれば文化史的に位置づけることも可能である。

ピアノのある風景

オーモンド・ホテルで繰りひろげられる演奏会でまず注目したいのは、それが常連客によって何度も再現されてきた日常の風景であることだ。ホテルのバーにやってきたサイモン・デダラス（Simon Dedalus）は、そこで働く女給（バーメイド）のミス・ドゥース（Miss Douce）に迎えられ、ウィスキーを注文し、ポケットからパイプを取りだす（*U* 11.216-18）。煙草をくゆらせ、知人たちが集まるのを待ちつつ、隣接する別室（サルーン）の方に目をやると、彼はピアノが移動させられていることにいち早く気がつく。

彼［デダラス氏］は別室の扉の方を見やった。

——ピアノを動かしたようだね。

——さっき調律師が来てたのよ。ミス・ドゥースは答えた。ほら、スモーキング・コンサートのために。あんなに上手に弾く人、初めて聞いたわ。（*U* 11.275-78）

サイモンはしばしばミス・ドゥースと歓談したのち、ピアノの方へと向かう。彼がピアノを弾いている間に、オーモンド・ホテルには続々と男たちが集まってくる。そしていつしか自然とピアノのまわりに集い、互いに歌を披露するよう促しあう。

ドラードとカウリーは、いまだためらっている歌手を促した。

——やれよ、サイモン。

——そうだ、サイモン。

——紳士淑女の皆様、お気持ちはありがたく頂戴します。

——いいから、サイモン。

——わたしは一文無しではありますが、お時間いただけるなら、心を込めて歌いましょう。（*U* 11.652-59）

——「ここに怒りあり」がいい、ベン、と、カウリーが言った。

——いや、ベン、と、トム・カーナンが遮った。「いがぐり頭」だ。故郷の響きで。

——そうだ、やれよ、ベン、と、デダラス氏が言った。男たる者、立派に。

——やれよ、やれよ、と、みながひとつになってせがんだ。(*U* 11.990-93)

互いに歌を披露するよう促しあい、演目を指定し、しまいにはキーまで変えるよう要請するさまは、これまでにも同様の場面に遭遇し、互いの得意曲を把握していることの証左である。彼らは予告なしにふられて歌っているわけではなく、ある程度このような展開になることを期待して集まっているともいえるだろう。隣接する部屋に留まり、その輪に入ることのないブルームでさえ、男たちが歌いだすことに何の違和感も示さないどころか、ピアノの音ひとつで誰が弾いているのかを理解する(*U* 11.560)。もちろん、酒に酔って歌いだすのは万国共通であり、そこに音楽に造詣の深い面子がたまたま揃ったといってしまえばそれまでであるが、ホテルの一室で行なわれるこの即興演奏会が、実は完全に即興的に起きた偶然の産物とはいえなさそうなのも事実である。

十八世紀のイギリスおよびアイルランドにおいて、音楽活動をめぐり起こった最大の変化は、演奏の機会が私的な空間から公の場に広がったことだろう。公共圏と私圏の分離が進むと、それまで個人宅に限られていた音楽会が、特定の団体や音楽家を支援する目的で慈善コンサート(benefit concert)という、より開かれた形で開催されるようになった。特にアイルランドにおいては、アセンダンシー(ascendancy)と呼ばれたイギリス系の人々の道徳的責任感に後押しされて、慈善コンサートという形の公共の場での音楽活動が推し進められた(White 29)。十九世紀に入り、中流階級が勃興すると、新たな階層区分の誕生とともに多様な音楽文化が花開く。その中で飲食や喫煙といった愉楽に興じながら音楽を楽しむスタイルが生まれるまでに時間はかからなかった。屋外で飲食と音楽を楽しむプレジャー・ガーデン（pleasure garden）や、タヴァーン（tavern）で酒を飲みながら歌を楽しむ習慣が徐々に浸透すると、十九世紀半ばには、それがミュージック・ホール（music hall）という形で一大産業と化した。

　これらのポピュラー・エンターテインメントに共通する点は一人の出演者が一つの出し物を披露し、人が入れ替わり立ち代わり舞台上に現れるという形式にあった。それぞれの出し物が、順番を意味するターン（turn）と呼ばれる所以である。出し物の内容は、歌に限られるものではなく、器楽曲や、詩の暗唱、手品など多岐にわたった。パフォーマーが入れ替わるので大がかりなセット転換は必要なく、代わりにピアノ一台が置かれ、雑多な演目の伴奏を担った。大がかりな劇場でなくとも可能なこの形態が、十九世紀から二十世紀の前半にかけての大衆向けコンサートの典型的な型となる。

　一名のパフォーマーに対して一名のピアノ伴奏者というシンプルな構図は、同時に十九世紀の私的空間における音楽活動も反映している。ヴィクトリア朝期の家はパーラー（parlour）やドローイング・ルーム（drawing room）と呼ばれる応接間を備えていた。夕食後に応接間に集まって、客人を接待し、音楽に興じるという文化の中心に位置していたのがピアノである。十九世紀後半にピアノ産業が黄金期を迎えると、イギリスにおけるピアノの生産台数は一八五〇年の二万三千台から一九一〇年の七万五千台に急増した（Carnevali and Newton 45）。それに伴いピアノの価格が下がると、それまで上流階級の特権であったピアノが、中流階級にとっての理想的な家庭の光景を占めるようになる（53）。ピアノは上流階級の生活様式をまねる格好の手段の一つとなり、夕食後に音楽を楽しむ習慣はまたたく間に階級の垣根を越えて広がっていった（Dunnington 100）。

　自宅で音楽に興じる習慣が普及すると、歌や詩など、このような場で披露するパーティー・ピース（party

piece）と呼ばれる芸を持っておくことが、ある種、社会的に要請されるようになる。アイルランドでは、特に声による語りと音楽性がしばしばアイルランドらしさと結びつけられ、ホーム・パーティー（"at homes"）はそれを体現する格好の場を提供した。このような場で披露されたのは、トマス・ムア（Thomas Moore）に代表される感傷的な歌から、流行りのオペラのアリアまで多岐にわたった。十八世紀・十九世紀のイギリス・アイルランドでバラッド・オペラ（ballad opera）が大流行した背景には、自宅の応接間で広く歌われたことがある。観客がアリアを家に持ち帰り、パーティーの場でそれを再現することができるかどうかが、作品の人気を決定づける一つの重要な要因になっていたのだ（Scott 17）。作曲家にとっても、この市場は決して無視できるものではなく、歌いやすい（高い技術を要求せず、声域がそこまで広くない）アリアをいかに多く作品に詰めこむかが鍵となった。一八四七年初演のフリードリヒ・フォン・フロトー（Friedrich von Flotow）の『マルタ』（*Martha*）は、ドローイング・ルームの申し子でもあったムアの「庭の千草」（"The Last Rose of Summer"）を借用するなどして、まさにこの観客層を狙っている。このように、バラッド・オペラは、完全なオリジナル曲で構成されるというよりも、すでに人気が定着している歌を寄せ集めたものも少なくなかった。『ユリシーズ』でもたびたび言及されるマイケル・ウィリアム・バルフ（Michael William Balfe）の『ボヘミアの娘』（*The Bohemian Girl*）などがその典型である。出版社もまたこの市場をねらい、ピアノ用に編曲した歌曲集を売りだした。

　したがって、折衷式のプログラムはこの当時の大衆音楽シーンでは広く見られる傾向であり、第十一挿話で言及される作品の多様さもそれを反映しているといえる。アラン・W・フリードマン（Alan W. Friedman）は、アイルランドが「優れた話し手、語り部、パーティー・ピースの演者の国として描かれる」ことを指摘したうえで、それが外部から付与されただけのイメージではなく、自身も積極的にそのイメージを活用したのだという（xviii）。レン・プラット（Len Platt）は、本挿話の音楽が「きわめて雑多であり、ケルト＝アイルランド的というよりは、はるかにエドワード朝らしい特徴を示している」（137）と指摘したうえで、会場、演奏会の形式、雑多なレパートリーといった面で、このセッションの舞台設定がイングランドの文化的系譜に連なるものであることを見抜いているが、同時にパーティー・ピースの名手が集まっている様子を描いている点においては、ジョイスがアイルランドらしいとされた特徴を意識的に前景化しているともいえるだろう。

実際、ジョイス自身も幼少期からこのような場に慣れ親しんでいた。一家がまだ経済的に安定しており、高級住宅地のブレイ（Bray）に住んでいた頃は、日曜には自宅に友人らが呼ばれ、歌い、夜を呑み明かした。ジョイスの父親ジョン・ジョイス（John Joyce）は、妻のピアノ伴奏に合わせて、サイモンが第十一挿話で披露する『マルタ』の「我に現れ」（"M'appari"）を含めた数えきれない持ち歌を披露したという（Ellmann 24）。しかし、『ユリシーズ』が描く一九〇四年にもなると、ジョイス家は経済的に困窮し、ピアノを手放さなければならなかった（Ellmann 143）。ピアノの価格相場が崩れるとともに労働者階級でもピアノの所有が可能になっていたことを思えば（Dunnington 98）、家の中心にあったピアノを売りに出すという決断は切実なものであったに違いない。オーモンド・ホテルに着くや否や、ピアノをひとり触りに向かうサイモンの姿は、その光景を自分の家ではもはや再現できなくなったうら悲しさを物語っている。まわりに催促されても一度は歌うことを躊躇するサイモンだが、実際は自慢の歌声を披露する機会を心待ちにしていたのかもしれない。

スモーキング・コンサート

十九世紀の家庭の風景に欠かせないピアノという楽器は、歴史的にきわめてジェンダー化されてきた。ヴィクトリア朝期に仕事と家庭の分化が進むと、家庭とピアノ、特にアマチュアによるピアノ演奏は女性性と強く結びつくことになる。ピアノが一台置かれ、それを一家の女性が弾きこなすことができることは一家の体面（respectability）の表われとされ、ピアノは楽器としてのみならず、特定の生活様式を示す象徴的な役割を担っていた（＊1）。一方、家庭の外に出るべきとされた男性が音楽に強く関心を示すことは、むしろ恥ずべきこととされたため、プライベートな場での男性による演奏が前景化されることは稀であった（Hohl Trillini 116）。エドワード朝になるとそのような認識は徐々に取りはらわれ（178）、第十一挿話で描かれる音楽に造詣の深い男性陣にはもはや奇異の目は向けられていない。むしろ、この日オーモンド・ホテルの別室（サルーン）にはきわめて男性的な音楽空間が広がっている。

この日、ホテルのピアノが調律されたのは、スモーキング・コンサート（smoking concert）のためであった。改めて、その部分を引用しよう。

> 彼［デダラス氏］は別室（サルーン）の扉の方を見やった。
> ――ピアノを動かしたようだね。
> ――さっき調律師が来てたのよ。ミス・ドゥースは答えた。ほら、スモーキング・コンサートのために。あんなに上手に弾く人、初めて聞いたわ。（*U* 11.275-78）

スモーキング・コンサートという言葉が『ユリシーズ』で用いられるのは、全挿話を通してこの一回のみである（＊2）。ともすると、喫煙をしながら音楽を楽しむ機会を指す一般名詞のように思われるこのコンサート形式は、二十世紀初頭には確立された音楽会の一形式であった。ドン・ギフォード（Don Gifford）による『ユリシーズ』の註釈書は、スモーキング・コンサートについて「しばしばオーモンド・ホテルにおいて開催された、小規模のプロ・アマ混在の音楽会」（297）と説明している。その規模の小ささとインフォーマルさゆえ、スモーキング・コンサートに関する記述は個人の日記やジャーナル、書簡を除いては見つけることが難しい。公式に残っている記録は、たとえば慈善活動の一環で開かれた中規模なものや、王室関係者が列席するような大規模で格式ばった類のものが新聞で告知されたり、後日評されたりしたものがほとんどである。しかし、スモーキング・コンサートは、一八八〇年代から九〇年代に、カジュアルな娯楽としての側面を強め、他の音楽会の形式と差別化しながら、音楽業界でニッチな地位を確かに築いた（Mantzourani 122）。それまでは敬遠されていた公の場で酒や煙草を嗜みながら音楽を享受する文化の普及に一役買ったのが、スモーキング・コンサートであった。

イングランドにおけるスモーキング・コンサートの歴史については、エヴァ・マンツォラニ（Eva Mantzourani）の論文に詳しい。それによれば、スモーキング・コンサートは十八世紀に一世を風靡したジェントルマンズ・クラブ（gentlemen's club）と、音楽に特化したキャッチ・クラブ（catch club）あるいはグリー・クラブ（glee club）と呼ばれる貴族階級の会員制クラブの流れを汲む（＊3）。スモーキング・コンサートはこの伝統を引き継ぐかたちで、主にロンドンの貴族階級や上流階級が個人の邸宅の応接間で催した夜会と、その他音楽団体による演奏会がゆるやかに結びつき、一八六〇年頃から見られるようになった（118-19）。スモーキング・コンサートは独立したエンターテインメントの形ではあったが、単独で催されるというよりも、公式行事や夕食会に続いて、夜の八時や九時から深夜にかけて催され、新聞の告知では「……に続いてスモーキング・コンサートが予定されている」（"... followed by a smoking concert") が常套句であった。主催者は個人というよりは団体で、上流階級の社交クラブがそうであったように、初期にはメンバーシップを有する男性のみを対象にした。当初は大きいコンサート・ホールを会場に、休憩をはさんだ二部構成で、主に管弦楽曲が披露され、参加者は夜会服を身にまとい、飲食や喫煙を楽しむフォーマルな要素が強かったが、次第に都市部の中流階級へと裾野を広げていき、ホテルや市民ホールでも開催されるようになる(122-23)。それに併せてプログラムにはライト・オペラのアリアやミュージック・ホールの流行歌などが含まれるようになり、観客の大衆的な嗜好を反映して、複数の出演者が「パート・ソング、コミック・ソング、素描曲、朗読、いくつかの器楽曲」を順番に披露し、折衷的な演目を特徴とするようになる(128)。また、規模も客層も多岐にわたるスモーキング・コンサートにおいて、共通してみられる特徴の一つが「観客による参加」だった(Mantzourani 128)。積極的な観客の参加こそが、当時のスモーキング・コンサートを象徴する光景であり、「聴衆はプロの歌よりも自分たちの声を聴くことを好んだ」と評する者もあった(Keith MacTavish quoted in Mantzourani, 129)。(*4)名前のとおりスモーキング・コンサートが喫煙に興じる宴席であることを主たる目的の一つとしたことは、新聞記事や記録の中で楽しさや活気を表わすenjoyable, convivial, amusing, happyといった形容詞と常に隣りあわせに使われていることからもわかる。スモーキング・コンサートは「たっぷりの煙とそこそこのコンサート」("plenty of smoke and not too much concert")がよいとされ(*Punch*, 1 Feb. 1925, p. 18)、あくまでも男性がフォーマルな会合や夕食のあとに交流を深める場としての機能が重要視された。コンサートという言葉が必ずしも音楽活動を中心としない場をも指しうる、包括的な用語として機能していたことを示唆している。

スモーキング・コンサートは、イングランドのみならず、植民地や軍の駐屯地など、その文化が及んだ地域でさかんに催され、アイルランドもその例にもれなかった。一例として、一九〇四年十二月にフリーマンズ・ジャーナル紙（*Freeman's Journal*）に掲載された、アイルランド農業技術教育局（Department of Agriculture and Technical Instruction）のスモーキング・コンサートの記事を挙げよう。

農業技術教育局のスタッフは木曜日の夕刻にグレシャム・ホテルの新しいホールにてスモーキング・コンサートを開催した。大勢の招待客やスタッフの知人に加え、同局副会長のホレス・プランケット卿と秘書のT・P・ギル氏もコンサートに花をそえた。司会はトマス・バトラー氏が務め、歌や朗読がR・キャントレル、T・J・キャロル、J・ライオン、A・マッカラム、R・ヴィクトリー、A・E・アシュレー、O・キャンベル、A・ゲイノア、J・J・ギーチ、W・H・ヒューイッシュ、C・H・ペシブリッジ、ジョン・オコンネルによって披露された。また、ウラクタス・カルテット（グレアム氏、オコンネル氏、ウォルシュ氏、マゴーラン氏）らによりアイルランド語で「静かな夜に」が歌われた。マニング氏とブレイディ氏、エルソン氏、ヘンリー氏はマンドリンで数曲披露した。そしてV・J・フィールディング氏とP・デラニー氏がピアノとヴァイオリンの演奏を披露した。興味深かったのはW・F・クーパー氏による巧みな手品の技であった。伴奏はJ・W・マグラスが務めた。

このように、スモーキング・コンサートの予告および報告記事には、主催者、場所、日時に加えて主な出演者（あるいはここでは全出演者）と演目の種類、および伴奏者の名前がずらりと並び、その数は二十人以上に及ぶことも多々あった。

スモーキング・コンサートがその他の演奏会と一線を画した点としては、主に男性のための娯楽という側面が強かったことが挙げられる。先の記事では、名前の挙がっている人物はみな男性である。背後には、ジェントルマンズ・クラブ文化がある。ジェントルマンズ・クラブは、コーヒー・ハウス（coffee house）等の公共圏にできた男性のための社交の場に端を発する会員制クラブとして十八世紀に登場した。当初は貴族階級に限定され、入会にさいしてはさまざまな規定が設けられるなどエリート気質で排他的な性格を特徴とした。ホーム・パーティーなどで自宅が公の場と化して心落ちつく空間を失った男性の、いわば避難所として機能し、都市部にあらゆる設備を備えた豪奢な建物を有し、公共空間の中心にありながら私的空間を提供した（Milne-Smith 797）。家庭の中心とされた女性を排除しながらも、連帯感といった家庭を象徴する価値観を体現するようになったジェントルマンズ・クラブは、ホモソーシャルな家庭性（homosocial domesticity）を可能にし、男性は所属するクラブに対する帰属意識を強く持ったという（799）。メンバー同士の結束は、閉鎖的な性格の裏返しでもあったが、十九世紀半ばになり、中・上流階級においてもクラブへの需要が一層高まると、敷居の高い既存のクラブに入会する代わりに新しいクラブが創設されるようになり、個人宅やホテルの一部屋で集うものまで規模が多様化した（＊5）。第十一挿話における簡易音楽会はスモーキング・コンサートと銘打ってこそないが、挨拶もそこそこに共通の話題を持ちだし、ブルーム夫妻の噂話をするなど、和気藹々とした連帯感はスモーキング・コンサートが彷彿とさせるジェントルマンズ・クラブのホモソーシャルな空間を再現している。また、オーモンド・ホテルはサイモンにもブルームにも家庭から離れた一時の安息所を提供しているが、サイモンにとっては束の間の避難所となりうるオーモンド・ホテルも、隣接する部屋に留まってその共同体に交じることを選ばないブルームにとっては、その一体感はいっそう疎外感と孤独を強めるだけである。

セイレンの誘惑

男性たちをオーモンド・ホテルに引き寄せるものは、ホモソーシャルな家庭性以外にもある。スモーキング・コンサートの男性性を強調したのが喫煙だったことはいうまでもない。オーモンド・ホテル内では、サイモンが終始パイプを口にして男性性を誇示しているが、第十一挿話ではもう一つ重要な場面で煙草が言及されている。

> 賢いブルームは扉のポスターを目にした。心地よい波の間で煙草をくゆらす人魚。煙草は人魚印。最高に爽やかな一服を。波に揺らめく髪、恋の苦しみ。(*U* 11.299-301)

サイモンがピアノを見やるのと時を同じくして、ブルームは文通相手のマーサに送る便箋を買う店の中から、「扉に貼ってあるポスター」に気づく。その直後、店の前を通り過ぎる妻の密通相手であるボイランの姿を目撃したブルームは、表向きにはボイランを追ってホテルに到着するものの、その直前に目にしたマーメイド社の煙草の広告が、すでにブルームをオーモンド・ホテルへと誘っているともいえよう。波のようにうねる人魚の髪は、この挿話の冒頭から何度も繰りかえされる、銅と金、二人の女給(バーメイド)の髪色と重なり、神話のセイレンが海を渡ろうとする者の進路を歌声で変更させるかのごとく、ブルームは人魚(マーメイド)たる女給(バーメイド)がいるオーモンド・ホテルに吸いよせられていく。

第十一挿話で、女給(バーメイド)たち自身は喫煙しないものの、女性と喫煙が象徴的に結びついていることは見逃せない。十九世紀の後半、喫煙する女性に対する社会の風当たりは強かった。そもそも喫煙全般に対する批判的な意見が目立ちはじめるなかで、女性たちが煙草をたしなむことは「煙草の持つ魅惑的で官能的な雰囲気」を助長し、社会道徳を脅かす危険性を孕んでいるとされた（Elliot 99）。ブルームの目にするマーメイド社の広告は残念ながら実物が特定されていないが、煙草の広告に女性の官能的なイメージが使われることはめずらしくなかった。特に第一次世界大戦時にはシガレットの消費量が著しく増加し、戦地から妻や恋人を想う兵士の目線に立って、製造される煙草の約十パーセントものブランドが女性のイメージを利用したという（Daniels 12-13）。誘惑する女性という典型的なモチーフを使ったものだったといえるだろう。女性自身が喫煙することは疎まれている一方で、女性と喫煙が広く文化的想像力の中で結びつけられていたのである。

「誘惑する女性」のモチーフは、女給（バーメイド）という職業をめぐる論争を通しても浮かびあがる。キャサリン・マリン（Katherine Mullin）がまとめるとおり、女給（バーメイド）という仕事は二十世紀初めに教師やタイピストといった職業以外に女性が就くことのできる、比較的高給な職として人気を集めた。一方、主に男性相手に酒類を提供するという仕事柄、厳しく取り締まるべきだという意見も多く、論争が巻きおこった。女給（バーメイド）廃止論者たちは、彼女たちを売春婦になぞらえ、風紀を乱す存在として描こうとした。だが同時に、世間の同情を買おうと、バーカウンターの向こうに囚われている無垢な女性というイメージを広めていたことも事実であり、マリンはジョイスが女給（バーメイド）をめぐる言説がはらむ矛盾を認識し、第十一挿話に書きこんでいると指摘する（483）。実際、ジョイスの描く女給（バーメイド）は、自分たちの性を巧妙に操作するだけの主体性を与えられている。サイモンは、ホテルに着くや否やミス・ドゥースの手を取り、気を引こうと策を練るが、読者はサイモンが到着する前に、女給（バーメイド）たちが男の噂話をしながら嘲笑していたのを知っている。また、レネハン（Lenehan）の執拗な誘いを露骨に無視する一方で（*U* 11.243）、弁護士という安定した職を持つリドウェル（Lidwell）に対しては、自ら「しっとりとした（貴婦人の）手」を差しのべ、丁寧な受け答えをする（*U* 11.562-64）。女給（バーメイド）たちは自らの性を巧妙に提示して男たちを誘惑するが、彼女たちが性を提示した瞬間、それはたとえば酒といった別の通貨に変換される（Mullin 485）。女性の誘惑と性的興奮のイメージに満たされたオーモンド・ホテルは、第十五挿話で描かれる性そのものが取り引きされる売春宿とは似て非なるものなのである。その違いを強調するかのごとく、ホテルを後にしたブルームは「きたならしい売春婦が黒い麦藁の水平帽を斜めにかぶって日中から」歩いてくるようすを目にする（*U* 11.1252-53）。オーモンド・ホテルの一室は、一線を越えないところで男女の駆け引きを楽しむことができる境界性（liminality）を特徴としている。

そして最後に、男たちのみならず、女給（バーメイド）たちをも誘惑するのが、ベン・ドラードが歌う「クロッピー・ボーイ」（"The Croppy Boy"）である。挿話の後半、一七九八年の蜂起のさいに命を失った青年についてドラードが歌いはじめると、場の雰囲気ががらりと変わる。それまで男性陣の余興に興味を示すことなく適当にあしらっていた女給（バーメイド）たちを含め、その場にいる者の集中力が高まり、聾者のパットまでもが演奏に耳を傾けるのだ（*U* 11.1028-29）。妻の不貞という「裏切り」にあおうとしているブルームも、神父に扮したイギリス兵に騙され処刑される青年に共感・同情を隠せない。曲が始まると、それまでは斜字体で引用されていた歌詞が、地の文に吸収されるようになる。安全な距離をとっていたはずのブルームの内的独白と歌詞の境界も曖昧になり、クロッピー・ボーイの姿に「僕もだ。一族の最後」（*U* 11.1066）と、ブルームは息子を亡くした悲痛な胸の内を表わす。だが、カウリーの指が鍵盤に触れ、曲の前奏が流れてきた瞬間、その強力な波に抗おうと、彼は「行かなきゃ」（*U* 11.1000）と考える。少年の最期に、聞く者すべてが同情心を掻きたてられるが、ブルームはそれに身をゆだねることはしない。曲の終わりが近づくにつれ、ブルームは they という三人称複数形で自分と他の聴衆を区別しようとする（「彼らは聞いていた」（*U* 11.1038）；「彼らは同情している」（*U* 11.1101）；「彼らはグラスを挙げた」（*U* 11.1279））。曲が終わる直前にブルームは部屋を出ることに成功する。ホテルの廊下を歩いていると、熱狂的な拍手と歓声が彼の耳に届き、歌手と聴衆は感動に酔いしれながら乾杯をする（*U* 11.1142-45）。そのときの彼らの連帯は、安定感のある完全五度というハーモニーで表現される（"First Lid, De, Cow, Ker, Doll, a fifth: Lidwell, Si Dedalus, Bob Cowley, Kernan and big Ben Dollard"）（*U* 11.1271-72）。ホテルの玄関ホールに出たブルームは、まるで軍隊のように一致団結した「彼らのブーツが踏み鳴らす音」（"their boots all treading"）（*U* 11.1143-44）を耳にし、避けてよかった（*U* 11.1145）と安心する。愛、空しさ、諦め、哀しみといった個人的な感情が、音楽によって一体化するようすは、全体主義的なロマンティック・ナショナリズムの言説が個人の生を容易に覆い隠してしまう危険性を示唆している。音楽が「文化的・政治的な野心実現のための手段」（Platt 138）にすり替えられる過程を認識するためには、「ここにいた方が遠いけれどよく聞こえる」（*U* 11.712-13）と気づくに至るブルームのようなポジションを保つ必要がある。

アイルランドの「殉教者」（*U* 11.1101）たる青年に一同が思いを馳せているとき、ホテルをあとにするブルームは、出産というきわめて個人的なレベルで生死の境をさまよっている者を思いやる。「かわいそうなピュアフォイ夫人。もう終わったのだといいのだが」（*U* 11.1103）。ナショナリズムに吸いあげられた高揚した感情を日常に引き戻すかのごとく、ブルームはロバート・エメット（Robert Emmet）の墓碑銘に刻まれた言葉に放屁をかぶせ、挿話は終わりを迎える。

ブルームを誘惑するもの

オーモンド・ホテルのレストランで、ブルームは友人マット・ディロン（Mat Dillon）の家で初めてモリーと出会ったときのことを回想する。

初めての夜テレニュアのマット・ディロンのところで初めて彼女を見たとき。黄色と黒のレースを着ていたっけ。椅子取りゲームをした。私たち二人が残った。運命。彼女に続いて。運命。回り、回る、ゆっくりと。素早く回る。二人とも。みんなが見ている。停止。彼女が座る。はじき出されたみんなが見ていた。唇が笑っている。黄色い膝。

――目を楽しませて…

歌っていた。「待ちながら」を彼女は歌った。私が楽譜をめくった。香しい声あなたの香水はライラックの木。胸を見た。はちきれそうで、喉が震えていた。初めて見た。彼女はありがとうと言った。なぜ彼女は私を。運命。（*U* 11.725-33）

六月十六日のこの日、ブルームとモリーの出会いは、二人によって何回か想起される。その詳細はその都度少しずつ変化するものの（第四挿話におけるブルームの記憶によれば、二人はルーク・ドイル［Luke Doyle］の家でジェスチャー・ゲームをしたときに出会った）、変わらないのは二人が友人宅のホーム・パーティーで出会ったという点である。

オーモンド・ホテルは集まる人々にいくつかの気晴らしを提供する。スモーキング・コンサートのホモソーシャルな空間、女給（バーメイド）たちの誘惑、そしてナショナリズムの誘惑は、サイモンを筆頭に男たちに一時の安らぎを与える。しかし、音楽がその力を発揮し、その場にいる者を飲みこもうとする力が強まるほど、ブルームの孤独感は増していき、その力は、「クロッピー・ボーイ」という愛国主義的で感傷的な歌が始まると同時に頂点に達する。だが、「約束の四時」にブルームを真に捕えて離さないのは、男性性でも、マルタ／マーサでも、そのいずれをも凌駕するロマンティック・ナショナリズムの誘惑でもなく、まさにその瞬間に別の男との逢瀬を果たそうとする妻モリーとの出会いの場面であっただろう。オーモンド・ホテルでピアノの音と歌声を耳にするとき、彼の心の目には、友人宅の応接間で歌を披露するモリーの姿が映っている。

ブルーム不在のまま、「クロッピー・ボーイ」の演奏によって達成されたホテル内の一体感は、しかし一時的なものにすぎず、音の余韻が残る間しか存在しえない。ジョイスの奏でる第十一挿話という断片的な音楽は、その中に誘いこまれ、酔いしれることのないようにというジョイスからの警告なのかもしれない。同時にブルームの最もつらい時間は、読者が耳をすますことでしか聞こえてこない。私たちはブルームに倣って、「見ながら見られることのない」(*U* 11.357-58) 適度な距離を保ちつつ、ジョイスの多層的な音をひとつひとつ聴く努力をしなければならない。

註

(1)『ダブリナーズ』の「死者たち」においては、女性性と respectability が音楽、とりわけピアノの演奏技術と強く結びつけられている。

(2) スモーキング・コンサートは後に『フィネガンズ・ウェイク』第三巻二章のショーンの説教の中でも、別名のスモーカー (smoker) として言及される (*FW* 433.16)。

(3) キャッチとは輪唱やカノンを含む合唱法の形式の一つであり、グリーは三声または四声からなるアカペラの合唱曲を指す。一七六一年にロンドンで Noblemen and Gentlemen's Catch Club が創設されると、その人気は瞬く間に広まっていった。

（4）一九二三年のある投書ではプログラムに影響を与えるアンコールの文化がスモーキング・コンサートの伝統の系譜に位置づけられている（Holt 401）。

（5）ダブリンではデイリーズ・クラブ（Daly's Club）、キルデア・ストリート・クラブ（Kildare Street Club）などが有名である。W・B・イェイツ（W. B. Yeats）も通ったことで知られるジョン・オリアリー（John O'Leary）のコンテンポラリー・クラブ（Contemporary Club）も中規模なクラブの一つに数えられる。

参考文献

Benson, Stephen. *Literary Music: Writing Music in Contemporary Fiction*. Ashgate, 2006.

Beckett, Samuel. "Dante...Bruno...Vico...Joyce." Samuel Beckett, et al, *Our Exagmination Round His Factifiction for Incamination of Work in Progress*. Faber, 1972, pp. 1-22.

Brown, Susan Sutliff. "The Mystery of the Fuga per Canonem Solved." *Genetic Joyce Studies*, vol. 7, 2007, pp. 173-93.

Carnivali, Francesca and Lucy Newton. "Pianos for the People: From Producer to Consumer in Britain, 1851-1914." *Enterprise & Society*, vol. 13, no. 1, 2013, pp. 37-70.

Daniels, Henry. "When the Smoke Cleared: Tobacco Supply and Consumption by the British Expeditionary Force, 1914-1918." *Revue Française de Civilisation Britannique*, vol. 20, no.1, 2015, pp. 1-24.

Dunnington, Graham. "Domestic Piano Music in Victorian England: The Case of (Edward) Sydney Smith (1839-89)." 2011. U of Hull, PhD Dissertation.

Ellmann, Richard. *James Joyce*. New and rev. ed. Oxford UP, 1982.

Friedman, Alan W. *Party Pieces: Oral Storytelling and Social Performance in Joyce and Beckett*. Syracuse UP, 2007.

Gifford, Don, with Robert J. Seidman. Ulysses *Annotated: Notes for James Joyce's* Ulysses. 2nd ed. U of California P, 1988.

Hohl Trillini, Regula. *The Gaze of the Listener: English Representations of Domestic Music-Making*. Rodopi, 2008.

Holt, Richard. "The Encore Question." *Musical Times*, vol. 64, no. 964, 1 June 1923, pp. 401-02.

Joyce, James. *Ulysses*, edited by H. W. Gabler, Vintage, 1986.

---. *Letters of James Joyce*, edited by Stuart Gilbert, vol. 1, Faber, 1957.

Mantzourani, Eva. "'The Aroma of the Music and the Fragrance of the Weed': Music and Smoking in Victorian England." *Lietuvos Muzikologija*, vol. 13, 2012, pp. 118-39.

Milne-Smith, Amy. "A Flight to Domesticity?: Making a Home in the Gentlemen's Clubs of London, 1880-1914." *Journal of British Studies*, vol. 45, no. 4, 2006, pp. 796-818.

Mullin, Katherine. "'The Essence of Vulgarity': The Barmaid Controversy in the 'Sirens' Episode of James Joyce's *Ulysses*." *Textual Practice*, vol. 18, no. 4, 2004, pp. 475-95.

O'Callaghan, Katherine. "'That's the Music of the Future': Joyce, Modernism, and the 'Old Irish Tonality.'" *Essays on Music and Language in Modernist Literature: Musical Modernism*, edited by Kamerine O'Callaghan, Routledge, 2018, pp. 32-47.

"Our Smoking Concert." *Punch*, 11 Feb. 1925, p. 18.

Platt, Len. *Joyce and the Anglo-Irish: A Study of Joyce and the Literary Revival.* Rodopi, 1998.

"Smoking Concert." *Freeman's Journal*, 12 Nov. 1904, p.7.

Scott, Derek. *The Singing Bourgeois: Songs of the Victorian Drawing Room and Parlour.* Ashgate, 2001.

Smyth, Gerry. *Music and Sound in the Life and Literature of James Joyce*. Palgrave, 2020.

White, Harry. *The Keeper's Recital: Music and Cultural History in Ireland, 1770-1970*. Cork UP, 1998.

住宅の「顔」

ダブリン中心地の街並みを彩るジョージアン建築の外観は、圧倒的な赤煉瓦の壁面と、正面玄関上の扇形の窓、通りに面した数々の四角い窓によって特徴づけられる。写真にあるようなシティー・センターの建物の多くは現在ではフラットに分けられ、オフィスとして使用されているものがほとんどだが、郊外のものは未だに住居として使われている。通常、地上階（日本でいう一階）にはキッチンやその他サービス・ルームが置かれ、一階（日本でいう二階）には応接間があり、さらに上の階に寝室等が続いた。写真のとおり、ゲストを通す応接間のある階は他の階と比べて天井が格段に高く窓も縦に長いが、しばしば使用人に割り当てられた最上階の屋根裏は天井が低く窓も小さい。

ダブリンに住むようになって初めてのクリスマス、街中を歩いていると、どの家も一様に応接間の窓にクリスマス・ツリーを飾っていた。赤煉瓦と装飾の淡い光が連なる美しい風景に見入っていると、ふと私はツリーを「見せられている」ということに気がついた。窓は家の内側を外に見せるものでもあったのだ。応接間はプライベートな空間に存在する公の場であることを思い知らされた瞬間であった。

（平繁佳織）

Elinor, Wiltshire, “Caution, Cat Crossing!” National Library of Ireland on the Commons.

第六章　泥、肉、糞
——戦時小説としての『ユリシーズ』

William Murphy, "Glasnevin Cemetery is the setting for the 'Hades' episode in James Joyce's Ulysses," photo, *Flickr*, https://www.flickr.com/photos/infomatique/4164447000/, accessed 18 August 2021 [The original colour image is reproduced here in black and white].

第六章　泥、肉、糞
――戦時小説としての『ユリシーズ』

横内一雄

はじめに

一九二七年刊行の『小説の諸相』（*Aspects of the Novel*）において、E・M・フォースター（E. M. Forster）はジェイムズ・ジョイスの『ユリシーズ』について「宇宙を泥（mud）で塗りたくろうという執拗な試み、逆転したヴィクトリアニズム、柔和と光輝が潰えたところで不機嫌と汚辱に成功させようとする試み」（113）と評したが、同作の性質をみごとに言いあてた評言と言えよう。同じくヴィクトリア朝的体裁の偽善を暴きたてながらも、フォースターが知性と品位に支えられた穏健な作風を示したのに対し、ジョイスは下劣を厭わない過激な作風を好んだ。

しかし、右の評言は、おそらくフォースター自身の意図を超えたところで別の洞察をも示している。「泥」（mud）は第一次世界大戦の記憶の生々しい一九二〇年代の文化的文脈において、塹壕の泥とそれをめぐる表象（不）可能性の問題を容易に連想させたはずなのである。サンタヌ・ダス（Santanu Das）が論じるように、大戦の西部戦線は大部分が「巨大な汚水だめ」であり、塹壕の泥の経験は若い兵士たちに最初の幻滅を与えた（41, 42）。それは「人間主体と不活性物質の広大さや無秩序とのもっとも強烈な出会いの一つ」をなし、「戦争文学は泥について考える様式、無形の物質に言葉の形を与える方法を提示」した（37, 40）。さらに言えば、「『ポチャッ』『汚泥』『ぬかるみ』『悪臭』『べとつく軟泥』といった語は英詩の新しい語彙になっただけでなく、新しい身体情動の秩序をもたらし、強い歴史的反響を伴って男性の身体を経験・表象する新しい仕方を生んだ」（71）。ダスによれば、それは戦争文学のみならず、T・S・エリオット（T. S. Eliot）やD・H・ロレンス（D. H. Lawrence）といったモダニストを自覚する「文民の領域」にまで入りこんだという（71-72）。

ジョイスの『ユリシーズ』をひも解いてみて、物語世界が文字どおり泥にまみれているわけではない（試みにmudやslimeという語の使用回数を数えてみると、それぞれ四回と三回で、けっして多いとは言えない）。しかし、たとえば次のような記述を読むと、ダスの論じた軟泥の表象に通じるオブセッションを見いださずにはいられない。

> きっとこの土は死体の肥料、骨、肉、爪で肥えているだろう。納骨堂。おぞましい。分解して緑やピンクに変色する。湿った土では早く腐る。痩せた老人はしぶとい。それから獣脂のようにチーズのように。それから黒ずみ、黒い糖蜜がにじみ出す。それから干からびる。死体の蛾。もちろん、細胞だか何だかは生きつづける。変容しながら。事実上永久に生きる。養分がなければおのれを養分にして。（*U* 6.776-82）

これはレオポルド・ブルーム（Leopold Bloom）が友人の葬儀に訪れた墓地でめぐらせる夢想の一部である。ここに展開される転生のモチーフは、小説全体を通してさまざまに変奏されるブルームの強迫観念の一つであるが、それがここではほかでは見られない具体的な物質性を帯びて現れる。特徴的なのは、泥土と人肉、無機物と有機物が溶けあい境界が曖昧になった〈おぞましい状態〉が幻視されていることである。これは直接的にはブルームが友人の葬儀、墓地という文脈において、死の想念を活性化させられていることによるのだろうが、ダスが論じる戦争文学における強迫的イメージとの親和性を考えれば、そこには登場人物の心理を超えた時代のコンテクストも作用しているように思われる。

本稿は、大戦がもたらした言語状況を背景に、ジョイスの『ユリシーズ』を読みなおす試みである。同作は一九〇四年のダブリンを舞台にしているため、直接的に大戦を扱った作品ではないが、奥付にある「一九一四―一九二一」という執筆時期が示すように、戦時および戦後まもない時期に書かれたテクストである。従来、『ユリシーズ』と大戦の関係は、テクストに散りばめられた砲撃や破壊の断片的イメージや、平和主義の立場から作中人物の好戦的ナショナリズムを批判するイデオロギーにおいて論じられてきた(*1)。それ以上の議論はどうしても牽強付会になることを免れないとして敬遠されてきたきらいがある。しかし、これまた百周年を迎えて活性化した大戦研究や大戦文学研究を見ていると、その延長線上においてもう一度『ユリシーズ』を捉えなおす必要が出てきたように思われる。ここでは戦争のイメージやイデオロギーを論じるのではなく、大戦を機に生じた言語状況を手がかりにしながら、ジョイスのいわゆる「言語革命」とは違った言語使用の一端を明らかにしてみたい。

一　戦時および戦後の言語状況と『ユリシーズ』

かつての文学史においては、いわゆるモダニスト作家と戦争詩人・作家の間には明確な断絶があった。前者が洗練された形式や言語を用い、実験的作風で様式の刷新を目ざしたのにたいし、後者は重要な主題を扱っても素朴な作風にとどまるがゆえに、文学史の傍流に位置づけられてきたのである（＊2）。しかし、モダニスト作家の歴史への再文脈化が進み、ミドルブラウ作家研究が進展し、またとりわけ開戦百周年を迎えて再活性化した大戦研究の進捗によって、様相は変わってきたように思われる。

大戦は兵器や肉体どうしの大規模な衝突であっただけでなく、言葉の世界における葛藤や格闘でもあった。少なくとも大戦が明るみに出した言語の脆弱性は、その後の言語文化の展開と連続はしていても断絶はしていないように思われる。なかでも経験と言葉の乖離という問題は、象徴的にはフェルディナン・ド・ソシュール（Ferdinand de Saussure）の言語理論において数学的明晰性をもって定式化されていたものの、大戦を契機により現実的な意味を帯びるようになった。歴史家カトリオナ・ペネル（Catriona Pennell）は、英愛の戦時状況を概説した著書において、戦時の報道が「沈黙の共謀」によって、また実際に当局の情報統制によって、戦闘の詳細を記述できなかったことを論じている（119）。塹壕戦の経験は伝えられず、かわりに一九一四年以前の戦争の記述が銃後の人民に戦争のイメージを植えつけた。一方で、戦場の兵士から届く手紙は実際の戦争を知りたいという銃後の渇望に応えたが、断片的な記述で俯瞰的視点を欠いた。一九一四年から一九一八年までの間、戦争は実際にあったが、その正しい表象は存在しなかったことになる。多くの若者が英雄的なイメージを抱いて戦場に向かい、塹壕の泥の中で幻滅していった背景には、こうした経験と言葉の乖離があった。その乖離は歴史上初めての現象ではなかったろうが、それが空前の規模で経験・共有されたのはまさに第一次世界大戦においてであった。

戦争詩はこうした乖離を埋める役割を果たしてきたと言えるだろう。報道が塹壕の真実を伝ええないなか、また多くの兵士が手紙や伝聞といった私的な手段で限られた相手に向けてしか真実を語れなかったなか、詩は芸術という立場を口実に、断片的ながら塹壕の真実や悲哀の現実を多数の読者に届けることができた。その言語使用はしばしばモダニスト作家との対比において素朴さを暗示する「リアリズム」という言葉で論じられてきたが（Hynes 120）、実際に戦争詩を精読してみれば、そうした言葉だけで捉えきれるものでないことがわかる。歴史家アラン・G・V・シモンズ（Alan G. V. Simmonds）は、著書の戦時文化を広く概観した章において、戦争詩のレトリックをもっと積極的に評価することを提案している。そもそも、戦時に発表された戦争詩の大多数はハインズの言う「リアリズム」の詩ではなく、愛国的で好戦的、また過去のロマン主義の影響をもろに受けた懐古的な作風であった。それに対し、のちに正典化されていく戦争詩人たちの声は「泥、血、無益、悲劇に腰まで浸かり、戦争詩の新しいレトリックを模索していた」（273）。そのレトリックがいかなるものかは後述したい。

ここで、経験の伝達をめぐるヴァルター・ベンヤミン（Walter Benjamin）の思索も参照しておきたい。ベンヤミンもまた、大戦をめぐる報道のあり方に失望した一人であった。彼は日々量産される新聞において報道される経験の相場が下がったことを嘆く一方で、戦場から帰還した兵士が「伝達可能な経験に豊かにではなく貧しくなって」沈黙を余儀なくされたことを指摘している（Benjamin, iii 143-44）。生の経験を一回きりの語りによって聞き手に共有させる「物語」は、新聞と同じく量産される「小説」の発展と引きかえに衰えてしまった。別のエッセイで、彼は新聞が事件を読者の経験の領域から引きはがすものとして非難し、それに対して「物語」は事件を経験として聞き手の人生に埋めこむのだと評価している（Benjamin, iv 315-16）。ジョン・マッコール（John McCole）は、ベンヤミンにおける直接の生きた経験を「直接経験（エアレープニス）」（*Erlebnis*）、整理された情報の集積を「見聞経験（エアファールング）」（*Erfahrung*）と呼んで区別している（qtd. in Rando 1）。そしてそれを引きながら、デイヴィッド・ランドー（David Rando）はモダニズム小説における「近接描写」（nearness）の方法を、説明や媒体を介さずに直接経験（エアレープニス）に肉薄する戦略として解釈している（27-28）。

ランドーが近接描写の例に引くのはヴァージニア・ウルフ（Virginia Woolf）の短編「壁のしみ」（"The Mark on the Wall"）であるが、われわれはそれを――もちろんそのままではないにせよ――『ユリシーズ』に適用するために、いったん地図の問題に接続してみたい。地図こそは、マーク・D・ララビー（Mark D. Larabee）が論じるように、戦争詩人・作家たちに現実と表象の乖離をもっとも鮮烈に印象づけたものだったからである（24）。いうまでもなく、近代における地図の発展は戦争の遂行と密接に関連していた。そもそも十八世紀以降のイギリスとアイルランドでは、地図は陸地測量部の軍事技術として発展した（Seymour 参照）。そしてララビーが言うように、第一次世界大戦の西部戦線は「史上もっとも徹底的かつ効率的に地図化された戦場であった」（13）。ところが、戦争で地図を扱うのは主に指揮官の仕事であり、末端の兵士は俯瞰的視点を許されずに盲目的に命令に応じて活動した。かりに地図を持っていても、塹壕をわたり歩くうちに方向感覚を失った。また、そもそも地図には不正確なところがあり、地元の名称や最近の変化を反映していなかった。地図はいわば整理された情報としての見聞経験（エアファールンク）であって、生の現実から乖離していた。そして生の現実に触れた末端の兵士ほど、地図の欺瞞や無用性に直面せずにはいられなかったのである。戦場でその場の想いを書いた戦争詩人たちは、地図に表象されない個別の直接経験（エアレープニス）を描いた。一方で、戦地から帰還し、たいていは十年ほどの冷却期間を置いて戦争体験を散文作品に仕上げていった戦争作家たちは、冷却期間の中で俯瞰する視点を獲得して地図的知見を補いつつ戦争体験を語ることになる。そこで彼らは生の体験との時間的・空間的・心理的距離と向きあうことになる。そうした作家として、ララビーはエドマンド・ブランデン（Edmund Blunden）、リチャード・オールディントン（Richard Aldington）、フォード・マドックス・フォード（Ford Madox Ford）の三作家を論じている（13-54）。

このうちブランデンの事例は興味深い。彼の戦争体験は大戦文学でも屈指の名作『戦争の低音』（*Undertones of War*, 1928）に結実するが、ララビーによれば彼は一九二四年から一九二七年まで東京大学で英文学を教えており、そこで「持っていた二つの地図以外に書物も書類もなしで」同書を書きあげたという。「彼が二つの地図以外に記憶の補助を持たずに、直接経験の何年もあとにこれだけ豊かに喚起的で高度に詳細な物語を書いたのは実に驚くべきことだ」（26）とララビーは書いている。しかし、考えてみれば、これはジョイスがトリエステやチューリッヒで、『トムの英愛連合王国公式住所録』（*Thom's Official Directory of the United Kingdom of Great Britain and Ireland for the Year 1904*）などを頼りに『ユリシーズ』で十年ほど前のダブリンを書いていったのと似た状況である。ブランデンは末端の兵士として塹壕の現実を直接知りながら、一方で平和な距離を保ちつつ地図を頼りに物語を綴っていくなかで、地図製作や空間認識にまつわる違和感を主題化していった。逆に言えば、戦争を俯瞰できる立場で物語を書きながらも、その素材となった個々の経験の生の現実を歪めることができないがゆえに、語りえなさを語るという自己矛盾に満ちたテクストを綴ったのである。ジョイスはブランデンが直面した問題を、その十年前に徹底的な規模で実験していたのだと言うことができる。

『ユリシーズ』における地図、また距離の問題を考えるとき、まっさきに思いうかぶのは第十挿話におけるダブリン市街の多地点同時表象であろう。彼がそこで地図的空間認識を駆使して緻密な計算のもとに多地点同時進行ドラマを繰りひろげるさまは、まるで戦争における指揮官の采配を思わせる。その俯瞰的視点を作中で体現するのが、もちろんアイルランド総督夫妻とそれに随伴する陸軍中佐の騎馬行列であろう。同挿話の最終節は、この騎馬行列の進行に従い、通過する通りや橋や建物の名前に逐一言及しながら、そこにいる作中人物たちの様子を活写して同挿話全体の総括を行なうが、それはあくまで距離を置いた俯瞰的描写にすぎず、当然ながら個々の地点にある生の現実を見過ごしてしまう。たとえば、総督はサイモン・デダラス（Simon Dedalus）が便所から出た道の真ん中で立ちどまり、帽子を下げるのを認めて会釈を返す（*U* 10.1199-1202）が、結城英雄によればサイモンは「社会の窓をしめようとしたにすぎない」（二二八）。いわば、この最終節が広大な範囲に及ぶ事実を秩序づけて提示する報道に当たるとすれば、それに先行する十八の節は、報道から抜けおちる生の現実を個々の現場から訴える断片的証言に当たるものと言える。それは究極的には『ユリシーズ』自体の縮図でもあって、ジョイスは同作で地図的俯瞰の視点を持ちながら、一方で個別の人間の現実――直接経験（エアレープニス）――に肉薄するという意図を寓話化しているのであろう。

このように考えると、われわれは『ユリシーズ』の企図自体が、遠く離れた地点からダブリンを描くにさいし、いかに地図的視点から抜けおちる生の現実にまで肉薄できるかを試みている点において、同時代の戦争文学と同じ課題に直面しているとみなすことができる。それは大戦の報道が日々の関心を大きく占めるなかにあって、現実と言葉の遊離がもはや覆いつくしようのないほど鮮烈に意識されたことで生じた事態であった。それが単なる偶然の一致ではなく具体的な接点を持つ出来事であることを示しつつ、次節では『ユリシーズ』が生の現実に肉薄するために戦争詩とも共通する言語使用を切りひらいていったさまを見ていきたい。

二　ジョイスと戦争詩人

ジョイスの第一次世界大戦に対する反応はジェイムズ・フェアホール（James Fairhall）の研究にほぼ

言いつくされているように見えるが、そこには重要な欠落がある。ジョイスが『ユリシーズ』執筆時に出会い、急速に接近して、のちに『ユリシーズ』の成立状況について重要な証言を残すことになったフランク・バジェン（Frank Budgen）は、一九一八年初夏にジョイスと出会った初日の出来事として次のような証言をしている。晩餐の席で、ジョイスはイタリアの参戦を機にトリエステから脱出したことを語り、さらに戦争文学の話題になると、唯一関心を惹かれた戦争詩としてチューリッヒの友人でウィーンの詩人フェッリクス・ベラン（Felix Beran）の詩を挙げたという（12）。

バジェンは詩のタイトルには言及せずに全文を原語で引用したあと、ジョイスが表明した見解を次のように要約している。

> "Leib"（肉体）という言葉は彼を熱狂させた。一つの亀裂なき塊としての肉体のイメージを喚起したのは音であった。流音に始まり、豊かに輝く二重母音を経て、何もそのブロンドの統一体を壊すことなく最後の子音で唇が閉じる。彼は彫刻家が石について語るように塑造的な単音節について語った。（13）

ジョイスがこれと同じ言葉を使った保証はないが、少なくとも同詩に出てくる"Leib"という語の音韻構造のなかに肉体のイメージを見いだして感動したらしい。たしかに、"Leib"という語は肉感的な流音に始まり、二重母音を経て、p の破裂音で終わることで、破ると弾けてしまいそうな皮膚に包まれたむっちりとした肉体を音で模倣していると言えなくもない。原詩は「ある女性の嘆き」（"Des Weibes Klage"）というタイトルで、おそらくは夫か息子を戦地に送りだした女性が、戦死して帰還した遺体を想像して愛おしむ内容である。詩の最終行に現れる"Meinen weissen Leib"という詩句は、女性が想像の中でキスしようとする死んだ兵士の「白い肉体」を表わしている。女性の想いが不在の肉体を現前させようとしていることを考えれば、ジョイスの考える音韻効果はたしかにその効力を発揮していると言えるだろう。

興味深いことに、ジョイスは同年にこの詩を「ヨーマンへの嘆き」("Lament for the Yeoman")として英訳している(*Poems* 116)。もっとも、"Leib"という語の肉感性を英語に移しかえることはできなかったようで、"O white soft body, this / Thy soft sweet whiteness"という二行に敷衍しているところに苦心の跡がうかがえる。たしかに"Leib"の肉感性をそのまま再現することはできないが、類音語の交差配列(white-soft-this / Thy-soft-whiteness)を突きやぶって侵入してくる"body"という語の異物的存在感は、ベランの原詩とはまた違った効果をあげている。

さて、"Leib"の語に魅せられたジョイスであってみれば、それに相当する効果を発揮する英語の語彙を探しださなかっただろうか。筆者は以前"plump"がそれに当たるという見解を論じたことがある(*3)。もちろん、この語は『ユリシーズ』の冒頭に出てくるキーワードの一つで、"Stately, plump"という書きだしはさまざまに論じられてきたが、ここで二つの形容詞が対立しているとするフリッツ・セン(Fritz Senn)の見解は興味深い。彼によれば「一つは高貴な出自でラテン語語源、いささか抽象的であるのに対し、もう一つは肉体的具体性を持つ」(347)。すなわち『ユリシーズ』は、荘重で高貴な古代叙事詩を下敷きにしながら、その実ぽっちゃりした生身の肉体を描いているのである。その対象は、冒頭二語で形容されたバック・マリガン(Buck Mulligan)の強壮な身体のみならず、ブルームの中年で弛緩した肢体やその妻モリー(Molly)のエロティックな肉体にまで及ぶが、例えばそのモリーの臀部が"plump"という語の音感を駆使して「彼女のお尻のぽっちゃりふくよか黄色く匂い立つメロン」("the plump mellow yellow smellow melons of her rump”）（*U* 17.2241）と形容されていることを考えると、その方法の根底にはベランの戦争詩から受けた感銘が息づいているようにも思われる。

ジョイスの『ユリシーズ』創作と戦争詩の接点について、もう少し掘りさげてみよう。話を英語圏に移すとして、ジョイスは『ユリシーズ』の執筆を進めていた間に各種の雑誌や新聞に陸続と現れていた戦争詩一般に、関心を寄せなかっただろうか。先のバジェンの証言を信じるならば、ジョイスはベラン以外に関心を持たなかったということになる。しかしそれは、彼の目に戦争詩の数々が目に留まらなかったことを意味するものではない。別で論じたように、前作『若き日の芸術家の肖像』（*A Portrait of the Artist as a Young Man*）が一九一四年二月から翌年九月にかけて『エゴイスト』（*The Egoist*）誌に連載されたさい、同誌にはイマジズム詩やときには戦争詩も掲載されていたのである（横内「『エゴイスト』に掲載された『肖像』」参照）。『ユリシーズ』の執筆が本格始動したのは一九一五年夏ごろ、さらに雑誌掲載を視野に加速したのが一九一七年夏以降と見られることから（Johnson xl）、それまでには少なくとも『肖像』連載中の『エゴイスト』誌上でいくつかの戦争詩や戦争詩を扱った評論を目にしていたものと思われる。一九一六年には同誌の共同編集者兼主要執筆者であったオールディントンが入隊および出征して戦争詩を書きはじめている。その多くは一九一九年に詩集『戦争のイメージ』（*Images of War*）にまとめられた。ジョイスとオールディントンは同誌およびエズラ・パウンド（Ezra Pound）を介してわずかながら接点を持っており、後にオールディントンは『ユリシーズ』の最も早い書評者の一人になった。彼は主要な戦争詩人の中で唯一ジョイスの書簡や伝記に現われる人物であるが、少なくとも彼のような人物の文学的軌跡とジョイスのそれが交わっていたことは黙過されがちであるが示唆的な事実である。

たとえば、オールディントンには肉の腐敗と土への還元というモチーフを扱った詩がいくつかある。

七行からなる「生きる墓」("Living Sepulchres")は、発句（*hokku*）に想を得た諧謔的な詩であるが、塹壕で人肉で肥えたネズミを見て慄然とする一瞬を捉える（実は、人肉を食べるネズミを詠んだ戦争詩は数多い）。これに比べると八連からなる「凡人たちの死」("Deaths of Common Men")は真面目な思索詩で、「屈強な体が砕けて枯れ／膝が崩れ、転び、泥の中に潰れ／少し呻き、じっと横たわる」さまを想起し、彼らにこう呼びかける。

お前の手に土を取れ、共通の土を、
湿って脆く、暗くて匂う壌土を——
これらはわれらが父祖の体、
大昔の母たち、獣たち、虫たち。
しかとこの共通の土を愛し、
お前の手に固く押し付け、
「これは俺の体」と呟け。

われわれは無数の死者たちからなり、
死ねば今度は無数の生者を生かす。
賢い人、弁の立つ人、知力の人を
恐れることはない。
俺やお前だって劣らずよい遺体になるだろう、

俺たちの土の方がきっと甘い。(109)

ここではダスが塹壕の泥について論じたように、また『ユリシーズ』第六挿話でブルームが夢想したように、死者の肉体は朽ちはてると固体の形状を失いぼろぼろに崩れさって、それを受けとめた土と溶けあい養分を含んだ壌土へと変容していく。オールディントンは塹壕の泥のなかで、死んで泥のなかに放置されていく戦友を見ながら、かすかに期待される肉体の永続性に慰めを見いだしたのだろう。ちなみに同詩が発表されたのは『エゴイスト』誌の第五巻第十号(一九一八年十一月・十二月)においてであり、同じ雑誌に『ユリシーズ』の部分掲載が始まるのは次の第六巻第一号(一九一九年一月・二月)からであった。第六挿話は同誌の第六巻第三号(同年七月)と第四号(同年九月)に掲載されることになる。ここに実際の影響関係を証明することは困難であるが、少なくとも両作家が同じ雑誌で前後して肉と土の溶解というイメージをなまなましく綴ったのは興味深い。その背景には、現実に戦場の泥にまみれて死んでいった多くの若者があったのである。

三　肉体の詩学

オールディントンをはじめとする戦争詩人たちが戦争を契機に露わになった人間の脆弱な肉体性を喚起する例を挙げていけば、枚挙にいとまがない。その中にはベラン/ジョイスの肉体の詩学に匹敵する音響効果を狙ったものも少なくない。例えば、オールディントンの短詩「独白(二)」("Soliloquy-2")における「死せる英国の兵士を/頭には血だらけの包帯」("**A dead** English **soldier**, / His **head bloodily bandaged**")(Aldington, 81、強調は筆者)という詩句。あるいは、戦争の現実を訴える目的で書かれたロバート・グレイヴズ（Robert Graves）の有名な短詩「死せるドイツ兵」（"A Dead Bosch"）における最終二行「鼻と顎ひげから黒い血を滴らす」（"**Dribbling black blood** from nose and **beard**"）（Walter 150、強調は筆者）。いずれも、それまでの特に耳ざわりではない音の流れにいきなり侵入してくるかのように不快な有声破裂音（日本語でいうところの濁音）を重ねることで、単なる情報伝達でなく、なまの遺体に遭遇した衝撃をテクスト上に再現しようとしている。

『ユリシーズ』にこれに相当する技巧を見いだすのはさして難しいことではない。一例を挙げると、第三挿話において、浜辺で犬が見つけた他の犬の死骸は、それを見るスティーヴン・デダラス（Stephen Dedalus）の内的独白も交えて「死せる犬の泥まみれの皮。犬の頭蓋、犬の吸引、目は地面に落として、大いなる終末に向かって動く。ああ、哀れな犬ころ！　ここに哀れな犬ころの遺体横たわる」（"the **dead dog's bedraggled** fell. **dog**skull, **dog**sniff, eyes on the **ground**, moves to one **great goal**. Ah, poor **dogsbody**! Here lies poor **dogsbody's body**"）（*U* 3.350-52、強調は筆者）と描写される。こうした修辞法は『ユリシーズ』に散見されるどころか、むしろ『ユリシーズ』の書法の顕著な特徴にさえなっている（Wales 106-9）。使用言語の音響構造がその描写対象を模倣し、さらには喚起していくという技法は、次作『フィネガンズ・ウェイク』（*Finnegans Wake*）にも受け継がれ、ジョイス文学の代名詞となる。その基底に死せる肉体の物質的存在感を言語の音響効果で喚起しようという――ベランにも見られた――狙いがあることを、右の例は示していよう。それがベラン、オールディントン、グレイヴズ、ジョイスらをつなぐ共通の狙いであることは言うまでもない。

ジョイスが地図的視点からは抜けおちてしまう生の現実――人間の肉体的存在――をテクストに定着させるために採った方法は、言語の音響効果によるものばかりではない。もう一つ『ユリシーズ』に特徴的な方法を取りあげ、それもやはり戦争詩と共通する志向性を帯びていることを論じておきたい。そもそもジョイスは作中人物の肉体をテクストに棲まわせるために、どのような基本戦略を用いたか。一言でいうと、語りが作中人物にぴったりと寄りそい、その言動を逐一表象していくことである。われわれが『ユリシーズ』を読んで抱くのは、とりわけブルームという人物に密着している感覚で、彼の体温や汗の匂いを感じるばかりでなく、頻繁に彼の皮膚を通りぬけて彼の内面に潜りこんだような感覚を覚える。そのさい、彼の意識の流れが折に触れ彼の身体的条件によってかき乱されたり方向づけられたりするところに、『ユリシーズ』に特有の迫真性があるのではないだろうか(＊4)。

この企てにおけるジョイスの成功は、ひとえにその徹底性によると考えられてきた。近代小説における肉体の表象を概観したピーター・ブルックス(Peter Brooks)は、「検閲を経ない、即物的な肉体表象の突破口は、今世紀にジェイムズ・ジョイスの『ユリシーズ』において、便器にまたがるレオポルド・ブルームとベッドで自慰にふけるモリー・ブルームの肖像とともに現れる」と述べる(20)。たしかに、ブルームを初めて登場させた第四挿話で、語り手が小説の暗黙の了解を破って彼を便所の中にまで追っていったのは、何も隠さないことを読者に向かって宣言するためだったのではないかと思わせる。しかし、問題のくだりを精読してみると、単純にそうとも言いきれないことがわかる。ブルームはたしかに読者の前で排便をするのだが、その便自体はまったく描写されない。そもそも排便の描写自体はジョイスの独創ではなく、むしろ彼よりも露骨な糞便描写は西洋文学においてスカトロジーという名称のもとに一大系譜をなしてきたのである(Smith 参照)。ジョイスの描写の特徴は、その露骨さよりもむしろ曖昧さにあるとさえ言える。なぜ曖昧さが生じるかというと、ブルームの意識の流れが描写されているために、実際に起こっている出来事は必ずしも客観的に描写されないからである。さらに言えば、かつてヒュー・ケナー（Hugh Kenner）が指摘した省略の技法（47-48）により、ブルームの意識の流れの描写には時おり欠落がある。ブルームの便が描写されないのは、彼がそれを直視して意識に上らせないからか、彼の意識の流れを追う描写に欠落があるからかのどちらかだろう。

では、読者はいかにしてブルームの便を知覚するか。それはブルームがそれを知覚する仕方、すなわち彼の身体感覚を通して、さらに彼の排便行為を暗示するジョイスの滑稽なテクスト処理を通して、である。ブルームは排便中の暇つぶしに新聞を持ちこみ、そこに掲載されている懸賞小説『マッチャムの大奮闘』（*Matcham's Masterstroke*）を読みながら用を足す。なるべく原文どおりの語順で訳出してみよう。

> 静かに彼は読んだ、自身を抑えながら、最初の段を、そして出しつつ抑えながら、二段目に突入。半ばで、最後の抵抗が崩れ、読みながら静かに腸が緩まるに任せ、なおも辛抱強く昨日の軽い便秘をすっかり読み流した。あまり大きくしてまた痔を起こさなければよいが。いや、大丈夫。そう。あ！のろのろ。緩下剤を一錠。人生はそういうものかも。感動も感激もしなかったが、ピリッとしてすっきりしている。今では何でも活字になる。夏枯れ時だ。彼は立ち上がる自分の匂いの上で穏やかに腰かけたまま読み進めた。たしかにすっきり。マッチャムは笑う魔女を攻略したおのれの大奮闘のことをしばしば考える。正しく始まり正しく終わる。手に手を取って。いいぞ。彼は読み終えた部分にざっと目を通し、小便が静かに流れるのを感じながら、これを書いて三ポンド十三シリング六ペンスの稿料を得たビューフォイ氏を快く妬んだ。（*U* 4.506-17）

ジョイス自身が作家であることを考えると、読書と排便を重ねる処理は自虐的でありながら同時に『フィネガンズ・ウェイク』で展開されるシェム（Shem）の排便＝創作行為を予期させる。しかし、ここで重要なのは、ブルームの読むマッチャムの「大奮闘」（masterstroke）が彼自身の排便行為（さしずめ大糞闘といったところか）と重ねられていることである。彼がマッチャムの活躍を読んで「すっきり」（neat）感じるのは、彼自身のお腹がすっきりしたからである。最後に作者を「快く」（kindly）羨むのも、彼自身が排便を済ませて快適になっているからであろう。

一方、そうした象徴的暗示とは別に、ブルームの意識やそれを反映した語り自体が彼の排便行為により影響を受けるさまを確認することができる。引用個所の第一文 "Quietly he read, restraining himself, the first column and, yielding but resisting, began the second" は、ブルームのリズミカルな力みに呼応して、文が五音節ごとに途切れ、内容的にも読書行為の描写の合間に力みの描写が割りこんでくる形になっている。それが、第二文になると、最後の抵抗が崩れることで、文が淀みなく流れだす。それでも「なおも辛抱強く昨日の軽い便秘をすっかり読み流した」という記述には、読書行為と排便行為の混線が認められる（辛抱強く読んだのではなく力んだのであろう、また読んだ対象は便秘ではなく小説だろう）。

こうしてみると、ここでは排便行為を描写したこと自体よりも、排便行為に伴う身体感覚の変化を文体で再現したことのほうに、ジョイスの独創があるように思われる。ジョイスはこのあと、ブルームの空腹と満腹（第八挿話）、勃起と射精（第十三挿話）、疲労と眠気（第十六挿話）など、彼の身体状況の変化に応じてそれをテクスト上にも再現する散文を紡ぎだしていくことになる。このようにブルームの肉体を外側から描写するのでなく、内側から照射することで、ジョイスはテクストに肉体を棲まわせることを試みたのである。これがジョイスが地図の俯瞰的視点に還元されない個々の生をテクスト上に再現するために到達した方法であった。

ところで、右に見たような内側からの身体表象は、戦争文学においても重要な契機になる。先に見たような写実派の戦争詩人たちにとって、単に戦場で見た現実を鮮烈に再現するだけでなく、そこで経験されるさまざまな身体感覚をつぶさに描きだすことも、また重要な使命であった。塹壕の生活はつらい身体感覚に事欠かない。ウィルフレッド・オーウェン（Wilfred Owen）は「折れ曲がり、物乞いのように袋を担ぎ／膝が歪み、老婆のように咳こみ、泥を罵る。／……／眠ったまま歩く。多くは靴も失い／血の靴で足を引く」（55、省略は筆者）と詠い、シーグフリード・サスーン（Siegfried Sassoon）は「土を吸った靴を懸命に引きずり／塹壕を行く。時に銃弾が歌う。／砲弾が唸り、虚ろに弾ける。／我らはみな濡れ、凍え、惨めだ」（*War Poems* 4）と書いた。また、彼の詠う瀕死の兵士は差しだされた水を「飲みこんだ、抵抗せず。呻き、艶れる／紅い闇から暗黒へと。そして忘れた／麻酔の震えと痛み、彼の苛む傷を」――さらに――「身動きして寝返りを打った。すると痛みが／さまよう獣のように飛び、獰猛な爪と牙で／彼の瀕死の夢を摑んで裂いた」（*War Poems* 41-42）と続ける。

こうした詩の叫びのような身体表現は、時を経て、散文作品へと昇華されていく。そこでかつて詩人であった作家たちは、戦場で覚えた感覚を、時には整然とした地図や年表に埋めこみながら、再構成していく。サスーンはその困難を「記憶は、塹壕生活の機微を作りあげる身体的不快の現実を消してしまう。当時の精神活動は粗野な身体的現実によって妨げられ害されていたのだ」（*Memoirs* 286）と記している。そしてそれに続くくだりにおいて、彼はジョイスの内的独白を思わせる現在時制の記述で戦場の身体感覚を回想していくのである。

おわりに

ジョイスの『ユリシーズ』は戦火から逃れ、大戦に背を向けて書かれた作品である。しかしながら、これまで論じてきたように、大戦がもたらした切実な言語状況は同作を駆りたてる駆動原理の一つになっているように思われる。たしかに『ユリシーズ』は、フォースターが言うように、また彼だけでなくH・G・ウェルズ（H. G. Wells）やウルフ、それに多くの出版社や読者が苦言を呈したように、下劣な表現を厭わないいささか品の悪い書物である。しかし、同書が汚い泥や肉や糞にまみれているのは、そこにこそ地図の俯瞰的視野からは抜けおちてしまう人間の肉体的存在の姿があるからである。そしてそれを効果的に表現することは、同時代の戦争詩人たちにとっては喫緊の課題でさえあったのだ。ジョイスが『ユリシーズ』で試みたさまざまな表現方法は、現に戦争詩人たちによっても共有され、またやがて戦争作家たちによっても採用・応用されうるものであった。そうした観点から、われわれは『ユリシーズ』を戦時小説として読みなおすことができるだろう。

註

（1）ジョイスの大戦への態度については、ドミニク・マンガニエッロ（Dominic Manganiello）が後続の研究の基礎となる議論を展開している（148-60）。『ユリシーズ』における大戦の主題については、フェアホールがさまざまな観点を含めて詳細に論じつくしている（161-213）。同じ主題については、大戦文学研究の分野からもサミュエル・ハインズ（Samuel Hynes）がわずかながら言及して彼の浩瀚な大戦文化史の中に『ユリシーズ』を組みこんでいる（391-92）。

（2）例えば、『オックスフォード挿絵入り英文学史』（1987）で第八章「後期ヴィクトリアンからモダニストへ」を執筆したバーナード・バーゴンジ（Bernard Bergonzi）は、二つの時代の狭間に位置する戦争文学に言及して次のように述べる。「英文学では、戦場へ行った若者の個人的経験を直接扱った文学、主に詩と、次世代のモダニストが戦時に出版した主要作品を区別する必要がある」、「これら『戦争詩』の多くは短命で、いまや歴史的興味しか持たない。しかし幾人かの詩人の作品は名声と評価を保ちつづけ、最近になって新しい選詩集や学術版で現れるようになった」(416)。

（3）拙論「ぽっちゃり『ユリシーズ』」参照。本節のここまでの記述は一部上記論文と重複する。

（4）ジョイス文学における身体表象というテーマには多くの先行研究がある。特に Ferris、Froula、O'Sullivan および Brown を参照。Ferris は医学的観点、Froula は精神分析学的観点、O'Sullivan は現象学的観点からこの主題を扱っている。また、Brown は『ユリシーズ』第十八挿話に特化してこの主題に多角的にアプローチした論集である。

参考文献

Aldington, Richard. *An Imagist at War: The Complete War Poems of Richard Aldington*. Edited by Michael Copp, Fairleigh Dickinson UP, 2002.

Benjamin, Walter. *Selected Writings*. Edited by Howard Eiland and Michael W. Jennings, 4 vols., Belknap, 1996-2003.

Bergonzi, Bernard. "Late Victorian to Modernist (1880-1930)." *The Oxford Illustrated History of English Literature*, edited by Pat Rogers, Oxford UP, 1987, pp. 379-430.

Brooks, Peter. *Body Work: Objects of Desire in Modern Narrative*. Harvard UP, 1993.

Brown, Richard, editor. *Joyce," Penelope" and the Body*. Rodopi, 2006.

Budgen, Frank. *James Joyce and the Making of 'Ulysses' and Other Writings*. Oxford UP, 1972.

Das, Santanu. *Touch and Intimacy in First World War Literature*. Cambridge UP, 2005.

Fairhall, James. *James Joyce and the Qustion of History*. Cambridge UP, 1993.

Ferris, Kathleen. *James Joyce and the Burden of Disease*. UP of Kentucky, 1995.

Forster, E. M. *Aspects of the Novel*. Edited by Oliver Stallybrass, Penguin, 1990.

Froula, Christine. *Modernism's Body: Sex, Culture, and Joyce*. Columbia UP, 1996.

Hynes, Samuel. *A War Imagined: The First World War and English Culture*. Pimlico, 1992.

Johnson, Jeri. "Composition and Publication History." *Ulysses*, by James Joyce, edited by Jeri Johnson, Oxford UP, 1993, pp. xxxviii-lvi.

Joyce, James. *Poems and Shorter Writings*. Edited by Richard Ellmann et al., Faber, 1991.

---. *Ulysses*. Edited by Hans Walter Gabler et al., Vintage, 1986.

Kenner, Hugh. *Ulysses*. Rev. ed., Johns Hopkins UP, 1987.

Larabee, Mark D. *Front Lines of Modernism: Remapping the Great War in British Fiction*. Palgrave, 2011.

Manganiello, Dominic. *Joyce's Politics*. Routledge, 1980.

O'Sullivan, Michael. *The Incarnation of Language: Joyce, Proust and a Philosophy of the Flesh.* Continuum, 2008.

Owen, Wilfred. *The Collected Poems of Wilfred Owen*. Edited by C. Day Lewis, New Directions, 1965.

Pennell, Catriona. *A Kingdom United: Popular Responses to the Outbreak of the First World War in Britain and Ireland*. Oxford UP, 2012.

Rando, David. *Modernist Fiction and News: Representing Experience in the Early Twentieth Century*. Palgrave, 2011.

Sassoon, Siegfried. *Memoirs of a Fox-Hunting Man*. Penguin, 2013.

---. *The War Poems*. Edited by Rupert Hart-Davis, Faber, 1983.

Senn, Fritz. "'Stately, plump,' for Example: Allusive Overlays and Widening Circles of Irrelevance." *James Joyce Quarterly*, vol. 22, no. 4, summer 1985, pp. 347-54.

Seymour, W. A., editor. *A History of the Ordnance Survey*. Dawson, 1980.

Simmonds, Alan G. V. *Britain and World War One*. Routledge, 2012.

Smith, Peter J. *Between Two Stools: Scatology and Its Representation in English Literature, from Chaucer to Swift*. Manchester UP, 2012.

Wales, Katie. *The Language of James Joyce*. Macmillan, 1992.

Walter, George, editor. *The Penguin Book of First World War Poetry*. Penguin, 2006.

結城英雄『「ユリシーズ」の謎を歩く』集英社、一九九九。

横内一雄「『エゴイスト』に掲載された『肖像』」『ジョイスの迷宮――『若き日の芸術家の肖像』に嵌る方法』金井嘉彦・道木一弘編、言叢社、二〇一六、二五九―六一。

――「ぽっちゃり『ユリシーズ』――肉体の詩学」『東北学院大学英語英文学研究所紀要』第三四号、二〇〇九、一―二五。

『ユリシーズ』との出会い

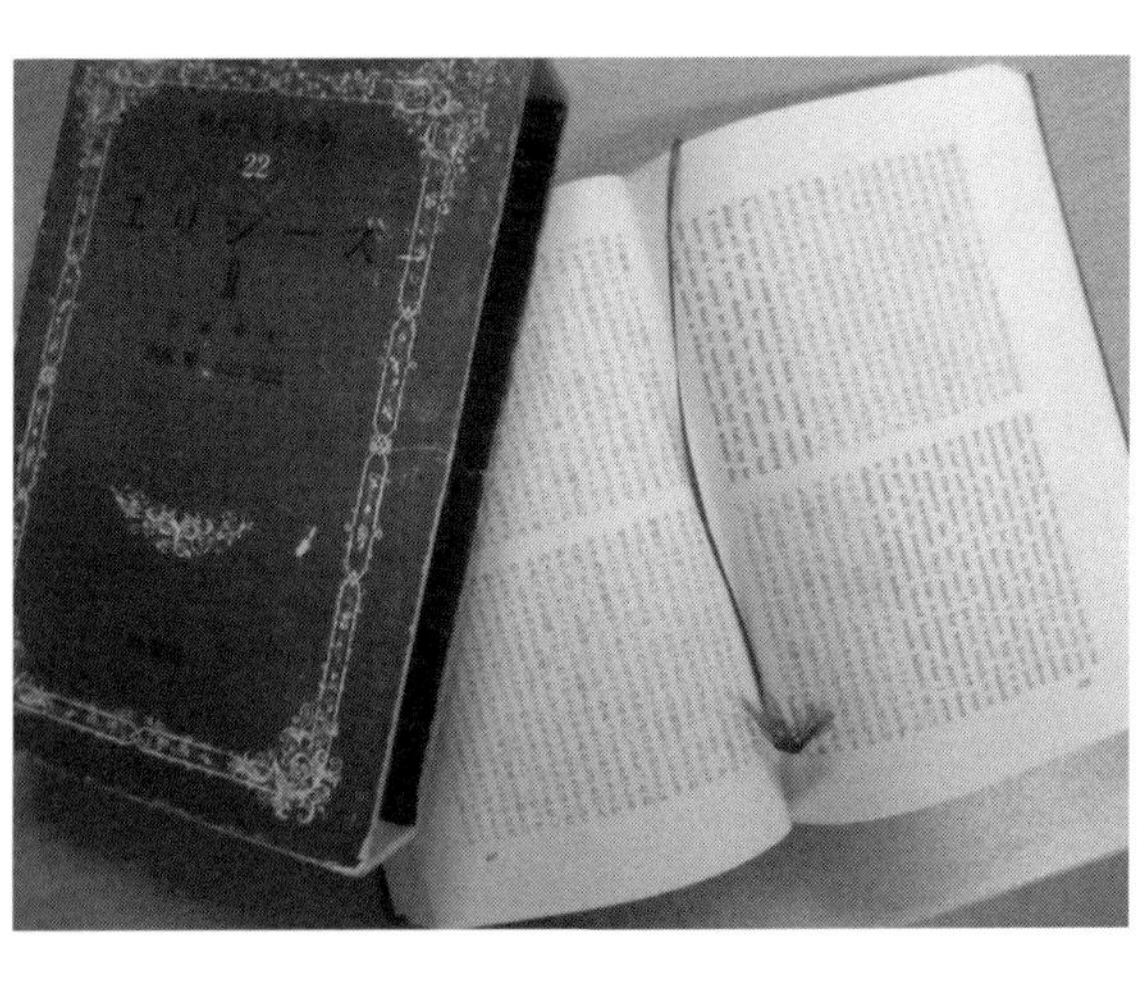

私が『ユリシーズ』と出会ったのは子供のころ、親が持っていた新潮社の世界文学全集においてであった。一九六〇年代の全集ブームの中で刊行された同シリーズに、伊藤整・永松定訳『ユリシーズ』が含まれていた。その後主流になった流麗な丸谷才一他訳に比べ、生硬な訳文で、外来語は原語のまま残し、また一部の卑猥な箇所も訳出せずに原語のままといった、かなりいびつな体裁であった（ちなみに同全集の伊藤整訳『チャタレイ夫人の恋人』も一部原語表記であった）。そのうえ、でたらめに開いて見た第七挿話や第十一挿話の奇妙な文字列を見ると、なんだかこれだけは普通でない文学作品のような気がして、読めないうちから私を魅了していた。

その後、伊藤整が堀辰雄らと並ぶ新心理主義文学の旗手であることを知った。その知的な風貌、見知らぬ北海道の物語、繊細で隠微な筆致に魅かれた。評論も読んだ。チャタレイ裁判のことも知った。私の中で、日本文学における実験者・革新者としての伊藤整の存在が大きくなった。そして伊藤・永松訳『ユリシーズ』のある意味グロテスクな訳文は、そうした彼が世界文学の巨人と四つに組んだ、苦闘の跡をとどめる熱い血の迸った文体のように思えた。だから今でも私には、『ユリシーズ』は文学史上に収まる古典ではなく、われわれを焚きつける危険な書物である。あの知的な伊藤整に伍してみたい、というのが思えば私を『ユリシーズ』研究に向かわせた最初の動機であった。

（横内一雄）

第七章　パラドクシスト・スティーヴンのシェイクスピア論
――重力、今、可能態の詩学

French, Robert, and William Lawrence."Museum, Dublin [i.e National Library of Ireland]," National Library of Ireland on the Commons.

第七章　パラドクシスト・スティーヴンのシェイクスピア論
——重力、今、可能態の詩学

金井嘉彦

時間は午後二時。国立図書館の一室でスティーヴン・デダラス（Stephen Dedalus）は、館長のトマス・ウィリアム・リスター（Thomas William Lyster）、図書館員でもあり、一九〇四年五月創刊の雑誌『ダーナ』（Dana）の編集長でもあるジョン・エグリントン（John Eglinton はウイリアム・カークパトリック・マギー［William Kirkpatrick Magee］のペンネーム）、図書館員のリチャード・ベスト（Richard Best）、神秘主義詩人A・Eことジョージ・ウィリアム・ラッセル（George William Russell）を前にしてシェイクスピア論を展開する（*1）。「ハムレット王とは誰か」（*U* 9.151）と問い、聴衆の関心をひとまず引きつけようとするスティーヴンは、亡霊を単に「死によって……実体を失い、手に触れることができなくなったもの」とするのではなく、そのような状態に至る経緯に「不在によって、様態の変化によって」（*U* 9.147-49、中略は筆者）を巧妙に付け加えることによって、シェイクスピアの作品と彼がたどった生とを絡める解釈の自由を手に入れる。スティーヴンは、シェイクスピアが生きていた時と場に関する知識を総動員し、イグナティウス・ロヨラ（Ignatius of Loyola）の「場の構築」（*U* 9.163）を行なうことで、生の中にあるシェイクスピアを聴く者たちの前に現出させる。そのうえで彼は、シェイクスピアが舞台で実際に演じたのが先王ハムレットであったことを根拠に、先王ハムレットの中にシェイクスピアの姿があるとし、亡霊として呼びかける相手ハムレットを自身の死んだ息子ハムネットに重ねる。このような関係に置くことで、先王を裏切り、死へと結果的に至らしめたガートルードを、シェイクスピアの妻アン・シェイクスピア（Ann Shakespeare）、旧姓アン・ハサウェイ（Ann Hathaway）とする。シェイクスピアの作品と実人生とを関連づける彼の見方に対する反対意見も出されるが、それでもスティーヴンは自説を貫き、若いときに年上の女性アンに征服され性的な自信を失ったシェイクスピアが（*U* 9.258-60, 455-58）、さらに不義の関係を彼の弟と持った彼女に裏切られたとする（*U* 9.331, 667-69, 993-1015）。

こうしてスティーヴンは、スティーヴン・ジェイ・グリーンブラット（Stephen Jay Greenblatt）のシェイクスピア伝『シェイクスピアの驚異の成功物語』（*Will in the World : How Shakespeare Became Shakespeare*）を思わせる、作品には作者の実人生が反映されているとする大胆な論を展開していくのであるが（*2）、そのわりに周到な準備を前もってしているようには見えない。加えて、自説を信じているかを聞かれると即座に否定する（*U* 9.1065-67）。彼はこの論によって何をしようとしたのか。本章は『スティーヴン・ヒアロー』（Stephen Hero）――『若き日の芸術家の肖像』（*A Portrait of the Artist as a Young Man*; 以下『肖像』と略す）のもとになった未完草稿――においてスティーヴンの属性とされていた「パラドクシスト」（"paradoxist" *SH* 96, 97）という言葉を手がかりに、彼が『ユリシーズ』（*Ulysses*）第九挿話で展開するシェイクスピア論の意味を探る。

美学論・イン・プログレス

作中において芸術のあり方、作家のあり方を論じているという点から見ると、右記の場面を含む『ユリシーズ』第九挿話には、同じスティーヴンが美学論を展開している『肖像』第五章に相当する部分がある。ただし論の完成度という点で両者はまったく異なるように見える。『ユリシーズ』の読者であればすぐに気づくように、第九挿話のシェイクスピア論は、第一挿話においてバック・マリガン（Malachi "Buck" Mulligan）がマーテロ塔に同居しているヘインズ（Haines）に向かって言った言葉「彼［スティーヴン］は代数によってハムレットの孫はシェイクスピアの祖父で、彼自身は自分自身の父の亡霊であることを証明するんだ」（*U* 1.554-57）から始まる。これ単体ではほとんど意味をなさず、読む者の頭を混乱させるような内容となっているのは、その刺激的な逆説でヘインズの興味を引き、彼にスティーヴンを売りこもうとしているためである。だからといってマリガンの言葉は適当なでまかせとも言えないだろう。というのも、その場にいるスティーヴンがそれに特に異を唱えていないのに加え、実際彼は第九挿話でこれに類する言葉「『ハムレット』を書いたとき……彼は単に自分自身の息子の父であっただけでなく、もはや子ではない彼は、彼の氏族すべての父、彼自身の祖父の父、まだ生まれぬひ孫の父であったし、そう感じていた」（*U* 9.865-869、中略は筆者）と言うことになるからである。とすると、マリガンの言葉はスティーヴンに聞かされていた話を理解できず、あるいは理解するつもりがなかったため、その一部を茶化しの意味も込めて歪曲あるいは誇張して言った言葉ということになる。

　そこにはまた論の完成度の違いも読みとれる。『肖像』の美学論において聞き役のリンチ（Lynch）がスティーヴンが使うラテン語の語句を覚えてしまっていたのは（*P* 5.1196）、スティーヴンが何度も彼を相手に美学論を説いていたことを示す。それに対して、『ユリシーズ』第一挿話や第二挿話にふと現われる、機知に満ちてはいるが断片的なシェイクスピア論の要点のごときものは、シェイクスピア論がまとまったものであったとしても『肖像』の美学論のような完成度にまで至っていないことを示す。実際、第九挿話でスティーヴンが論を展開するときも、なんとかそれらしいものに見せてはいるが、その組み立ては行きあたりばったりのように見える。この挿話に組みこまれたスティーヴンの意識の流れが示す、ロヨラに助けを求めたり（*U* 9.163）、やってやりぬけと自身を励ましたりする（*U* 9.42, 651, 653, 979）姿は、彼が頭の中にすでに明確な形にできあがっている「論」にしたがって話しているというよりは、その場の状況に応じながら論をその場で作っていることを教えてくれる。そのことは、第二挿話においてスティーヴンが右記のマリガンの言葉を思いだすときには、内容が「彼［スティーヴン］は代数によってシェイクスピアの亡霊はハムレットの祖父であることを証明する」（*U* 2.151-52）と変化していること、および第一挿話や第二挿話で触れられるシェイクスピア論の骨子と第九挿話にいたって展開されるシェイクスピア論全体とでは内容が異なっていることからもうかがえる。このことは、なによりも彼のシェイクスピア論ができあがったものではなく、今まさに作られている最中にあるものという性質――〈ワーク・イン・プログレス〉性――を浮き彫りにする。

パラドクシスト・スティーヴン

シェイクスピア論の予告があった第一挿話と実際に論が示される第九挿話をつなげる言葉の一つとして、「パラドックス」を挙げることができる。第一挿話においてマリガンが言う「彼は代数によってハムレットの孫はシェイクスピアの祖父で、彼自身は自分自身の父の亡霊であることを証明するんだ」という言葉は、前述のように、スティーヴンの逆説的な言葉を機知と受けとり、興味を示すヘインズを意識したパラドックスとなっている。マリガンはエグリントンにも同様に伝えていたのであろう。第九挿話でスティーヴンに向かって「マリガンから聞いていたからパラドックスを聞かされる心の準備はできていたよ」（*U* 9.369）と言うエグリントンは、自分の考えるハムレット論と違う内容になるならば反対する意志があることを暗に示し、パラドックスへの警戒感を示す。

ここでは、単に警句に華を添えるような機知といった意味合いしか持たないように見えるパラドックスであるが、『ユリシーズ』に至るまでのジョイスの作品群を見てみると、この語にはそれ以上の大きな意味が与えられており、ジョイスにとって基本的かつ重要な手法となっていることがわかる。それが一番よく表われている『スティーヴン・ヒアロー』を見てみよう。スティーヴンは、文学歴史協会で発表予定の論文「芸術と生」を学長に差し止められそうだと聞き、学長に抗議に行く。抗議という点では、『肖像』第一章においてドーラン神父（Father Dolan）に懲罰棒（パンディバット）でぶたれたことを不当だとしてコンミー校長（Father Conmee）のもとを訪れたのと同じで、権力に反抗するスティーヴンの姿を示すが、今回は『肖像』第一章のときのような単なる抗議では終わらない。スティーヴンは学長が論文を差し止めようとする理由をひとつひとつ確認し、その論理に内部矛盾があることを鋭く指摘することにより、学長の理屈が成りたたないことを示す。そのようなスティーヴンのことを学長は「パラドクシスト」と呼ぶ（*SH* 96, 97）。

スティーヴンが用いた、相手の理屈を用いて相手の正しくない点を示し、自身の正しさを示すとともに相手をやり込めるこの手法は、相手が自分に対して振りあげた刀を用いて相手を斬る点において効果的と言える。相手からすれば攻撃をかわされただけでなく、その傷を自身が負うことになるだけに受けるダメージは大きい。スティーヴンにやり込められた学長が彼のことを「パラドクシスト」と呼ぶのは最後のあがき・反撃でしかない。学長が置かれた状況から考えて、彼がこの言葉に込めた意味は侮蔑的なものと考えられる。それは、この語の形から想像される、また『オックスフォード英語辞典』（*Oxford English Dictionary*）の定義にもあるような、単純に「パラドックスを用いる人間」という意味では収まらない。「言葉を弄して論理を反転させる人」といった意味合いでスティーヴンのことをパラドクシストと呼ぶことで、彼にやり込められてもなお、それは論理的にではなく、論理の操作によるものだとでも言おうとしている。学長がこの語を――ひょっとしたらオスカー・ワイルド（Oscar Wilde）のような世紀末の耽美主義者を念頭に置きながら――そのような意味で用いたとしても、この作品を読む者には違う意味に映る。読者に示されるパラドクシストとは、相手の論理の内側に入り、相手が自己満足的に想定している論理性をその論理の内側から崩す人、その矛盾をパラドックスという形であぶり出し、相手に突きつける人となる。

パラドクシスト・スティーヴンを確認することの意味は、何よりもスティーヴンのまわりの人や状況に対する基本的な態度を表わす言葉を与えてくれる点にある。というのも、パラドクシストという言葉が使われない状況においても、スティーヴンは同じ態度で他者や家族、社会を見つめているからである。たとえば、スティーヴンが学長と対峙するよりも前の『スティーヴン・ヒアロー』第十七章でマキャン（McCann）と話をするスティーヴンは、彼の「人間はどのような種類のものであれ刺激物を摂らずに生きるべきで、健全な体と健全な精神を子孫に残す道徳的義務がある」（*SH* 49）という説を聞いて、彼が好んで行くという山登りや海水浴の、目的となっている新鮮な空気や海水が、自然のものとはいえ刺激物ではないのかを問い（*SH* 50）、彼の考え方に内部矛盾、すなわちパラドックスがあることを示す。

スティーヴンがパラドクシストの姿勢を示し、それをジョイスが描くことは、ジョイスの小説の描き方の根本にパラドクシストの目があることを示す。それは続く第十八章で、パラドックスがわれわれのよく知るジョイス的な手法、すなわちエピファニーへと発展していく点から確認できる。この章では聖職者になるべくクロンリフにあるカトリック大学ホーリー・クロス校に通うウェルズ（Wells）――『肖像』

第一章でスティーヴンを「四角だまり」（汚水だめ）に突き落とす人物（*P* 1.122-23）——と出会い、話をする様子が描かれるのであるが（＊3）、そこで示されるのは文学を志すというスティーヴンにジョージ・デュ・モーリエ（George Du Maurier）の『トリルビー』（*Trilby*）を勧める姿である。このやり取りで注目すべきは、一つには文学に詳しくないであろうウェルズが、自分が読んでおもしろいと思えた通俗小説を、文学を志すスティーヴンに勧めている点にある。問題なのは勧める本の質である。催眠術を用い、美しい歌声を持つ女性トリルビー（Trilby）を文字どおり操るユダヤ人を描くこの作品が、ベストセラーになった小説であるとはいえ、スティーヴンの——通常の文学的感性を超えたところを目指す——文学性に沿うものではないことは、この作品を知る者であればすぐにわかる。スティーヴンは第十七章でマキャンに対してしたようには反論をすることはなく、このくだりには会話レベルでも意識レベルでもスティーヴンの反応は表わされないが、会話を起こったままに記すことでウェルズにとって文学というものがどの程度のものか、スティーヴンとどの程度違うのかがわかる仕かけになっている。それだけではない。このような本を勧めることは、聖職者になろうとしている彼の精神性、つまりは女性への関心を捨てきれない世俗性までも暴いてしまう。このことがこのやり取りで注目すべき点の二点目となる。しかも、女性への関心を捨てきれない世俗性はウェルズだけに限らない。彼といったん別れ、学内を歩くスティーヴンの意識と記憶に刻みこまれるのは、彼が通う学校の生徒たちが女性のことを話しながら通り過ぎていく様子（*SH* 74）である。この描写は、女性への関心を捨てきれない問題を抱えているのは、ウェルズだけではなく、司祭になろうとして学校に集まっている学生の多くが抱える根源的問題であることを暴く（＊4）。カトリックの聖職者は一生独身のまま過ごすことを求められる。それは性を超越することが要求されることを意味する。しかしカトリックの聖職者になるべくこの学校に集まっている学生にはその意識がない。スティーヴンが鋭くも感知しているのは、学生のヴォケーション（聖職者になるための使命感）の足りなさである。それを感じとったままに差しだすスティーヴンは、自分の意見表明をすることなく――自分の手を汚すことなく――聖職者になろうとする学生たちが抱える根本的な問題を炙りだす。この批判は学生だけでなく聖職のあり方への痛切な批判へとつながっていく。

この描き方の中心にあるのが、のちに「話す言葉やジェスチャーの卑俗さであれ、精神それ自体の記憶の相においてであれ、突然現われる精神的顕現」（*SH* 211）と定義されることになるエピファニーである。第十八章でも、第十七章で用いられた、相手の論理の内側に入りこみ、そこに含まれる矛盾を炙りだし、その論理のおかしさを示すパラドクシストの手法が引きつづき用いられている。違うのは、第十七章では相手への反論を言葉にしていたが、ここではそれをあえて書かない点にある。それは反論がないことを意味するのではなく、反論を沈黙――もちろんそれは『肖像』のスティーヴンが芸術家の三種の神器として掲げた〈沈黙〉、〈流浪〉、〈狡知〉の一つである――の行使により、その場に内在化させることを意味する。その隠れた反論――これまでの議論で言うとパラドックス――がそこに含まれた違和感から自ずと立ち現われるときに、エピファニーが現出するのである。ただし、単にパラドックスがエピファニーに変わるというだけの話ではない。エピファニーという形に変化したからといってパラドックスが消えるわけではない。そのパラドックスは今度は読者に向けられる刃となる。というのも、この神学校のくだりを読む読者が問題の所在を理解できないとしたら、それはその読者もこの学生たちと同程度の意識の持ち主であるからことがはっきりしてしまうからである。エピファニーは読者に向けられた、読者の人間的資質や問題意識を問うパラドックスとなる。

こうしてパラドクシスト・スティーヴンの姿勢、あるいはパラドクシストが暴露しようとするパラドックスは、ジョイス作品の基盤原理であるエピファニーと重なっていくことになる。エピファニーと言えば『ダブリナーズ』がすぐに思いうかぶが、パラドックスと『ダブリナーズ』のエピファニーも容易に結びつく。ジョイスはグラント・リチャーズ（Grant Richards）宛ての書簡で『ダブリナーズ』を、アイルランドの人たちに自分たちの姿を映して見せる「磨きあげた鏡」と説明しているが（*L* I.64）、ここでいう鏡とはパラドックスの機能であると言えるからである。これまで見てきたように、パラドクシストが炙りだすパラドックスは、パラドクシストが相対する人が気づかないまま持っている内部矛盾や非論理性にあるのであるから、それは相手の内部矛盾や非論理性を映しだす――相手には歪んで見えるかもしれないが、実は真実を照らす――鏡として機能することとなる。ジョイスがアイルランド人に差しだす鏡とは、パラドクシストが磨きあげた鏡と言えるのである。

とするならばわれわれがジョイス作品を読むとき、パラドクシストの目に注意しなくてはならない。『スティーヴン・ヒアロー』ではあからさまな形で表われていたパラドクシスト・スティーヴンの姿は、『スティーヴン・ヒアロー』の中でパラドックスがエピファニーへと姿を変え、姿が見えなくなっていくのと同じように、ジョイス作品の中で次第に見えにくくなっていく。しかしそれはパラドクシスト・スティーヴンの姿がなくなることを意味するのではなく、単に〈沈黙〉の行使により内在化されるだけのことである。『ユリシーズ』第九挿話は、「パラドックス」という言葉がこだまを残す挿話であるだけに、われわれは、「パラドックス」を警戒していたエグリントンや『スティーヴン・ヒアロー』の学長と同じかそれ以上の注意深さを持って第九挿話を読んでいく必要がある。

パラドクシスト・スティーヴンを誘引するゲーテ

そのときに気になるのは『ユリシーズ』第九挿話冒頭において図書館長が述べる次の台詞である。「われわれには、『ヴィルヘルム・マイスター』（Wilhelm Meister）のほかにないほどすばらしいページがあるではありませんか。違いますかな。偉大な詩人が同じ偉大な詩人について語った。実人生において見られるように、ためらいがちな魂が、矛盾する疑いに引き裂かれながら、あまたの困難と立ち向かっていくとした」（*U* 9.2-4、強調は筆者）。冒頭の言葉であるだけに、彼がここで触れるゲーテの作品には一定の注意を払っておいてよいだろう。これまでの研究では十分注意が払われてこなかったが（＊5）、実のところこのゲーテへの言及がこの挿話で語られることの枠組みを提供する部分がある。

『ヴィルヘルム・マイスター』と題される小説には、『ヴィルヘルム・マイスターの修業時代』（*Wilhelm Meister's Apprenticeship*）、そのもとになった——未完の——『ヴィルヘルム・マイスターの舞台への召命』（*Wilhelm Meister's Theatrical Calling*）、およびその続編『ヴィルヘルム・マイスターの遍歴時代』（*Wilhelm Meister's Journeyman Years*）があり、これら三巻でいわゆる教養小説（*Bildungsroman*）を形成しているが（＊6）、ここでは『ヴィルヘルム・マイスターの修業時代』（以下『ヴィルヘルム・マイスター』と略す）を指す。「ほかにないほどすばらしいページ」とは、この作品の中で芝居に興味を持つようになり、シェイクスピアの魅力にとりつかれた主人公が、『ハムレット』を上演することになったときに、どのようにこの作品を解釈すべきかを一座の者と議論する部分を指している。冒頭の館長の発言は、『ヴィルヘルム・マイスター』という作品の中で『ハムレット』を論じている主人公ヴィルヘルム・マイスターの姿をこの場に呼び出すこととなり、その姿はこれから『ハムレット』を論じるスティーヴンと重なっていくことになる。もう一点重要なこととして、図書館長が言う「ほかにないほどすばらしいページ」で提示されるのは、作者ゲーテの『ハムレット』に関する、エッセイのような、まとまった論なのではなく、『ヴィルヘルム・マイスター』という作品の中でまさに〈ワーク・イン・プログレス〉で提示される論であり、その様態は、『ユリシーズ』第九挿話において、話の流れに応じ、その場その場でシェイクスピア像を描いていくスティーヴンの論の様態に重なることとなる。つまりは『ヴィルヘルム・マイスター』内の『ハムレット』論と『ユリシーズ』第九挿話の『ハムレット』論が重なる仕かけが施されているのである。

さらには、あたかもそれを実体化するかのように、『ヴィルヘルム・マイスター』の主人公ヴィルヘルム（Wilhelm）とスティーヴンの間にはシェイクスピアを介した密接なつながりが用意されている。『ヴィルヘルム・マイスター』は、シェイクスピアの名ウィリアム（William）のドイツ語形の名を持つ主人公ヴィルヘルムが、『ハムレット』に描かれる状況に身を置いて『ハムレット』を論じ、さらには実際に舞台でハムレットを演じるのを描く。それに対し、『ユリシーズ』のスティーヴンは、冒頭から『ハムレット』の舞台となった「エルシノア」に似ていると指摘される（*U* 1.567-68）マーテロ塔に住み[＊7]、父の喪に服すハムレットにならうかのようにスティーヴンは母の喪に服し（*U* 1.120-22）、父の亡霊に悩まされるハムレット同様に母の亡霊に悩まされる（*U* 1.102-05）人物として描かれ（Kenner 101）、そのハムレットたるスティーヴンが第九挿話で『ハムレット』を論じていくのである。第一挿話でマリガンが「ラテン・クォーター・ハット」と呼んだ帽子（*U* 1.519）を、スティーヴンが「ハムレット・ハット」（*U* 3.390）と呼びかえるのは、彼自身がハムレットとの重なりを意識しているからと言えよう[＊8]。そのスティーヴンであれば、『肖像』とは違い、『ユリシーズ』でハムレットのような物憂げな様子を見せるのも当然と言えるだろう。第九挿話で展開する無謀とも言える論は、佯狂のハムレットが王の前で披露する劇にも見えてくる。『ユリシーズ』第九挿話冒頭の図書館長の言葉は、このような『ヴィルヘルム・マイスター』の主人公とスティーヴンの相同性を想起させ、その結果としてゲーテの作品の主人公の役割を演じるスティーヴンの姿を映しだす役割を果たす。

図書館長がゲーテを引きあいに出すのは、ハインリッヒ・デュンツァーの『ゲーテ伝』(Heinrich Düntzer, *Life of Goethe*, 2 vols) を一八八三年に翻訳をしている彼からすれば自然な流れと言えよう (Gifford 192)。同席している図書館員エグリントンも彼独自の〈レムナント〉(remnant) の思想――イエス・キリストを原型とし、ニーチェの超人を加味した、文明に背を向ける孤高の理想主義者――の体現者の中にゲーテを置いていることからすれば (Eglinton *Two Essays on the Remnant*, 37-42)、この図書館内ではゲーテを高く評価する価値観が共有されていたと見てよい(＊9)。とするならば、第九挿話はその枠組みを既定のものとする暗黙の了解を、言葉にして再確認することから始まるのであり、スティーヴンが展開する『ハムレット』論はその枠組みの中で意味を持つものとなる。それは彼の論が第九挿話と同時に展開されるのではなく、しばらくはそれとは関係のない話がされることからも確認できる。

そのときに、「慇懃に、彼らをなだめようとして、クェーカー教徒の図書館員は猫なで声で言った」(*U* 9.1) という言葉で始まる第九挿話最初の語が「慇懃に」("Urbane") であることには注意を払っておいてよいかもしれない。というのも、『肖像』第五章で「ゲーテやレッシングは……その話題［美学］についてたくさん書いているね、古典派とロマン派とかそんなことについて」とゲーテに言及するドノヴァン (Donovan) がいとまごいをするときの態度が同じく「慇懃に」("urbanely") (*P* 5.1328; 中略は筆者) と表現されているからである (Plock 95)。その彼にスティーヴンとリンチがほとんど無視に近いつれない態度で接しているのを見るならば、この語をもってその振る舞いを表現されている人が、その場にそぐわない雰囲気を醸しだしていること、その人の存在がまわりの人に望まれていないことを示すのに、この語が使われていることがわかる。『ユリシーズ』第九挿話冒頭のこの言葉は、ゲーテを持ちだす図書館長へのスティーヴンの批判的なまなざしを先取りして表わす語となる。

この語がテクストに持ちこむ――たった一語によるものという意味ではかすかだが、冒頭に置かれたという意味では大きな意味を与えられた――違和感は、図書館長の話し方を、猫が満足したときに出す声を表わすのに用いる "purr" (*U* 9.1) を使って表わすことにつながり、さらには、その歩きぶりを軽やかな踊りの調子を表わす語 "a sinkapace" (*U* 9.5) で表現する増幅を見せる。このようにして示されるスティーヴンの図書館長に対する批判的な心的態度は、他の登場人物にも広がりを見せ、テクスト上での自己言及的な茶化しを生み、第九挿話の基調を形成していくこととなる。

図書館長の言うゲーテよりゲーテらしいゲーテを見せつけるパラドクシスト・スティーヴン

図書館長が冒頭で紹介するゲーテもまたパラドクシスト・スティーヴンの批判点となっていく。まずは図書館長が言う「ほかにないほどすばらしいページ」が指すものを確認しておくならば、複数の注釈者が指摘するように、『ヴィルヘルム・マイスターの修業時代』第四巻第十三章から第五巻第十二章を指すと見てよい (Gifford 192-93; Weninger 105)。それは、芝居に熱をあげシェイクスピアを敬愛する主人公が、友人の一座において『ハムレット』を上演するにあたり、この作品をどう解釈すべきかについて友人とその一座の者と議論する場面となる。ヴィルヘルムによれば、ハムレットは、思いがけず父を失ったことで、本来であれば自分のものとなるはずだった王位から排除され、一般の貴族と同等となったと感じ、幼い頃から自分のものとして眺めてきたものに取り囲まれながらよそ者となったように感じている。母の再婚は、彼女もまた弱き女のひとりであることを示すものと映り、ハムレットには裏切りに思える。信頼していた母をも失ったことは彼にとって第二の打撃となる。こうして心に憂いをためたハムレットが、「行為に適しない魂に、重大な行為を課」し、はずれてしまった時代の関節をはめ直す運命に飲みこまれていく点が『ハムレット』解釈の鍵となるとヴィルヘルムは考える(＊10)。

このような『ハムレット』解釈とスティーヴンがこのあと披露するシェイクスピア論との間に架橋できない深淵が横たわるように見えるとすれば、それは、『ヴィルヘルム・マイスター』第四巻第三章においてヴィルヘルムが右のような『ハムレット』観を持つに至ったいきさつを説明する以下の一節を見逃しているからである。そこには、「作品を一つの役から判断し、一つの役をそれだけで見て、作品全体との関連で見ていない誤りに、最近非常によく気づいた」主人公が、「父王の死以前のハムレットの性格を示すあらゆる手がかりを探し」、「この悲しい事件や、それに続く恐ろしい出来事とは切り離して、この興味ある青年はどういう青年であったのか、これらの事件がなければ、どういう人間になっていただろうかということに目を向け」るやり方に基づき、『ハムレット』観を提示するに至ったとある(中巻 三〇)。とするならば、『ヴィルヘルム・マイスター』第四巻第十三章に基づく(とされる)図書館長のハムレット観と、スティーヴンが示そうとしている論が、その見かけとは違って実際には接点を持つ、というよりは延長線上にあることがわかる。年上の女性に征服され、さらには妻となったその女性に不義を働かれたという、トラウマを上書きするような経歴をもとにシェイクスピアは『ハムレット』を書いたと読みなおすスティーヴンの論は、ゲーテ同様「作品を一つの役から判断し、一つの役をそれだけで見て、作品全体との関連で見ていない誤り」の反省の上に成りたつものであると言えるからである。『ヴィルヘルム・マイスター』の主人公ヴィルヘルムは右記のような『ハムレット』の見方を「作者の精神に立ち入る」やり方(中巻 三二)と呼ぶのであるが、スティーヴンの『ハムレット』論の方がより深く「作者の精神に立ち入る」やり方になっていることは言うまでもない。図書館長が冒頭の『ヴィルヘルム・マイスター』に示された『ハムレット』論のすばらしさを紹介する一文に入れていた、「実人生において見られるように」という文言は、図書館長が称賛してやまないゲーテよりも、スティーヴンの方が「作者の精神に立ち入る」やり方でシェイクスピアの生を——それがいかに仮想的なものであったにしても——復元し、「実人生において見られるように」シェイクスピアの生を描くパラドックスを示す表現となる。つまり、スティーヴンのシェイクスピア論とは、図書館長や図書館に集まる人たちよりもより深くゲーテを、そしてシェイクスピアを知り、理解していることを示す身振りとなっているのである。そこで彼が用いている戦略はまさに「相手の論理に相手の論理の内側に入り、相手が自己満足的に想定している論理性をその論理の内側から崩す」ものであり、「その矛盾をパラドックスという形であぶり出し、相手に突きつける」パラドクシストの戦略である。

しかし誤解してはならないのは、パラドクシスト・スティーヴンは詭弁を弄してパラドックスを表わしているのではない。彼はあくまでも相手の理屈に内在するパラドックスを目に見える形に引きだしているにすぎない。もう一点誤解してはならないことは、スティーヴンがいたずらにパラドックシストを演じているのではないということである。彼には示さなくてはならない大義がある。重要なのは、彼が暴くパラドックスが何を示そうとするものかという点である。

パラドクシスト・スティーヴンの大義

それを教えてくれるのはA・Eの言葉である。図書館長がゲーテを持ちだすことで示したかった芸術観は、このあとA・Eが託言のように発する「芸術は理念、形のない精神の本質を示さなくてはならない。芸術作品における究極の問題は**どのくらい深い生から**それが現われているかだ。ギュスターヴ・モローの絵は理念の絵だ。もっとも深いシェリーの詩、ハムレットの言葉はわれわれの精神を永遠の叡智、プラトンのいうイデアの世界に触れさせてくれる」（*U* 9.48-53、傍点・太字とも強調は筆者）という言葉に引き継がれることになる。彼が言おうとしているのは、重要なのは作品が示す精神であり、それからすれば作家の生は関係ないということである。それは彼自身がこのあとで言う「偉大な人間の家庭生活に首を突っこんでも……せいぜい教区書記ふぜいをおもしろがらせるだけだ。われわれには劇があるじゃないか。つまり『リア王』の詩を読むときは、詩人がどんな生き方をしたかなんてどうでもいい。生きることは召使が代わりにやる……」（*U* 9.181-88、中略・後略は筆者）という言葉でまとめられることとなる。

A・Eが理念という言葉を繰りかえし用い、それを「形のない精神の本質」と呼び、さらには、彼自身がそれをプラトン的なイデアと言いかえるのは、リチャード・エルマン（Richard Ellmann）の指摘を待つまでもなく（Ulysses *on the Liffey*, 82-83）、彼がプラトン的な考え方をしていることを示す。彼が言うような、イデアを中心に据えて、作品に表わされたイデアから作品を見ていけばよいとする考え方と、『ヴィルヘルム・マイスター』に描かれる、主人公が「作者の精神に立ち入る」やり方によってつかんだハムレットという人間の精神の本質——これはイデアと呼んでよいだろう——から『ハムレット』という劇を見ていくそのやり方とが、相同形を示していることをここで確認しておこう。A・Eや図書館長の側が「作者の精神に立ち入る」やり方を用いるゲーテを引きあいに出しつつ、作品の理念の方向に進んだのに対して、右ですでに見たように、スティーヴンは「作者の精神に立ち入る」やり方を用いて、より実体を持った作者の生の側へと進んでいくことを確認するならば、スティーヴンの「パラドックス」が狙い撃つ点がはっきりとする。このあとのA・Eの台詞「芸術作品における究極の問題は**どのく**

らい深い生からそれが現われているかだ」が意味を持つのはその点においてである。芸術作品が読者に示す理念、イデアは作者の深い生がなければ現われないことを、A・E自身が言ってしまうのは、イデアに重きを置く彼の立場と矛盾する。彼が図らずも——というよりは、おそらくは作者ジョイスの意地悪な意図によって——口にしてしまったこの言葉は、問題となっている点を明らかにするとともに、スティーヴンが目指す方向を明確に示す。作品を生みだした作家の生を切り捨て、作品の精神のみをイデアの名のもとに追いかけようとするA・Eらに対して、スティーヴンが考えるのは、そのイデアを作者の生の現場へと引き戻すことである。アリストテレスがプラトンを批判したときの枠組みを用いて言うならば、形相——この場合イデア——を質料から切り離し、質料を単なるイデアの影と見ようとするA・Eらプラトニストに対し(*11)、A・Eのいうイデアに実体を取り戻そうとするスティーヴンは、形相と質料を切り離せないものとしたアリストテレスの立場に立つことになる(Ellmann *Ulysses on the Liffey*, 13; アリストテレス『心とは何か』第一巻第一章 403a-b;『形而上学』第十三巻第五章 1080a)。

プラトンのイデアの概念を振りかざし、作品より精神が重要だと唱えるA・Eに対し、彼の言葉の中に矛盾を見いだし、それを「パラドックス」という形でスティーヴンが批判にさらしてみせるのは、なにもスティーヴンが新しく獲得した姿勢ではない。それは、古くは『スティーヴン・ヒアロー』第十九章において、「その派に属す人たち以外の人よりもその派に属す人自身によってあまりにたびたびそしてあまりに嘆かわしい誤解をされてきたところだが、その理想にふさわしい住処を見つけられないことから、それらを不可知的な事象のもとに見ることを選んだ、不安点で、不満を持つ、我慢の足りない気質」であるとして「ロマン派気質」(romantic temper)を批判して以来、ジョイス作品に綿々と引き継がれる批判である(*12)。スティーヴンが続けていう「その選択の結果としてある種の限界を無視するようになる。その形象は無謀な冒険へと飛ばされ、**実質をともなった体という重力を失い**、一方それらを生みだした精神はしまいにはそれらを勘当してしまう」(*SH* 78; 強調は筆者)という言葉は、作品より理念、作家の体/生よりも精神を尊ぶA・Eの見方では「実質をともなった体という重力」が失われてしまうことを鋭く突く批判になる。それと同時に、そのような見方により失われてしまう「実質をともなった体という重力」を取り戻すこと、それがスティーヴン/ジョイスが自らに課す使命であることを明らかにする。

「場の構築」――「実質をともなった体という重力」を持たせ生を与える創造

スティーヴンがその目的を達成するのに用いる手法の一つは「場の構築」([c]omposition of place)(*U* 9.163)である。これは、この言葉を思いうかべたあとの「イグナティウス・ロヨラよ、急いで僕を助けに来てくれ!」(*U* 9.163)というスティーヴンの台詞からもわかるように、イエズス会の創始者イグナティウス・ロヨラが著書『霊操』(*Exercitia spiritualia*, 1548; 英訳タイトル *The Spiritual Exercises of St. Ignatius of Loyola*)で用いた概念である。「霊操」という耳慣れぬ語は、この書のタイトルに含まれる「スピリチュアル・エクササイズ」の訳語で、したがって精神的訓練・修行を意味する。「場の構築」は、イグナティウス自身が体験した神秘体験に基づき、彼が経験したヴィジョンにほかの人も到達できるようにと体系化した手順において、瞑想あるいは観想の「前備」(つまりは心を整える準備)と位置づけられる。その意味するところは、たとえばキリストや聖処女マリアやわれわれが観想する主題に応じた、具体的な場所――たとえば関連の寺院とか山――を想像力のヴィジョンによって思いえがくことを指す(Ignatius 27)。つまりは、観想しようとしているできごとが起こる場を想像力のヴィジョンで創りだし、その現場に観想者自身の身を置き、あたかも観想する主題が目の前で繰りひろげられることのように見ることを指す。

スティーヴンは、「場の構築」および、その言葉を思いおこす直前に考えていた「場の特色。知っていることはすべてつぎ込め」(*U* 9.158)という命にしたがい、第九挿話中でも言及されている、ギーオウ・ブランデス(Georg Brandes)、シドニー・リー(Sidney Lee)、フランク・ハリス(Frank Harris)の三人の評伝(*U* 9.418; 418; 440)を主に用いながらシェイクスピアが生きていた時代と彼の行動を描き、彼の生に実体を与えていく(*13)。これらの評伝は、スティーヴンがシェイクスピアにいかにもそれらしい実体を持たせていくときのリアリズムの基盤となる。スティーヴンがシェイクスピアの生を再現するのに、もともと精神的鍛錬のための概念である「場の構築」を用いる宗教性は、マリガンの言う「いまいましいイエズス会士の血がまちがった方向に入っている」(*U* 1.209)、「恐ろしいイエズス会士」(*U* 1.8)スティーヴンの根源的宗教性を呼びおこしながら、彼が思いえがくシェイクスピアというイデアに評伝から利用できるリアリティをまとわせて、重力を負わせ、それによって受胎をさせるかのように生を与えるスティーヴンの行為の宗教性と響きあうことになる。

その点について言えば、第九挿話のシェイクスピア論が、第七挿話においてスティーヴンが披露した「ピスガ山頂より臨むパレスチナ、あるいはプラムのパラブル」(*A Pisgah Sight of Palestine or The Parable of the Plums*)と連続する点も確認しておくべきだろう。この話で注目すべきは、その重層性である。二つのタイトルを持つこのパラブルの前半のタイトル「ピスガ山頂より臨むパレスチナ」は、「約束の地」をピスガ山頂より眺めることはできたが、そこに至ることのできなかったモーセを描く申命記第三四章第一節—第五節を踏まえている。スティーヴンが語るのは現代アイルランドの話であるが、聖書的なできごとになぞらえられた時点で、宗教的・政治的・歴史的アレゴリーの側面を持つことになる。実際、「約束の地」にあと一歩のところまで来たのに、そこに達することができない状態は、ホーム・ルール（連合法により議会を失ったアイルランド悲願の自治獲得）に手が届きそうなところまで来たのに、そこに至っていない当時のアイルランドの政治的な状況と重なって読める（Thacker 197-99.）。スティーヴンが後半のタイトル「プラムのパラブル」のもとで語る、ネルソン塔の上からダブリンの街を見わたしたいと思ったものの、塔の高さに足がすくみ、結局目的を果たすことのできない二人のダブリンの「処女」（"vestals"）の話は、パラブルという聖書独特の語りの方法を介して宗教的なアレゴリーの側面も持つこととなる（＊14）。

ここでスティーヴンが行なっているのは、単に聖書に描かれる宗教的なできごとを現代アイルランドに移しかえることだけではない。イエスが直接的に宗教的な理念を話したのでは民衆に教えを伝えることが難しいことから、伝えようとする意味を世俗の事物に即して語る、パラブルという聖書に独特の形式をタイトルに含ませ、自分の「ヴィジョン」（*U* 7.917）として語るスティーヴンは、聖書に描かれたできごとからいったん理念を抽出し、それをイエスにならって具体的なもの——アイルランドのダブリンの状況——に形を変えて語る創作を行なっている。ここに見られる、理念に宗教的な手法——ここでは宗教的題材とパラブルという宗教的形式——を用いて現実的な衣をまとわせる創作が、第九挿話でスティーヴンが行なう「場の構築」によるシェイクスピアの生の表出と連続していることを確認するならば、スティーヴンが行なっていたシェイクスピア論は、〈ワーク・イン・プログレス〉で展開する芸術論であるとともに〈ワーク・イン・プログレス〉で展開する彼の創作実践でもあることがわかる。

「実質をともなった体という重力」と「今」

スティーヴンが「実質をともなった体という重力」を取り戻すのに用いるもう一つの手法は「今」と「こ

こ」にしがみつくこととなる。「この植物世界は永遠の影にすぎない。今、ここにしがみつけ。そこを通して未来は過去へとなだれ込んでいく」(*U* 9.88-89) というスティーヴンの意識の流れは、「今」と「ここ」にしがみつくことが、「この植物世界」たる現世を「永遠の影」とするイデア論への対抗措置となるとの認識を示す (Ellmann Ulysses on *the Liffey*, 15-16)。このようなスティーヴンの「今」の考え方の背後にも、アリストテレスの形相と質料の考え方の影響を見ることができる。

形相と質料は、アリストテレスにあっては、運動・変化を説明するために用いられる概念で (アリストテレス『形而上学』九巻第一章;1046a 第九巻第六章 1048a-b)、つまりは、可能態たる質料が現実態たる形相へと変化する原理をもって、アリストテレスは、万物が流転するこの世の運動・変化を普遍の相において説明する (アリストテレス『形而上学』第十三巻第四章 1078b; 今道 一三一)。このとき現実態は定義上可能態の中にあることとなる (アリストテレス『心とは何か』第二巻第二章 414a; 第二巻第四章 415b; 一九九四 第七巻第八章 1034A3b)。『形而上学』第九巻第六章 1048b で説明される現実態を今道友信が現在完了形と現在進行形が同時に含まれる過程と読むのもその意味においてのことである (今道一三二)。この考え方を発展させるならば、「今」とは可能態が現実態へと向かう方向性を持ちながらも、まだそれが発動されず、両者が分かちがたく重なりあっている瞬間と言える (アリストテレス『形而上学』第九巻第六章 1048b)。「今」にあっては、現実態は可能態の中にとどまり、可能態は現実態へと変化する運動を始めていない。スティーヴンの「今」をこのように理解するならば、「今」にしがみつけという命題もまた形相を質料へと戻す彼の命題によって生みだされたものであると同時に、それによって達成されるものであることが理解される。「今」にしがみつくことはそうすると可能態において語ることと同義となる。スティーヴンがシェイクスピアの評伝にあるような固定的な生から離れて、荒唐無稽と見えるような自由を手にシェイクスピアの生を語ることができるようになるのはそのためである。

この可能態において語ることを可能にする「今」の持つ意味は、スティーヴンにとってきわめて大きな意味を持つ。なぜなら「今」は歴史という悪夢から目覚めたいと願う(U 2.377)スティーヴンにその方法を与えることとなるからである。歴史という時間の運動を、可能態が現実態に至る過程と考えるならば、「今」という瞬間においては、歴史はまだ生まれず、そのはかない瞬間において歴史からの解放が達成されるからである。「今」にしがみつくことで、現実態や終局現実態においてではなく、可能態において語ることを試みる『ユリシーズ』第九挿話がそのささやかな実践の始まりとなるとするならば、ここで展開されるシェイクスピア論の〈ワーク・イン・プログレス〉性もまたその表現であることが明らかになろう。スティーヴンが臨機応変に織りこむ評伝の使い方を見るならば、実は周到な準備があったであろうことがうかがえる。彼の論は実際はそれなりに形のできていたものであろう。それを〈ワーク・イン・プログレス〉で語るのは、すでにできている形——現実態——をできようとしている瞬間たる「今」——可能態——へと引き戻す時間的な操作と解釈できる。とするならば、スティーヴンが自説を信じるかと聞かれたときに否定をする理由もおのずと明らかになるであろう。彼が「今」にしがみつくのは、可能態と現実態が分かちがたく結びついた瞬間であり、そこには信じるという行為の対象となるものはまだ生じてこない。その意味において彼の否定は原理的なものとなる。

おわりに

スティーヴンが『ユリシーズ』第九挿話で展開するシェイクスピア論はその内容を追うだけでは十分ではない。彼自身が自説を信じていないというというのであればなおさらである。彼がここで示しているのは論だけではない。特定の聴衆を目の前にしながら、論を展開するまさにその渦中をも示している点に注意しなくてはならない。彼の論の内容だけを見るのではなく、彼が論を展開するうえで示すパフォーマンス――行為遂行性――もまた見ていかなくてはならない。実際彼の論は、たとえば論考として発表したりするのとは違って、すでにできあがったものをできあがった形で提示するのとは異なり、特定の人を目の前に置き、彼らとの応対を交えながらその場で作りあげていく〈ワーク・イン・プログレス〉性を帯びたものである。

彼のシェイクスピア論の行為遂行的な意味を見ていくときに重要となるのは、彼の聴衆に対する態度である。それは――従来見逃されてきたことだが――『スティーヴン・ヒアロー』までたどれば、パラドクシストという言葉で表現されるものであることがわかる。この見慣れぬ言葉は、通常考えられるような「パラドックスを用いる人」を意味するのではなく、相手の論理の内側に入り、相手が自己満足的に想定している論理性をその論理の内側から崩す人、その矛盾をパラドックスという形であぶり出し、相手に突きつける人を指す。パラドクシスト・スティーヴンの態度はパラドクシストという語が使われる章以外でも『スティーヴン・ヒアロー』に見られ、これが彼のまわりの人や社会に対する態度の基本であることがわかる。さらに、パラドクシストの目がジョイスの詩学の中心を占めるエピファニーを炙りだす役割をしていることを確認するならば、パラドクシストはジョイスの作品理解の重要な鍵となっていく。

目を凝らして『ユリシーズ』第九挿話を見るならば、冒頭のゲーテのくだりからパラドクシスト・スティーヴンの姿が見てとれる。パラドクシストの姿勢は彼と対峙する人たちのプラトン主義に対する批判へと向かい、彼は――プラトンのイデア論を批判した――アリストテレスを用いて、可能態と現実態とが分離する以前の「今」および、イデアに対する質料重視という意味での「重力」を打ち出し、それをシェイクスピア論において展開していく。それにしたがうならば、彼のシェイクスピア論の行きあたりばったりに見える即興性、〈ワーク・イン・プログレス〉性は、実際は第九挿話の見かけ以上に形のできていたであろう論が、彼の理論により「今」へと引き戻された形態と理解される。しかし可能態において現実態を語ることができないことは、スティーヴン自身も気がつくところである。彼はシェイクスピアの生という可能態をもって作品という現実態を語ってしまうわけだが、アリストテレスが可能態と現実態を説明するのに使う木材と机の比喩を用いて言うのであれば、木材をもって机を語ることはできない。それが彼の自説の否定を生む。それはパラドクシスト・スティーヴンが自身の中にパラドックスを発見する瞬間となる。

しかしそれは必ずしもスティーヴンにとっての敗北を意味しない。エグリントンに「真理は中間にある」(*U* 9.1018) と認めさせることができたことは、収穫以上の意味を持つ。なぜならそれは「パラドックスを聞かされる心の準備はできていたよ」と言っていたにも関わらず、スティーヴンの怪しいシェイクスピア論に感想や直感に基づく反発はできても、論理的に反駁できなかったばかりか、それに譲歩し、部分的とはいえそれを認める姿を表わしてしまうからである。彼だけでなく図書館に集まる人たちの中には誰も、荒唐無稽と見えるスティーヴンの説に対して、パラドクシスト・スティーヴンであれば間違いなく加えたであろう有効な批判を加えることはできない。パラドクシスト・スティーヴンの側からすれば、彼らのゲーテ理解を超えたゲーテ理解をシェイクスピア論において示すことで彼らの自己満足的な論理性を批判し、アリストテレスを用いて彼らのプラトン主義を批判することができたのに対し、一方の彼の聴衆となった側は、スティーヴンには気づいている彼の論の欠点を指摘することはできなかった。この二点によって彼らの能力や本質を示すことができたとしたらならば、パラドクシスト・スティーヴンにとっては大きな勝利となる（＊15）。

それ以上に彼には得るものがある。彼は自説を否定することにはなるが、自説を否定できたその時点で彼には自身の論のどこに問題があるかの認識ができている。つまり、彼が自身の論を否定できたときにはすでに彼はその問題点を超えたところに立つことができている。そのときに、問題の渦中にあるスティーヴンがその問題を乗りこえた地点から描かれている点に注意をしよう。なぜなら、そこに含まれる、問題解決がなされている未来から問題解決がなされていない現在へと引き戻して描く時間操作は、すでにできていたであろうシェイクスピア論を、まさに作られつつある時点へと引き戻して描く第九挿話のシェイクスピア論におけるそれと相同形をなすからである。つまりは、スティーヴンがシェイクスピアを論じるさいに示した方法論は、この小説の舞台となっている一九〇四年よりは以後という意味での未来から一九〇四年という現在に時間を引き戻して――〈ワーク・イン・プログレス〉の形で――描く『ユリシーズ』の方法論の一部となっているのである。図書館での議論を終えたスティーヴンが、「重力」――スティーヴンのシェイクスピア論の要となっていた――に頭を悩ませる（*U* 5.44-46;8.57-58;15.2781 ほか）現世的な男レオポルド・ブルーム（Leopold Bloom）とこのあと出会い、思いがけず深い関わりを持つことになるのは決して偶然ではない。

註

（1）この時期にジョイスもまたここにあるようなシェイクスピア論を展開していたことについては Ellmann *James Joyce*, 155 参照。

（2）イギリスの植民地であったこの当時のアイルランドにおいて、宗主国イギリスを代表する劇作家・詩人のシェイクスピアが持つ意味にも注意を払う必要がある。その点については Clare and O'Neill; Kiberd ch.15 参照。

（3）聖職者の資質があると思えない人が聖職につくことに対する問題意識は、『ダブリナーズ』（*Dubliners*）の「遭遇」（"An Encounter"）においてジョー・ディロン（Joe Dillon）が聖職者になるとは思わなかったと記述するときにも現われている（*D* En.17-18）。

（4）この問題意識は同時代の――とりわけカトリックに反発をする――作家に共有されるもので、とりわけジェラルド・オドノヴァン（Gerald O'Donovan）の『神父ラルフ』（*Father Ralph*）や『ヴォケーション』（*Vocation*）にはっきりと現われている。

（5）ジョイスとゲーテとの関係については、David Barry, Dieter Fuchs, Gerald Gillespie, John Hennig, Vike Martina Plock, Brian W Shaffer, Robert K Weninger などの論考があるが、『ファウスト』（*Faust*）との関係や、ジョイス全体との相同性を指摘するにとどまり、第九挿話との関係については研究が不十分である。

（6）スティーヴンをめぐる、未完の『スティーヴン・ヒアロー』、『若き日の芸術家の肖像』、『ユリシーズ』という作品群のありようと、ゲーテのこの三部作が重なるとする指摘は（Weninger 112-13）、ジョイス作品をゲーテとの関係において考える必要を示唆する。

（7）マーテロ塔が高台にあるのは確かとしても、崖とは言いがたいことからすると、ジョイスが強引にでも『ハムレット』と結びつけようとしていることがわかる。

(8) その後 "My cockle hat and staff and hismy sandal shoon." (*U* 3.487-88) というときもまた『ハムレット』第四幕第五場を踏まえている (Gifford 65)。

(9) *U* 9.450-52 でスティーヴンがエグリントンと結びつけてゲーテに言及するのは、彼がそのつながりを知っていることを示す。

(10) ゲーテ、『ヴィルヘルム・マイスターの修業時代』(中)、岩波文庫、二〇〇〇、七二―七五。訳は同版を用いた。以下引用巻とページ数をカッコで示す。

(11) 「誰であれアリストテレスとプラトンを比較するのを聞くとかっとなるんだ」(*U* 9.80-81) というエグリントンの台詞も同じプラトン主義からの発言である。

(12) S・L・ゴールドバーグ (S. L. Goldberg) はロマン派気質に対する古典派気質が『ユリシーズ』第九挿話によく現われているとする (34)。

(13) その使い方については William Schutte 参照。

(14) このパラブルはコインシデンスともつながりを持つ。その分析については拙論「"much, much to learn"――ジョイスのコインシデンス再考(一)」参照。

(15) ジョイスはエグリントンが一九〇四年に創刊した『ダーナ』(*Dana*) にのちの『肖像』のもととなるエッセイ「芸術家の肖像」("A Portrait of the Artist") を寄稿しようとするが、「自分に理解できないものを出すわけにいかない」とエグリントンに掲載を断られる (Eglinton *Irish Literary Portraits*, 136)。第九挿話において描かれている (*U* 9.273-78; 305-06; 1098-99)、ジョージ・ムア (George Moore) の家での夜会――実際は小説にあるように木曜ではなく土曜に開催されていた (Moore 101, 127) ――に招待されない経験は、ジョイス自身のものでもある。誇り高きジョイスにとってダブリンの文学界に相手にされない経験はルサンチマンを形成するに充分であっただろう。パラドクシスト・スティーヴンのシェイクスピア論は、それに対する１つの応答と見ることもできる。

参考文献

Barry, David. "Peninsular Art: A Context for a Comparative Study of Goethe and Joyce." *Comparative Literature Studies*, vol. 29, 1992, pp. 380-96.

Clare, Janet, and Stephen O'Neill, eds. *Shakespeare and the Irish Writer*. UCD P, 2010.

Eglinton, John. *Irish Literary Portraits*. MacMillan, 1935.

---. *Two Essays on the Remnant*. Whaley, 1894.

Ellmann, Richard. *James Joyce*. New and rev. ed. Oxford UP, 1982.

---. *Ulysses on the Liffey*. Oxford U P, 1972.

Fuchs, Dieter. "'He Puts Bohemia on the Seacoast and Makes Ulysses Quote Aristotle': Shakespearean Gaps and the Early Modern Method of Analogy and Correspondence in Joyce's Ulysses." *Joyce/Shakespeare*, edited by Laura Pelaschiar. Syracuse UP, 2015. pp. 21-37.

Gifford, Don, with Robert J. Seidman. Ulysses *Annotated: Notes for James Joyce's* Ulysses. 2nd ed., U of California P, 1988.

Gillespie, Gerald. "Afterthoughts of Hamlet: Goethe's Wilhelm Joyce's Stephen" *Proust, Mann, Joyce in the Modernist Context*, 2nd Ed, Catholic U of America P, 2010. pp. 167-84.

Goldberg, S. L. *The Classical Temper: A Study of James Joyce's* Ulysses. Chatto and Windus, 1961.

Greenblatt, Stephen Jay. *Will in the World : How Shakespeare Became Shakespeare*. W. W. Norton, 2004.（スティーヴン・グリーンブラット『シェイクスピアの驚異の成功物語』河合祥一郎訳、白水社、二〇〇六）

Hennig, John. "Stephen Hero and Wilhelm Meister—A Study of Parallels." *German Life and Letters*, vol. 8, no 1, Oct. 1951, pp. 22-29.

Ignatius, of Loyola, St. *The Spiritual Exercises of St. Ignatius of Loyola. Trans*. Charles Seager. Charles Dolman, 1847.（イグナチオ・ロヨラ、『霊操』門脇佳吉訳・解説、岩波書店、一九九五）

Joyce, James. *Dubliners: Authoritative Text, Context, Criticism*. Edited by Margot Norris, Norton, 2006.

---. *Letters of James Joyce*, vol I. Edited by Stuart Gilbert, Faber, 1957.

---. *A Portrait of the Artist as a Young Man: Authoritative Text, Backgrounds and Context, Criticism*. Edited by John Paul Requelme, Norton, 2007.

---. *Stephen Hero*. edited by Theodore Spencer, John J. Slocum and Herbert Cahoon. 1944: New Directions, 1963.

---. *Ulysses*. Edited by H. W. Gabler et al., Vintage, 1986.

Kenner, Hugh. "Joyce's *Ulysses*: Homer and Hamlet." *Essays in Criticism*, vol. 2 , no.1, Jan. 1952, pp. 85-104.

Kiberd, Declan. *Inventing Ireland : The Literature of the Modern Nation*. Jonathan Cape, 1995.

Moore, George. *'Hail and Farewell!': Salve*. William Heinemann, 1912.

O'Donovan, Gerald. Father Ralph. MacMillan, 1913.

---. *Vocation*. Boni and Liver, 1922.

Plock, Vike Martina . "Made in Germany: Why Goethe's *Hamlet* Mattered to Joyce." *Joyce/Shakespeare*, edited by Laura Pelaschiar. Syracuse UP, 2015, pp. 89-106.

Schutte, William. *Joyce and Shakespeare: A Study in the Meaning of* Ulysses. Yale UP, 1957.

Shaffer, Brian W. "Kindred by Choice: Joyce's 'Exiles' and Goethe's 'Elective Affinities'." *James Joyce Quartery*, vol. 26, no. 2, winter 1989, pp. 199-212.

Slote, Sam. "The Thomistic Representation of Dublin in *Ulysses*." *Making Space in the Works of James Joyce*, edited by Valérie Bénéjam and John Bishop, Routledge, 2011, pp. 191-202.

Thacker, Andrew. "Toppling Masonry and Textual Space: Nelson's Pillar and Spatial Politics in *Ulysses*." *Irish Studies Review*, vol. 8, no.2, 2000, pp. 195-203.

Weninger, Robert K. "'A Great Poet on a Great Brother Poet': A Parallactic Reading of Goethe and Joyce." *The German Joyce*, UP of Florida, 2012, pp. 99-132.

アリストテレス『形而上学』岩崎勉訳、一九九四、講談社。

――『心とは何か』桑子敏雄訳、一九九九、講談社。

今道友信『アリストテレス』二〇〇四、講談社。

金井嘉彦「"much, much to learn"――ジョイスのコインシデンス再考（一）」『言語文化』第五七巻、二〇二〇、三―二七。

ゲーテ『ヴィルヘルム・マイスターの修業時代』(上、中、下)、山崎章甫訳、岩波書店、二〇〇〇。

アイルランドはおいしい――肉編

私事ながらワインが好きで、宝くじを一発あててイタリアあたりにワイナリーを購入してのんびり暮らす夢を持っていた。ワインを知ることは西洋の文化の根幹を知ること、ということで、研究熱心な私は勉強のためにせっせとワインを飲んでいた。おそらくその頃の私の脳みそは『ユリシーズ』的に言うならば「ワイン色の海」(oinopa ponton *U* 1.78, 3.394, 15.4180) を漂っていたことだろう。つまみとなるチーズを冷蔵庫に保存していると次第に匂いが強くなっていく。なにかに似ているなと考えていたら、エピファニーが訪れた。そう、たくあんの匂いと同じ。要は発酵臭ということだが、自分の頭の中でチーズは日本でいう漬物という図式が自然に出来上がった。パン対チーズ＝米対漬物。実にみごとな等式。西洋の食文化を肉食とする考え方は一般に根強いが、そういう面はあっても基本は乳の文化にある（という論考を読んだことがある）。それは西洋ではどこに行ってもチーズ売り場が充実しているのを見ればよくわかる。乳であれば毎日牛や羊にもらえる。バターやチーズにすれば保存もきく。肉を食べることは動物を殺すことだからおいそれとはできない。肉は（現代はともかく）特別なもの（だった）と考えた方がよいだろう。貴重な動物であれば使えるものは使わなくてはならないし、食べられる部分は食べなくてはならない。ハーディの『日陰者ジュード』に殺した豚の血を集めるシーンがあって、動物の使えるところを余さず使う姿勢に感銘を受けたことがあるが、アイルランドのブラック・プディング（豚や［牛］の血を入れるので濃い色になる。血を入れないホワイト・プディングもある。プディングといってもソーセージのようなもの）も同じ考えによるものなのだろう。アイルランドではスライスして焼いて食べる。血のプディングと聞くとちょっと引いてしまうが、香辛料がきいていておいしい。

（金井嘉彦）

『ユリシーズ』を読むための二十七項

French, Robert, and William Lawrence. "Patrick Street, Dublin."
National Library of Ireland on the Commons.

1　ブルームの経歴

パトリック・ヘイスティングス（Patrick Hastings）とジョン・ヘンリー・ローリー（John Henry Raleigh）が作成した表に、ほかの研究者の所見も加えてブルームの経歴――職と住所の遍歴を中心にして――をまとめるならば表1のようになる。この経歴にはいくつかのポイントがある。第一は表に表われているようにはっきりとしないところがある点である。たとえば現在住んでいるエクルズ通りにいつ引っ越してきたのかはわからない。職業についても年代を同定するのが難しいものがある。これは研究者の怠慢によるのでも、ジョイスの書き方が悪いからでもない。ジョイスは一九〇四年六月一六日という一日を「歴史」の中から切りだして描いているのであり、そこに至るまでの「歴史」を「現在」に組みいれて描いている。つまり、これまでに起こったことを起こった順に描くのではなく、「現在」を描くなかで、「現在」との関係において過去を描くのを基本にしている。過去に起こったできごとは、「現在」において思いだされたり、問題になったりしないかぎり、作中には現われない。そのような時間のあり方はわれわれにとっての時間のあり方と同じであり、われわれにとっても過去は現在との関係で存在する。『ユリシーズ』に突きつめようのない過去が出てくるのは、人間の「生」の時間が、年代表に見られるような、どの時点であっても等しい意味を与えられて存在するものではなく、現在との関係において意味の増減を伴いながら存在しているためである。不十分な表にしかまとめられないブルームの「経歴」は作中人物およびジョイスの時間や歴史の認識のあり方を表わしている。その意味ではここにまとめたブルームの履歴はあくまでも便宜的なものであって、この小説の本質からすれば本来無用のものと言わざるをえない。

であるとすると、表1のようなまとめ方は、『ユリシーズ』本来の時間意識、歴史と、年代表にしてしまったときに現われる時間意識、歴史との間に微妙なずれを生むことになる。その例としては、ブルームの職歴の一つ、ドリミー保険代理店を挙げることができよう。ここで働いた記憶はブルームの中ではそれほど重要な意味を持た

表 1 ブルームの環境、住所変更表

年	ブルーム家のできごと	住所	職業
1904年		エクルズ通り７番地*1	フリーマンズ・ジャーナル社の広告取り
1897年	ミリー8歳	オンタリオ・テラス	ドリミー 保険代理店*2
1895年	ミリー6歳	ホールズ通り	（モリーの衣類販売店）*3 トム印刷所*4
1894年	1月9日ルーディ死亡	シティ・アームズ・ホテル	ジョゼフ・カフ商会
1893年	12月29日ルーディ誕生	レイモンド・テラス 西ロンバート通り*5	
			ウィズダム・ヒーリー文房具・印刷店*6
1889年	6月15日ミリー誕生		
1888年	ブルーム、カトリックへ改宗；10月8日モリーと結婚		
1886年	6月27日ブルームの父自殺		
			ケレット衣料店*7
1882年			
1881年			
1880年	ブルーム高校卒業		（父の宝石販売および郵便による貸付業の手伝い）*8

*1 いつから住んでいるかは不明。
*2 Hastingsは1896-1901とする。
*3 Hastingsは1894-96とする。
*4 年代に不明点：Sloteは1886とする；Raleighは1886 か 1888 か 1892-93-94 か 1904年6月16日前のどこかとする；Gunn and Hartは1894-95とする。
*5 Adams は年号合わないとする
*6 Guns and Hart, Hastingsは1888-94とする。Raleighは1894に再雇用されたとする。
*7 Hastingsは1881-88とする；Raleighは1880年代半ばとする。
*8 Hastingsは1880-81とする；Raleighは1880年代初めとする。

ないが、その経験は、第十二挿話から第十三挿話にかけてのブルームの行動、つまりディグナムの保険処理への関わりを説明してくれるものとなり、小説を読む者にとっては重要なヒントとなってくる。そうするとこの表1には、個人の記憶の中での意味と、それとは異なる社会的に付与される意味とが混在することになる。そのようなひずみがこの表の中には含まれているということをポイントの第二としておこう。

ポイントの第三は、この表にブルームの「さまよえるユダヤ人」性を見ることができる点となる。マシュー・ヘイワード（Matthew Hayward）によれば、ブルームの職は「歩いて」注文を取る・ものを売る・代金を回収することを基本としており、それは海外から移り住んできたユダヤ人移民がアイルランドにおいて商売で身を立てていくときの典型的パターンなのだという。であるとすると、正確にはユダヤ人ではないはずのブルームの住所や職を変える経歴に、「さまよえるユダヤ人」性が書きこまれることになる。

ポイントの第四はブルームにとっての幸せの分岐点を表の中にも確認できる点となる。『ユリシーズ』には一八九三年から九四年にかけての記憶が多く現れるが（Gunn and Hart 19）、それは「幸せ。あの頃のほうが幸せだった」（*U* 8.170）、「西ロンバート通りを離れて何かが変わった」（*U* 8.609）とブルームが考えるためである。その中心にはルーディの死があるわけだが、その影響が一八九四年の職業の変化に見てとれる。

（金井嘉彦）

参考文献

Adams, Robert Martin. *Surface and Symbol: The Consistency of James Joyce's* Ulysses. Oxford UP, 1962.

Gunn, Ian, and Clive Hart with Harald Beck. *James Joyce's Dublin: A Topographical Guide to the Dublin of* Ulysses. Thames and Hudson, 2004.

Hastings, Patrick. "Leopold Bloom's Curriculum Vitae." *James Joyce Quarterly*, vol. 50, no. 3, spring 2013, pp. 824-29.

Hayward, Matthew. "Bloom's CV: Mimesis, Intertextuality and the Overdetermination of Character in *Ulysses*." *English Studies*, vol. 97, no. 8, 2016, pp. 877-91.

Raleigh, John Henry. *The Chronicle of Leopold and Molly Bloom:* Ulysses *as Narrative.* U of California P, 1977.

2 計画表(スキーマ)(schema)

計画表とは、ジョイスが『ユリシーズ』の理解を広めるため、ホメロスの『オデュッセイア』との照応関係を説明した図表である。彼はこれがおおやけになることは望んでおらず、ごく親しい人間の中での利用を求めていた。ジョイスが「計画表」という言葉を用いて関係者に手渡したものは三種類存在する。一つは、一九二〇年九月三日にアメリカの弁護士ジョン・クイン（John Quinn）に宛てた手紙の中の表である。ここでは、『ユリシーズ』が第一部「テレマキアッド」（最初の三章）、第二部「オデュッセイア」（中間の十二章）、第三部「ノストス」（最終の三章）の三部構成であること、さらに、十八章それぞれが『オデュッセイア』のエピソードと照応することが簡潔に図式化されている。

次の計画表は、クインへ手紙を出してから間もない一九二〇年九月二十一日に『追放者たち』のイタリア語への翻訳を依頼したカルロ・リナティ（Carlo Linati）に送ったもので、「リナティ計画表」と呼ばれる。この計画表では、挿話名称のほかに、色、技法、器官、象徴などの項目が立てられ、挿話の特徴づけがなされた。ジョイスはこの計画表について次のように述べている。「わたしはキャッチワードだけを示していますが、それでも理解してもらえると思っています。これは二つの民族（イスラエルとアイルランド）の叙事詩であり、同時に一日（一生）の小さな物語であり、人体の循環でもあります。……作品は一種の百科事典でもあります。わたしの意図は、神話を〈わたしたちの時代の相〉に置きかえるだけでなく、各冒険（つまり、身体全体の構成計画の中で、各時間、各器官、各学芸が内容的につながり、相互関連します）におのおの独自の技法を条件づけ、創造さえもさせることです」（*L* I 146-47）。

三つ目の計画表は、一九二一年十二月に『ユリシーズ』の講演会を開くヴァレリー・ラルボー（Valery Larbaud）のためにジョイスが書き直したものである。これが第十八挿話の仏訳を頼まれたジャック・ブノワ＝メシャン（Jacques Benoîst-Méchin）に渡り、さらにシルヴィア・ビーチ（Sylvia Beach）に送られると、計画表はタイプ原稿となって一部の関係者の間で回覧された。最終的に、ジョイスの伝記を執筆していたハーバート・ゴーマン（Herbert Gorman）の元に届き、その後一九三〇年にスチュアート・ギルバート（Stuart Gilbert）の『ジェイムズ・ジョイスの「ユリシーズ」』（*James Joyce's* Ulysses）において公開された。しかし、この出版に力を貸したジョイスが内容をそのまま掲載することを望んでいなかったため、計画表は「対応」の項目が削除され、他の内容も原版を忠実に再現するものではなかった。この原版は二人の名にちなんで「ゴーマン＝ギルバート計画表」と名づけられ、のちに公開された。

リナティ計画表とゴーマン＝ギルバート計画表を比較すると、改訂の目的が透けて見える。まず、最終計画表となったゴーマン＝ギルバート計画表では、「時刻」「器官」「学芸」の項目に内容的に大きな変更は見られないが、「時刻」の前に新たに「場面」が付け加えられ、計画表の形式が整えられている。また、『オデュッセイア』の登場人物を並べた「人物」が削除されている。その代わりに「対応」という項目が設定され、「スティーヴン＝テレマコスとハムレット、バック・マリガン＝アンティノオス、ミルク売りの女＝メントル」（第一挿話）というように、ホメロスの人物と小説内の人物との照応関係がよりわかりやすく提示されている。さらに、リナティ計画表で挿話のモチーフを羅列していた「象徴」の内容が大幅に改訂されている。たとえば、第十挿話の「象徴」では、「キリストとカエサル、誤り、同音異義、同時性、類似」という、この挿話を読み解くうえでのキーワードが並べられているが、改訂では「市民」の一語だけで処理されている。改訂された「象徴」の表現はこのようなワンフレーズによる簡潔な表現が多いためきわめて暗示的である。同様に、挿話のテーマに触れていた「意味」の項目も最終計画では削除されている。

もう一つの大きな変更は「技法」である。リナティ計画表の技法は、第一挿話から第七挿話と第十六挿話から第十八挿話に「対話」「独白」「散文」「文彩」といった文学論や言語学の基本用語が用いられている。ところが、ゴーマン＝ギルバート計画表では、最初の四挿話と最終の三挿話に前述の用語が残されているものの、それ以外には文学的な技法とは別の概念が用いられている。第五挿話の「ナルシシズム」や第六挿話の「悪夢主義」はブルームの心的な状態であり、第八挿話の「蠕動的」は消化器官の動きである。

このようなゴーマン＝ギルバート計画表への改訂は一九二一年にジョイスが『ユリシーズ』の全体を書きあげ、さら作品全体を見直して大幅な改訂を加えた事実と無関係ではないだろう。つまり、リナティ計画表の内容は、小説の構造を示す設計図というよりもジョイスの頭にあった作品のアイデアをまとめた図に近いものであった(Fludernik 178, Groden 176)。これに対してゴーマン＝ギルバート計画表は、『ユリシーズ』出版を間近に控えた時期に作成されたため、ホメロスとの平行関係がより具体化した形で反映されている。また、「意味」の削除に見られるように作品のアイデアに直接関わる記述をできるだけ排除し、「象徴」や「技法」の表現を抽象的で曖昧にすることによって読者を惑わせようとする意図も垣間見える。計画表がリナティからゴーマン、さらにギルバートに渡るにしたがって、表現の簡潔さとは裏腹に、内容がより曖昧で象徴的なものに変化している点は興味深い。ブノワ＝メシャンに計画表を渡すとき、ジョイスは次のように言った。「すぐにこれを見せたら、わたしは不滅ではなくなってしまいます。謎(エニグマ)やパズルを少なからず書きこんだので教授たちは何世紀もかけてわたしの意図を議論しつづけることになるでしょう。それが不滅を維持する唯一の方法なのです」(Ellmann 521)。このジョイスの言葉を信じるのであれば、計画表には巧妙に仕かけられた罠が隠れている可能性もあるので、解釈には細心の注意が必要である。

では、実際に第十二挿話を取りあげて、リナティ計画表とゴーマン＝ギルバート計画表の内容を検証してみよう。ゴーマン＝ギルバート計画表に従えば、この挿話の「表題」は「キュクロプス」、「時刻」は「午後五時」、

表２　リナティ計画表（1）

表題	時間	色	人物	技法	科学、学芸	意味	器官	象徴
I. 夜明け								
1. テレマコス	午前８時-９時	金、白	テレマコス アンティノウス ｛メントル 　パラス 求婚者たち ペネロペイア（母）	3人と4人の対話 物語 独白	神学	戦いの中で略奪された息子	テレマコスはまだ肉体を持っていない	ハムレット、アイルランド、スティーヴン
2. ネストル	午前９時-10時	栗色	ネストル テレマコス ペイシストラトス ヘレン	2人の対話 物語 独白	歴史	旧世界の叡智		アルスター、女、実務的センス
3. プロテウス	午前10時-11時	青	プロテウス メネラオス ヘレン メガペンテス テレマコス	独白	言語学	第一質料 （プロテウス）		言葉、印、月、進化、変身
II. 午前								
1(4) カリュプソ	午前８時-９時	オレンジ	カリュプソ（ペネロペイア「妻」） ユリシーズ カリディケ	二人の対話 独白	神話学	出発する旅人	腎臓	ヴァギナ、亡命、家族、ニンフ、囚われのイスラエル
2(5) 食蓮人たち	午前９時-10時	褐色	エウリロカス ポリテス ユリシーズ ナウシカア(2)	対話 独白 祈り	化学	信仰の誘惑	皮膚	聖体拝領のパン、風呂の中のペニス、泡、花、麻薬、去勢、燕麦
3(6) ハデス	午前11時-12時	黒-白	ユリシーズ エルペノル アイアス アガメムノン ヘラクレス エリピュレ シシュポス オリオン ラエルテスなど プロメテウス ケルベロス テイレシアス ハデス プロセルピナ テレマコス アンティノウス	物語 対話		無への下降	心臓	墓地、聖なる心臓、過去、未知のひと、無意識なるもの、心臓欠陥、聖遺物、悲嘆
正午								
4(7) アイオロス	午後12時-１時	赤	アイオロス 息子たち テレマコス メントル ユリシーズ(2)	説得の雄弁術 法廷の雄弁術 賞賛と非難の雄弁術 文彩	修辞学	勝利に対する嘲笑	肺	機械、風、飢え、クワガタムシ、裏切られた運命、ジャーナリズム、変わりやすさ、
5(8) ライストリュゴネス族	午後１時-２時	血の赤	アンティパテス 誘惑する娘 ユリシーズ	蠕動性の散文	建築	憂鬱	食道	
6(9) スキュレとカリュブディス	午後２時-３時	–	スキュレとカリュブディス ユリシーズ テレマコス アンティノウス	渦巻き	文学	両刃のジレンマ	脳	ハムレット、シェイクスピア、キリスト、ソクラテス、ロンドン、ストラットフォード、スコラ哲学と神秘主義、プラトンとアリストテレス、青春と成熟

「場面」は民族主義者たちが集まるバーニー・キアナンの「酒場」である。彼らの男性中心的な意識が「器官」である「筋肉」を体現することは言うまでもない。「学芸」が「政治」であるのもこの酒場に横溢するナショナリズムと結びつく。ここで「ユダヤ人」とみなされたブルームは愛国主義者たちと闘うのだが、リナティ計画表の「象徴」では「国民、国家、宗教、王朝、理想主義、誇張、熱狂、集団性」という挿話のモチーフが並べられているのに対し、ゴーマン＝ギルバート計画表の「象徴」は「フィニア会」のみの説明となっている。リナティ計画表の「色」はアイルランドを表す「緑」だったが、改訂の過程で消されている。リナティ計画表の「意味」にある「自死の恐怖」が何を指すか曖昧であるが、ユダヤ人の迫害や自殺を暗示しているとも考え

表2　リナティ計画表（2）

表題	時間	色	人物	技法	科学、学芸	意味	器官	象徴
日中（中心点＝へそ）								
7(10)　さまよう岩	午後３時-４時	虹色	物体 場所 力 ユリシーズ	両岸の間を移動する迷路	力学	敵意ある環境	血液	キリストとカエサル、誤り、同音異義、同時性、類似、
8(11)　セイレン	午後４時-５時	珊瑚色	レウコテア パルテノペ ユリシーズ オルペウス メネラオス アルゴ船	カノン形式によるフーガ	音楽	心地よい欺き	耳	約束、女性、音、装飾
9(12)　キュクロプス	午後５時-６時	緑色	プロメテウス 誰でもない人間(1) ユリシーズ ガラティア	交互する非対照	外科	自死の恐怖	(1) 筋肉 (2) 骨	国民、国家、宗教、王朝、理想主義、誇張、熱狂、集団性
10(13)　ナウシカア	午後８時-９時	灰色	ナウシカア 侍女 アルキノオス アレテ ユリシーズ	後退的進行	絵画	投影された蜃気楼	目 耳	オナニズム、女らしさ、偽善
11(14)　太陽神の牛	午後10時-11時	白	ラムペティエ パエトゥサ ヘリオス 　ヒューペリオン ユピテル ユリシーズ	散文（初期胎児-胎児ー誕生）	医学	永遠の会衆	母体 子宮	受胎、詐欺、単性生殖
12(15)　キルケ	午後11時-12時	紫	キルケ 獣たち テレマコス ユリシーズ ヘルメス	刺激されて爆発点に達した幻想	舞踏	人間嫌いの海の怪獣	運動器官 骨格	動物学、擬人化、汎神論、魔術、毒、解毒剤、混乱
III 真夜中 （スティーヴンとブルームの融合）　（ユリシーズとテレマコス）								
1(16)　エウマイオス	午前12時-１時	–	エウマイオス ユリシーズ テレマコス 悪い羊飼い ユリシーズ 　偽天使	くつろいだ散文		家での待ち伏せ	神経	
2(17)イタケ	午前１時-２時	– 星の輝き 乳白色	ユリシーズ テレマコス エウリュクレイア 求婚者たち	対話 和らいだ文体 融合		武装した希望	体液	
3(18)ペネロペイア	∞	星の輝き 乳白色 そして 新しい夜明け	ラエルテス ユリシーズ ペネロペイア	独白 諦めの文体		過去が眠る	脂肪	
深い夜　　　　夜明け ↓　　　　　　↓ ユリシーズ（ブルーム）　テレマコス（スティーヴン）								

参考：　Ellmann,Richard.“Appendix: The Linati and Gorman-Gilbert Schema Compared.” *Ulysses on the Liffey* , Faber and Faber, 1972, pp.187-88.
リチャード・エルマン「付録 リナティ計画表とゴーマン＝ギルバート計画表の比較対照」『リフィ河畔のユリシーズ』和田旦、加藤弘和訳、国文社、1985、251-52.

られる。しかし、これも最終計画表では消去されている。「技法」の「巨大化」は、「俺」による一人称の卑俗で矮小化された語りに続いて、すべてを誇張して語る三十三か所の三人称の語りを指す。リナティ計画表の「技法」では「交互する非対照」と説明されているので、ジョイスがこの二つの対照的な語りをいかに意識していたかがわかるだろう。

「対応」の解釈には慎重さが要求される。まず、「誰でもないもの＝おれ」という対応関係が謎である。ホメロスに従えば、「誰でもないもの」は当然オデュッセウスであるブルームであって、語り手の「俺」とは結びつけにくい。また、一つ目の巨人ポリュペモスの目を刺す「棍棒」は、ブルームめがけてビスケット缶を投げつけようとしたときに「市民」の目に入った太陽の

表３　ゴーマン＝ギルバート計画表

	表題	場面	時刻	器官	学芸	色	象徴	技法	対応
	I. テレマキアッド								
1	テレマコス	塔	午前８時		神学	白 黄金	相続人	語り（若者の）	スティーヴン＝テレマコス＝ハムレット バック・マリガン＝アンティノウス ミルク売りの女＝メントル
2	ネストル	学校	午前10時		歴史	褐色	馬	教義問答（個人的）	ディージー＝ネストル サージャント＝ペイシストラトス オシェイ夫人＝ヘレン
3	プロテウス	海岸	午前11時		言語学	緑	潮流	独白（男の）	プロテウス＝根源質量 ケヴィン・イーガン＝メネラオス ザル貝採り＝メガペンテス
	II. オデュッセイア								
4	カリュプソ	家	午前８時	腎臓	経済学	オレンジ	ニンフ	語り(中年の)	カリュプソ＝ニンフ ドルゴッシュ＝想起 シオン＝イタケ
5	食蓮人たち	浴場	午前10時	生殖器	植物学 化学		聖体	ナルシシズム	食蓮人たち＝馬車馬、聖体拝領者、兵士、宦官、入浴する人、クリケット観戦者
6	ハデス	墓地	午前11時	心臓	宗教	白、黒	管理人	インキュビズム	ドダー川、グランド運河、ロイヤル運河、リフィー川＝(冥界の)四つの川 カニンガム＝シシュポス コフィ神父＝ケルベロス 管理人＝ハデス ダニエル・オコンネル＝ヘラクレス ディグナム＝エルペノル パーネル＝アガメムノン メントン＝アイアス
7	アイオロス	新聞社	正午12時	肺臓	修辞学	赤	編集長	省略三段論法的	クロフォード＝アイオロス 近親相姦＝ジャーナリズム 浮島＝新聞界
8	ライスト リュゴネス 族	昼食	午後１時	食道	建築学		巡査たち	蠕動的	アンティパテス＝飢え おとり＝食物 ライストリュゴネス族＝歯
9	スキュレと カリュブ ディス	図書館	午後２時	脳	文学		ストラト フォード、ロ ンドン	弁証法	岩＝アリストテレス、教義、ストラトフォード 渦＝プラトン、神秘主義、ロンドン、 ユリシーズ＝ソクラテス、イエス、シェイクスピア
10	さまよう 岩々	市街	午後３時	血液	機械学		市民	迷路	ボスフォラス海峡＝リフィ川 ヨーロッパ側の岸＝総督 アジア側の岸＝コンミー神父 シュンプレガデス＝市民の集団
11	セイレン	演奏室	午後４時	耳	音楽		バーの女給	カノン形式のフーガ	セイレン＝女給 島＝酒場
12	キュクロプス	酒場	午後５時	筋肉	政治		フィニア会	巨大化	誰でもないもの＝おれ 棍棒＝葉巻 挑戦＝神格化
13	ナウシカア	岩場	午後８時	目、鼻	絵画	灰色、青	処女	勃起、弛緩	パイアキア＝海の星教会 ガーティ＝ナウシカア
14	太陽神の牛	病院	午後10時	子宮	医術	白	母	胎生的発展	病院＝トリナクリア島 看護師＝ラムペティエ、パエトゥサ ホーン＝ヘリオス 牛＝豊饒 罪＝詐欺
15	キルケ	娼家	真夜中12時	運動器官	魔術		娼婦	幻覚	キルケ＝ベラ
	III. ノストス								
16	エウマイオス	御者だまり	午前１時	神経	航海術		船員	語り(老人の)	山羊皮＝エウマイオス 船乗り＝偽のユリシーズ コーリー＝メランテウス
17	イタケ	家	午前２時	骨格	科学		彗星	教義問答（非個人的）	エウリュマコス＝ポイラン 求婚者たち＝ためらい 弓＝理性
18	ペネロペイア	ベッド		肉			大地	独白(女の)	ペネロペイア＝大地 織物＝運動

参考：Croessmann, H.K. "Joyce,Gorman,and the Schema of *Ulysses*: An Exchange of Letters—Paul L. Léon, Herbert Gorman, Bennett Cerf." *A James Joyce Miscellany, Second Series*, edited by Marvin Magalaner, Southern Illinois UP, 1959, pp.9-14.

光であるはずだが、ここでは「葉巻」となっている。ブルームが酒場で手にした葉巻は酒場の人間たちには目ざわりで危険な「棒」であったことは間違いないが、ホメロスとの対応からは少し逸脱している。「挑戦＝神格化」は、ブルームの愛国主義者への挑戦と挿話の最後の昇天を意味すると思われるが、『オデュッセイア』のキュクロプスのくだりには神格化を表わす出来事は存在しない。そもそもこの挿話の重要人物である「市民」と一つ目の巨人族キュクロプスのポリュペモスの対応が載せられていない点はこの計画表の最大の謎である。さらに、リナティ計画表の「人物」には、プロメテウスとガラテアが載っているが、この二人は『オデュッセイア』との関係がないため、別の起源からの関連をたどる必要があるだろう。

計画表を手がかりとしてホメロスとの平行関係をたどる方法は、「神話を〈わたしたちの時代の相〉に置きかえ」ようとしたジョイスの目的を再確認し、作品を作家の意図に還元する読み方である。しかし、今検証したように、そこにはジョイスの意図的な罠や謎が数多く散りばめられていることを忘れてはならない。また、この読み方に頼りすぎると解釈が計画表の枠内から出られず、解釈の幅が広がりにくくなるという弊害もある。したがって、作家の意図を理解しつつも、作品を作家の手から離して読む姿勢も必要である。

しかしその一方で、計画表には、解き明かされるべき価値のある謎がまだ存在しているようにも思える。たとえば、第八挿話の「技法」は「蠕動的」であるので昼食時の人物の消化器官の動きとの関連として捉えられることが多いが、リナティ計画表の「技法」では「蠕動性の散文」という明白な文体への言及がある。つまり、ジョイスの初期の発想では蠕動運動的な文体がアイデアとして存在していた可能性がある。この観点からこの挿話のパラグラフの形状を視覚的に捉えなおすと、ブルームにストレスがかかったときのパラグラフと落ち着いているときのパラグラフのつながりが消化器官の蠕動運動を映しだしているとも考えられるだろう。また、第十一挿話の技法「カノン形式のフーガ」は一般的に音楽技法と解釈されてきたが、それをフーガ形式の特徴である「模倣反復」の原理に置きかえ、登場人物の心的、外的な「逃走」と「追跡」という動きに還元して解釈することもできるだろう。

計画表の謎を追いかけることは学者とっても不滅でいられる秘訣である。ぜひ挑戦していただきたい。（戸田　勉）

参考文献

Croessmann, H.K. "Joyce, Gorman and the Schema of *Ulysses*: An Exchange of Letters–Paul L.Léon, Herbert Gorman, Bennett Cerf." *A James Joyce Miscellany*, Second Series, edited by Marvin Magalaner, Southern Illinois UP, 1959, pp. 9-14.

Ellmann, Richard. *James Joyce*. Rev. ed., Oxford UP, 1982.

---. "Appendix: The Linati and Gorman-Gilbert Schema Compared." *Ulysses on the Liffey*. Faber and Faber, 1972, pp. 187-88.

Fludernik, Monika. "*Ulysses* and Joyce's Change of Artistic Aims: External and Internal Evidence." *James Joyce Quarterly*, vol. 23, no.2, winter 1986, pp. 173-88.

Gilbert, Stuart. *James Joyce's* Ulysses: *A Study*. Alfred. A. Knopf, 1952.

Groden, Michael. Ulysses *in Progress*. Princeton UP, 1977.

Joyce, James. *Letters of James Joyce*. Edited by Stuart Gilbert, vol. 1, Viking P, 1966.

3　ホメロスとの照応関係（ホメリック・パラレル）、神話的手法

「ホメリック・パラレル」（Homeric parallel）は、ホメロスの叙事詩『オデュッセイア』における登場人物や出来事が『ユリシーズ』の物語世界の背景に置かれていること、あるいは、特定の人物を等号的に結びあわせる照応関係を意味する。例えばブルームとスティーヴンの擬似的な父子関係はオデュッセウスとその息子テレマコスの父子関係に相当し、ブルームが不在の間にその妻を寝取るボイランは、オデュッセウスの妻ペネロペに求婚をせまる男たちの一人アンティノオスである。自身の地位をスティーヴンに自慢げに話すディージー校長は武勲を誇るネストルで、偏狭なナショナリズムを説いてはくだを巻き、ビスケット缶を暴力的に投げつける「市民」は、

燃えさかる棒にその単眼を突き刺されて大岩を投げつけてくる巨人キュクロプスである。オーモンド酒場の女性二人は誘惑するセイレン、恋に恋い焦がれるガーティ・マクダウェルはオデュッセウスを献身的に世話する王女ナウシカア、娼家の主ベラ・コーエンは人を豚に変えてしまう魔女キルケ、ベッドの上であてどもない思念の糸を紡ぐモリーは、夫の帰りを待ち、経帷子を織っては解くペネロペである、等々。「ホメリック・コレスポンデンス」(Homeric correspondence) とも呼ばれてきたこの照応関係は、『ユリシーズ』という書物の堅牢なドアを開くための「鍵」であり続けてきた。確かにそれは、物語の言葉に奥行きと陰影を与え、互いに有機的な関係をもたせる仕組みの一つである。しかし批評的実践においては、我田引水の照応関係を見つける傾向が目立つため、その援用にはいくらかの注意が必要である。

「ホメリック・パラレル」が批評装置として登場した時期は、現在のように豊富な註釈がまったく利用できなかった時代、『ユリシーズ』の印象が「混沌」という形容辞とともに語られていた一九二〇年代初めに遡る。ジョイスが周囲の知己に『オデュッセイア』との対応関係を明記した二つの「計画表」を送っていた頃（本書「計画表（スキーマ）」の項参照）、『ユリシーズ』は『リトル・レヴュー』(*Little Review*) 誌で連載途上にあった（本書「『リトル・レヴュー』の貢献」の項参照）。『ユリシーズ』はすでに、特定の語句や文の削除、その挿話を含む雑誌の没収・郵送の禁止等、さまざまな検閲・発禁処分の対象となっており、冒瀆性や猥褻な記述を含む、「危険な読み物」となっていた（本書「検閲、裁判」の項参照）。リチャード・オールディントン (Richard Aldington) などは、一九二一年四月の論評の中で、同書を「人間性に対する名誉毀損」とまで呼び(188)、その過剰な自然主義がもたらす影響に強い危惧を表明していた。実に第一次大戦後の不安定な世界秩序において、ジョイスの新しい小説は「便所の芸術」や「革命派の地下室のダイナマイト」(Birmingham 9) にも喩えられ、道徳を腐敗させ、「混沌」を招く作品として強い警戒を抱かれていた（本書「『ユリシーズ』発表当時の評価」の項参照）。同書を肯定的に見る批評家からすらも、「『ユリシーズ』は混沌である」として、道標どころか「道なき国」と喩えられていたほどに（Jackson 199-200）、ジョイスの方法は類例のない、型破りなものに映っていた。

そのような情況下で「ホメリック・パラレル」は、『ユリシーズ』が無秩序どころか、西洋文学の起源につながる伝統性と秩序を保持する作品であるということを弁護する概念として機能した。ジョイス自身、小説完成の間近の段階に入った一九二一年夏に、さまざまな照応関係を追加して、その構造を強化した（Groden 52）。その小説の偉大さを広めようとしたヴァレリー・ラルボー（Valery Larbaud）も、ジョイスから貸し与えられた計画表に従って、一九二一年十二月に講演を行なって同書の緻密な構造を熱っぽく語り、特に『オデュッセイア』との平行関係の意義を強調した。講演の内容は、翌一九二二年四月にフランスの文芸雑誌に掲載された。一九二三年の十一月号『ダイアル』誌（*The Dial*）に掲載されたT・S・エリオット（T. S. Eliot）のエッセイ「『ユリシーズ』、秩序、神話」（"*Ulysses*, Order, and the Myth"）はその冒頭部においてこのラルボーの講演に言及することから始まっている。『荒地』（*The Waste Land*, 1922）の詩人は、ジョイスの発明した方法をアインシュタインの諸理論にも比肩する形で新しい科学的発見と紹介し、「神話的方法」と命名した。自身の詩の自己弁護でもあるようなこのエッセイは、オールディントンの危惧に反駁しながら、『ユリシーズ』における「古代と現代の性質の間の連続的平行」を調整し、「広大な地平にひろがる不毛と混沌を統制し、秩序づけ、そこに形と意味を与える方法」を最大限に評価しようとした。それは明らかにエリオットが別の評論「伝統と個人の才能」（"Tradition and the Individual Talent," 1919）で力点を置いていた「ホメロス以降のヨーロッパ文学全体」という枠組がつくる「同時的秩序」の言い換えであった（55）。一九一九年十一月号の『エゴイスト』誌に掲載されたこのエリオットの評論のすぐ下には、『ユリシーズ』の第九挿話が印刷されていた。ジョイスは「神話的方法」という用語を、新しい批評概念を渇望する読者に与えるべきものとしておおいに歓迎した（*L* III 83）。それはある意味で彼の思惑どおりであった。一九三〇年、ジョイス自身の指示や要求を組み入れて完成したスチュアート・ギルバート（Stuart Gilbert）による研究書（*James Joyce's* Ulysses: *A Study*）が刊行された。膨大な『ユリシーズ』の引用を含む本書は、その「危険な読み物」が依然として入手困難な時期にその内容を知る貴重な機会を読者に提供すると同時に、それまで非公式資料であった計画表を掲載し、それに応じた読解モデルを示した。「ホメリック・パラレル」が一般読者の解釈作業における重要な「鍵」となったのはこのときからと言ってよい。

ホメリック・パラレルはたしかに物語の枠組や展開、モチーフ、登場人物間の関係や彼らの言動を輪郭づけるために有用であり、難解な『ユリシーズ』を理解するために、一つの「秩序」をもたらす。しかしこの概念を利用してある秩序をつくろうとする批評は、それが別の秩序を排除しうる可能性に十分に警戒しなければならない。ジョイス自身、のちにナボコフに語ったように、それを前面化して形式化しすぎたことを後悔していたのである(Ellmann 616)。

(南谷奉良)

参考文献

Aldington, Richard. "The Influence of Mr. James Joyce." Rpt. in Deming, pp. 186-88.

Birmingham, Kevin. *The Most Dangerous Book: The Battle for James Joyce's* Ulysses. Penguin, 2014.(バーミンガム、ケヴィン『ユリシーズを燃やせ』小林玲子訳、柏書房、二〇一六年)

Deming, Robert, editor. *James Joyce: The Critical Heritage. Volume I: 1907-27*. Routledge, 2008.

Eliot, T. S. "Ulysses, Order, and the Myth." Rpt. in *James Joyce: The Critical Heritage. Volume I: 1907-27*, edited by Robert Deming, Routledge, 2008, pp. 268-71.

……."Tradition and the Individual Talent, Part I," *The Egoist*, vol. 6, no. 4, Sept. 1919, pp. 54-55.

……."Tradition and the Individual Talent, Part II-III," *The Egoist*, vol. 6, no. 5, Dec. 1919, pp. 72-73.

Ellmann, Richard. *James Joyce*. New and rev. ed., Oxford UP, 1982.

Groden, Michael. Ulysses *in Progress*. Princeton UP, 1977.

Jackson, Holbrook. "Review," *Today*, June 1922, Deming, pp. 198-200.

4 輪廻転生（メテムサイコシス）(metempsychosis)

第四挿話、モリーは彼女が読んでいた本『舞台の花、ルービー』(*Ruby, the Pride of the Ring*) に出てきた難解な語の意味を夫に尋ねる。本のページを見たブルームは、その「輪廻転生」(metempsychosis) という語の意味を「ギリシャ語で魂の生々流転を意味する」と説明する。しかし、もっと簡単な言葉で説明してよ、と請われたことで、その単語を次のように言い換える――「ある人たちが信じるところでは……人間は死後も別の体で生きつづけるし、前にも別の体で生きている、と。それを生まれ変わり (reincarnation)、と呼ぶんだ。人間はみんな何千年もの昔に地球上とか別の惑星で生きていた。ぼくらはそれを忘れてしまっているんだ、と。過去の生を覚えている場合もあるらしいよ」(*U* 4.361-65、省略は筆者)。この概念は「ホメリック・パラレル」(コラムの前項を参照)の補助輪としても利用され、例えばブルームをオデュッセウスの生まれ変わりと考える解釈の基盤になってきた。しかし「輪廻転生」が文字どおりの意味で用いられることは稀で、ある言葉や出来事を喚起させるトリガーとして機能したり、オウィディウスの『変身物語』におけるピタゴラスの思想、古代インド哲学に由来するカルマの概念、神智学思想や心霊主義とも結びつきながら、変身あるいは変容という現象が物語に導入されていることを読者に知らせるためのキーワード、という側面が強い。

初めに metempsychosis という文字列を見てモリーが発話した意味をなさない音の塊は、その日の午後に彼女が浮気相手の彼（ボイラン）と会うことを知っている夫ブルームの不安を反映しながら、テクスト上では “Met him pike hoses.” と分節される。すると以降、この言葉は、朝のモリーとのやりとりをブルームに喚起させせつつ、彼女とボイランの密会を連想させるトリガー・ワードとして機能する。また、“metempsychosis.” という言葉それ自体が “Met him pike hoses.” に姿を変えていることは、差異を伴った反復＝変身を通じて、生まれ変わりやよみがえりが物語のなかで起こる実例の提示にもなっている。例えばサーカスの少女ルービー (Ruby) に言及があるときには、生後十一日で亡くなった息子ルーディ（Rudy）の記憶がブルームの脳裏にはちらついているのだろうし、第五挿話で新聞を「捨てておいて」（"throw it away"）という言葉が競馬馬の「スローアウェイ」（Throwaway）に取り違えられることも、この一例と言えよう。読者はそうした変身と変容を経験しながら、物語に初めて登場するものでも、それがいずれ姿形を変えて反復される可能性があることを意識づけられるのである。

生まれ変わりの世界観は、ディグナムの埋葬にさいしてブルームを突然捉える「もしも突然別人になったとしたら」（*U* 6.836）という発想や、スティーヴンの内的独白「分子がすべて変化する。いまのぼくは別のぼくだ」（*U* 9.205）にも見てとれ、直接的にはピタゴラスの言う「われわれ自身の体も、常に休みなく変化している。昨日のわれわれ、今日のわれわれは、明日のわれわれではないのだ」に対応し、単一の意味や姿形、アイデンティティを解体しながら、万物を重層化・複数化させる思想である。しかし一方では、「大虐殺（ホロコースト）。カルマ生々流転と呼ぶんだ過去に犯した罪のため生まれ変わるメットヒムパイクホーシーズ」（*U* 8.1147-48）にも示されているように、過去からは逃れられないというメッセージを表わす場合もある。それは直接的には、ジェネラル・スローカム号船舶火災事故による大量の死者や（ピタゴラス思想における肉食の罪を想起する）口蹄疫によって殺処分される家畜が念頭に置かれているが、それと同時に、一九〇四年六月十六日に先行するあらゆる出来事、在りし日の思い出や消し去ることのできない歴史、過去に犯した悪事、無数の記憶と死者たちが――例えば第十五挿話の幻想劇に描かれるような形で――よみがえりうることを示している。

（南谷奉良）

5 「パララックス」（parallax）

第八挿話においてブルームが見る報時球は、彼にダンシンク時間という言葉を喚起する。そして彼は、ダンシンク天文台の所長を務めたロバート・ボール（Robert Ball）の本に書かれていた、パララックスという語が理解できなかったことを思いだす（*U* 8.109-11）。ここでブルームが考えているボールの本とは、彼の書棚にある『天体の物語』（*The Story of the Heavens*）であると思われる（*U* 17.1373）。

ブルームがわからなかったというパララックス（視差）とは、異なる二地点から同一の天体を見たときの方向の差であり、これによってその天体の地球からの距離がわかる。ボールは『天体の物語』のなかで、視差という概念を説明するために、簡単な実験に読者を誘う。窓の前に立って紙片を垂直に置き、まずは右目を閉じて左目だけで、窓の外にあるものを基準にして紙片がどの位置にあるかを見る。次に右目だけで、背景に対して紙片がどの位置に見えるかを調べる。そうしたさいにあらわれる、「遠くの背景との相対的な、紙片の見かけ上の位置の変化こそが、視差と呼ばれるものである」（152）。

『ユリシーズ』には、同一の人や対象や出来事について、複数の視点から語られる場面が多く見られる。そのような『ユリシーズ』に内在する表現上の特徴、あるいはそれを用いてより蓋然性の高い理解を得るという読解の方法として、ジョイス研究においてパララックスという言葉はよく持ちだされる（Heusel 135-46; Kenner 72-82; Cantwell 115-16）。

フリッツ・セン（Fritz Senn）は、パララックスを「観察者の思考を二つまたはそれ以上の異なる立場に立たせ、情報を交換させせること」と説明した（79）。センの教え子たちが中心になって編まれた論集『ジョイスを視差する』（*Parallaxing Joyce*）は、作品内外のさまざまな比較対象や視座を持ちだしてそれらの間の差異からジョイス作品にアプローチするという、いわば研究手法としてのパララックスを大々的に打ちだしたものになっている。この本には、ジョイスの同時代の雑誌や現代のグラフィック版における連載媒体間の、あるいは連載版と単行本との間の差異から『ユリシーズ』の読書体験を検閲の問題とからめて再考するもの（103-30）、コンセプチュアル・アーティストのジョゼフ・コスース（Joseph Kosuth）による、ジョイスとルイス・キャロル（Lewis Carroll）のテクストを取りいれたインスタレーション作品という新たな観点からジョイスに迫るもの（160-71）、『ユリシーズ』の二つのハンガリー語訳の間の違いを説明したもの（212-36）、といったように多様な参照点の間の「視差」からジョイスを考える論考が集められている。

他方で、ヒュー・ケナー（Hugh Kenner）が早くから注意を喚起していたように（81-82）、パララックスによって必ずしも客観的に正しい理解が得られるとはかぎらない。そもそも『オックスフォード英語辞典』（*Oxford English Dictionary*）によれば、“parallax”という言葉自体、「歪み。間違って、あるいは歪んだふうに見てしまうこと」という意味を持つ。ブルームは第十七挿話で、パララックスという概念を理解したのか、ともに星空を見あげるスティーヴンに、「視差またはいわゆる恒星の視差的移動」（“the parallax or parallactic drift of socalled fixed stars”）について、恒星すらも「絶え間なく漂流するもの」（“evermoving wanderers”）であることと説明する（*U* 17.1052-53）。パララックスが示すことは、結局あらゆる人やものの立場や位置は絶えず動いており、完全に客観的な視座など存在しないということだと言える（Kiczek 299-303）。

『ユリシーズ』では俯瞰的な視点から物事の全体像が示されることが基本的にはなく、別々の観点から語られることの「視差」から理解を深めることが必須である。他方で上述のとおり、ジョイス研究でパララックスという概念が扱われるとき、そもそも個々の視点自体が主観的・変動的なものにすぎないということが問題とされることもある。その限界も意識しつつ注意深くパララックスを利用することが重要であると言える。（新井智也）

参考文献

Ball, Robert Stawell. *The Story of the Heavens*. Cassell, 1890.

Cantwell, Cara Siobhán. “‘The Portals of Discovery’: Popular Literature, Parallax, and the Culture of Reading in Joyce's *Ulysses*.” *Nordic Irish Studies*, vol. 16, 2017, pp. 109-22.

Heusel, Barbara Stevens. “Parallax as a Metaphor for the Structure of *Ulysses*.” *Studies in the Novel*, vol. 15, no. 2, summer 1983, pp. 135-46.

Kenner, Hugh. *Ulysses.* Rev. ed., Johns Hopkins UP, 1987.
Kiczek, Justin. "Joyce in Transit: The 'Double Star' Effect of *Ulysses.*" *James Joyce Quarterly*, vol. 48, no. 2, winter 2011, pp.291-304.
Paparunas, Penelope, et al., editors. *Parallaxing Joyce.* Narr Francke Attempto Verlag, 2017.
Senn, Fritz. *Joyce's Dislocutions: Essays on Reading as Translation.* Edited by John Paul Riquelme, Johns Hopkins UP, 1984.

6　コインシデンス（coincidence）

「偶然の一致」と訳されることの多い「コインシデンス」という語は、『ユリシーズ』において十四回すべてレオポルド・ブルームに関連して出てくる（Attridge 15）。しかし作中には、ブルームによって認識される以上に数多くのコインシデンスが書きこまれている。『ユリシーズ』におけるコインシデンスは、ブルームにとってのコインシデンスと読者にとってのコインシデンスとに大別できる。

まずはブルームにとってのコインシデンスについて見ていくならば、ブルーム個人はコインシデンスに敏感な人物として描かれている。第八挿話で彼はたて続けに印象的なコインシデンスを経験する。まずダブリン・ベーカリー・カンパニー（D・B・C）の前でジョン・ハワード・パーネル（John Howard Parnell）を見かけたさい、その直前に兄のチャールズ・スチュアート・パーネル（Charles Stewart Parnell）について思索していたため、「コインシデンス」と感じる（*U* 8.503）。その直後、先に想像していたジョージ・ウィリアム・ラッセル（George William Russell）とも現実にすれ違い、このコインシデンスの連続に驚く。彼はこのことを「起こるべき出来事には前触れがある」（"Coming events cast their shadows before"）（*U* 8.526）として、単なる偶然を超えた予知のようなものととらえる。第十一挿話でもブルームは、妻モリーの浮気相手のボイランと一日で三度も遭遇しかけたときや、隠れて文通するマーサに返信を書こうと考えていたところでオペラ『マルタ』の曲を耳にしたとき、自身の後ろめたい状況を思いださせるような「コインシデンス」にはっとさせられる（*U* 11.303, 713）。

しかしブルームにとってのコインシデンスは、読者にとってのコインシデンスと必ずしも一致しない。このようなコインシデンスは、ブルームにとってはめったにないこととして感じられるが、読者にとってはブルームが驚くほど稀なものではないという見方もできる。前述のパーネルの例をあえて批判的に見るならば、ブルームが考えた兄のパーネルと現実に見た弟とは厳密には別人であることや、実際に弟はD・B・Cの喫茶室でよくチェスに興じていたため（Byrne 48-53）、その近くで目撃されても不思議ではないとも言える。ジョン・ハネイ（John Hannay）が「過去には多くのコインシデンスがあるが、それは遡及的にしか気づかれない」と述べるように（"Coincidence and Analytic Reduction" 150）、ブルームはパーネルらを想像した過去の記憶を、彼らを現実に見かけるという新しい出来事からさかのぼって選択的につなぎあわせている。このようにブルームがコインシデンスと呼ぶ出来事は、読者から見ると、より単純な論理で構成されている場合もある。

以上のような作為性に気がつくとき、読者は「コインシデンス」という言葉で表わされないコインシデンスもまた多くあることに思いいたるだろう。中でもブルームとスティーヴンとの間に見いだされる数々のコインシデンスは、読者の目には父と子という作品のテーマに関わる象徴的なものに見えてくる。例として、二人とも喪服を着て、家の鍵を持たずにいる状態、同じ時間帯にそれぞれ別の場所で太陽を覆い隠しつつある雲に気づくこと（*U* 1.248-49; 4.218）、スティーヴンの夢とブルームの妄想の類似（*U* 3.365-69; 4.84-98）、第九挿話でスティーヴンが語る、寝取られ夫としてのシェイクスピアと、ブルームの状況との重なりが挙げられる。このようなコインシデンスを発見することで、読者は二人が出会う必然性や、その背後にあるかもしれない神の摂理や全体を統一する力の存在（Hannay "Coincidence and Converging Characters," 388）を次第に印象づけられる。

しかし読者が『ユリシーズ』に見いだすコインシデンスは、従来の文学において、作者によって必然を表わすために用いられてきたコインシデンスとは異なっている。ジョイスの特色として、コインシデンスは偶然とも必然とも決定不可能なものとして提示されている（Attridge 17-18）。そのためブルームとスティーヴンの関係がいたるところで示唆されるにもかかわらず、二人が互いを父や息子として、オデュッセウスやテレマコスとして意識することを示す決定的な言及はない。ジョイスが確信的でない書き方をすることについて金井嘉彦は、「生きている人間にであればいつでもどこでも起こる偶然」によって「必然の含まれた偶然」としての「コインシデンス」を生みだそうとしていると述べる（十二）。『ユリシーズ』においてコインシデンスは、偶然と必然の可能性に開かれ、読者を「コインシデンスに極度に注意深く」させることで（Senn 32）、積極的な読みを誘導するはたらきを果たしていると考えられる。

（湯田かよこ）

参考文献

Attridge, Derek. "The Postmodernity of Joyce: Chance, Coincidence, and the Reader." *Joyce Studies Annual*, vol. 6, 1995, pp.10-18.

Byrne, John Francis. *Silent Years*. Octagon Books, 1975.

Hannay, John. "Coincidence and Analytic Reduction in the 'Ithaca' Episode in *Ulysses*." *The Journal of Narrative Technique*, vol. 13, no. 3, fall 1983, pp. 141-53.

—. "Coincidence and Converging Characters in *Ulysses*." *ELH*, vol. 51, no.2, summer 1984, pp. 385-404.

Senn, Fritz. "Coincidental Joyce." *Dublin James Joyce Journal*, no. 5, 2012, pp. 16-32.

金井嘉彦「"much, much to learn"—ジョイスのコインシデンス再考（一）」『言語文化』第五七巻、二〇二〇、三—二三。

7 挿話という書き方

初めて『ユリシーズ』論を読む人は、「第一挿話」(Episode 1)や「テレマコス挿話」(the Telemachus episode)などという言い方にとまどうかもしれない。『ユリシーズ』は全三部、十八の部分に分かれているが、研究者の間では後者を「章」(chapter)ではなく「挿話」(episode)と呼ぶのが慣例になっている。

「慣例」と書いたのは、そもそも後年の編者が手を加えない一九二二年刊行の初版には「章」とも「挿話」とも書いておらず、ただ全三部の冒頭にⅠ・Ⅱ・Ⅲというローマ数字を記した紙が一葉挟まれているだけで、十八の部分は数字すらなくただ改ページによって分割が指示されているだけだからだ。もっとも、同作を執筆中のジョイスは各節を「挿話」と呼んでいたし、しばしば「テレマコス」などホメロス対応の呼称も用い、書簡でもそのように言及している。それも踏まえ、ジョイスの友人や同時代の批評家が、この大作の構造を解き明かしていく過程で「挿話」という呼称を定着させていったのである。

しかし、ここには単なる呼称の問題にとどまらないジョイスの書法にまつわる問題が潜んでいるように思われる。なぜジョイスは「章」という、小説ひいては西洋の書物全般において一般的な分割方式を採らなかったのか。「章」という分割方式については、フィリップ・ステヴィック(Philip Stevick)、ニコラス・デイムズ(Nicholas Dames)、またジョイスに関連して南谷奉良による先行研究がある。これらの情報を総合すると、どうやら「章」という分割方式には、著者もしくは編者の秩序管理という性格が付きまとうようだ(Dames の記事の "The Biblical Paradigm" の項参照)。また、小説の場合には、章立ては物語の時間秩序を可視化したり(Dames の記事の "The Novelistic Chapter" の項参照)、章末に向けて終曲風の演出やサスペンスを持ちこんだり(Stevick 参照)と、語り手の采配をどうしても想起させる。あるいは、教会の伝統では「章」は毎回のサービスで朗誦される聖句の単位にも用いられた("Chapter," *Oxford English Dictionary*, n.3)。ジョイスは『ユリシーズ』においてこうした著者＝

権威（author）の支配もしくは介在、あるいは聖書の連想を嫌ったのかもしれない。

一方、「挿話」（episode）という呼称はギリシャ起源であり、元は悲劇において合唱の合間に挿入される寸劇を指す用語であった（"Episode," *Oxford English Dictionary*, n.1）。ギリシャ悲劇はもともと陶酔的な歌舞（ニーチェの言うディオニュソス的部分）が主、明快な論理をもつ寸劇（アポロ的部分）が従であったし、後年アリストテレスが定式化したように三一致の法則を守り、持続する時空間を前提としていたから、ある持続する時間の中で時おり浮上する行為再現部分がエペイソディオンとして悲劇のリズムを刻んでいたのである。考えてみれば、『ユリシーズ』の十八の場面もまさにそのようなものである。持続する二十四時間の中で、いくつかの局面が著者の介入なしに読者の眼前に展開される。それは一人の人物の移動を追いかけるものであったり、逆にある固定した場所に多数の人物が出入りするのを映しだすものであったりするが、いずれにせよ著者の秩序管理を離れ、おのおのの場面が自動で再現されるように構成されている。擬人化された語り手の叙述という体裁を採る伝統的な小説や書物の慣習を拒否したジョイスの野心を、この挿話形式に読みとってみたい。

（横内一雄）

参考文献

Stevick, Philip. *The Chapter in Fiction: Theories of Narrative Division*. Syracuse UP, 1970.

Dames, Nicholas. "The Chapter." *Oxford Research Encyclopaedias*, 22 November 2016, doi.org/10.1093/acrefore/9780190201098.013.15.

南谷奉良「ジョイスの〈ベヒーモス〉――『スティーヴン・ヒアロー』あるいは『若き生の断章』試論」『ジョイスへの扉――『若き日の芸術家の肖像』を開く十二の鍵』高橋渡・河原真也・田多良俊樹編著、英宝社、二〇一九、二三一―六二。

8 内的独白(interior monologue)

複数の人物の間で交わされる「対話」(dialogue)に対し、単独の人間が自分ひとりで語る言葉は「独白」(monologue)と呼ばれる。独白は戯曲において用いられる表現形式だが、小説の語りにおいてもたびたび採用される。わかりやすい例は、壇上での講演や聖職者の説教のように、登場人物が物語の中で実際に単独で発話していることばが、引用符を伴って引用される場面だろう。だが、発声を伴わず頭の中で考えているだけのことが、登場人物の心の声として三人称の語りに混じることもある。こうした心の声は「内的独白」と呼ばれる。この場合、登場人物の内面の思考や印象などは、一人称のままで記述される。

小説において人間の意識をいかに描きだすか、そのためにはどのような語りの手法が有効かという問題については、多くの作家が腐心してきた。三人称の全知の語り手であれば、理論的には、登場人物の心の奥底に潜む感情についても、自在に叙述することが可能である。「彼女は夫のことを深く愛していた」とか「彼は恋敵に対して自分でも制御しえないほどの激しい憎しみを抱いていた」という具合に。だが人間の心理は必ずしも、そのように第三者によって理路整然と断定的に記述しうるような働き方をしていない。われわれの意識は、絶え間なく移ろってゆく種々雑多の観念や連想によって形成されており、とどまることを知らない水の流れのように変化しつつ連続性を保っていると考えるべきではないか。米国の心理学者ウィリアム・ジェイムズ(William James)が一八九〇年に『心理学原理』(*The Principles of Psychology*)で提唱した、意識についてのこうした見解は、新たな文学の様式を模索していた同時代の作家たちに大きな影響を及ぼした。人間の意識が断片的もしくは固定的なものではなく、不断に変化し流動するとめどない奔流のようなものであるとすれば、この「意識の流れ」(stream of consciousness)にできるだけ接近した記述の方法論を模索することこそが、人間の生のありようをより確かに、より誠実に映しだす文学の営みへと直結するのではないか。いわゆるモダニスト小説の書き手の多くが、そのような人間の意識の移ろいを文学において表現することに強い関心を寄せる。この問題に最も深い興味を寄せたのはヴァージニア・ウルフ（Virginia Woolf）であろう。十九世紀小説は一般的な傾向として、対象となる事物を客観的に詳細に描写し、出来事を通時的に叙述することによって虚構の物語の真実性を担保してきたが、ウルフは外的世界の描写の代わりに人間の内面世界に注目することを選び、人間の意識に浮かんでは消える知覚、印象、思考、記憶の回想や未来への期待など、いわば「こころに移りゆくよしなしごと」を、そのままに描出する方法を模索する。内的独白はこのような「意識の流れ」を描きだすためには格好の手法であった（高橋 十二—十三）。

ウルフの『ダロウェイ夫人』（*Mrs Dalloway*, 1925）に先立って発表されている『ユリシーズ』もまた、「意識の流れ」を主題とする作品としてしばしば言及される。その典型を示す例として挙げられるのが第十八挿話である。レオポルド・ブルームの妻モリーが、深更にベッドの上で巡らす思考は、切れ目なく連続しつつあちらこちらへと飛び、その日の出来事とはるか過去のさまざまな記憶の間を行き来する。彼女の意識は回想のみに留まらない。自分の体に生じた変化を知覚し、明日の朝食に思いを馳せもする。あれこれの物思いのすえ、彼女はブルームに求婚されたさいの記憶を思いおこす。この思い出に喚起され、かつてその刹那に彼女の頭を駆けめぐった人生の節々に関する諸々の記憶が、まさに河口から滔々と大海に注がれる奔流のごとく、一挙に想起される。第十八挿話の読者は、モリーの脳裏に去来する数多の想念をともにたどるのである。

意識の移ろいを描出する手法は、必ずしも一人称の内的独白にかぎるわけではない。三人称の語り手がなかば介在する「自由間接話法」（free indirect speech）によって登場人物の意識の変転を表現する例も数多く見られるし、ジョイス自身、『ダブリナーズ』において、この話法を縦横に駆使して登場人物の心理の綾を描きだすことに成功している。とはいえ、三人称の語り手の客観性が混入する自由間接話法と比べ、内的独白は「意識の流れ」の混沌として無秩序な様態を描きだすのにより適した文体といえる。一貫した論理性に拠らず、想念があちらこちらへと脈絡なく移ろうさまを描くことで、整然と記述された客観的な心理描写以上のリアリティを読者に感じさせることができる。そうした印象を生む具体的な文体上の特徴としては、一般的な文法上の制約からの逸脱や、統語法の無視などが挙げられる。モリーの内的独白には先述のように引用符がなく、コンマやピリオドなどの句読法（punctuation）もほとんど廃されている。文が途中で途切れたまま別の文が始まったり、感嘆詞（かどうかもよくわからないが）と思しき yes やら O やらが頻出したりするため、円滑な判読が妨げられる。ジョイス自身の言によれば、こうした内的独白の手法はもともと、フランスの作家エドゥアール・デュジャルダン（Édouard Dujardin）の小説『月桂樹は切られた』（*Les lauriers sont coupés*, 1888）から学んだものだという。

第十八挿話は冒頭から末尾まですべてがモリーひとりの内的独白によって構成されており、この手法が突出して顕著となるが、こうした内的独白の手法自体は、第一挿話以来、いたるところに採用されていることに留意すべきであろう。そしてまた、『ユリシーズ』全編を眺めわたせば、内的独白をはじめとする「意識の流れ」の問題は、あくまでこの作品の無数の手法の一端を担うのみであろうことも付言しておきたい。本作において「意識の流れ」の描出が多岐にわたって効果的に採用されていることは確かだが、『ユリシーズ』の十八に及ぶ挿話はそのほかにも多種多様な手法と主題によって構成されており、本作の全体が「意識の流れ」の構築を目的としているとは考えにくいのではないか。入眠するモリーの内的独白を通じて提示された言語世界の豊穣は、次作において無意識と夢の領域へと継承されてゆくわけだが、『フィネガンズ・ウェイク』の語りはもはや「意識の流れ」の範疇にとどまるものとは言いがたいのである。

（桃尾美佳）

参考文献

高橋和久「モダニズムからポストモダニズムへ」『二〇世紀「英国」小説の展開』高橋和久・丹治愛編、松柏社二〇二〇、一一―五〇。

9 ダブル・オープニング

『ユリシーズ』は二度始まる小説である（Bulson 79; Card 77; Gordon 45; Pierce 187; Tolomeo 440）。第一挿話でマーテロ塔にいるスティーヴンを描くことから始まるこの小説は、第二挿話、第三挿話にいたっても引きつづきスティーヴンを描く。スティーヴンという登場人物を『若き日の芸術家の肖像』（や『スティーヴン・ヒアロー』）を通して知っている読者からすると、『ユリシーズ』もまたスティーヴンの物語であると考えるのに十分な長さである。スティーヴンに似つかわしい細やかな目配りや、思考が描かれていくのを目にした読者は、『肖像』との連続性に安心感を覚えるのと同時に、『肖像』（や『スティーヴン・ヒアロー』）のスティーヴンのさらなる発展を確認する。ところが次の第四挿話に入ると事情は一変する。ブルーム氏なる人物の名が冒頭で宣言され、これまで見たことのない中年男の朝の様子を読まされる。時間を第一挿話と同じ朝八時へと巻きもどされることも戸惑いを覚えさせられる大きな要因となる。それでも再びスティーヴンが現われ、このブルームなる人物と接点を持つのだろうと考えて読みすすめても、ブルームの話は終わらずに続いていく。現実的にして肉体的なブルームの世界は、精神的なスティーヴンと大きく異なり、違和感のもととなる。われらがスティーヴンとブルームはいつ関わるのだろうと考える読者をよそに、物語はブルーム中心に進む。第六挿話でようやくスティーヴンとの接点ができるさいも、馬車の外から通りすがりに見えるだけである。

　このような読者、しかもまだ『ユリシーズ』がどういう小説なのかを知らない初読の読者が示す戸惑いは、いわゆるホメロスとの照応関係の中で解消される（コラム「ホメロスとの照応関係（ホメリック・パラレル）」参照）。それによれば、第一挿話から第三挿話までは「テレマキアッド」と呼ばれ、ホメロスの『オデュッセイア』との関係で言えばテレマコスの役回りを割りあてられたスティーヴンの朝を描く。それに対して「オデュッセイア」と呼ばれる第四挿話から第十五挿話までは、『オデュッセイア』との関係で言えばオデュッセウスの役回りを演じるブルームの放浪を描く本編となる。そしてそれは「ノストス」と呼ばれる最後の三挿話で締めくくられることになる。作者ジョイスがそのように構想をしたのだと説明されれば、なるほどとうなずく部分はあるにしても、そのような説明は『ユリシーズ』の読みを固定化する弊害も持つ。

たとえばホメロスとの関係だけで読んでしまうと、この小説が内包しているこの作品の「主人公」は誰かという問題が見えなくなってしまう。『ユリシーズ』はブルームの一日を追う部分が大きいという意味においては彼こそが主人公であるという面はたしかにあるが、それにしたがってスティーヴンやモリーを単なるわき役にしてよいと言われれば違和感が残る。『若き日の芸術家の肖像』との連続性を持ったスティーヴンは『ユリシーズ』の中にも彼の物語と呼んでもよいものを十分持っている。第十八挿話を与えられたモリーもまたこの小説の主人公の一人と言ってよい存在感を持っている。それはとりわけ第十七挿話でブルームとスティーヴンの二人の物語が終わったあとに、それだけでは不十分であると言わんばかりに、女性の視点からの物語が語られる点に表われている。

誰か一人を「主人公」とするのではなく、三人を「主たる登場人物」という見方をするのであれば、『ユリシーズ』という小説が対比と対応によって成りたっていることに目が向く。第一挿話と第四挿話、第二挿話と第五挿話、第三挿話と第六挿話は、同じ時間に別の場所にいる二人の人物を描く対を構成するのに加え、同じ（時間）だが、（空間と人物が）異なる状況を読者の頭の中に描く技法と見えてくる。第三挿話と第十三挿話は、それとは逆に、空間的には同じ浜辺を舞台としつつも時間的には異なる二人の人物の行動を描く対と読める。第三挿話と第十八挿話は、移ろいゆく意識を「意識の流れ」を主体とした文体で描くという点では共通するが、時間的・空間的に異なる場所におり、性も異なる人物の意識であるゆえに当然内容が異なってくる対比と対応を示すことが見えてくる。同じことは「男性的」ナショナリズムを描く第十二挿話と「女性的」センチメンタリズムを描く第十三挿話についても言える。このような対比と対応の網を縦横無尽に張りめぐらせ、「同じだが違う」ものを組みあわせ対比・対応的に示す点に、ジョイスの物語の組みたて方の基本がある。その複雑な組みあわせ方にこそジョイスの妙がある。このように見てくれれば、『ユリシーズ』のいわゆる「ホメロスとの照応関係」もまたジョイスの対比と対応を基本とした詩学のほんの一部でしかないことが見えてくる。

（金井嘉彦）

参考文献

Bulson, Eric. *The Cambridge Introduction to James Joyce*. Cambridge UP 2006.

Card, James Van Dyck. *An Anatomy of "Penelope"* Fairleigh Dickinson UP, 1984.

Gordon, John. *James Joyce's Metamorphoses*. Gill and Macmillan, 1981.

Pierce, David. *Reading Joyce*. 2008. Routledge, 2013.

Tolomeo, Diane. "The Final Octagon of '*Ulysses*.'" *James Joyce Quarterly*, vol. 10, no. 4, summer 1973, pp. 439- 454.

10　抒情的、叙事的、演劇的

ジョイスは自身の美学や詩学を体系的にまとめなかったが――いや、むしろだからこそ――彼が断片的に書き残し、時に小説に盛りこんだ美学論のなかにジョイス文学を解く鍵があるのではないかと、研究者たちはこぞって探索してきた。S・L・ゴールドバーグ（S. L. Goldberg）の『古典的気質』はそうしたアプローチによる『ユリシーズ』論の草分けだが、同書は冒頭でそうしたアプローチの危険を戒めてもいる（41）。

「抒情的、叙事的、演劇的」という三対概念もまた、研究者を挑発してきたジョイスの美学論の一例である。残されたノートによれば、ジョイスは一九〇三年三月六日にこの三対概念について簡潔な説明を行なった。のちにはそれを敷衍しながら『スティーヴン・ヒアロー』と『若き日の芸術家の肖像』に盛りこむことになる。最初のノートにケヴィン・バリー（Kevin Barry）が付けた註釈によれば、その発想はバーナード・ボザンケ（Bernard Bosanquet）を経由してプラトンにまで遡る、また直近ではヴィクトル・ユゴー（Victor Hugo）に詳細な議論があるという（Barry 312）。ジョイスが踏襲した議論は、芸術家が自己を直接提示すれば抒情詩、自己と他者を媒介させて提示すれば叙事詩、他者を直接提示すれば演劇になり、その順序で芸術は発展するのだと要約できよう。ただし、彼はこれを硬直的にとらえ、三つの文学ジャンルが文字どおりこの順序に出現する、あるいは序列化されると考えたわけではない。『ヒアロー』と『肖像』で敷衍された議論を見るかぎり、ジョイスがこの議論を通して到達したのは、芸術家が作品から姿を消す「非個性化」（impersonalization）こそが芸術の理想だという思想のようだ。だから彼が『室内楽』（抒情詩）、『ダブリナーズ』および『肖像』（叙事詩）、そして『亡命者たち』（演劇）という順序で発展し、そこで完成に達したと見るのは短絡的である。

『ユリシーズ』は散文小説、つまり広い意味での叙事文学であるため、一見すると三対概念の二番目に後退したように見える。しかし、同書には第十五挿話のような演劇形式もあれば、抒情詩の引用や抒情詩に近い内的独白も含まれる。三様式が混然一体となったのが『ユリシーズ』という総合言語芸術作品だと言うべきだろう。しかし、上の議論から見てより重要なのは、ジョイスが『ユリシーズ』において自己を抹消して他者（虚構人物）を直接提示すべく試みた措置の数々である。あまりにも自身の分身に近いスティーヴンに、対照的なブルームを対置させたのが最大の仕かけであろうし、そのブルームにも不可解な他者モリーを配置、さらには彼女をも対象化する欲望の主体ボイランを置くなど、つぎつぎに主要人物を脱中心化するような人物関係を張りめぐらせていった。主要人物がつねに裏側から眺められるという〈複眼〉が担保されているというのが勘所であろう。その結果、スティーヴンとてもはや作者の直接的反映ではありえず、何重もの韜晦を経た哀れな戯画の一つにすぎない。

「演劇性」もしくは「非個性化」という観点からもう一つ見落としてならないのは、ジョイスの語り口の問題である。端的に言えば、なるべく叙述に頼らず提示に委ねて作者性を消すという方法は、ジョイスがギュスターヴ・フローベール（Gustave Flaubert）から学び『ダブリナーズ』で完成させたとも言える方法だが、『ユリシーズ』ではそれをさらに進め、特に前半部では一定時間の事件や意識を無差別・無媒介に提示する（ように見せる）という極端な方法を採った。ところが、同作後半部ではその原則から外れ、むしろ歪んだ叙述を前景化する方法に舵を切る。これはモダニスト的語りの抹消からポストモダニスト的語りの前景化への移行とも言えるが、同時にそれは三様式の間を行き来する『ユリシーズ』のあり方を示すのかもしれない。

（横内一雄）

参考文献

Barry, Kevin. Explanatory Notes James *Joyce, Occasional, Critical, and Political Writing*, edited by Kevin Barry, Oxford UP, 2000, pp. 289-348.

Goldberg, S. L. *The Classical Temper: A Study of James Joyce's* Ulysses. Chatto and Windus, 1969.

11　ユダヤ人

『ユリシーズ』には二つの並行関係があるとしばしば指摘される。その表題がオデュッセウスのラテン語名であるように、主人公レオポルド・ブルームは古代ギリシャの英雄に擬えられている、いわゆる「ホメリック・パラレル」がその一つ（本書「ホメロスとの照応関係（ホメリック・パラレル）」の項参照）。これに加えて、太古より祖国を持たずヨーロッパをさまよったユダヤ民族と、移民によって大量の人口が国外へと流出したアイルランド人――この二つの民族双方が経験した「民族離散」（diaspora）である（＊1）。ブルームが家を出てダブリンの街を歩きまわる第四挿話から第十五挿話は、ジョイスの計画書（本書「計画表（スキーマ）」の項参照）において「オデュッセイア」または「ユリシーズの彷徨」（The Wanderings of Ulysses）とも呼ばれているが、第一挿話の最後で「今夜はここ［マーテロ塔］では寝ない。家［実家］にも帰ることはできない」（*U* 1.739-40）と心の中でつぶやくアイリッシュ・カトリックのスティーヴンは、帰るべき"Home"を持たないという点においては、むしろユダヤ系アイルランド人のブルーム以上に、よりいっそうさまよえる者であるとさえ言える。

ブルームは第四挿話に登場して以来、他のダブリナーズたちからユダヤ人と見なされ、多かれ少なかれ疎外されているわけだが、母方の血統を重視するユダヤの伝統からすれば、ブルームは人種的にもユダヤ人とは言えない。ブルームの母エレン・ヒギンズはアイルランド人であり、父親のルドルフ・ヴィラーグがハンガリー出身のユダヤ人移民なのだ。しかし彼は居住地を「ソンバトヘイ、ウィーン、ブダペスト、ミラノ、ロンドン、そしてダブリン」（*U* 17.535-36）と転々と移し（*2）、まさに〈さまようユダヤ人〉の典型と言えるのだが、同時に彼はアイルランドに来たあとに、ユダヤ教からプロテスタントに改宗し、姓もヴィラーグからブルーム（どちらも「花」の意）へと変える。よって、ブルームはあくまでプロテスタントとして生まれたのだが、彼もまたモリーとの結婚というきわめて実利的な理由でカトリックに改宗する（*U* 17.1639-40）。いささか強引なほどにジョイスは、ブルームに宗教的な多様性を帯びさせている。つまり、彼は厳密に言えば、ユダヤ人ではないにもかかわらず、時におのれをユダヤ人と自認し、時に他人からユダヤ人と見なされる、実に曖昧な人種的アイデンティティの持ち主なのだ。

反ユダヤ主義という主題が最も明確に表われるのが、「市民」を代表とするパブの男たちがナショナリズムについて議論を交わす第十二挿話だ。同時にこの挿話はブルームのユダヤ人性が最も顕著に表われる挿話でもある。アイルランドに生まれたがゆえに自分はアイルランド人であると述べたあとで、彼は歴史が「迫害」（persecution）に満ちていることを指摘し、次のように言う――「それに僕は一つの民族にもまた属しています……忌み嫌われ、迫害されてきた（persecuted）民族です」（*U* 12.1467-68、省略は筆者）。「迫害」という言葉から思いだすのは、第二挿話の最後でミソジニストのディージー校長が、スティーヴンに対して「大真面目に」言う、「アイルランドは……ユダヤ人をけっして迫害しなかった（never persecuted）唯一の国だという栄誉を受けています……なぜなら、けっして奴らをこの国に入れなかったからです」（*U* 2.437-42、省略は筆者）という台詞だ。コーマック・オ・グラーダ（Cormac Ó Gráda）の調査によれば、一九〇一年にダブリンには約二千人、アイルランド全土で四千人のユダヤ人がいたという（32）。これに鑑みるとディージーの発言は事実誤認も甚だしいのであるが（何より『ユリシーズ』の読者にとっては、第四挿話で登場するブルームの存在がその確たる反証となるのであるが）、おそらくこのアングロ＝アイリッシュの校長はアイルランドにはユダヤ人がいない、と**本気で**信じていたのであろう。このことは、アーリア人こそが最も優れたドイツ民族であるとか、万世一系の神の国は単一民族によって構成されているというような歴史的虚妄が、ごく一部の人々にとっては〈真実〉として信じられていることを想起すれば充分だ。

　アイルランドは英国との関係においては迫害される側であるが、アジアやアフリカなどの植民地においては迫害する側であった（ジョイスならば、今日のイスラエル**国家**をどのように眺めただろうか）（＊3）。それゆえ、迫害を語るブルームが「今この瞬間にも……［その民族は］**奴隷や家畜のように**モロッコで競売に掛けられ、売られているんです」（*U* 12.1471-72、省略と強調は筆者）と述べるとき、迫害による痛みは黒人奴隷の、そして動物の痛みへと拡張してゆく。また、まるで示しあわせたようにディージー校長と「市民」がそれぞれ、「不実で」「辱めを受けた妻」（*U* 2.392, 12.1163）がこの国に侵略者をもたらしたのだと、女性が諸悪の根源であるかのように語るとき、私たちは、原罪と楽園追放のとがをイヴに負わせてきたユダヤ／キリスト教における性差別の歴史をも想起せざるをえない。このように考えてゆくと、アイルランド人を自認するブルームが、ユダヤ人として迫害されてしまうことの一つの意味は、民族離散を経験したコロニアル・アイルランドだけでなく、過去に迫害をされてきた、そして「今この瞬間にも」迫害を受けているすべての者たちにも、ある種の〈連帯〉を可能にする要素として受けとめられる。しかし、ここで急いで付け加えなければならないのは、そのような「普遍愛」や「隣人愛」を説く彼が、第十三挿話の海辺で、足に障碍を持つ乙女のスカートの中を覗いて行なっていたその行為の卑俗さだ。彼はかぎりなく俗人的であり、そして右で述べたように、宗教的にも民族的にも、曖昧な属性を持つ存在である（加えて言えば、第十五挿話で「新しい女性的な男性の完成された例」（"a finished example of the new womanly man”)（*U* 15.1798-99）と評される点で、ジェンダー的な揺らぎも見られる）。その凡庸さと多様性ゆえに、ブルームは読者を魅了してやまないのではないだろうか。

（小林広直）

註

（1）ただし、ユダヤ人が歴史的に経験した「民族離散」は通常大文字表記となる。ジョイス自身一九二〇年の手紙で『ユリシーズ』は「（ユダヤ―アイルランド）二つの民族の叙事詩である」と述べている（*L* I 146）。

（2）ただし、同挿話の別の箇所では、「ダブリン、ロンドン、フィレンツェ、ミラノ、ウィーン、ブダペスト、ソンバトヘイ」（*U* 17.1908）となっている。

（3）ただしこのような区分にも例外はあり、例えば「ボーア戦争」のさいには、アイルランド人は英国軍の一員として参加した者と、反英闘争の一環としてボーア人側に付く者たちがいた。

参考文献

Joyce, James. *Letters of James Joyce*. Edited by Stuart Gilbert, vol. 1, Faber, 1957.
Nadal, Ira B. *Joyce and the Jews: Culture and Texts*. UP of Florida, 1996.
Ó Gráda, Cormac. *Jewish Ireland in the Age of Joyce: A Socioeconomic History*. Princeton UP, 2006.
Reizbaum, Marilyn. *James Joyce's Judaic Other*. Stanford UP, 1999.

12　自然主義と象徴主義

自然主義は、十九世紀後半の欧米文化圏において重要な影響力を持った文学運動である。人間の生き方はその個人が生まれ持った形質と生まれ落ちた環境によって決定されるという前提に基づいて、社会の実相をありのままに捕捉し、道徳や信仰などの形而上学的な観点に拠らず、現実世界を如実に写しとることを目指す立場をとる。

人間の素質は生物学的遺伝によってあらかじめ規定されていて、その影響力は個人の精神や意思に優先して作用するのであり、さらにそうした個人の素質は、本人をとりまく環境、すなわち種々の社会制度と、それによって発生する社会生活上の心理的抑圧から、より甚大な影響を受けるものとされる。個人の行動や心理が、人間の遺伝的性質と社会的環境に支配されるという考え方は、十九世紀半ば以降の生物学の議論、特にチャールズ・ダーウィン（Charles Darwin）の進化論をめぐる言説から誘発されたものである。現実社会を如実に写しとるという写実主義の姿勢は、いわゆる近代小説（novel）が十八世紀の誕生以来の旨としてきたところだが、自然主義はその写実主義を突きつめて、決定論の視点を導入した。目を背けたくなるほど醜悪であったとしても現実を直視し、理想化することなく冷徹な分析を施して読者に提示するのが、自然主義の手続きである。ゴンクール兄弟（Edmond Huot de Goncourt, Jules Huot de Goncourt）の試みを先駆けとしてフランスで展開し、さらにドイツや英国、北欧、ロシア、アメリカの文学に波及する。代表格となるエミール・ゾラ（Émile Zola）やギ・ド・モーパッサン（Henri René Albert Guy de Maupassant）らの著作に、ジョイスも深く親しんでいた。

創作への直接の影響が最も顕著に見られるのは『ダブリナーズ』であろう。人間の生き方が植民地という社会環境によって強固に規定されるという決定論的視点と、市民の生活を細部にわたって活写する表現法のために、自然主義的手法の好例とされる。「痛ましい事件」に登場するダフィーが、ドイツの自然主義文学者ゲアハルト・ハウプトマン（Gerhart Johann Robert Hauptmann）の戯曲の翻訳を手がけているのは、ジョイス自身のこうした作家たちへの関心の反映とみてよいだろう。実際ジョイス自身、一九〇一年にはハウプトマンの戯曲『日の出前』（*Vor Sonnenaufgang*）を *Before Sunrise* として英訳している。『ダブリナーズ』以降、ジョイスはこうした典型的な自然主義の手法からは遠ざかるが、サミュエル・ベケット（Samuel Beckett）やフラン・オブライエン（Flann O'Brien）などの少数の例外をのぞき、二十世紀のアイルランドの小説家の多くがこの手法を継承したことも興味深い。

自然主義的手法からの脱却は、より自由に文体を模索する『ユリシーズ』において明瞭だが、青年期のジョイスがすでに自然主義とは対立する別の文学思潮に深い関心を寄せていたことも確認しておきたい。十九世紀のフランスでは、現実社会の客観的分析や描写を主軸とする自然主義の方針に異を唱え、言語の象徴性により重きを置く象徴主義運動が花開いている。こちらは一八五七年のシャルル・ボードレール（Charles-Pierre Baudelaire）による『悪の華』（*Les fleurs du mal*）出版を端緒に、十九世紀後期にはステファヌ・マラルメ（Stéphane Mallarmé）やポール・ヴェルレーヌ（Paul Marie Verlaine）、アルチュール・ランボー（Arthur Rimbaud）らよって牽引された。ジョイスが内的独白を学んだエドゥアール・デュジャルダン（Édouard Dujardin）もその一人に数えられる。象徴主義の立場では、ことばが持つ力はその意味や指示対象にのみ限定されるものではなく、音声や形状にも豊かなイメージを喚起する力があるとされる。そのため現実社会の写実的描写の意義は否定され、言語によって呼びおこされる観念がより重視される。この運動はアーサー・シモンズ（Arthur William Symons）の『文学における象徴主義運動』（*The Symbolist Movement in Literature*, 1899）によって英国に紹介された。ジョイスはダブリンでの大学在学中に同書を読んで感銘を受けている。

自然主義と象徴主義は、その目指す文学性については真っ向から相反する運動だが、ジョイスがそのいずれに対しても深い関心を寄せていたことは、『ユリシーズ』を理解するうえで大きな助けとなるだろう。『ユリシーズ』はスティーヴンとブルームを筆頭とするダブリンの人々の社会生活の実相を、そのもっとも卑近な部分も含めて仔細に炙りだすという面において、自然主義的な現実直視の姿勢を備えているが、その一方で、本作に綴られたことばは現実社会の素朴な描写にとどまらず、折に触れて複数のイメージを喚起し、読者に対して新たな解釈可能性の扉を開く。不協和音を包含することによってより鮮やかにことばが響きあう交響楽のような『ユリシーズ』の多重性は、単一の主義や思想の範疇に収まることなく、世界を矛盾に満ちたものとして提示しうるという点において、文学作品の本質に通じている。

（桃尾美佳）

13 パウンド／ジョイス／イマジズム――モダニズムの背景

一般に「モダニズム」と呼ばれる文学動向については、無数に存在する文献に別途あたって頂くことにして、ここではとくに、「モダニスト・ジョイス」をプロデュースした「興行主（インプレサリオ）」エズラ・パウンド（Ezra Pound）に注目してみたい。彼との出会いがなければ『ユリシーズ』の出版もありえなかったろうと思われるからである。

リチャード・エルマン（Richard Ellmann）によると、最初の接触は、パウンドがW・B・イェイツ（W. B. Yeats）の紹介でトリエステ在住のジョイスに手紙を書いたことから始まる（349-52）。一九一三年十二月、『ダブリナーズ』の出版をグラント・リチャーズ（Grant Richards）が再考しはじめた同じ時期に、パウンドはイェイツからジョイスの窮状を聞き知って、自分につてのある雑誌『セレブリリスト』（*Cerebrilist*）もしくは『エゴイスト』（*The Egoist*）に作品を発表しないか、と誘いをかけた。エッセイであれ詩であれ物語であれ何でも構わない、「『スペクテイター』（*The Spectator*）が反対するようなことについて意見を言いたいのなら」格好の雑誌であり、とりわけ『エゴイスト』は影響力がある、とも付け加えている。さらに、ジョイスがこれに返事を書く前に、パウンドは二通目の手紙を寄越した。イェイツも自分も「軍勢の陸地に押し寄せる音を聞く」（『室内楽』第三六歌）には感銘を受けたので、『イマジスト詩集』に掲載し、原稿料を支払いたい、との内容である。そこでジョイスは翌年一月、『若き日の芸術家の肖像』第一章と『ダブリナーズ』をパウンドに送る。パウンドから前者の原稿を見せられた『エゴイスト』の編者ドーラ・マーズデン（Dora Marsden）は、一九一四年二月二日号からこの連載を開始した。いっぽう、かつての『ダブリナーズ』出版交渉（および拒否）の経緯を綴った「ある奇妙な歴史」（"A Curious History"）は『エゴイスト』一月十五日号に掲載された。これで強気になったジョイスは再度リチャーズに出版を迫り、結果的にジョイス最初の短篇集は（印税等の条件はけっして有利なものではなかったが）、一九一四年六月十五日に出版される。ただし、ジョイスが登場人物の発話表記で用いるダッシュ（――）は、リチャーズの要請にジョイスが譲歩したため、英国で一般的なシングル・クォーテーション・マーク（'）に修正されている。

ジョイスを勇気づけた『イマジスト詩集』（*Des Imagistes: An Anthology*）は、当初ニューヨークの文芸誌『グリーブ』（*The Glebe*）の第一巻第五号として、一九一四年二月に出版された。単行本としての出版も同年になされ、ニューヨークでは『グリーブ』を発行していたチャールズ・ボニ（Charles Boni）とアルバート・ボニ（Albert Boni）が、ロンドンではハロルド・モンロー（Harold Monro）のポエトリー・ブックショップがそれぞれ出版している。収録された詩人はつぎの十一名である。

リチャード・オールディントン（Richard Aldington）／H・D（H. D.）／F・S・フリント（F. S. Flint）／スキップウィス・キャネル（Skipwith Cannell）／エイミー・ローウェル（Amy Lowell）／ウィリアム・カーロス・ウィリアムズ（William Carlos Williams）／ジェイムズ・ジョイス／エズラ・パウンド／フォード・マドックス・ヘファー（Ford Madox Hueffer）／アレン・アップウォード（Allen Upward）／ジョン・クルノス（John Cournos）。

ここにもっとも多く十作品を寄せているオールディントンは、一九四一年の回想録（*Life for Life's Sake: A Book of Reminiscences*）において、パウンドがこの詩集のタイトルで目論んでいたことは「謎」だと語っている。彼によると、翌年出版された「エイミー・ローウェルのアンソロジーは『幾人かのイマジスト詩人たち』（*Some Imagist Poets*）と題されているので、彼女はパウンドの言うDes Imagistesを、〈何人かのイマジストたち〉（'Quelques Imagistes'）の意味と解釈したのだろう。イギリスとアイルランドとアメリカの詩人たちによる作品集にフランス語のタイトルが付いているのは、パウンドの外国語好みに帰せられよう」（137）。

イマジズムと呼ばれる運動は、一九〇八年、詩人T・E・ヒューム（T. E. Hulme）が「イメージ派」（School of Images）を創始したことに始まる。フランスの象徴主義や日本の俳句などを論じたこのグループで、やがてパウンドが主導権を握ることとなり、『イマジスト詩集』の出版に至る。だが、このアンソロジーはけっして評判の良いものではなかった。そのため、ローウェルは翌年、『イマジスト詩集』に収録された十一人のうち、自分とオールディントン、H・D、フリントの四名だけを残し、ジョン・グールド・フレッチャー（John Gould Fletcher）、D・H・ロレンス（D. H. Lawrence）の二名を新たに加えて『幾人かのイマジスト詩人たち』を編んだ。ローウェルはその序文で、自身らの詩の特徴をつぎの六項目に要約している。

一、日常会話で用いられる言葉を使い、とはいえ常に厳密な語、つまり、厳密そうな語でもなければ単に装飾的なだけの語でもない語を、使用すること。

二、新しいムードの表現である以上、新しいリズムを創出すること、そして、単に古いムードの反響にすぎない古いリズムを真似たりはしないこと。われわれには、「自由詩」が詩の唯一の創作方法であるというこだわりはない。われわれは詩を獲得しようと戦っているのであり、それは自由の原理の獲得でもある。われわれの信じるところでは、一個の詩人の個性はしばしば、因襲的な形式よりも自由詩においてのほうがより良く表現できるものである。詩において、新しい韻律は新しい観念を意味する。

三、主題の選択においては絶対的な自由を許容すること。飛行機や自動車を稚拙に描いたところで良い芸術にはならないが、過去を巧みに描いたものが必ずしも悪い芸術となるわけではない。われわれは現代生活に芸術的な価値があるものと熱烈に信じている。だがわれわれが指摘しておきたいのは、一九一一年の飛行機ほど退屈で古臭いものはない、ということである(*1)。

四、あるイメージを現出させること（だから「イマジスト」なのだ）。われわれは画家の一派ではないが、詩は特定のものを厳密に表現すべきであり、相手がどれほど格調高く堂々たるものであろうと、曖昧な一般論で片づけてはならない、と確信している。われわれがあの宇宙的な詩人に反対するのはこの理由によっている。われわれにはそれが、芸術の真の困難を回避しているように思われるのである。

五、ぼやけていたり不確定な詩ではなく、硬質で明快な詩を生みだすこと。

六、最後に、われわれのほとんどが確信しているのはつぎの点である。集中力こそがまさしく詩の核心にあるものである。（vi-vii）

「イマジズム」もしくは「イマジスト」の定義としては、おそらくもっともまとまりのある言説であろう。だがそれゆえか、パウンドは自らこの「イマジズム」という概念を放棄するに至る。さらにジョイスの詩「軍勢の陸地に押し寄せる音を聞く」を読めば、それが上記の定義に沿うものでないことも明らかである。ローウェルが除外したジョイスに、以後「イマジスト」の名が冠せられることはない。

ジャン＝ミシェル・ラバテ（Jean-Michel Rabaté）は、今日「高踏的モダニズム」と呼ばれる動向が、主として一九〇六年から一九一〇年の間に隆盛した三つの前衛芸術運動「ユナニミスム」、「キュビスム」、「フューチャリズム」への反応であったと言う。「エズラ・パウンドはフランス語のユナニミスム（unanimisme）を応用し、同じくフランス語に聞こえるイマジスム（imagisme）をロンドンで開始した。これは概してイタリアのフューチャリズムとの混同を避けるためであった」（14）。

なるほど「ユナニミスト」の詩学はシャルル・ボードレール（Charles Beaudelaire）や象徴派詩人（サンボリスト）たちに遡れるものではあるけれども、後期象徴派詩人たちの曖昧で暗喩的なスタイルとは訣別を望んだ。できるだけ読者にわかりやすいよう口語的な表現を目指し、フィリッポ・トンマーゾ・マリネッティ（Filippo Tommaso Marinetti）の不明瞭な提言「解放された言葉」（*parole in libertà*）に啓発された類の単純な実験主義に対しては嘲笑的であった。したがって、「イマジズム」が当初はこの「ユナニミスム」を英語圏で継承するものとしてあったことは確かだろう。しかし、英語圏のモダニズムは「個人主義」の名のもと、フランスのユナニミスムが持つ「集団主義」的傾向を断固拒絶する。ラバテは続けてつぎのように言う。

芸術のイデオロギーに対しては、モートン・フラートン（Morton Fullerton）が概括した逆説を当てはめたくもなる。すなわち、個人主義は、それが危機に瀕したとき、もっとも強く燃えあがるものである。まさしくナショナリズムが、抑圧されたものとして回帰する。オーストリア＝ハンガリー二重帝国のような古い帝国についても、あるいは国際投資家の手中にある世界経済の新たなる均一化についても、しかりである（14）。

イマジズムに代表される当時の前衛芸術運動は、危機に瀕した個人主義と同根である。国際資本の競争原理とナショナリズムの衝突は第一次世界大戦に直結する。この大戦でパウンドは多くの友人を失った。「イメージ派」の創始者ヒュームは一九一七年、ベルギーで戦死している。一九二〇年、ロンドンからパリに移り住んだパウンドは、『ユリシーズ』執筆中のジョイスを、やがてトリエステから呼び寄せることになる。

（吉川　信）

註

（1）一九一一年は、女性パイロットの登場をはじめ航空史上さまざまな出来事に彩られている。とくに十一月には伊土戦争において、イタリア軍の一パイロットが機上から手榴弾を投げるという、歴史上初の空爆が行なわれた。

参考文献

Aldington, Richard. *Life for Life's Sake: A Book of Reminiscences*. Viking, 1941.

Ellmann, Richard. *James Joyce*. New and Revised Edition, Oxford UP, 1982.

Joyce, James. "A Curious History." *The Egoist*, vol. 1, no. 2, jan.1914, pp.26-27.

Rabaté, Jean-Michel. *1913: The Cradle of Modernism*. Blackwell, 2007.

[Lowell Amy]. Preface. *Some Imagist Poets: An Anthology*, Houghton Mifflin Company, 1915.

14 『ユリシーズ』と映画

『ユリシーズ』にはモンタージュなどの映画的手法が用いられ、作品への映画の影響だけでなく、書簡内の比喩表現「私が目を閉じて横にならねばならないときはいつも、映写機が回りつづけるのが見え、忘れかけていたことを記憶によみがえらせる」（*LI* 216）にもみられるように、ジョイス自身、映画の影響を強く受けた作家だったと言える。また、彼はトリエステ時代にダブリンの映画館「ヴォルタ座」（The Volta）経営に携わったこともあった。十九世紀末から二十世紀初頭の映画黎明期において、映画的手法、映像機器、映画館経営と多岐にわたって映画という新たな文化媒体の洗礼をジョイスは受けたと言えるだろう。このコラムでは、『ユリシーズ』のモンタージュ的手法、ジョイスの映画館事業、『ユリシーズ』の映画化作品の三点に焦点をおき映画と『ユリシーズ』について述べたい。

モンタージュはもともとフランス語 "*monter*"「組みたてる」（to assemble）を意味し、「映画においてショット群が意味をなす全体に統合される過程」（Barrow 1）を指す。セルゲイ・エイゼンシュテイン（Sergei Eisenstein）が映画において実践しようとしていたモンタージュ手法に近いものをジョイスはすでに『ユリシーズ』で実践していた（Burkdall 7）。『ユリシーズ』は挿話ごとに異なる手法を用いているが、いくつかの挿話でモンタージュ的手法が見られる。エイゼンシュテイン監督作『戦艦ポチョムキン』（*Battleship Potemkin* 1925）では、相反する二つのショット、そしてそれらを統合する後続のショットという三段階によって観客の「高揚、爆発、爆風」（Barba 105-07）とも形容される反応を生みだすモンタージュ手法が用いられている。第十三挿話ではガーティの自慰、ブルームの自慰、花火の描写の重ねあわせにモンタージュ的特徴が見られる。この映画的モンタージュ手法と第十三挿話における描写の重ねあわせには変則的な類似点が見いだせる。第十挿話はいくつもの場面という断片を重ねているが、この手法はジガ・ヴェルトフ（Dziga Vertov）が『カメラを持った男』（*The Man with a Movie Camera* 1929）で都市の中のカメラマンが撮影する多くの場面を重ねあわせたモンタージュ手法に類似している。

ジョイスはこうした異なるモンタージュ的手法を映画に先駆けて用いており、挿話ごとの効果を生みだしている（岩下 三二―四六）。

次に、ジョイスの映画館事業について触れたい。ジョイスは一九〇九年にアイルランド初の映画館ヴォルタ座開設事業に関連してダブリンに滞在し、これが彼にとっての最後のアイルランド訪問となった。アイルランド初の映画館を二十世紀最大の作家の一人ジョイスが開館したという組みあわせはセンセーショナルで、これはエルマンが最初に言及し（Ellmann 300）、現在もさまざまな論者が考察している。しかしデニス・コンドン（Denis Condon）は、ヴォルタ座に先駆けること二年前にはダブリンで映画上映専用の映画館「ザ・クイーンズ」（The Queen's）が開業していたことを指摘し（43）、エルマンのジョイス伝と先に述べたセンセーショナルなマッチングがあったからこそ、「ヴォルタの神話」が作られたのだと考察している。

第三に、『ユリシーズ』映画化作品についてである。一九三〇年代から『ユリシーズ』映画化計画は存在し、もともとはワーナー・ブラザーズがジョイスに持ちこんできたものであった。作品を読みジョイスを敬愛するエイゼンシュテインも手を挙げ、詩人ルイ・ズコフスキー（Louis Zukofsky）とジェリー・ライスマン（Jerry Reisman）も脚本制作をしたものの、『ユリシーズ』映画化はジョゼフ・ストリック（Joseph Strick）監督作『ユリシーズ』（*Ulysses*, 1967）まで実現しなかった（Williams 158-65）。その後長い空白期間のあとにショーン・ウォルシュ（Sean Walsh）監督作『ブルーム』（*Bloom* 2003）が作られている。いずれの作品も、割愛はあれど全挿話を網羅していること、モリーの独白を重視していることが特徴と言えるだろう。『ユリシーズ』（1967）はモノクロ作品で撮影当時の背景のもと一九〇四年のブルームズ・デイを描写している。一方の『ブルーム』はモリーの独白から幕を開け幕を閉じる円環構造となっており、独白場面ではモリーがカメラ（観客）に向かって語りかけるスタイルである。また、一九〇四年当時の服装でブルームが二〇〇三年のダブリンを闊歩するエンドロール前のショット、エンドロール後のモリーの撮影風景のショットが象徴するように、「映画化された『ユリシーズ』」

という側面においてかなり意識的に翻案がなされている。その他の異色作として『レオポルド・ブルームへの手紙』（*Leo* 2002）も付け加えておこう。『レオポルド・ブルームへの手紙』は『ユリシーズ』のさまざまなモチーフが散りばめられた一九六〇年代アメリカを舞台にした作品で、ジョイス読者が多層的に楽しめる内容と言える。登場人物のレオポルド（レオ）とスティーヴンのつながりは『ユリシーズ』とはまったく異なるようでいて、二人の運命・魂の共有という点で小説との奇妙な重なりもある。以上三つの作品を通底しているのが、ブルームに対する愛着とも言える温かい視点であり、時代を超えて変わらない魅力を持つブルームという人物、そして小説『ユリシーズ』の力を物語っている。映画の影響を受け、映画人に強く訴えかけた『ユリシーズ』は、これからも映像化のモチベーションを刺激する作品であり続けることは間違いないだろう。

以上三点をまとめてみると、映画と『ユリシーズ』（もしくはジョイス）の強いつながりもさることながら、そこにある「ミスマッチ」も看過できないことに気づく。『ユリシーズ』は映画的手法のみによるものではない多様性・多層性をはらんだ作品であり、その点が映画化を難しくしている一因になっている。また、映画館事業の頓挫と失望、この事業にまつわるダブリン滞在が奇しくもジョイス最後のダブリン訪問になったことは、ジョイスとダブリンの関係性に含まれるミスマッチや断絶の部分を象徴しており、『ユリシーズ』のダブリンがヨーロッパ大陸から構築されたことに深く関わっている。さらに、『ユリシーズ』映画化がジョイスの生前に実現しなかったことは、その時代が『ユリシーズ』の多様性・多層性を取りこむだけの技術が映画芸術になかった影響、いわばジョイス生前の『ユリシーズ』とその映画アダプテーションのミスマッチを象徴していると言えるだろう。

映画と『ユリシーズ』に見られるミスマッチには、『ユリシーズ』に不可欠な要素、ジョイスとその受容にまつわるジョイス研究の萌芽が潜んでいる。『ユリシーズ』出版百年を迎える現在、映画が『ユリシーズ』の新たな理解と解釈を映す一つの鏡でありつづけ、『ユリシーズ』受容と理解にも多様性・多層性が生まれ、さらに論じられる時代であると言えるだろう。

（岩下いずみ）

参考文献

Barba, Yon. *Eisenstein*, Secker and Warburg, 1966.
Barrow, Craig Wallace. *Montage in James Joyce's Ulysses*. Studia Humanitatis, 1980.
Burkdall, Thomas L. *Joycean Frames: Film and the Fiction of James Joyce*. Routledge, 2001.
Condon, Denis. "The Volta Myth." *Film Ireland*, 2007, *Maynooth University Research Archive Library*, http://mural.maynoothuniversity.ie/4595/.
Ellmann, Richard. *James Joyce*, 2nd ed., Oxford UP, 1982.
Joyce, James. *Letters of James Joyce*. Edited by Stuart Gilbert, vol. 1, Viking, 1966.
Williams, Keith. "Odysseys of Sound and Image: Cinematicity and the *Ulysses* Adaptations." *Roll Away with the Reel World: James Joyce and Cinema*, edited by John McCourt, Cork UP, 2010, pp. 158-73.
岩下いずみ「ジョイス作品と映画におけるモンタージュ——都市における空間と時間、そして知覚の変化——」『九州英文学研究』第二一号、二〇〇四、三三—四六。

15 『ユリシーズ』と音楽

ジョイスはしばしば聴覚型の作家だと言われる。『ユリシーズ』を読んでいても、視覚的描写がないわけではないが、情景が目に浮かぶというより、多種多様な声や音が出てきて賑やかな印象を与える。文章も擬音語や頭韻、子韻などを駆使した音韻効果を狙ったものが目立つ。そして作中には古典音楽から当時の俗謡・猥歌にいたるまで、さまざまな音楽作品への言及が無数に埋めこまれている。なかには挿話全体が音楽的構成を持つ場合もある。『ユリシーズ』と音楽の関連は多面的で根深い。

まず押さえておくべきは、物語当時のダブリンの音楽事情だろう。この点については平繁佳織に要を得たまとめがあるが、そこでは言語・文学を含むアイルランド文化全般の復興運動を背景に、自国の音楽発展を目指した活発な音楽活動が行われていた（二八六―八九、および本論集所収の平繁論文を参照）。ジョイスは父親譲りのテノールで、一時は声楽の道を志したこともあり、一九〇四年開催の音楽祭（*Feis Ceoil*）のテノール部門に出場して三位入賞を果たしている。そうした音楽都市ダブリンの生活感覚は、コンサート歌手でもあるモリー・ブルームの交友関係を中心に、『ユリシーズ』の重要な構成要素となっている。

これはダブリンに限ったことではないが、当時の音楽文化はクラシック音楽とポピュラー音楽のあいだに明確な断絶を設けていなかったことに注意しなければならない。右記の音楽祭や各種の演奏会において、いわゆる独仏伊の格式の高い器楽曲や声楽曲と身近な民族音楽や流行歌が同一のプログラムに並び、同一の歌手や演奏家によって担当されることは普通であった。だから『ユリシーズ』にも、W・A・モーツァルト（W. A. Mozart）やG・ロッシーニ（G. Rossini）といった今でいう大家の古典と、「クロッピー・ボーイ」や「ラヴズ・オールド・スイート・ソング」といった俗謡が同じ次元で登場し、高級文化と民衆文化を無差別に取りこむ『ユリシーズ』の百科事典的雑種性に一役買っている。そのあたりの詳細は、『ユリシーズ』を中心としたジョイス作品の音楽言及を網羅的に整理したザック・ボウエン（Zack Bowen）の研究によって知ることができる。

そのようなわけで、『ユリシーズ』には硬軟織りまぜた多様な音楽作品への言及が埋めこまれているのだが、それは単なる装飾でなく作品全体の構想に関わる場合もある。一例を挙げると、作中でヒュー・ボイランは彼の企画するモリーの演奏旅行でモーツァルトの歌劇『ドン・ジョヴァンニ』（*Don Giovanni*）の二重唱「手に手を取って」（"*Là ci darem la mano*"）を提案してくるが、これは放蕩貴族が婚約者のある田舎娘を誘惑する場面で、同日に人妻のモリーとの逢瀬を持ちかけるボイラン自身の企みを映しだす鏡でもある。さらに、そのことをはからずも知ってしまったモリーの夫レオポルド・ブルームの脳裡に、この歌曲のメロディーが終日付きまとう仕組みになっている。ほかにも言及された音楽作品の内容や文脈を知ることで、小説の隠された意味が開示されることがあり、読者には一定の音楽的素養が求められそうだ。

挿話の音楽的構成については、第十一挿話がギリシャ神話のセイレン物語を踏まえ、おしゃべりなバーメイドたちや音楽室で生演奏を披露する男たちを配した〈音楽の挿話〉になっていて、さらに挿話全体が複数の視点の語りを交差させたフーガ形式を採っていることで有名である。この挿話ではまた、語りの言語自体が擬音語や擬態語の多用に溺れがちで、しばしば正字法や統語法を踏みはずし、独自の音楽言語とでもいうべき次元に達している。しかし、これらの傾向は、程度の差はあれ第十一挿話以外の挿話にも見られる『ユリシーズ』全体の志向であることに留意すべきだろう。ジョイスが目指したのは、単に小説に音楽を取りこむことでなく、小説と音楽を融合して新たな〈音楽としての小説〉を創りだすことであったのだろう。その探求は『ユリシーズ』の多彩な言語実験でも満たされることはなく、次作『フィネガンズ・ウェイク』へと引き継がれてゆく。

（横内一雄）

参考文献

Bowen, Zack. *Musical Allusions in the Works of James Joyce: Early Poetry through* Ulysses. State U of New York P, 1974.

平繁佳織「舞台裏の Artiste たち――『母親』と音楽会評」金井嘉彦・吉川信編『ジョイスの罠――「ダブリナーズ」に嵌る方法』、言叢社、二〇一六、二八五―三〇四。

16　『リトル・レヴュー』の貢献

『リトル・レヴュー』（*The Little Review*）は、マーガレット・アンダーソン（Margaret Anderson）とジェイン・ヒープ（Jane Heap）が一九一四年から一九二九年にわたって不定期に刊行したアメリカのモダニズム文芸誌である。ジョイスは、エズラ・パウンド（Ezra Pound）の仲介によって、この雑誌に『ユリシーズ』を発表する機会を得た。

それは最終的に、一九一八年三月号における『ユリシーズ』第一挿話の掲載から、一九二〇年九‐十二月合併号における第十四挿話の一部掲載までの、全二十三回に及ぶ連載となった。

『ユリシーズ』の連載が、批判や困惑を伴った世間の注目を集めるようになると、「大衆の好みに迎合しない」をモットーとする『リトル・レヴュー』誌は当時の社会的「良識」との戦いを強いられることになる。まずは、一九一九年一月号（第八挿話後半部を掲載）が「猥褻」のかどでアメリカ郵政省に没収された。その後も同じ理由により、一九一九年五月号（第九挿話後半部を掲載）、一九二〇年一月号（第十二挿話中間部分を掲載）、一九二〇年七月・八月合併号（第十三挿話の結末部を掲載）が没収されつづけた。そしてついに、一九二〇年九月、ニューヨーク悪徳防止協会はアンダーソンとヒープを告発。訴訟では、ジョイスとも交流のあった弁護士にして文芸パトロンのジョン・クイン（John Quinn）が『リトル・レヴュー』側を弁護するも、翌年にアンダーソンとヒープは猥褻物出版のかどで有罪となった。二人が釈放されるさいには、今後『ユリシーズ』の掲載行わないという暗黙の了解があったという。その後、おそらくより広く知られているとおり、『ユリシーズ』は、シルヴィア・ビーチ（Sylvia Beach）の英断によって、彼女のパリの小書店シェイクスピア・アンド・カンパニーから出版されることになる。

しかし、『リトル・レヴュー』誌がジョイスのキャリア形成において果たした貢献を忘れるわけにはいかないだろう。端的に言って、アンダーソンとヒープが度重なる「猥褻」との非難に屈することなく、『ユリシーズ』を連載しつづけたからこそ、この小説は出版の日の目を見るに至ったのだから。ケヴィン・バーミンガム（Kevin Birmingham）が指摘するように、「『ユリシーズ』の皮肉のひとつが、女性読者のデリケートな感受性を守るためという理由で発禁にされながら、その存在を支えていたのは数人の女性たちだということだった」（二二一‐二二三）。加えて、『リトル・レヴュー』誌上の連載には、『ユリシーズ』に関する初期の評価や批評の方向性を定めたという功績もある。平繁佳織が指摘しているとおり、同誌の目次にジョイスの名が、ウィンダム・

ルイス（Wyndham Lewis）、フォード・マドックス・フォード（Ford Madox Ford）、アーサー・シモンズ（Arthur Symons）、そしてパウンドといった錚々たる寄稿者の面々とともに並ぶことにより、「『ユリシーズ』は高尚な作品（high art）としての位置づけが定まった状態で世に送りだされた」。さらに、『リトル・レヴュー』誌には、文学作品とその批評が同時掲載されることがあり、「実際、『リトル・レヴュー』誌には計二二回にわたり『ユリシーズ』の解説・批評が掲載され、一〇〇年前の初読者たちの作品受容の素地を作りあげた」（平繁）。以上のように、『リトル・レヴュー』誌は、『ユリシーズ』という小説を断続的に世に問うことで、ジョイスのキャリアとともに、『ユリシーズ』の初期評価を形成するという重要な役割を果たしたのだ。

　そして、『ユリシーズ』の出版から百年を経た今、新たな『ユリシーズ』研究の模索のために『リトル・レヴュー』誌に注目してもよいのかもしれない。ジョイスが、『ユリシーズ』の連載後も、本として出版するまでに加除修正を続けたことは周知の事実であり、両者の異同が研究対象となることはこれまでもあった。たとえば、よく知られているように、第七挿話のキャプション（新聞を模した見出し）は『リトル・レヴュー』掲載時にはなく、一九二二年の初版出版までに加筆されたものであり、その作品上の機能などが論じられてきた。

　この加除修正を網羅的に、かつ計量的に分析したのがクレア・ハットン（Clare Hutton）である。彼女によれば、「修正のパターンが最小限で、ジョイスがまったく新しいパラグラフを挿入することはめったにない」（Hutton 209）第二挿話にあって、以下の引用中の強調部分（*U* 2.273-769）だけは、『リトル・レヴュー』連載終了後の一九二一年六月後半になって加筆された。

　――きみは、わたしのことを時代遅れの保守主義者と思っているね、と彼の思慮深い声が言った。わたしはオコンネルの時代から三世代を見てきた。わたしは一九四六年の大飢饉を覚えている。オコンネルより二十年も前に、オレンジ党が合同撤廃を議論したことを知っていますか。きみたちの宗派のお偉いさんたちが彼を扇動政治家と非難するよりも前のことですよ。きみたちフィニアンは何か忘れていますよね。栄光に輝き、敬虔で不滅の記憶。カトリックの死体が吊るされた壮麗なるアーマーのダイアモンド集会所。しゃがれ声の、仮面をかぶって武装した、植民者たちの契約。黒き北と褪せぬ青の聖書。クロッピーども、ひれ伏せ。

スティーヴンは、ちょっとした仕草をしてみせた。（*U* 2.268-77、強調は筆者）

この加筆部分は、「アイルランドの歴史という特異性に注意し、そこに働いている権力の力学を理解せよという読者への合図」であり、「一五九〇年代に起きたイングランドのアイルランド侵攻の残虐さや、一七九〇年代における初期のオレンジ党による暴力を認知し記憶するよう主張している」（Hutton 210）。逆に言えば、「スティーヴンの軽蔑と不公平感を非常にうまく表現している」（Hutton 210）この段落を欠いていたがゆえに、『リトル・レヴュー』の読者が抱いていたディージー像は、現行の『ユリシーズ』の読者のそれとは異なっていた可能性があるのだ。このように、『リトル・レヴュー』連載時から『ユリシーズ』出版に至るまでの加除修正を計量的にたどることで、本作品の内容的な変容をとらえ、その政治的意義の再検討が可能になる。この意味で、『リトル・レヴュー』には今後もジョイス研究への貢献が期待されるのだ。

（田多良俊樹）

参考文献

Hutton, Clare. *Serial Encounters:* Ulysses *and* The Little Review. Oxford UP, 2019.
バーミンガム、ケヴィン『ユリシーズを燃やせ』小林玲子訳、柏書房、二〇一六。
平繁佳織「『リトル・レヴュー』誌と『ユリシーズ』――一〇〇年前の初読者たち」『Web あかし』二〇一九年八月五日。webmedia.akashi.co.jp/posts/2333.

17 リトル・マガジンの時代

よく知られているように、ジョイスの『若き日の芸術家の肖像』および『ユリシーズ』は雑誌掲載をへて本となった。『肖像』は『エゴイスト』誌（*The Egoist*）第一巻第三号（一九一四年二月二日号）から第二巻第九号（一九一五年九月一日号）に連載された（『ジョイスの迷宮（ラビリンス）——「若き日の芸術家の肖像」に嵌る方法』論集のコラム「『エゴイスト』に掲載された『肖像』」参照）。『ユリシーズ』は、第十四挿話冒頭までとなったが、『リトル・レヴュー』誌（*The Little Review*）第五巻第十一号（一九一八年三月一日号）から第七巻第三号（一九二〇年九月—十二月号）に連載された（本論集のコラム「『リトル・レヴュー』の貢献」の項参照）。のちに『フィネガンズ・ウェイク』となる作品——「進行中の作品」（"Work in Progress"）と呼ばれていた——にしても『トランジション』（*transition*）誌への掲載をへて本となっていく。現代の感覚に照らしあわせてもなんら不思議のないこの経過は、実はジョイスを考えるさいにも、そしてまたいわゆるモダニズムを論じるときにも大きな意味を持つ。というのも、この時代は「リトル・マガジン」と呼ばれる雑誌の時代であり、ジョイスにかぎらず他の作家、芸術家、思想家、社会運動家が雑誌との密な関係のなかで、自己形成をしていったと見ることができるからである。

雑誌という媒体は、なにもジョイスの時代にかぎられたものではなく古くからあるが、ジョイスの時代に特徴的なのは、「リトル・マガジン」と呼ばれる、概して発行部数の多くない、そしてまた概して発行期間も短い雑誌が数多く発行されていた点にある。これらの雑誌の多くに寄稿・編集という形で関わった——その意味ではリトル・マガジンの立役者とも申し子とも言える——エズラ・パウンド（Ezra Pound）自身が、これらの雑誌を論じた論考の中でこれらを「スモール・マガジン」（"small magazine" 689）、「束の間の雑誌」（"fugitive periodical" 701）と呼んでいることは、「小さい」「束の間の」という形容詞をつけることの意味が、これらの雑誌の規模の小ささ、雑誌として機能していた期間の短さにある点を教えてくれる。実際当時の雑誌の発行期間を見てみるならば、『エゴイスト』、『リトル・レヴュー』、『ニュー・エイジ』（*The New Age*）などのように長く続いた雑誌もあるが、一、二年しか持たない雑誌が大半であったことがよくわかる。このほかの特徴としては、二十世紀初頭の産物であること、商業目的ではなく、思想・討論・文学を目的とすること、一般的に寄稿者・編集者に支払いがされない点、学術的ではなく、特定の学問科学領域での知識拡散を目的としたものではない点、特定の運動・思想の機関誌ではない点、編集者の個性が強く現われる点を挙げることができる（Denman 123）。これに加えて国際的であったことも加えておいてよいだろう。アイルランドの作家ジョイスがトリエステ、チューリッヒ、パリで暮らしながら書いた『ユリシーズ』をアメリカの雑誌が掲載していたことは、国籍を問わずよいものを掲載しようとするリトル・マガジンの姿勢を表わしている。

このような雑誌が数多く出ていた状況はいくつかのことを教えてくれる。その第一は、これらの雑誌が想定していた「読者」の存在である。当たり前のことであるが、これらの雑誌はなにも後世の人間に歴史的資料を残すために存在していたのではない。それらを読んでもらえる「読者」を前提に雑誌を出している。つまり、学校教育の普及により、読む力を手に入れた新しい社会的階層の存在があるからこそ雨後のタケノコのように次から次へと新しい雑誌が世に出た。リトル・マガジンは、それ自体が「モダン」な、社会の中の新しい階層の存在に応える形で生まれ、そこに訴えかけをする。そのときリトル・マガジンはその階層から力を得ると同時に、その階層に対して力を及ぼすダイナミズムの要として存在することになる。

とはいえ、リトル・マガジンの発行部数が概して少ないのは、それらを買ってくれる階層の薄さや経済的基盤の弱さを映しだすのだろう。購読層を意識して雑誌の値段をできるかぎり安く設定しようとする試みがなされても実を結ばないのは、雑誌という文化にまだ馴染みのない購読層の存在、成熟していない購読層を映しだすと言えるかもしれない。あるいはリトル・マガジンが提供するコンテンツと購読層が求めるものとの間に乖離があったという言い方も可能かもしれない。実のところ、『ユリシーズ』を掲載したことで有名となった『リトル・レヴュー』が副題を『大衆の好みに迎合しない芸術誌』（*A Magazine of the Arts Making No Compromise with the Public Taste*）としていたのは、経済的対象としての雑誌購読層と、文化的対象としての雑誌購読層とが重ならずに、ねじれた状態にあったことを象徴的に示す。それは違う言い方をするならば、リトル・マガジンには大衆の好みに迎合しない「独自性」「自律性」を求める方向性があったということである。『フリー・ウーマン』（*The Freewoman*）、『ニュー・フリー・ウーマン』（*The New Freewoman*）が『エゴイスト』と名を変えていくことは、タイトルに含まれる「女性」という観点から見ればつながりがないように見えるが、「フリー」という部分に着目するのであれば、「エゴイスト」はその精神の延長線上にある。つまり、女性だけではなく、性を問わず人間のあり方を問う雑誌へと変わったことが理解できる。リトル・マガジンという表現をもっとも早くから用いたのが『ダーナ』（*Dana*）であったことも（Denman 124）、その意味では示唆的である。『ダーナ』は副題を『自律思想の雑誌』（*A Magazine of Independent Thought*）としていた。

こうして少部数しか売れず、したがって（多くの場合）長くは刊行できない定めを自らに刻印したリトル・マガジンではあるが、その代償として、文化の中で認められた、その意味において制度化された雑誌にはないフットワークの軽さ、自由を手に入れることができた。誰であっても思い思いの雑誌を立ちあげ、自らの考えを好きな形で表明し、世に問うことのできる自由は、社会に自由の雰囲気を浸透させ、こうして社会に広まった自由の中から、因習から離れ新しい試みをする自由が生まれていく。現代に生きるわれわれにとって見るべきは、そこから「モダン」なるものが社会の中に生みだされ、それがまたたとえ少数であったにしても反響を生み、その「モダン」の基礎固めをし、そこから今日われわれが「モダニズム」と呼ぶものを生んでいくダイナミズムであろう。百年以上の時間をへてジョイスの時代を見るわれわれは、「モダニズム」と呼ばれることになる動きがジョイスの時代にあったことを歴史として知っている。しかしそれはジョイスに「モダニズム」があったことを意味しない。ジョイスの「モダニズム」は、先も見通せない中で自らの美学を鍛えあげ、それを作品の形にした結果に対して与えられる名称であり、ジョイスの創作自体はつねに「進行中」の状態にあった。ジョイスの作品に「モダン」はあっても「モダニズム」はなかった。リトル・マガジンという文化を頭に置きながらジョイスを読むことは、生きたジョイス、社会的に見てどのような作家になるかもまだわからないジョイスが、手探りをしつつ今われわれが目にするジョイスになっていく過程を確認することである。

モダニズム作品とリトル・マガジンとの間の相互依存的にして相互形成的な興味深い影響関係は、研究が進んできているとはいえ、多くの研究者にとって当時の雑誌を手に取って見ることが容易ではない物理的な制約のため依然として未開拓の部分が大きい。そこに革命的な変化をもたらしたのがロバート・スコールズ（Robert Scholes）を中心に進められたブラウン大学の「モダニスト・ジャーナルズ・プロジェクト」（Modernist Journals Project）である。これにより数多くの雑誌がアーカイヴ化され、ウェブ上（https://modjourn.org/）で見られるようになっただけでなく、ＰＤＦファイルとして共有されることとなった。ジョイスの作品が掲載された『ダーナ』、『エゴイスト』、『リトル・レヴュー』はもちろん、ジョイスと関わりのある人たちが発行していた雑誌、ジョイスが生きた時代に出ていた雑誌をこうして見ることができるようになったことは贅沢と言うほかない。図書館に収められた雑誌の場合にはときとして製本の段階で広告が削られてしまうが、ここでは広告も含めたオリジナルの形を見ることのできる意義も大きい (Scholes 36)。

（金井嘉彦）

参考文献

Churchill, Suzanne W., and Adam McKible, editors. *Little Magazines and Modernism: New Approaches*. Ashgate, 2007.

Denman, Peter, "Ireland's Little Magazine." *Three Hundred Years of Irish Periodicals*, edited by Barbara Hayley and Enda McKay, Association of Irish Learned Journals, 1987, pp. 123-46.

Pound, Ezra. "Small Magazines." *The English Journal*, vol. 19, no.9, Nov. 1930, pp. 689-704.

Scholes, Robert, and Clifford Wulfman. *Modernism in the Magazines: An Introduction*. Yale UP, 2010.
横内一雄「『エゴイスト』に掲載された『肖像』」『ジョイスの迷宮——「若き日の芸術家の肖像」に嵌る方法』言叢社、二〇一六、二五九—六一。

18 検閲、裁判

『ユリシーズ』を最初に「検閲」したのは、同作を掲載したニューヨークの前衛文芸誌『リトル・レヴュー』(*The Little Review*)(一九一四—二九)をジョイスに紹介した、彼の支援者の一人であり、友人でもあった詩人エズラ・パウンド(Ezra Pound)だったというのは改めて驚くべきことかもしれない。一九一八年三月号から始まった『ユリシーズ』の連載だったが、当時のアメリカは第一次世界大戦に参戦した(一九一七年四月)あとの、言うなれば〈戦時下〉にあり、「ニューヨーク悪徳防止協会」が郵便物の検閲を劇的に拡大した時期だった。チューリッヒのジョイスから最初の三挿話の原稿を、ロンドンで受けとったパウンドは、原稿のとおりに印刷するならば発禁は免れないだろうと予見していた。そこでパウンドはジョイスに事前の断りを入れずに、第三挿話の犬の放尿のシーンや、第四挿話のブルームの排便のシーンを(編集者であるマーガレット・アンダーソン(Margaret Anderson)とジェイン・ヒープ(Jane Heap)に渡す前に)削除することで発禁から逃れようとした。検閲はいつの時代にあっても権力に対する〈自主規制〉から始まる、というところだろうか。

その後も、パウンド(および、編集長のアンダーソン)はジョイスの原稿に最小限の改変を加えてゆくが、ブルームがホウスの丘でモリーにプロポーズをしたときの性的な回想シーン(第八挿話前半)が描かれた一九一九年一月号が、最初の発禁処分を受け、その後も二度——第九挿話後半の近親相姦や獣姦、自慰に関わる部分を描いた一九年五月号と、第十二挿話のヴィクトリア女王やエドワード七世を揶揄した二〇年一月号——同様の処分を受ける。そして、ついに一九二〇年七・八月合併号の第十三挿話「ナウシカア」後半、ブルームがガーティ・マクダウェルのスカートの中を覗く場面が、アンソニー・コムストック（Anthony Comstock）を引き継いで悪徳防止協会の会長になった、弁護士ジョン・サムナー（John Sumner）の目に留まり、アンダーソンとヒープは告訴されてしまう。弁護士であり、『リトル・レヴュー』の支援者にして美術品の蒐集家でもあった、ジョン・クイン（John Quinn）の法廷での弁護も空しく、一九二一年二月に『ユリシーズ』は猥褻であるという判決が下された。クインはその後も出版の可能性を模索するが、アメリカだけでなく、ロンドンの業者からも印刷を拒否され（当時、処罰の対象は編集者だけでなく印刷所にも及んだ）、英語圏での出版の見通しがまったく立たないなか、その窮地を救ったのは、ジョイスが一九二〇年七月に移住したパリで出会った「シェイクスピア・アンド・カンパニー」書店（Shakespeare and Company）を経営する、アメリカ人女性シルヴィア・ビーチ（Sylvia Beach）だった（出版契約は、有罪判決後の二一年四月に成立する）。

　ここで着目すべきは、『リトル・レヴュー』への検閲、および発禁処分が『ユリシーズ』の創作に与えた影響である。ホメロスとの「照応関係」（本書「ホメロスとの照応関係（ホメリック・パラレル）」の項参照）、および挿話ごとの学芸や象徴、技術を示したいわゆる「計画表」が初めて書かれたのは一九二〇年の九月で（本書「計画表（スキーマ）」の項参照）、ジョイスはその後の大幅な加筆・修正の過程においても『オデュッセイア』への暗示を随所に書きこんでいった。つまり、ある意味では検閲対策、あるいは自らの芸術への自己弁明としてジョイスは計画表を作り、それに沿って『ユリシーズ』を今ある形へと完成させていったのである。パリでの出版から約十二年後の一九三三年十二月、ジョン・ウルジー（John Woolsey）判事がアメリカでの出版を許可する判決を下すことになるが、その準備段階でこの裁判官は『ユリシーズ』とともに七冊の批評書を読んでいたという。そのうちの一冊、スチュアート・ギルバート（Stuart Gilbert）の『ジェイムズ・ジョイスの「ユリシーズ」』（*James Joyce's* Ulysses, 1930）は、各挿話を解説するさいに、『ユリシーズ』本書には書かれていない挿話名の直後に、計画書の要点を記載しており、「ホメリック・パラレル」

を重視する初期批評を決定づけたとしばしば指摘される。ホメリック・パラレルは『ユリシーズ』を読み解く一つの重要な鍵であるに違いないが、過度に依存してもいけないという本書の主張は、このような検閲と裁判をめぐる流れから見ても補強されうるだろう。

（小林広直）

参考文献

Birmingham, Kevin. *The Most Dangerous Book: The Battle for James Joyce's* Ulysses. Penguin, 2014.（バーミンガム、ケヴィン『ユリシーズを燃やせ』小林玲子訳、柏書房、二〇一六）

Gilbert, Stuart. *James Joyce's* Ulysses*: A Study*. 1930. Vintage, 1955.

Vanderham, Paul. *James Joyce and Censorship: The Trials of* Ulysses. New York UP, 1998.

川口喬一「パウンド／『リトル・レヴュー』／猥褻――『ユリシーズ』批評史（1）1918-1921――」『文芸言語研究文芸篇』第十三号、筑波大学文藝・言語学系、一九八七、一―四五。

結城英雄『ジョイスを読む――二十世紀最大の言葉の魔術師』集英社新書、二〇〇四。

19　一九〇四年のダブリン

第四挿話に日露戦争について言及される場面がある（*U* 4.116–17）。この戦争は一九〇四年（明治三十七年）から約一年半続くが、当時のダブリンには定期刊行物を通して世界の最新情勢が届いていた。そのほかにも、複数の挿話で触れられるニューヨークの火災による大惨事や、アイルランドの南西部リムリックでのユダヤ人商店へのボイコット事件（*U* 18.387）など、一九〇四年に起こったさまざまな出来事が『ユリシーズ』には記述されている。ジョイスの入念なリサーチが当時のダブリンを再現しているわけである。

ジョイスがダブリンを形容するさい、『ダブリナーズ』に出てくる「麻痺」（"paralysis"）や、彼の書簡にある

「特別な腐敗の匂い」（"special odour of corruption"）といった表現を使うことがある。ただしこれらをそのまま当時のダブリンにあてはめて理解してしまうと、実情を曲解してしまうことになる。二十世紀初頭のダブリンを「停滞した」都市としてとらえることは容認できないとの見解も複数示されており（Lyons 7; 高神 三五; 結城 四二）、当時の経済的数値を見ればそのあたりの状況がおのずとわかる。一九〇四年の直近の国勢調査によれば、アイルランドの一人あたりの年収額は世界で十五番目に位置し、イタリア、ノルウェー、日本を凌ぐ規模で、ヨーロッパ各国の平均値程度であった（Farmer 14）。『ユリシーズ』の登場人物の生活様式をつぶさに見れば、彼らの生活スタイルが近代的であることに読者は気づくはずだ。

当時三十万の人口を誇ったダブリンはリフィー川を境に南北に分断されていた。ブルームが住むリフィー川北岸は商業施設が多く、また十八世紀の遺物のような荒廃した、かつての豪邸に、社会階層としては下位に位置する住人が密集するかのように居住していた。対して南岸は、政府系施設や富裕層が住むエリアとされ、一部にスラム街があるとはいえ、北岸とくらべてその経済的格差は歴然としていた。さらに中心部から南下すると、ジョイスが一時期住んだブラックロック、第一挿話で言及されるキングズタウン（現ダン・レアリー）やその舞台となっているドーキーなど、中流中層または上層階級が住む郊外エリアがあり、その地は英国を模した雰囲気を醸しだしていた。一般的に社会階層の上層に位置する者は昼間にダブリン中心部で働き、夜は南の郊外に住むというのが当時の典型的な居住パターンであったとされる。リフィー川が当時のダブリンにおける社会構造を分けへだてた境界線の役割を果たしているわけである。英国から独立したアイルランドでは、英国社会を象徴する階級は存在しないという建前のもと、独立以前の社会における階級に関する研究が長年タブー視されてきた（Ferriter 7）。だが『ユリシーズ』の多様な描写を細かく検証すれば、二十世紀初頭のダブリンにおける社会的多層性は容易に想像できよう。

社会階層の中で最下位に位置した者の居住環境が劣悪極まりなかったことも無視できない。スラム問題は一九八〇年代後半まで解決できなかったほど深刻で、ヨーロッパの中でも突出した環境の悪さを示していたという。青年期をリフィー川北岸の市内中心部で育ったジョイスにとって、スラム街はかなり身近な存在であった。事実『ダブリナーズ』や『ユリシーズ』において登場人物が通りすぎるさいに、何気なくダブリンの貧困層が住むテネメント・ハウス(tenement house、集合住宅)が配置されていることがある。現地の地理に詳しい者が読めば、ジョイスによる当時の社会病理への告発と解釈することも可能であろう。

ダブリンとロンドンとの時差が二十五分あった事実も見逃されがちだ。『ユリシーズ』で勝ち馬券を買ったと勘違いされるブルームだが、彼はのちにこの時差を利用して勝ち馬情報を得る可能性について考えている。ちなみにイースター蜂起後に、電報の配達時間や交通機関の時刻を合わせるという目的で時差は解消されたが、蜂起にも参加したナショリナリスト、コンスタンス・マルキエヴィッチ侯爵夫人（Constance Georgine Markiewicz, 1868-1927）は、英国は時差を戻すことでアイルランドの時間まで盗むのかと政府機関に抗議の書簡を送ったとされる。

英国のエドワード七世がアイルランドを訪問したのも一九〇四年のことである。一九〇〇年にヴィクトリア女王がこの地を訪れたさいも、一部のナショナリストたちからの罵声を浴びつつも、上陸地であるキングズタウンからダブリン中心部まで、多くの民衆から熱烈な歓迎を受けたことが知られている（Ferriter 30）。これは英国への複雑な国民感情を示す一例であろう。現にアイルランドでは二十一世紀の今でも英国王室を表わす単語を付す土地や団体名（Royal Canal, Royal College of Surgeon）が数多く存在する。通り名に至っては、英国人の名前や英国にまつわる名を付したもの（Grafton Street, Pembroke Street）が各所で見られる。ナショナリズムを扇動し、英国を嫌いつつも、その裏で英国にあこがれ、模倣していた当時のアイルランドの民衆の行為を、ダグラス・ハイド（Douglas Hyde, 1860-1949）は「アイルランドの脱英国化の必要性」（"The Necessity of De-Anglicising Ireland," 1892）と題された講演の中で、矛盾するものだとして鋭く批判した。第十二挿話において「市民」が皮肉ったように、自国語を話せない「英国かぶれのアイルランド人」（"shoneens" *U* 12.680）が数多く存在していたわけである。

最後に一九〇四年は、ジョイスがノーラとともにアイルランドをあとにした年でもあった。この国の代名詞ともなっている「移民」という社会現象をジョイスも実践したと言ってよいのではないか。この時期、移民はこの国の雇用を守るための「安全弁」だったとの指摘が多数ある。ジョイスを良家出身の、医学を学ぶ芸術家だと見なすと、ジョイス=移民という図式に違和感を覚えるかもしれないが、移民をより良い生活を求めて土地を移動する行為と考えた場合、ジョイスも時流に乗って故国を離れたと言えなくもない。移民による人口流出はその後も続き、アイルランド社会が変容しはじめる一九六〇年代までこの国は人口減を経験することとなる。（河原真也）

参考文献

Farmer, Tony. *Ordinary Lives: The Generations of Irish Middle Class Experience 1907, 1932, 1963*. Gill & Macmillan, 1991.

Ferriter, Diarmaid. *The Transformation of Ireland 1900-2000*. Profile Books, 2010.

Laffan, Michael. "Bloomsyear: Ireland in 1904." *Voices on Joyce*, edited by Anne Fogarty and Fran O'Rourke, UCD Press, 2015.

Lyons, F. S. L. "James Joyce's Dublin." *Twentieth Century Views*, vol. 4, 1970, pp. 6-35.

高神信一「20世紀はじめのダブリン——ジェイムズ・ジョイスとダブリンの階級社会」『エール』（日本アイルランド協会）、第二九巻、二〇〇九、三五—五七。

結城英雄「ジョイスの時代のダブリン（三）」『法政大学文学部紀要』第五四巻、二〇〇七、四一—五三。

20　ジョイスとアイルランド文芸復興運動

十九世紀末から二十世紀初頭にかけて起きたアイルランド復興運動（Irish Revival）は、今日も活動する多くの団体・組織を誕生させ、現代アイルランドの礎を築いた。とりわけ文学の分野においては、質・量において他の時代には見られないほどの作品を世に送りだし、アイルランド文芸復興運動として知られている。英語では

Irish Literary Revival, Irish Literary Renaissance あるいはその中心に位置するW・B・イェイツ（W. B. Yeats）の作品名をとって「ケルトの薄明」（Celtic Twilight）などと称されるが、名称のばらつきもさることながら、その時間的枠組は、多面的な運動のどの部分に光を当てるかによってさまざまだ。国民劇場アビー座（Abbey Theatre）の創設を中心に据えるのであれば、その前身となるアイルランド文芸劇場（Irish Literary Theatre）ができた一八九九年が始まりとなるだろう。文芸復興運動に多大な影響を及ぼした作品を起点に考えるなら、一八七八年から八〇年にかけて執筆されたスタンディッシュ・オグレイディ（Standish O'Grady）の『アイルランド史——英雄の時代』（*History of Ireland: The Heroic Period*）に萌芽を見いだせるかもしれない。いずれにしても、チャールズ・スチュアート・パーネル（Charles Stewart Parnell）の死や、ゲール語同盟（Gaelic League）やゲーリック体育協会（Gaelic Athletic Association）の設立といった政治・文化面での主要な動きがあった一八九〇年代には、遅くとも復興運動なるものが始まっていて、文学でも同様の動きが活発化していたとする見方が主流である。文芸復興運動の終息点は、より議論が分かれるところだ。復興運動とモダニズムは、それぞれベクトルの向きが逆であるとして、しばしば対照的な扱いを受けてきたため、モダニズム作品の金字塔であるジョイスの『ユリシーズ』が出版された一九二二年をおよその終息点とする見方は多い。あるいは、一連の流れを（きわめて主観的に）まとめたイェイツのノーベル文学賞受賞スピーチ（一九二三年）を一つの節目とみなすこともできよう。一九二〇年を境に、独立戦争、英愛条約をめぐる内戦とアイルランド自由国（Irish Free State）の成立と、政治的な風土ががらりと変わったことを考えれば、その分け方も納得がいく。しかし、一九〇七年のジョン・ミリントン・シング（John Millington Synge）のプレイボーイ騒動（Playboy riot）を文芸復興運動の象徴的な出来事とするならば、一九二六年のショーン・オケイシー（Sean O'Casey）の『鋤と星』（*The Plough and the Stars*）騒動も射程に入るだろうし、イェイツを軸にするならば、一九三九年の彼の死を区切りとすることも可能だろう。

　その範囲が多少前後するとしても、確実に言えるのは、ことジョイスに関しては、少なくとも『ユリシーズ』

までの作品の執筆期間が、文芸復興運動の最盛期にほぼすっぽりと収まるということである。ジョイス自身はそこから距離をとっていたとするのが定説であるが、ダブリンで若い芸術家として歩みはじめたときにはすでに文芸復興の気運はできあがっており、その影響から逃れることは難しかっただろう。そもそも文芸復興運動は、その草創期から特定の作品を正典化（canonize）することで運動の正統性を担保することを特徴としていた。ダブリンではイェイツやジョージ・ムア（George Moore）、ジョージ・ラッセル（George Russell）らが自宅の応接間で定期的な会合を開き、同業者同士のネットワーキングの場、若い才能を発掘する場を設けていた。文芸復興運動を支えていたのはこの同人（coterie）カルチャーであり、このネットワークに接続することは、キャリアをスタートさせるためには不可欠であった。スティーヴンは『ユリシーズ』第九挿話において、ダブリン中心地にあるイーライ・プレイス（Ely Place）のムア宅に招待されず、疎外感を味わう。この文学関係者間の堅固なつながりは、『若き日の芸術家の肖像』の最後にスティーヴンが逃れることを決意する網の一つに数えられるだろう。

ジョイスのほかにも、文学人界隈の排他的な雰囲気を感じとり、異議を唱える者はいた。たとえば、ハナ・リンチ（Hanna Lynch）は知人のキャサリン・タイナン（Katharine Tynan）宅でイェイツとラッセルらと会った時のことを痛烈に風刺した短編を匿名で書いているし、オケイシーは自伝の中でイェイツ、ラッセル宅の集いに参加した時の堅苦しさと違和感について、おそらくフィクション性を多分に含みながらも書きとめている。

だが、ジョイスの文芸復興運動に対する見解を考えるときに引きあいに出される一九〇一年の「喧噪の時代（"The Day of the Rabblement"）」においても、ジョイスが文芸復興運動そのものを見限っていたわけではない。勢いを増すナショナリズムの力に迎合した結果、凝り固まった地方的偏狭性に捕らわれている文芸劇場を糾弾しながらも、まだ十代の名も無きジョイスが怒りの矛先を向けるのは、見る目のない観客の方であり、イェイツら劇場監督に向けては暗に方向転換を提案しているのであり、一定の留保が見られる。ジョイスはイェイツに関して以下のように評する。「一方、芸術家の方はどうか。イェイツ氏が優れた才能を持っているか否か、現段階で結論を下すのは、こちらも時期尚早であろう」(8)。「こちらも」とは、無論アイルランド文芸劇場の評価と併せて、という意味である。正確な判断はいまだ下されるべきでないというジョイスの姿勢は注目に値する。なぜなら、ジョイスのこの発言には、アイルランドの文学者のための舞台がすでに出来あがりつつあることを認めたくない若きジョイスの焦燥感にも似た思いが透けて見えるからだ。イェイツやムアは、ジョイスより一回りから二回り年上である。一世代前の人々がすでに先駆的な活動を行なっていることを、ジョイスが快く思っていなかっただろうことは、いまでは都市伝説的に伝えられる国立図書館近くでのジョイスとイェイツの出会いにも表われているだろう(ジョイスはイェイツに対し、「あなたは年をとりすぎている」という旨の発言をしたと伝えられているが、真偽は不明である)。もちろん、そこには世代的な問題以外にも、階級差、宗教の違いなど、ジョイスが壁を感じる原因はほかにもあったに違いない。

では、『ユリシーズ』という作品は文芸復興運動のどこに位置づけることができるだろうか。先の第九挿話でも、オーガスタ・グレゴリー(Augusta Gregory)やシングの農民言葉が多分にパロディされてはいるものの、復興運動の実体はそれだけではなかったとジョイスが見抜いていたことは、ジョン・エグリントン(John Eglinton)ら都会の文学者たちの存在を書きこんでいることからもわかる。第十二挿話でブルームが対峙する「市民」は、しばしば文化復興の精神を体現する存在として、ジョイスの明確な復興運動批判の対象と解釈されてきたが、そのような読みは文芸復興運動を均一な運動とみなす危険を孕んでいる。一見すると志を一にする人々が集まる同人文化に支えられながら、その実は互いに競いあい、異なる見解をぶつけることで運動を活性化していたことは、新たな史料が検討されるたびに文芸復興の枠組が見直される中で明らかになっている。運動の立役者として不動の地位を確保しているイェイツでさえも、その長いキャリアの中で幾度も軌道修正をしている。とすれば、第十二挿話の意見の衝突は、それ自体が復興運動に内包されていたダイナミズムを表わしているとも言えるだろう。Revivalism / counter-revivalism という枠組が取り払われ、文芸復興運動の多面性が広く認められるにつれ、『ユリシーズ』は文芸復興運動に終わりを告げる存在としてではなく、その精神を引き継ぎつつ形を変えた先駆者として記憶されることになる。

（平繁佳織）

参考文献

Joyce, James A. "The Day of the Rabblement." *Two Essays: "A Forgotten Aspect of the University Question" by F. J. C. Skeffington, and "The Day of the Rabblement" by James A. Joyce.* Gerrard Bros., 1901, pp. 7-8.

21 ジョイスとアイルランド語と英語

一八九三年七月三十一日、アイルランドはダブリンにて、ゲール語同盟（Gaelic League）が設立される。その目的は、古来アイルランドで話されていたゲール語（アイルランド語）を日常言語として保護し、普及させることにあった。その一環として、連盟はまた、アイルランド語で書かれた文学の振興にも努めた。

アイルランド語は、イングランドによる植民地支配が確立していく過程で英語に取って代わられ、衰退した言語である。十九世紀に入るころに始まったその衰退は、英語による学校教育、アイルランド大飢饉や移民による人口減少により拍車がかかり、同世紀末にはアイルランド語を話す地域は北西部、西部、南西部にわずかに残るのみとなっていた。したがって、アイルランド語は、ゲール語同盟の設立当時、すでに絶滅の危機に瀕していたと言っても過言ではない。

それゆえ、帝国言語たる英語に代わって、民族固有のアイルランド語を復興させることは、アイルランド民族の復活に、ひいてはアイルランドの政治的独立につながると考えられた。この点において、十九世紀末から二十世紀初頭にかけてゲール語同盟が主導したいわゆるゲーリック・リヴァイヴァル（Gaelic Revival）とは、帝国イングランドに対して植民地アイルランドが展開した「言語闘争」であったと言えよう。

ジョイスがゲール語同盟を十分に認知し、それが主催する集会やアイルランド語教室にも何度か参加したことは確認されている。しかし、その行動の意味については、伝記的研究においても意見が分かれている。リチャード・エルマン（Richard Ellmann）によれば、ゲール語同盟の大学支部の設立に尽力した友人ジョージ・クランシー（George Clancy）の勧めにより、ジョイスは一時的にアイルランド語のレッスンに参加した。しかし、教師のパトリック・ピアス（Patrick Pearse）が、「英語を侮辱することによってアイルランド語を賞賛することが必要だと思い、ジョイスのお気に入りの『雷鳴』（"Thunder"）という言葉を言語的欠陥の一例として特に非難した」ため、ジョイスは受講をやめたという(Ellmann 61)。ジョイスとゲール語同盟の関わりの短命さを指摘するエルマンは、アイルランド語の重要度がジョイスにとっては相対的に低いことを示唆している。

これに真っ向から反論したのが、ピーター・コステロ（Peter Costello）である。彼は、エルマンが見落とした二つの事実に注目している。一つは、一九〇一年の国勢調査において、父ジョン・ジョイス（John Joyce）が、ジョイスとその弟スタニスロース（Stanislaus）は「アイルランド語と英語」を話すと回答していること。そして、もう一つは、一九〇〇年六月二日付のゲール語同盟の機関紙『オン・クライヴ・ソリッシュ』（*An Claidheamh Soluis*）に掲載された記事が、同年五月十七日に開催された「『アイルランドの国民性』をアイルランドの学校教育の全学年において承認するという同盟の要求を支援する」会議にジョイスが出席していたことを報じているという事実である。ジョイスは「学校ではなく、ゲール語同盟においてアイルランド語を習得し」たのであって、「ゲール語同盟の活動におけるジョイスの側の関心は、従来信じられてきたよりもはるかに高いものである」(190)とコステロは主張する。

さらにまた、ゴードン・バウカー（Godon Bowker）は、エルマンと同様の説明に回帰しつつ、ジョイスがゲール語同盟の活動に参加した理由について、次のように述べている。ジョイスは「『スティーヴン・ヒアロー』でエマ・

クラリーと呼ばれる若い女性に愛情を抱いて」おり、「彼女は連盟の熱心なメンバーで、アイルランド語教室に参加するよう積極的に勧めていた。おそらくジョイスは、この魅力的な若い女性を追いかけて一緒に行ったのだろう」(Bowker 76)。すなわち、バウカーは、ジョイスとゲール語同盟とのかかわりに恋愛感情という個人的な動機を認めているのだ。

このように、ゲール語同盟に対するジョイスの態度、同盟の諸活動に参加した彼の動機、そして彼自身のアイルランド語運用能力の有無や程度といった問題には、いまだ明確な答えが示されていない。それをジョイスの作品中に求めてみても、断定することはなお困難である。たとえば、『若き日の芸術家の肖像』において、ゲール語同盟の活動家である友人デイヴンに「ぼくたちの仲間になれよ」」(*P* 5.1029) と勧誘されると、スティーヴンは「ぼくの祖先たちは自分の言語［アイルランド語］を投げ捨て、別の言語［英語］を身に付けた……。彼らはひと握りの外国人たちに自分たちを支配することを許した。祖先たちの借りをぼく一人の人生で返すとでも思うのかい。何のために?」(*P* 5.1031-34、省略は筆者) と拒絶する。ここには、ゲール語同盟とその言語ナショナリズムに対する批判を読みとることができるだろう。しかし、さりとてジョイスは、英語を使用する環境に安住しているわけでもなさそうだ。なぜなら、ランプに油を注ぐ道具を、カトリックに改宗したイングランド人である学監が"funnel"と呼び、スティーヴンは"tundish"と呼ぶという違いに接して、スティーヴンは次のように感じるからだ。

ぼくたちが話している言語［英語］は、ぼくのものである以前に彼のものなのだ。本国 (*home*)、キリスト (*Christ*)、エール (*ale*)、主人 (*master*) といった言葉が、彼の口から出るのと、ぼくの口から出るのとでは、どんなに違っていることか！　ぼくは、魂の不安を抱くことなく、こういう言葉を話したり書いたりはできない。彼の言語［英語］は、とてもなじみ深いものでもあり、とても異質なものでもあって、ぼくにとっては

いつも修得した言語なのだ。(P 5.553-57)

さらに、「死者たち」でゲール語同盟の活動に参加するために中座するミス・アイヴァーズや、『ユリシーズ』でゲール語を称揚する急進的ナショナリストの「市民」が片言のアイルランド語しか発しないからといって、ジョイス自身もアイルランド語を話せなかったということにはならない。ジョイスは高いアイルランド語運用能力を備えていたが、自らのキャラクターにはそれを与えなかった可能性もあるからだ。

ならば、ここで従来はさほど注目を集めてこなかった伝記的事実に目を向けてもよいかもしれない。エルマンが伝えるところによれば、複数の奨学金を獲得するほど英語の作文が得意であったジョイスは、パリ滞在中に、アイルランドの劇作家J・M・シング(John Millington Synge)に「同時代人の文法違反を集めたものと判明する『注目すべき事柄』を含むノート」(Ellmann 124)を見せたという。そこには、接続詞 "for" のあとで正しくは "they" とすべきところを "them" と誤記したW・B・イェイツ(W. B. Yeats)、比較級の使用法を間違えているハーバート・スペンサー(Herbert Spencer)、および "everybody" を代名詞 "themselves" で受けているウォルター・シチェル(Walter Sichel)の例が書きとめられていた(Ellmann 125)。

このエピソードは、ジョイスが他の著名な作家の文法違反を偏執狂的に面白がっていたことを示してはいるだろう。しかし一方でそれは、支配者の言語たる英語を、その母語話者である支配者たちよりも正確に修得しようとする植民地主体のふるまいに酷似してはいまいか。ゲール語同盟のように、アイルランド語という失われた母語を民族主義的に回復しようとするのでもなく、イェイツたちのように、アイルランド的な主題を英語で翻案するのでもなかったジョイスは、『ユリシーズ』や『フィネガンズ・ウェイク』で英語の表現可能性を極限まで高めることで、彼の世代にとっては所与のものとなっていた英語をある意味で再所有化したと言える。文法違反の収集というジョイスの奇癖は、この再所有化へ向かうキャリアの最初期に見られた。ジョイスとアイルランド語の関係は、ジョイスと英語の関係から逆照射すべき問題なのかもしれない。

（田多良俊樹）

参考文献

Bowker, Gordon. *James Joyce: A Biography*. Weidenfeld and Nicoleson, 2011.

Costello, Peter. *James Joyce: The Years of Growth 1882-1915*. Kyle Cathie, 1992.

Ellmann, Richard. *James Joyce*. 2nd ed., Oxford UP, 1982.

Joyce, James. *A Portrait of the Artist as a Young Man: Authoritative Text, Backgrounds and Context, Criticism*. Edited by John Paul Requelme, W. W. Norton, 2007.

22　アイルランド独立までの道のり——土地問題、自治、イースター蜂起

『ユリシーズ』が出版された一九二二年はアイルランド自由国が成立した年でもある。ジョイスが誕生した一八八二年から一九二二年まで、アイルランドは激動の時代であったと言っても過言ではない。だがこの時期のアイルランドを理解するさい、英国による植民地主義／アイルランドのナショナリズム、あるいはプロテスタント（支配者）／カトリック（被支配者）といった二項対立に基づく認識が先行してきたのではないか。たしかにアイルランド人の中に英国からの自立を目指す者が多く存在したことは事実であろう。しかしながら、当時の人口比で二割弱のプロテスタント系の住民や、英国支配下において経済的繁栄を謳歌していたカトリック系のミドル・クラス以上の者は、「反英」という旗印の下に集結していたわけではない。これらの存在を無視し、アイルランドをカトリック系アイルランド人による均一国家ととらえ、搾取してきた英国からの独立を目指していたとの解釈は、当時の社会がさまざまな層に分かれていた事実を無視することとなろう。アイルランドで生まれた人はみなアイルランド人だとするブルームの多文化共生の思想に共感する読者であるならば、アイルランド史の諸

相を複眼的に解釈する必要がある。

二十世紀初頭のアイルランドの実情を理解するために、まずは土地問題（Land Questions）について見てみよう。一九〇三年に施行されたウィンダム法（Wyndham Act）による小作人への農地購入支援によって、地主から小作人への土地所有の移行が飛躍的に進んでいた。その結果、第一次世界大戦時までには三分の二近くの小作人が土地を所有するようになったという（Ferriter 63）。これはプロテスタント系の地主によってカトリック系の住人が搾取されていたとの見方が、二十世紀初頭にはすでに崩壊していたことを意味する。こういった暴力を伴わず、しかも英国からの独立以前に土地の所有権が小作農に移行し、社会的変革が平和裏に起こった例は世界的に珍しいとの指摘もある（Kennedy 22-3）。

英国との政治的関係も新たな視点で見つめなおす必要があろう。アイルランドにとって自治（Home Rule）とは悲願であった。第四挿話にはフリーマンズ・ジャーナル紙との関連で「自治の太陽」（"Home rule sun" *U* 4.103-4）という表現がある。この自治については、古くはチャールズ・スチュアート・パーネル（Charles Stewart Parnell, 1846-1891）が第一次自治法案の成立を目指したが、当時の自由党政権の崩壊によって結局頓挫した。数年後、第二次法案が提出されるも、上院の拒否権によって再度却下となる。だが一九一一年に上院の拒否権が廃止されたこともあり、第三次自治法案は成立寸前のところまでいく。したがって英国からの完全独立ではないが、アイルランド人による自治国家が成立寸前であったわけである。他方で、完全独立よりも英国支配下での経済的繁栄を享受し、現状維持を優先し自治だけを望む声が多かったとの見方もある。ただ二十一世紀の視点からみれば、自治よりも独立が最善の選択肢であったことは否定できない。ここでは当時の世論が「独立」一辺倒であったわけでなかったことを確認しておく。

一九一六年に起こったイースター蜂起（Easter Rising）についても触れておきたい。この時期は上述の第三次自治法案によってアイルランドの自治がほぼ約束されていた。しかしながら、第一次世界大戦が勃発し、法案施行が延期となってしまう。これが暴徒を生むきっかけとなったとの解釈が多いようだ。このイースター蜂起の時期に『ユリシーズ』第十挿話は執筆され、さらに第十二挿話は蜂起と独立戦争との間に執筆されている（Duffy "Disappearing Dublin," 37; Duffy *The Subaltern* Ulysses, 96）。作品の舞台が一九〇四年であるがゆえにこの歴史的事件について直接的に触れられることはないが、間接的な形でイースター蜂起を想起させる記述は随所で見つけられる。ナショナリストである「市民」によるブルームへの揶揄は、偏狭な国粋主義を想起させるだけでなく、イースター蜂起での武力行使とその事件への世論の迎合的態度に対するジョイスなりの批判と見てとることも可能であろう。

この歴史的大事件に関係した人物についても『ユリシーズ』の複数の箇所で言及されている。一例として『肖像』のマキャン（MaCann）のモデルとなったフランシス・シーヒー＝スケフィントン（Francis Sheehy-Skeffington, 1878-1916）を挙げたい。彼は蜂起の混乱に乗じて起こった民衆による略奪を防ごうとしたにもかかわらず、治安維持を目的とした英国軍によって殺された運動家である。彼の妻であるハナ（Hanna）は王立大学（Royal University）で学位を取得したフェミニストで、その父デイヴィッド・シーヒー（David Sheehy, 1844-1932）は下院議員として活躍し、彼の子どもたちはジョイスと弟のスタニスロースと親密な交流をもった。第十挿話には彼とその妻への言及がみられる（*U* 10.16-29）。彼らの息子リチャードはジョイスの同級生であり、そして娘のメアリはジョイスが恋心を抱いていた人物とされる。メアリはその後ジョイスの友人で、ソンムの戦い（一九一六年）で戦死するトマス・ケトル（Thomas Kettle, 1880-1916）と結婚する。『ユリシーズ』ではシーヒーという名前を提示することで、間接的にイースター蜂起のことを想起させているのかもしれない。

ところでイースター蜂起への民衆による評価は、事後に民間人が三百名近く死亡したこと、その中に大勢の子どもがいたことなどが理由となり、当初否定的なものが多かった。潮目が変わったのは、首謀者たちへの処刑が正規の手続きを経たものではなかったことが大きい。近年、蜂起そのものへの評価も多様化してきた。想定されたよりもかなり小規模な反乱軍による蜂起であったことから、一種のクーデターだと主張する者もいる。また反乱には大義というべきものが必要であるのに、圧政などの非民主的要素はこの時期のアイルランド社会においては見いだせない。むしろ、小作人への土地の移行が確実に進められ、自治も実現しようとしていた変革期に、一部の過激派によって引きおこされたとの見解もある。兵舎や役所といった軍事的、政治的拠点ではなく、郵便局、パン屋、公園などが襲われたという事実からも、暴徒による恣意的行為だと指摘する研究者もいる。つまり戦略的には無意味で、反英精神を煽る見せ物としての蜂起であったという解釈である。このような否定的な見方は、非暴力を是とし、現実的な側面を併せもつブルームの思想にもつながるのではないだろうか。

（河原真也）

参考文献

Duffy, Enda. *The Subaltern* Ulysses. U of Minnesota P, 1994.

---. "Disappearing Dublin: *Ulysses*, Postcoloniality, and the Politics of Space." *Semicolonial Joyce*, edited by Derek Attridge and Marjorie Howes, Cambridge UP, 2000, pp. 37-57.

Kennedy, Liam. *Unhappy the Land: The Most Oppressed People Ever, the Irish?* Merrion Press, 2016.

23　女性問題、フェミニズム

「知的な女性が嫌いだ」（"I hate intellectual women."）とメアリ・コルム（Mary Colum）に語ったとされるジョイスだが（Ellmann 529）、彼自身、シルヴィア・ビーチ（Sylvia Beach）やハリエット・ショー・ウィーヴァー（Harriet Shaw Weaver）などの知的な女性と親しくしていたのも事実である。当時のヨーロッパでは、女性の経済的自立や政治進出の可能性が開かれつつあり、これまで私的な空間にいた女性たちと公的な空間で接することへの男性たちの抵抗や不安をジョイスも本能的に感じていたとしてもおかしくはないだろう。十九世紀から二十世紀前半にかけて女性の権利や地位の向上、男女同権を求める運動を中心とした第一波フェミニズムがヨーロッパに広がり、その後一九六〇年代以降、文化や社会に根づく性差別の解消を主張する運動を中心とする第二派フェミニズムが到来した。

フェミニズムは、アイルランド社会にもさまざまな変化の兆しをもたらした。一八一四年六月二十日、『フリーホールダー』(*The Freeholder*) 紙に投稿された匿名の詩「女性の不満」("Of Female Complaint") (Pierse 1) は、当時すでに女性の立場の不平等さを強く訴える声があったことを示している。その約百年後の一九一八年に女性参政権が実現するが、その間、少しずつだが確実に女性をめぐる環境は変化していた。アナ・ドイル・ウィラー (Anna Doyle Wheeler) やジェイン・ワイルド (Jane Wilde) などの小説家、アナ・ハスラム (Anna Haslam)、トマス・ハスラム (Thomas Haslam)、コンスタンス・マルキエヴィッチ (Constance Markievizc)、モード・ゴン (Maud Gonne)、ハナ・シーヒー＝スケフィントン (Hanna Sheehy-Skeffington) ら婦人参政権論者たちの発言や活動は公的または国家レベルで広がり、一方で非公的または地方では、実際に把握されている以上に女性の政治参加が進んでいた (Luddy 239)。

アイルランドのフェミニズムで特徴的なのは、それが民族主義運動と結びついている点である。世紀転換期のフェミニストたちは民族主義者でもあり (女性参政権と国家独立のどちらを優先するかによる違いはあった)、その主張には、英国占領下での女性の地位低下、アイルランドの女性としての表象およびアイルランドと女性の同時解放、さらには女性英雄たちへの称賛など女性と歴史的事象や国家とが関連づけられている。闘争への女性参加が正当化されると、一九一四年に女性義勇組織クマン・ナ・マン (Cumann na mBan) が組織され、一九一六年のイースター蜂起 (Easter Rising) には、多くの女性たちが積極的に加わった。

女性参政権や男女平等などを要求する女性たちの多くは、十分な教育を受けていた。特に、中流階級の女子は修道院で学ぶ機会があり、一八七八年に中等教育法 (Intermediate Education Act) が発令されると女子も高等教育機関で教育を受けられるようになった。とはいえ、制度が変わっても教育内容はさほど変わらず、依然針仕事など家庭的な科目が中心である場合も多かった。さらに、女性の大学進学率は低く、一九一一年の報告によると、初等教育を受けている男子は三二万五五〇〇人、女子は三三万五七〇〇人に対して、大学で学ぶ学生の数は男子三一〇〇人、女子二八〇人となっている（Luddy 92）。一九〇九年、『バン・ナ・ヘーラン（アイルランドの女性）』（*Bean na hÉireann*）誌に掲載された匿名の記事「アイルランドの女性と大学」（"Irishwomen and the University"）（Pierse 267）では、大学のあるべき形について女性も声を上げるよう訴えている。教育現場での女性の立場向上を求める主張は、匿名で出さざるをえない風潮があったのをうかがわせる。独立への気運が高まるなか、教育における男女平等の実現はほど遠かったのである。

こうしたいわゆる「新しい女性」たちをジョイスはあまり描くことはなかったとされる（結城 九）。ただ、「死者たち」のミス・アイヴァーズは、高等教育を受け教鞭を執りながらアイルランド復興運動に身を投じる。彼女をめぐるジョイスの描写はやや辛辣だが、これは、先にも述べたように男性の特権的立場への女性の侵入に対するジョイスの不安を示しているとも言われる（Eide 78）。民族主義についての話が繰りひろげられる『ユリシーズ』第十二挿話に女性が登場しないのも、「知的な女性」（"intellectual women"）の政治参加に対する男性およびジョイスの抵抗を示唆しているのだろうか。とはいえ、偏狭な民族主義者「市民」という男に対してもジョイスは嘲弄的な描写をする。

一方、第十八挿話のモリー・ブルームは、中流階級の家庭の妻・母として描かれる。しかしながら、日中に自宅で男と肉体関係を持つといった「家庭の天使」とはかけ離れたその姿から、出版当初彼女は身持ちの悪い女だと非難された。その後、時代の流れとともに「地母神」や「娼婦」と呼ばれることもあったが、一九七〇年代、八〇年代にはフェミニズム批評の隆盛によりモリー個人の再評価のみならず、彼女の言語が注目され、エレーヌ・シクスー（Hélène Cixous）らフランスのフェミニストが「女性のエクリチュール」を指摘した。ジョイスの作品におけるモリー以外の女性像に対しても数多くの研究がなされている。

ジョイスの生きた時代、女性の立場は変わりつつあった。冒頭の言葉は、その変化に対するジョイスの正直な反応だったのかもしれない。たしかに、ジョイスの作品に女性のフェミニストやナショナリストは積極的には出てこない。だが、カトリック教会の父権制のもとで培われた女性の隷属という社会構造や限られた女性の就労機会、結婚率の低下など、アイルランドに特有の女性の問題をジョイスは描いている。それら女性の描写について、セクシュアリティやエロティシズム、聖母マリアと娼婦などの象徴性といった観点からだけでなく、当時の女性の置かれた状況と「新しい女性」が登場してきた社会情勢、さらにはそうした女性への男性の反応を踏まえながら捉える必要がある。そのうえでわれわれは、歌手という、自らの声を使う仕事を持つモリーの、『ユリシーズ』最後に発せられる語りを聴きつづけなければならない。

（田中恵理）

参考文献

Eide, Marian. "Gender and Sexuality." *James Joyce in Context*, edited by John McCourt, Cambridge UP, 2009, pp. 76-87.

Ellmann, Richard. *James Joyce*. New and rev. ed., Oxford UP, 1982.

Luddy, Maria. *Women in Ireland, 1800-1918: A Documentary History*. Cork UP, 1995.

Pierse, Mary S., editor. *Irish Feminisms, 1810-1930: History of Feminism: Volume I Leading the Way*. Routledge, 2010.

結城英雄「ジョイス時代のダブリン（八）」『法政大学文学部紀要』第五九巻、二〇〇九、一―一四。

24 「クィア」

「クィア」、アイルランド英語で「クェア」が男性同性愛者を表わすようになったのは十九世紀末のことであるが、同性愛をマイノリティと定義する見解と、普遍的と定義する見解との拮抗には複雑な歴史がある。同性愛者のアイデンティティをめぐっては、両性具有を説くアリストパネスと、同性愛を恥ずべき行為と弾劾する聖パウロに代表されるように、性的指向が生まれながらの資質か否かという考え方の違いが根底にあり、ホモフォビア（同性愛嫌悪）を増長する動きがあると同時に同性愛者の人権確立と社会的認知を目指す運動が展開されることになった。

キリスト教で禁じられた同性愛（ローマ人への手紙第一章二六―二七節他）が近代欧米社会で認知される過程では、科学が重要な役割を果たしている。ジークムント・フロイト（Sigmund Freud）、オットー・ヴァイニンガー（Otto Weininger）、ヘンリー・ハヴェロック・エリス（Henry Havelock Ellis）、マグヌス・ヒルシュフェルト（Magnus Hirschfeld）といった哲学者・性科学者・医師の見解は、万全ではないものの関心を呼び、批判され利用されもした。世紀末にはベルリンやロンドン、パリといった大都市では、匿名性が保証され、社会的需要も見こまれたため、ゲイやレズビアンが数多く集まった。

『ユリシーズ』第十五挿話におけるブルームのセクシュアリティの変容を読むと、一九二二年にパリで出版されたことの必然を思わされる。人の秘すべき部分であるセクシュアリティを明らかにするのは、元来は扇情を目的とする官能小説であり、人体と精神の関係を論ずる科学論文であったが、ジョイスは揺れるブルームのセクシュアリティを描くことにより、「クィア」を多様な人間存在の一表現として文学の明るみに引きだす。性が教会の権力に支配されている祖国アイルランドではなく、自由な芸術表現を認めるフランスでこそ可能であった。

ジョイスが一九二〇年に移住したパリは「狂気の年代」（*les annéés folles*）、いわゆる「ろくでなし」（*mauvais garçons*）が集う仮装舞踏会が、復活祭前四旬節第三木曜日に開催されていた。同性愛者の出会いの場は、ほかにもゲイ・バー、プライベート・クラブ、劇場の立見席、公衆浴場など多彩であった。ドイツではプロシア法から引き継いだ刑法第一七五条により、男性同士の性交は禁固刑という重罪に処せられており、毎年五百人以上が投獄されたことから、同性愛者は男娼による恐喝や社会的地位の失墜など深刻な問題に直面していた。一方、フランスでは同性愛は黙認されていたが、蔑視や悪意は存在し、マルセル・プルースト（Marcel Proust）、アンドレ・ジッド（André Gide）、ジャン・コクトー（Jean Cocteau）などの文学のテーマとなった。プルーストは『失われた時を求めて』でシャルリュス男爵を同性愛者として戯画的に描いている。同性愛専門月刊誌『アンヴェルシオン』（*Inversions* 倒錯――のちに『アミティエ』（*Amitié* 友情）と改題――が一九二四年十一月に創刊されたが、編集者が一九二六年十月に逮捕され、禁固六箇月と罰金刑に処せられている（ルベイ 一六―一七）。

『ユリシーズ』に見られる同性愛表象について、第十八挿話でモリーが回想するヘスター・スタンホープとの思い出に「微かに同性愛の色が感じられる」と述べたのはマリリン・フレンチ（Marilyn French）であり、スティーヴンとクランリーの友情について「同性愛の色合い」がほのめかされると読みとったのはハリー・レヴィン（Harry Levin）であった。フランク・バジェン（Frank Budgen）は妻を他の男と共有したいというブルームの意識に「同性愛的願望」が見られると述べ、それに対してジョイス自身が「君がブルームに同性愛が隠されていると読むのは正しい」と保証している（Lamos 337）。

戯曲仕立ての第十五挿話には異性装の人物が登場する。ブルームは娼婦街にいるのを旧知のミセス・ブリーンに見つかり、転落した女たちを救済する「マグダラの家」の仕事をしている、と言い訳の嘘をつく（*U* 15.402）。それに応えて聞こえてくる淫売たちの声が「遠くまで行くのかい、へんちき兄さん（queer fellow）？　真ん中のあんよの具合はどう？　マッチ棒を持っているかい？　ねえ、こっちへおいでよ、固くしてやるからさ」と囃し立てる（*U* 15.600-603）。

七百年にわたる隣国イギリスの植民地支配による経済の疲弊により貧困が常態化していたアイルランドでは、聖職者以外にも経済的自立が困難なため生涯独身を通す男女が少なくなかった。そのような社会で「クェア」は決して珍しい現象ではなく、そのような男女を描く文学作品が生まれた。「クェア」はまた、「異性愛の」を意味する「スクェア」との合成語として、どちらでもないセクシュアリティを描くジョイスの手法を表わした語としても着目されている（Valente 4）。

第十五挿話のブルームが新王として「ノヴァ・ヒベルニアのブルームサレムに入るであろう」（*U* 15.1543-45）と宣言すると、茶色のマッキントッシュの男がブルームの正体を暴き、ここからブルームの転落が始まる。リンチそして火あぶりの刑を求める群衆を前に、ブルームは「ぼくは旧友の性科学専門医マラカイ・マリガン博士に医学的証言を求めたい」と発言するが、マリガンは「ブルーム博士は両性具有の異常体質である。最近、ユースタス博士経営の私立男性精神病患者療養所から脱走したばかり。……一時的な記憶喪失症に陥っているが、罪を犯すよりはむしろ犯された側にあると考える。通膣検査を行い、また肛門、腋窩、胸部、および陰部の毛髪五四二七本につき、厳格な硝酸テストを適用した結果、彼が〈未通ノ処女〉であることを確認する」とブルームの倒錯したセクシュアリティを暴露する（*U* 15.1585-86）。医師ディクソンが「ブルーム教授は新しい女性的男性の完璧な症例である。その特性は単純で好ましい。多数のものが彼を愛すべき男、愛すべき人物と見ている。……私は寛大な処置をお願いしたい。彼は出産をひかえているのである」（*U* 15.1798-1810）と証言する。ブルームは「ああ、早く母親になりたい」（*U* 15.1817）と言い、看護士に扮したミセス・ソーントンに抱きついて、八人の子を出産する。

やがてベラ・コーエンの娼家で、男ベロとなったベラをはじめフロリーやゾーイ等娼婦たちに次々と陵辱されるブルームは、男でなく女となったことを確認し（*U* 15.2863）、高校の友人で女装を好む美少年ジェラルドを思いだす。そこには美少年に惹かれるというよりは、彼のような美しい女になって男に征服されたい、と望む倒錯した性的願望が描かれる。まさに同性愛と異性愛をまたぐ境界横断的なクィアといえよう。「自由恋愛、自由結婚」を支持する展開に続いて、息子ルーディの死以来、妻との関係回復を望みながら叶わず、この日他の男と関係を持ったに違いない妻の待つ家に帰る気にならず、夜の街をさまようブルームの名づけえぬ欲望の表出ともいえるクィアなセクシュアリティが散りばめられている。

『ユリシーズ』のブルームは男同士が結びつくホモソーシャルな関係からは除外され、妻の不貞に心を痛める「女々しい男」であり、敵に立ち向かうことはない。両大戦間のパリで女々しさは平和主義に連なる。一九二一年にマン・レイ（Man Ray）撮影の肖像写真「ローズ・セラヴィに扮するデュシャン」を発表したマルセル・デュシャン（Marcel Duchamps）は、マルセル・デュシャンあるいはローズ・セラヴィ作「トランクの中の箱」という持ち運び可能な美術館をスーツケースに入れて、一九四二年夏、戦争を避けてニューヨークに移り住んだ。クィアはホモソーシャルとは距離を置くブルームの無意識に隠されたセクシュアル・アイデンティティではないだろうか。（山田久美子）

参考文献

ルベイ、サイモン『クィア・サイエンス』玉野真路・岡田太郎訳、勁草書房、二〇〇二。

Lamos, Colleen. "Signatures of the Invisible: Homosexual Secrecy and Knowledge in *Ulysses.*" *James Joyce Quarterly*, vol. 31, no.3, spring 1994, 337-55.

Valente, Joseph. "Joyce's (Sexual) Choices." *Quare Joyce*. U of Michigan P, 1998, 1-16.

25　『ユリシーズ』発表当時の評価

『ユリシーズ』発表当時の評価は、「猥褻」、「汚い」、「不道徳」、「嫌悪感を催す」、「自然主義」、「混沌」、「理解不能」といった言葉をキーワードとして繰りひろげられるマイナス評価が、いわゆる「神話的手法」を錦の御旗として掲げるヴァレリー・ラルボー（Valery Larbaud）とT・S・エリオット（T. S. Eliot）の評によってプラス評価へと転じていく流れとしてまとめられる。しかしそれは、『ユリシーズ』発表後百年を経た現在であるから言えることである。それは、『ユリシーズ』には文学的価値がある――しかも二十世紀を代表する作品である――ということがすでに定まった地点から見たときの見方であり、そこには、結果がわかっているからこそ、その結果へと至る流れをその結果に向けて落としこむ力学が働いている。このようなまとめは、過去を現在に照らして再構成した物語、現在を過去に読みこむナラティヴとなっている。『ユリシーズ』発表当時の評にしても、われわれの手に入る評が本に収められる時点で、右記のような歴史＝物語化というフィルターをへたものである以上そこから逃れることはできない。それにしても、『ユリシーズ』発表当時の評を見なおすことは「歴史という悪夢から目覚める」試みの一助にはなるのだろう。

ジョイスが『フィネガンズ・ウェイク』に用いたことで知られるジャンバッティスタ・ヴィーコ（Giambattista Vico）の『新しい学』（*The New Science*）に、「未知のものあるいは遠くのものを描くとき、それについてどういうものか知らずそれを同じく知らない人に説明しようとするとき、人は既知のものあるいは近くにあるものの類似性を用いる」という一節がある（234）。要は、未知のものは、未知であるがゆえに、既知のものによってしか説明できないという言葉で、ヴィーコはそれを詩的地理学と呼ぶ。これを手がかりにするならば『ユリシーズ』初期批評をまた別の切り口から読むことができるだろう。

ロバート・H・デミング（Robert H. Deming）がまとめた『ジェイムズ・ジョイス——批評の遺産』（*James Joyce: The Critical Heritage*）第一巻を見ると、『ユリシーズ』出版当時の評には否定的な評の方が圧倒的に多いことに気がつく。『ユリシーズ』を「猥褻」、「汚い」、「不道徳」、「スカトロジカル」、「嫌悪感を催す」とする、定番と言ってもよい評は、『肖像』出版当時の評を反復するもので、既視感を覚えさせるが（『ジョイスの迷宮（ラビリンス）——「若き日の芸術家の肖像」に嵌る方法』のコラム「当時の人は『肖像』をどう読んだか」参照）、『肖像』のときと異なるのは、その声がさらに大きくなっていることである。これらはいずれも当時の社会ではまだ受容可能となっていない部分に対する反撥を物語り、逆の言い方をすれば『ユリシーズ』の新しさを示す指標となる。『ユリシーズ』評において数にしても声の大きさの点でも増える反撥は、『ユリシーズ』が『肖像』よりもさらに新しい領域にまで踏みこんでいることを示す。

『ユリシーズ』の新しさは感情的・道徳的反撥だけでなく、知的反撥をも招く。たとえば、「ピンク・アン」(スポーティング・タイムズ紙)の評(Deming 192-94)を見てみよう。「伝統的でないものも評価してきた」と新しいものでも評価できる自身の資質をアピールする評者は、「ジョイスには才能がある」とジョイスを理解しているそぶりを見せるが、それに続けて「ジョイスは『ユリシーズ』で体面を失った」と言い、同作品を「愚かな汚物の称賛」、「吐き気を催す」とそのマイナス面を列挙していく。それとセットにして評者は「退屈」、「何を書いているかわからぬ」、「理解不能」、「つまらぬ」と書いていく。「何を書いているかわからぬ」から「つまらぬ」、「退屈」と考えるのは、誰しもに起こることではあるが、そこには論理矛盾がある。「理解不能」であるならば評はできない。この評者が評価を下しているとすれば、「理解不能」ゆえに「つまらぬ」、「退屈」と感じてしまう評者自身についてであろう。つまりこの評は評者自身の「読めなさ」を『ユリシーズ』に投影して批判してしまっている。『肖像』を読んで以来ジョイスの天才を疑わず、ジョイスを精神的・金銭的に変わることなく援助したハリエット・ショー・ウィーヴァー(Harriet Shaw Weaver)が、この評を読んで怒りのあまり、パリのシルヴィア・ビーチ(Sylvia Beach)のもとに送った――彼女の店シェイクスピア・アンド・カンパニーに「見せしめ」として貼られることになる――のも無理はない(リダデール、ニコルソン 二二一―二二)。

私が今しようとしているのは、当然のことながら、「読めていない」評者を責めることではない。『ユリシーズ』という作品は、今もって理解の難しい小説である。本屋に行けば、『ユリシーズ』の翻訳(集英社文庫全四巻)の第二巻以降は書棚に必ずといってよいほど置かれて――というより残って――いるのに、第一巻はこれまた必ずと言ってよいほど売れてしまって店頭にないのを目にすることが多い。『ユリシーズ』出版後百年間にわたる解釈の蓄積のある有利な地点に立つ(はずの)われわれにとってさえ、『ユリシーズ』を読むことは難しいことなのである。『ユリシーズ』について語りながら読めていない自身を語ってしまう「ピンク・アン」の評を再び読むことの意味は、『ユリシーズ』が基本的・本質的に「わからない」作品であることを教えてくれる点にある。

それは違う言い方をすれば『ユリシーズ』が読者に求める理解の許容量が通常の小説とはけた違いに大きいということである。「百科全書的」(Deming 249) とする評が初期から出ていたことは、その点に目を配る見識と言えるが、『ユリシーズ』の情報量の多さを出発点とした批評を生みだすには至っていない。

「ピンク・アン」の評が『ユリシーズ』を語りながら読めていない評者自身を語ってしまったように、『ユリシーズ』を受けつけようとしない評論が、同作品を「アナーキー」(Deming 196-97, 313)、「ダダイズム」(Deming 186, 294)、「爆弾テロ」(Deming 196, 211)、「ボルシェビズム」(Deming 191, 207, 274-75, 306)、「混沌」(Deming 199, 207, 211) と批判するのは、当時の社会不安を語ってしまっている。そこには社会の安定を脅かす存在を感じ、それらを望ましくないものとして排除しようとする姿勢が見える。そこに、「個人主義」(Deming 195, 325-27)、「エゴティズム」(Deming 249) への警戒が混ざるのを目にするならば、これらの批判が間違っていないことがわかる。なぜなら、『ユリシーズ』とは、第十六挿話でスティーヴンが表明するように、個人は国のためにあるとする一般の考えに対し、国が個人のためにあるとする先鋭的な考えを打ちだす小説であるからである。読者・評者に『ユリシーズ』は「わからない」と感じさせるその本質には、アナーキズム、エゴティズム、個人主義のいずれの名で呼ぶにせよ、ジョイスの社会への挑戦があることを見てとる必要がある。

その意味で興味深いのは、心理学、とりわけフロイトに言及しつつジョイスを論ずる評である。いわゆる「意識の流れ」を心理学との関係で解説しようとするのは、これまた「新しい」要素を既知のもので説明しようとする、ヴィーコ的な行ないと言えるが、この場合の心理学には必ずしも肯定的な意味合いばかりが込められているのではなく、「科学に対する警戒」(Deming 234) を読みとることもできる。ジョイスの写実的な描き方を、「X線的」(Deming 108)、「実験的」(Deming 102)、「写真的」(Deming 107, 139, 147)、「映画的」(Deming 136) と評するのも、同じ意味で評者の生きている時代を反映した見方と言えるが、その背後には同様の科学への警戒が透けて見える。

(金井嘉彦)

参考文献

Deming, Robert H. editor. *James Joyce: The Critical Heritage*. Vol. 1, Routledge and Kegan Paul, 1970.
Vico, Giambattista. *The New Science of Giambattista Vico: Abridged Translation of the Third Edition (1744)*. Translated by Thomas Goddard Bergin and Max Harold Fisch, Revised ed, 1948, Cornell UP, 1970.
リダデール、ジェイン、メアリー・ニコルソン『ディア・ミス・ウィーヴァー――ハリエット・ショー・ウィーヴァー伝 一八七六―一九六一』宮田恭子訳、法政大学出版局、二〇二〇。

26 日本における『ユリシーズ』の受容――ジョイスと伊藤整

日本におけるジョイスおよび『ユリシーズ』の受容についてはつぎの文献に詳しい。

・太田三郎「ジェイムズ・ジョイスの紹介と影響」『学苑』昭和女子大学光葉会、一九五五年四月号
・太田三郎『近代作家と西欧』（第五章「伊藤整『火の鳥』」）清水弘文堂、一九七七
・鏡味國彦『ジェイムズ・ジョイスと日本の文壇――昭和初期を中心として』文化書房博文社、一九八三
・和田桂子『二〇世紀のイリュージョン――「ユリシーズ」を求めて』白地社、一九九二
・川口喬一『昭和初年の「ユリシーズ」』みすず書房、二〇〇五

これらを参考に時系列をたどれば、最初に現れるのは詩人ヨネ・ノグチ（野口米次郎）による『若き日の芸術家の肖像』の紹介であり（『学燈』一九一八年三月号所収「画家の肖像」）、次いで芥川龍之介による同書の部分訳（推定一九二二年）が現れる（『芥川龍之介全集』第一二巻、岩波書店、一九七八、二〇〇一）。『ユリシーズ』については出版からわずか三年後に、堀口大學が『新潮』誌上で初めてこれを紹介する（一九二五年八月号所収「小説の新形式としての『内心独白』」）。翌年、佐藤春夫は『室内楽』第五歌を「金髪のひとよ」と題して自身の詩集に

収める（『佐藤春夫詩集』第一書房、一九二六）。初の本格的な『ユリシーズ』論は、土居光知による「ヂヨイスのユリシイズ」（『改造』一九三〇年四月号）であった。

詩人・小説家がいち早く反応したことは当然であろうし、最初に注目を集めたのが「内心（内的）独白」という技法であったことも頷ける。土居光知による詳細な解説は、自ら訳出した原著からの引用も数多く盛りこみ、「意識の流れ」に留まらないジョイスの多彩な文体実験を紹介するものであった。しかし、たとえばブルームの内的独白部には、テクストにない括弧書きを加え、語りの声とブルームの声を区別する工夫まで凝らしている。それが後続の伊藤整の創作技法にまで転じてゆく経緯については、上記川口の著作に詳しい。当時の日本の実作者たちには、もっぱら心理的リアリズムが多大なインパクトを備えていたことの証左と言えよう。

一九三〇年六月、伊藤整は雑誌『詩・現実』に論文「ジェイムズ・ジョイスのメトオド『意識の流れ』に就いて」を発表し、その「メトオド」の生まれた必然性を日本に知らしめようとした。だがその限界は明らかであった。若書きとはいえはなはだ不可解な議論が展開されている。

ジョイスの無意識の取扱方の独特な点は、彼が無意識の顕現を、客観的な、統一のある理論の立場から描写せず、主観のみによって無意識的流動を表現したこと、換言すれば、無意識を純粋に無意識とし、他物の介在を排除する為にしか客観力を用いなかったことである。彼は表現を無意識の面に沿うて流動させているのである。故にその力点は、無意識をでなくて、無意識でであると言えよう。そして自己のイデエを最も無意識に流動させるためには、その妨害となる理論、先在的判断、生活上の功利的推理を排除すべく、超人的努力が集中されねばならない。（一七二）

これはもちろん当時でも批判に晒された。「無意識」を「無意識で」書くことなど不可能である。「無意識」的な筆記であれば、それはむしろ「自動筆記」と呼ばれる。欠落していたのはおそらく「語り」(narrative)の技法という観点である。続いて伊藤は『新文學研究』創刊号に「新しき小説に於ける心理的方法」と題する論文を発表するが(一九三一年)、そこでは「話術」が否定され、「説話的」な記述が否定されている。小林秀雄にはそれが、「内的独白」の新しさに打たれた若者の「浮き腰」と映った。

一體伊藤氏の言はれる、話術に基礎を置いた、つまり極く普通なものの言ひ方で書かれた在来の小説が、本當に行き詰つてゐるのであるか。小説の極點は十九世紀で終つたと映畫に色目を使ふのと、新しいお手本がひろげられた気で、浮き腰になるのとどつちが悧巧なのであらうか。(小林秀雄「心理小説」、『新訂小林秀雄全集』第一巻「様々なる意匠」所収、新潮社一九七八、一一八)

伊藤の言う「話術」、小林の言う「極く普通なものの言ひ方」は、おそらく「ディエゲーシス」に相当しよう。小林にしてみれば、それはまだ「本當に行き詰つて」などいない。しかし伊藤には、「説話的な迂回した記述」が、「精神内の現実」を描きえないもの、と思われたのだった。

在来の文学でのリアリズムでは、現実の描写をより客観的な真実さに於て求めることが、正当なものであると考えられていたために、外界の形態と行動との描写が多く与えられ、精神内の動きの描写は外界の描写を説明し、完成するためのみにしか行われていなかった。またその上、精神内の現実の姿態が説話的な迂廻した記述によって貧弱になされていたに過ぎなかった。

(「新心理小説」、一九三一年七月十日発行『新文學研究』第三号、『伊藤整全集』13、新潮社、一九七三、一三六―三七)

つまり伊藤が当時理想としていたのは、ほとんどが「内的独白」のような「ミメーシス」からなる小説であったのだ。その実践として「M百貨店」という短篇がある。これは、括弧に入れられた登場人物の独白が物語の大部分を占めている。四つの章にはそれぞれ視点人物の名が附されている。「劇的独白」(dramatic monologue)と言ってよい。しかも主人公草野均は、「小説は戯曲の形式に近づくだろうと思われるんです」(四章)と語る。オスカー・ワイルド(Oscar Wilde)やジョイスの受け売りのようにも聞こえるが、伊藤の考えた「反ー話術」(反ーディエゲーシス)は、結局のところ「語り手」の消滅を意味している。言うまでもなく、『ユリシーズ』では引用符の欠落ゆえに語りの声が主人公の独白と微妙に混じりあう。しかし伊藤の用いる括弧はその混じりあいを否定してしまう。いわば「説話的」な「話術」とそうでないものとの間に明確な線を引き、後者のみを浮きあがらせようという意図が見てとれる。

こうした伊藤の試みを、鏡味はつぎのように総括している。

> 「意識の流れ」の小説の創立者のひとりであるジョイスですら、フローベール風の自然主義リアリズムの方法を用いた『ダブリンの人々』で自己の手法をさまざまな角度から十分にみがいた上で、『肖像』や『ユリシーズ』へと進んでいった。伊藤の場合、この段階をとびこえたところに無理があった、と言わざるをえない。したがって、伊藤の「意識の流れ」の手法を用いた初期の作品は、ジョイスの作品のぎこちない模倣にすぎない。
>
> 伊藤は理論だけが先行して、自分の思うように作品が書けないという反省と、小林秀雄、瀬沼茂樹、春山行夫らの論難にあって一時、自ら否定し去ろうとした伝統的な自然主義へと後退する。(鏡味 五九ー六〇)

しかし伊藤にとって、その「後退」は困難な道程であったに違いない。当時の日本の「自然主義」は、ジョイスがたどったはずの自然主義とは似て非なるものだったからである。ヨーロッパで生まれた自然主義は本来、「内的世界と外的世界との弁証法的統一が破壊され、その結果、個人と社会の双方が意味を失う」過程であり、そこでは「個人は絶望と苦悩に取り憑かれ、社会的関係を奪われ、やがて真正の自己を喪失する」に至る（Eagleton 31）。科学主義と客観主義によって見つめなおされた「自然」は、個としての自己を疎外するものとして作用する。したがって作家の社会に対する冷徹な眼差しは、見つめられる個人をも無意味なものとして提示する。であればそこには、ロマンティシズムのかけらもない。日本における「自然主義」はしかし、私小説的な自己表白こそ芸術であるというロマンティシズムに存する。「リアリズム理論がロマンティシズムの洗礼ぬきにはじまった限界」（三好 一九）ゆえに、日本で「自然主義」はまず、リアリズムと同義に受けとられ、やがて西洋の歴史を遡ったところで初めて「ロマン主義」に出会う。日本の「私小説」にとっては幸福な出会いであったろう。「自然を見つめなおすこと」が「自然主義」と勘違いされたゆえに（たとえば国木田独歩には『不可思議なる大自然（ワーズワースの自然主義と余）』と題された作品さえある）、「ロマン主義」が同時に始まる。結局のところそれは、自我の拡大がロマンティックであるかのような「告白文学」、いわば社会性の抜け落ちたリアリズムとならざるをえない。

そしてこのとき「プロレタリア文学」が、この種の自我主義に対立するものとして登場する。社会性を措いてきたことに敏感に反応したとも言える。あるいは、芥川の方向性こそが時代を先取りしていたようにも見える。芥川は、当初（日本の）「自然主義」や同系の「白樺」を通過するが、もはや礼讃される自我など消し去ったところで説話物語を構築することに向かう。ようするに、いまだ構築できない近代的自我に耽溺するよりは、自我を抹消した物語世界を完成しようという、一種の芸術至上主義であった。しかしながら彼は、未熟な近代的自我までをも自らの手で抹殺することになる。彼は日本の作家として最初にジョイスを部分訳しているが、おそらくそれ以後のどの作家よりも、モダニズムの芸術性を理解していた。この時期の日本で、私小説ではない芸術家小説など、芥川以外のだれが目を向けえただろうか。

（吉川　信）

参考文献

Eagleton, Terry. *Marxism and Literary Criticism*. U of California P, 1976.

三好行雄『日本の近代文学』塙書房、一九七二。

27　『ユリシーズ』と批評理論

今となっては隔世の感があるが、一九八〇年代から九〇年代にかけていわゆる「批評理論」が文学研究のみならず人文学全般を席巻した。ブームは去ったとはいえ、これは人文学の基礎であるテクスト解釈の原理を据えてその可能性を探るもので、今なお人文学の基本前提として生きている。その中でジョイス文学はしばしば各理論の有効性を試す試金石の役割を果たしてきた。本コラムでは、批評理論の全体を検討することはできないので、『ユリシーズ』批評に適用されたものを中心に読書案内をしてみたい。

まず、ジョイスと批評理論の邂逅を宣言した記念的著作として、『ジェイムズ・ジョイスと言語革命』（Colin MacCabe, *James Joyce and the Revolution of the Word*, Macmillan, 1978、邦訳あり）が挙げられる。さらに、批評理論の発生地となったフランス語圏の文章を集めた『ポスト構造主義のジョイス』（Derek Attriege and Daniel Ferrer, editors, *Post-Structuralist Joyce*, Cambridge UP, 1984）、ジョイスと批評理論の関係を整理した『ジェイムズ・ジョイスと批評理論』（Alan Roughley, *James Joyce and Critical Theory*, Harvester, 1991）が基本文献となろう。『ジョイス効果』（Derek Attridge, *Joyce Effects*, Cambridge UP, 2000）は、批評理論の導入を主導してきた著者の論集である。

日本では夏目博明『ジョイスをめぐる冒険』（水声社、二〇一五）が、本邦における批評理論の衝撃を伝えてくれる。『ユリシーズ』の面白さはまずそのテクストの豊穣かつ複雑な意味作用にあるため、批評理論の前段に位置する新批評に分類される研究には優れたものが多い。ここでは画期的論集『ジェイムズ・ジョイスの「ユリシーズ」』（Clive Hart and David Hayman, editors, *James Joyce's* Ulysses, U of California P, 1974）と『ユリシーズ』（Hugh Kenner, *Ulysses*, Allen, 1980）、さらにテクスト上の謎の整理と解決を図った『リフィー川上のブルーム論者たち』（Paul van Caspel, *Bloomers on the Liffey*, Johns Hopkins UP, 1986）を挙げておこう。批評理論の嚆矢となった構造主義的アプローチとしては、文体論寄りだが『「ユリシーズ」の文体オデュッセイ』（Karen Lawrence, *The Odyssey of Style in* Ulysses, Princeton UP, 1981）や『ジェイムズ・ジョイスの言語』（Katie Wales, *The Language of James Joyce*, Macmillan, 1992）がある。日本では道木一弘『物・語りの「ユリシーズ」』が物語論の観点からアプローチした好著である。

　構造主義に続くポスト構造主義の立場では、脱構築の始祖ジャック・デリダ自身が直接『ユリシーズ』を論じた『ユリシーズ・グラモフォン』（Jacques Derrida, *Ulysse gramophone*, Galilée, 1987、邦訳あり）がジョイス論としても優れている。いわゆる脱構築批評は多義的なジョイスのテクストと相性がよく、その影響下にある研究は枚挙にいとまないが、直接デリダを参照していなくともフリッツ・センの仕事――『ジョイスの脱臼話法』（Fritz Senn, *Joyce's Dislocutions*, Johns Hopkins UP, 1984）など――はジョイスのテクストの意味作用分析として出色であろう。『ユリシーズ』は畢竟家族の物語であるから、精神分析批評との相性もよい。ジャック・ラカン（Jacques Lacan）自身がジョイスを論じた文章を含む『ジョイスとラカン』（Jacques Aubert, editor, *Joyce avec Lacan*, Navarin, 1987）に加え、『モダニズムの身体』（Christine Froula, *Modernism's Body*, Columbia UP, 1996）を挙げておこう。ラカン派のジャーゴンを多用した精神分析批評には賛否あるが、ジョイスとラカンの関係は近年再検討の進むテーマでもある。ミシェル・フーコー（Michel Foucault）はジョイスについてまとまった論考を残していないようだが、その権力分析の方法は『ユリシーズ』批評に広く浸透している。ここでは性指向の問題に着目した『ジェイムズ・ジョイスとセクシュアリティ』（Richard Brown, *James Joyce and Sexuality*, Cambridge UP, 1985）と歴史認識の主題を論じた『ジェイムズ・ジョイスと歴史の言語』（Robert Spoo, *James Joyce and the Language of History*, Oxford UP, 1994）を挙げておく。

『ユリシーズ』出版以来ジョイスに寄せられた「非政治的」のレッテルは、『ジョイスの政治学』（Dominic Manganiello, *Joyce's Politics*, Routledge, 1980）を嚆矢とする一連の政治批評によって完全に払拭された。『ジョイスを政治的に読む』（Trevor L. Williams, *Reading Joyce Politically*, UP of Florida, 1997）や『マルクスを踏まえたジョイス』（Patrick McGee, *Joyce beyond Marx*, UP of Florida, 2001）などマルクス主義の影響を受けた論考に加え、一九九〇年代からはジェンダー批評やポストコロニアル批評が比重を増した。前者は『ジョイスにおける女性』（Suzette Henke and Elaine Unkeless, editors, *Women in Joyce*, U of Illinois P, 1982）と『ジョイスとフェミニズム』（Bonnie Kime Scott, *Joyce and Feminism*, Indiana UP, 1984）を土台とし、『ジョイスにおけるジェンダー』（Jolanta W. Wawrzycka and Marlena G. Corcoran, editors, *Gender in Joyce*, UP of Florida, 1997）や『ユリシーズ――ジェンダー化された視野』（Kimberley J. Devlin and Marilyn Reizbaum, editors, *Ulysses: En-Gendered Perspectives*, U of South Carolina P, 1999）に結実する。『ユリシーズ』の舞台が大英帝国支配下のダブリンであったことは、同作をポストコロニアル批評の対象にもした。中でも『サバルタン・ユリシーズ』（Enda Duffy, *The Subaltern* Ulysses, U of Minnesota P, 1994）と『ジョイス、人種、帝国』（Vincent J. Cheng, *Joyce, Race, and Empire*, Cambridge UP, 1995）は、以後のジョイス研究の論調を決定した著作である。これに『セミコロニアル・ジョイス』（Derek Attridge and Marjorie Howes, editors, *Semicolonial Joyce*, Cambridge UP, 2000）、『ジョイスとアングロ＝アイリッシュ』（Len Platt, *Joyce and the Anglo-Irish*, Rodopi, 1998）、『ジョイスの復讐』（Andrew Gibson, *Joyce's Revenge*, Oxford UP, 2002）を加えておこう。

ほかにも新歴史主義、文化研究、生成論、メディア論、あるいは医学、美学、宗教学、社会政策などに触発された新種の研究を挙げていけば切りがないが、これらは「批評理論」の範疇を超えるだろう。

（横内一雄）

あとがき

『ユリシーズ』出版百周年記念論集をお届けする。『ダブリナーズ』出版百周年記念論集、『若き日の芸術家の肖像』出版百周年記念論集につぐ三冊目の百周年記念論集となる。本論集に収められている論文については、それぞれの論文について執筆者以外の四名の寄稿者によるピア・リーディングと、編者による査読を行なった。結果として読みごたえのある論集になったと思う。

ジョイス研究においては「ジョイス産業」(Joyce industry) という言葉があるほどに、毎年読み切れないほどの数の論文・本が出ている。そのような研究の蓄積がある中でまだ書くべきことがあるのか。このような問いが浮かぶのはしごく当然であるが、不思議なことにジョイス作品については何度読みかえしてもそのたびになにかしらの新しさを感じる。それどころか、わかったと思っていたところに、実はわかっていなかったところを発見して、その小さな点からインクが紙に染みだしていくように黒い深淵が広がるのが見えてきておそろしくなることがある。そんな感覚を持つのは勉強不足の私だけに限ったことではないであろう。個人的には、ジョイスを読むということはつねに、理解できていない自分の確認であるとさえ思う（が、だからといって、ジョイスの天才の神格化とかジョイスの英雄視をしているのではない）。そのような状況の中で思うのは、ジョイスについて書くことがなくなるということはなく、むしろいくら書いても書きつくせないということである。

したがって、いくら論文・研究書が出たとしても、それで書くべきことがなくなることはない。こうして「ジョイス産業」がますます栄えることになるのだが、それが悪徳の栄えにならないようにするためには、何が正しくて何が正しくないのか厳しい目で見きわめていくことが必要になる。たとえば、『ユリシーズ』出版百年の今日まで根強く残っている批評上の準拠枠として、ホメロスの『オデュッセイア』との照応関係がある。『ユリシーズ』という作品がわれわれが受けとめている『ユリシーズ』となるためには、ホメロスとの照応関係（ホメリック・パラレル）という仕組みの理解が不可欠であったことは間違いないが（本書「ホメロスとの照応関係（ホメリック・パラレル）」の項参照）、それは『ユリシーズ』の構成原理の一部であって、すべてではない（本書「ダブル・オープニング」の項参照）。そこが終わりなのではなく、むしろそこから始まるのである。賢明な読者であればお気づきのように、この論集は基本的にホメロスとの照応関係に依存していない。ホメロスとの照応関係の重要さは重々理解したうえで、それを無批判的に受け入れたり、そこに寄りかかったりしないこと、それをこの論集は出発点にしている。ホメロスとの照応関係だけではなく、従来の『ユリシーズ』の見方・読み方すべてについて見直しをした。それはもっとも基本的な学問的手続きである批判を行なっているにすぎないが、ジョイス作品にはそれすらも難しくする性質があるのである。本書は『ユリシーズ』出版百周年を機に、過去の批評を徹底的に精査し、「固定観念」(*U* 10.1068) から解放されたときに開けてくる新しい地平を目指した。

　最後に本書のタイトルについて若干補足をしておこう。『ジョイスの挑戦』というタイトルを選んだことには二つの意味を込めている。その一つは、『ユリシーズ』が作家としてのジョイスにとって大きな挑戦であったという意味である。『ユリシーズ』には、『ダブリナーズ』の下地も『若き日の芸術家の肖像』の下地も——あるいはそのほかの初期作品の下地も——間違いなく見つけることができるが、『ユリシーズ』はそれらをはるかに凌駕する作品となっている。挿話ごとに特色ある文体を用いる書き方も、作中にはりめぐらしたイメージやモチーフのネットワークも、登場人物を『オデュッセイア』のみならずハムレットやイエスと多層的に重ねあわわせる構造も、すべてが新しい次元で大きな展開を見せている。それはジョイス自身にとっても大きな試練となった。『ユリシーズ』という作品はジョイス自身の挑戦の賜物である。

そうしてできあがった挑戦的野心作は今度はわれわれ読者に対する挑戦へと姿を変える。ジョイスの挑戦はわれわれ読者への挑戦となる。『ユリシーズ』は何の準備もなく飛びこんできた読者を簡単にはねつける。『ユリシーズ』のテクストと同じほどの厚さの註を手元に置きながら読む読者であっても、最後まで読みきれる保証はない。むしろ註の厚さにしりごみする読者の方が圧倒的に多いだろう。ジョイスが言ったという、「わたしは教授陣が何世紀にもわたってわたしが意味したことについて忙しく議論するように、いくつもの謎(エニグマ)やパズルを入れました。それが唯一［作品の］不朽性を確かにする方法だからです」(Richard Ellmann, *James Joyce*. 2nd ed. 1959; Oxford UP, 1982, 521) という言葉は有名だが、彼が言う謎とかパズルは、マッキントッシュの男は誰かとか、ブルームの文通相手のマーサとは誰かといった個別の謎に限らない。『ユリシーズ』をどう読んだらよいのかという問題自体が大きな謎となっている。本書はジョイスが『ユリシーズ』という作品に込めた挑戦を受けとめ、それに、たとえわずかでも、応答する試みである。

言叢社の島亨氏、五十嵐芳子氏には大変お世話になった。その点はこれまでの論集と変わるところがないが、コロナ禍に見舞われている中で出す今回の論集では、要らぬご面倒をおかけした。この場を借りて御礼を申し上げる。

二〇二二年二月二日

金井嘉彦

執筆者紹介（あいうえお筆順）

新井智也（あらい　ともや）
一橋大学大学院博士後期課程在籍。著書・主要論文 "Dantean Elements and the Politics of the Italian Language in *Ulysses*"（修士論文、一橋大学、二〇二一年）ほか。

岩下いずみ（いわした　いずみ）
熊本高等専門学校准教授。著書・主要論文「『若き日の芸術家の肖像』の鳥表象と芸術家像の再考――イェイツとシェリー作品とのつながり」『ジョイスへの扉――「若き日の芸術家の肖像」を開く十二の鍵』（共著、英宝社、二〇一九）、"On 'Magic Lantern' in 'Grace' by James Joyce"『九大英文学』第六一号、二〇一九年、一-二〇、「*Ulysses* における視覚芸術―演劇と写真を中心に―」広島大学英文学会『英語英文學研究』第六三巻、二〇一九年、九―二〇ほか。

金井嘉彦（かない　よしひこ）
一橋大学教授。著書『ジョイスの迷宮――「若き日の芸術家の肖像」に嵌る方法』（編著、言叢社、二〇一六年）、『ジョイスの罠――「ダブリナーズ」に嵌る方法』（編著、言叢社、二〇一六年）、『ユリシーズの詩学』（東信堂、二〇一一年）ほか。

河原真也（かわはら　しんや）
西南学院大学教授。著書『ジョイスへの扉――「若き日の芸術家の肖像」を開く十二の鍵』（共編著、英宝社、二〇一九年）、『読者ネットワークの拡大と文学環境の変化――十九世紀以降にみる英米出版事情』（共著、音羽書房鶴見書店、二〇一七年）、『ジョイスの罠――「ダブリナーズ」に嵌る方法』（共著、言叢社、二〇一六年）ほか。

吉川　信（きっかわ　しん）
大妻女子大学教授。著書『ジョイスの罠――「ダブリナーズ」に嵌る方法』（編著、言叢社、二〇一六年）、『ジェイムズ・ジョイス全評論』（翻訳、筑摩書房、二〇一二年）、『歴史の悲歌が聞こえる―〈戦前〉としての今日』（共著、未来社、二〇〇七年）ほか。

小林広直（こばやし　ひろなお）
東洋学園大学准教授。著書『幻想と怪奇の英文学Ⅳ――変幻自在編』（共著、春風社、二〇二〇年）、『ジョイスへの扉――『若き日の芸術家の肖像』を開く十二の鍵』（共著、英宝社、二〇一九年）、『ジョイスの迷宮――『若き日の芸術家の肖像』に嵌る方法』（共著、言叢社、二〇一六年）ほか。

田多良俊樹（たたら　としき）
安田女子大学准教授。著書『幻想と怪奇の英文学Ⅳ――変

幻自在編』（共著、春風社、二〇二〇年）、『ジョイスへの扉――『若き日の芸術家の肖像』を開く十二の鍵』（共編著、英宝社、二〇一九年）、『幻想と怪奇の英文学Ⅱ――増殖進化編』（共著、春風社、二〇一六年）ほか。

田中恵理（たなか　えり）
熊本保健科学大学講師。著書・主要論文『ジョイスへの扉――「若き日の芸術家の肖像」を開く十二の鍵』（共著、英宝社、二〇一九年）、「ブルームの健康志向――健康／不健康へのまなざし――」*Joycean Japan* 第二九号、二〇一八年、四–十八、『ジョイスの迷宮――『若き日の芸術家の肖像』に嵌る方法』（共著、言叢社、二〇一六年）ほか。

戸田　勉（とだ　つとむ）
常葉大学特任教授。著書『架空の国に起きる不思議な戦争――戦場の傷とともに生きる兵士たち』（共著、開文社、二〇一七年）、『アイリッシュ・アメリカンの文化を読む』（共著、水声社、二〇一六年）、『ジョイスの罠――「ダブリナーズ」に嵌る方法』（共著、言叢社、二〇一六年）ほか。

平繁佳織（ひらしげ　かおり）
中央大学助教。著書・主要論文『ジョイスの迷宮――「若き日の芸術家の肖像」に嵌る方法』（共著、言叢社、二〇一六年）、『ジョイスの罠――「ダブリナーズ」に嵌る方法』（共著、言叢社、二〇一六年）、など。

南谷奉良（みなみたに　よしみ）
日本工業大学講師。著書・主要論文 "The Metamorphosis of Stephen Da(e)dalus: The Plesiosaurus and the Slimy Sea," *James Joyce Quarterly* 58 (Fall 2020-Winter 2021), 101-14,『幻想と怪奇の英文学Ⅳ――変幻自在編』（共著、春風社、二〇二〇年）、"Joyce's 'Force' and His Tuskers as Modern Animals," *Humanities* 6.3 (2017), 1-15 ほか。

桃尾美佳（ももお　みか）
成蹊大学教授。著書『二〇世紀「英国」文学の展開』（共著、松柏社、二〇二〇年）、『文学都市ダブリン――ゆかりの文学者たち』（共著、春風社、二〇一七年）、『ジョイスの罠――「ダブリナーズ」に嵌る方法』（共著、言叢社、二〇一六年）ほか。

山田久美子（やまだ　くみこ）
立教大学名誉教授。著書『ジョイスと東洋――『フィネガンズ・ウェイク』への道しるべ』（水声社、二〇一八年）、『異界へのまなざし――アイルランド文学入門』（鷹書房弓プレス、二〇〇五年）、『ロングフェロー日本滞在記――明治初年、アメリカ青年の見たニッポン』（翻訳、平凡社、二〇〇四年）ほか。

湯田かよこ（ゆだ　かよこ）

一橋大学大学院博士後期課程在籍。著書・主要論文 "The Wildean Art of Lying in the Ninth Episode of James Joyce's *Ulysses*"（修士論文、一橋大学、二〇二一年）。

横内一雄（よこうち　かずお）

関西学院大学教授。著書『ジョイスの罠――「ダブリナーズ」に嵌る方法』（共著、言叢社、二〇一六年）、『ジョイスの迷宮――「若き日の芸術家の肖像」に嵌る方法』（共著、言叢社、二〇一六年）、*Irish Literature in the British Context and Beyond*（共編著、Peter Lang, 2020）ほか。

索引

〔サ〕

〔タ〕

〔ナ〕

〔ヤ〕

〔ラ〕

〔ワ〕

Japanese James Joyce Studies

ジョイスの挑戦
――『ユリシーズ』に嵌る方法

編者 金井 嘉彦・吉川 信・横内 一雄

2022 年 2 月 2 日 第一刷発行

発行者 言叢社同人
発行所 有限会社 言叢社
〒101-0065 東京都千代田区西神田 2-4-1 東方学会本館
Tel.03-3262-4827 / Fax.03-3288-3640
郵便振替・00160-0-51824
印刷・製本 シナノ印刷株式会社

ISBN978-4-86209-086-7 C1098
装丁 小林しおり